中國小說敘事模式的轉變

陈平原 著

图书在版编目(CIP)数据

中国小说叙事模式的转变/陈平原著.— 3 版.—北京：北京大学出版社，2022.10

（陈平原著作系列）

ISBN 978 - 7 - 301 - 33373 - 0

Ⅰ.①中…　Ⅱ.①陈…　Ⅲ.①小说研究—中国—近现代　Ⅳ.①I207.42

中国版本图书馆 CIP 数据核字(2022)第 176866 号

书　　名	中国小说叙事模式的转变 ZHONGGUO XIAOSHUO XUSHI MOSHI DE ZHUANBIAN
著作责任者	陈平原　著
责任编辑	张　晗　郑子欣
标准书号	ISBN 978 - 7 - 301 - 33373 - 0
出版发行	北京大学出版社
地　　址	北京市海淀区成府路 205 号　100871
网　　址	http://www.pup.cn　新浪微博：@北京大学出版社
电子信箱	pkuwsz@126.com
电　　话	邮购部 010 - 62752015　发行部 010 - 62750672 编辑部 010 - 62756467
印 刷 者	涿州市星河印刷有限公司
经 销 者	新华书店 650 毫米×980 毫米　16 开本　27.25 印张　336 千字 2003 年 7 月第 1 版　2010 年 1 月第 2 版 2022 年 10 月第 3 版　2022 年 10 月第 1 次印刷
定　　价	98.00 元

陈平原著作系列

目　录

自　序……………………………………………………………………… 1

第一章　导　言………………………………………………………………… 1

中国小说现代化进程的一个侧面——叙事学研究的理论模式——中国小说叙事模式转变的上、下限时间——小说传播方式的转变——作家知识结构的转变——两代人的共同努力——艰难而又令人神往的历史进程

上编　西方小说的启迪与中国小说叙事模式的转变

第二章　中国小说叙事时间的转变 ……………………………… 39

情节时间与演述时间——中国古代小说的叙事时间——政治小说"一起之突兀"——侦探小说"令读者骇其前而必绎其后"——言情小说之"前后倒置法"——"五四"小说理论家对叙事时间之冷淡——为了更真切地表现人物情绪——联想并不依自然时序出现——过去与现在同时存在于人物瞬间的感受中——不同时空场面叠印造成的美学效果

第三章　中国小说叙事角度的转变 …………………………… 71

三种叙事角度——文言小说部分采用限制叙事——章回小说的全知叙事——"新小说"家从谋篇布局角度切近限制叙事——录见闻的第一人称叙事——自叙体小说的革新意义——作为观察者、记录者的视角人物——"五四"时期的视角理论——第一人称叙事受青睐的原因——日记体、书信体小说风行一时——作为行动者、思考者的视角人物——纯客观叙事——两代作家的区别——真实感的追求——发挥个性与表现自我——间离与反讽

第四章　中国小说叙事结构的转变……………………………… 117

小说三分法的传入及其影响——"叙事结构"的界定——"写人心"的托尔斯泰不如"讲故事"的哈葛德受欢迎——风土人情的描写让位于科学理论的宣讲——山水名胜的描写让位于怪现状的刻画——注重"内面生活"的"新小说"——政治小说中情节功能的削弱——"五四"小说实现结构重心的转移——对西洋小说的"创造性误解"——"五四"小说的独白倾向——"所写正是一时的感觉"——"清新的诗趣"——小说中"诗趣"的三要素

下编　传统文学在中国小说叙事模式转变中的作用

第五章　传统的创造性转化 ………………………………… 161

接受新知与转化传统并重——产生误解的原因——古典文学而不是古典小说——对"叔侄继承"理论的修正与补充——小说从文学结构的边缘向中心移动——诗人、文章家作小说——小说概念的模糊——转化而不只是接受——转化三型——两种移位的合力

第六章 传统文体之渗入小说…………………………………… 187

暂把小说当文章读——“笑话小说”——引笑话入小说——“轶闻小说”——引轶闻入小说——长篇小说结构的解体与短篇小说之兴起——“假设问答以著书”——小说中的演讲与辩论——对传统叙事结构的冲击——游记的视角——旅人成了大时代的见证人——记游式小说统一视角的成效与代价——日记作为一种“文学形式”进入作家视野——中国古代日记的著述化倾向——日记与日记体小说——书信之为文体——中国古代书信的著述化倾向——辛亥革命后艳情尺牍的盛行——日记体、书信体小说的特点及作用

第七章 “史传”传统与“诗骚”传统 ……………………… 245

“史传”之影响于中国小说——“诗骚”之影响于中国小说——两代作家的不同选择——“补正史之阙”——社会史式小说——“拾取当时战局，纬以美人壮士”——旅人与限制叙事——小说中之引录诗词——对小说“诗趣”的寻求——即兴与抒情——“情调”与“意境”——突破情节中心的叙事结构

第八章 结 语………………………………………………… 280

“拥有一个更大的针线筐”——叙事模式转变的深层意识——转变只是初步完成——移位过程中的“损耗”——移位过程中的“对话”——四种合力论其二——小说的文人化与叙事模式的转变——文人化、主观化与书面化——高雅文学与通俗文学的“对话”——叙事学理论框架之简化——历史的启示

附录一 小说的书面化倾向与叙事模式的转变……………… 300

文学生产工具的变革——报刊、书籍的出版与销行——以刊物为中心

的文学时代——“每号全回完结”与“每回自成起讫”——短篇小说的兴起——说书规则与小说叙事模式——文言小说与白话小说——从“说—听”到“写—读”——小说的书面化倾向——小说叙事模式的转变

附录二　说“诗史”

——兼论中国诗歌的叙事功能…………………… 337

被称为“诗史”者——“以韵语纪时事”对抒情诗传统的冲击——史诗与“诗史”——限制中国叙事诗发展的“三座大山”——纪事之切于“史感”——事之近乎“诗”——用典、诗题与联章合咏——在直陈时事与感事抒情之间——讲“诗史”者避开叙事诗——“史传”传统与“诗骚”传统对“诗史”的限制与改造

附录三　在范式转移与常规研究之间…………………… 364

附录四　这个奖不需要自吹自擂

——第四届思勉原创奖获奖感言…………………… 370

主要参考书目…………………… 373

索　引…………………… 377

第二版后记…………………… 422

自　序

还是《在东西方文化碰撞中》自序谈到的，我主张“小题大做”。口子不妨开得小，但进去以后要能拓得宽挖得深。并非每个“小题”都值得“大做”，这要靠对重点文学现象的理解和把握。就整个中国小说史来说，从1898年到1927年这30年未免太短暂了些；但就其承担的历史重任——完成从古代小说到现代小说的过渡——而言，这短暂的30年值得充分重视。对这30年小说发展的历史，可以从文体学、类型学、主题学、叙事学等诸多角度综合把握（一开始我正是试图这样做）；但如果抓住表现特征最为明显而且涉及面较广的叙事模式的转变，也许更能深入论述。当然，选择这被称为“形式革命”的叙事模式的转变做文章，不无对以往过分强调“内容层面”的研究进行反拨的意图。

在论述过程中，我借用了一些现代西方文学研究方法。这既不值得夸耀，也没必要隐瞒。任何研究方法都只是一种假设，能否落实到实际研究中并借以更准确地透视历史才是关键。不曾与研究对象结合的任何“新方法”都只是一句空话；而研究一旦深入，又很可能没有一种“新方法”足以涵盖整个文学现象。衷心感谢

“新方法”的创造者和倡导者开拓了我的研究视野，但拒绝为任何一种即使是最新最科学的研究方法做即使是最精彩的例证。我关心的始终是活生生的文学历史。

对于研究者来说，结论可能倒在其次，重要的是论证。强调这一点，不仅是因为不满意于现在市面上流行的大批“思想火花”式的轻率结论；而且因为精彩的结论往往是被大量的材料以及严肃认真的推论逼出来的，而不是研究者事先设计好的。本书的写作一开始主要考察西方小说的启迪，可慢慢地，传统的创造性转化的作用越来越浮现出来，以至成了全书的另一个论述中心，甚至是更有理论活力的中心。也许，由于理论设计和操作过程失误，我推出的结论会有某些偏差。但我真诚地希望本书提供的大量材料能为进一步的研究提供方便。同时，为便于进一步检验，我尽量减少论证过程中的情感色彩和“思想火花”。

本书写作的一大愿望是沟通文学的内部研究与外部研究，把纯形式的叙事学研究与注意文化背景的小说社会学研究结合起来，并为此做了大量的资料准备工作。但写作结果不尽如人愿，只好保留《小说的书面化倾向与叙事模式的转变》一章作为附录，而把其他更不成熟的部分删去。

关于“史传”传统与“诗骚”传统共同制约着中国叙事文学发展的理论构想，是我对中国小说、戏曲、叙事诗的某些主要形式特征得以形成的基本理解。本指望写完《说“诗史”》等一组文章，为本书的写作提供较为坚实的基础，可惜只完成了第一篇。现附录于此，作为第七章《“史传”传统与“诗骚”传统》的补充。如果有可能的话,我还想就此问题做进一步的研究。

本书是我的博士学位论文,从确定选题、通过提纲到最后写作成文,始终得到我的导师王瑶先生的悉心指导。对此,我十分感激。

参加我的学位论文答辩的吴组缃、乐黛云、孙玉石、吕德申、樊骏、王春元等诸位先生,都曾就我的论文修改提供了许多宝贵的意见。另外,季镇淮先生不顾年老多病,为我审阅论文的部分章节;海外学者李欧梵先生曾就论文的基本框架提出过很好的建议;我的朋友钱理群、黄子平、赵园、孟悦、伍晓明等在我写作论文的过程中给予了很多支持。

此书之得以完成,还有赖于我的妻子夏晓虹的鼎力相助。这不只是指精神上的鼓励和生活上的照顾,还包括在本书写作过程中,提供很多精彩的材料,允许我引用她尚未正式出版的专著中的某些观点,以及作为第一个读者,对本书的每章每节提出许多建设性的修改意见。

1987 年 6 月 25 日于北京大学

第一章　导　言

一

在20世纪中国文学的历史进程中，小说是步伐最稳健、成就最大的艺术形式。在短短几十年的时间内，中国小说迅速完成了从古代小说向现代小说的嬗变，并为世界文坛贡献了鲁迅、老舍、茅盾、巴金、沈从文等小说大家以及一大批艺术珍品。考察中国小说现代化的进程，自然是一个十分诱人的课题，可也是一个颇为冒险的尝试。首先，什么叫"小说现代化"？其次，这个"进程"起于何时，终于何处？再次，"小说现代化"是个历史概念，还是个价值尺度？……这一系列的问题都逼着作者在开始正式研究之前，界定所使用的概念、所描述的范围以及所运用的研究方法，并披露大致的理论框架。

"中国小说的现代化"，这无疑是个弹性很大的概念，很多人在使用它，可至今没有人给它下一个准确的定义——实际上本书也不准备给它下定义，仍然希望保持这一概念的模糊性与开放性,以免一开局就陷入无休止的"概念之争"。但这并不等于把它作为廉价的纸帽或桂冠,赠送给每个生活在现代史上的中国作家。

"五四"时期周作人就曾指出:"新小说与旧小说的区别,思想果然重要,形式也甚重要。"[①]理论上谁也不反对小说的现代化应包括小说内容的现代化与小说形式的现代化两个层面,可在实际研究中却碰到几乎是难以逾越的困难。内容层面主要指落实在小说中的反帝反封建的思想意识,对这点,研究者似乎还有大致相同的理论尺度;形式层面可就各说各的,没有一定之规,大致以"五四"文学革命后产生的以《呐喊》《沉沦》为代表的现代小说为参照系数。既然没有统一的或相对固定的理论尺度,小说形式的研究自然很难深入,以致造成这么一种本不该有的尴尬局面:中国小说的现代化似乎成了中国小说主题思想的现代化。

如今,这种内容、形式的两分法,正受到形式主义、结构主义、符号学、现象学美学的日益强烈的挑战,很难再保持一统天下的独尊地位。否定没有形式的"内容"或者没有内容的"形式",随之而起的是各种熔内容与形式于一炉的新的理论模式。本书不准备详细考辨、评价这些模式,只是想指出:与其再靠分割内容与形式来分头切近"中国小说的现代化"这一课题,还不如从类型学、文体学、主题学、叙事学等层面综合把握。本书即试图在叙事模式的转变这一层面把握中国小说现代化进程的一个侧面——论题转成中

① 周作人:《日本近三十年小说之发达》,《新青年》5卷1号,1918年。

国小说叙事模式的转换，但研究者的目光仍然盯住中国小说现代化这一诱人的课题。

没有理论模式的形式研究，只能是零星的点评；而一旦建立起理论模式，又不能不时刻防止人为的封闭。因此，本书努力引进历史的因素，把小说形式研究与文化背景研究结合起来。承认小说叙事模式是一种“有意味的形式”，一种“形式化了的内容”，那么，小说叙事模式的转变就不单是文学传统嬗变的明证，而且是社会变迁（包括生活形态与意识形态）在文学领域的曲折表现。不能说某一社会背景必然产生某种相应的小说叙事模式；可某种小说叙事模式在此时此地的诞生，必然有其相适应的心理背景和文化背景。主张小说叙事模式在文学发展中的某种独立性，并不等于把它看成一个封闭系统，否认其无时无刻不受到社会生活的冲击；而是避免把“社会存在”与“文学形式”直接对应起来。在具体研究中，不主张以社会变迁来印证文学变迁，而是从小说叙事模式转变中探求文化背景变迁的某种折射，或者说探求小说叙事模式中某些变化着的“意识形态要素”。

文化背景的变迁可能对文学形式的转变起作用，这是人所共知的“真理”；但到底是哪些文化要素在什么时候对哪些文学形式的哪些要素起作用，却并非一目了然或有通例可循的。我关注的是发生在晚清到“五四”这一段时间的中国小说叙事模式的转变，那么，对白话诗的兴起或者对小说主题的演变起决定作用的文化因素就不在本书的视野之内；对明清章回小说或20世纪30年代新感觉派小说起决定作用的文化因素也同样不在本书的视野之内。既然我关注的是小说叙事模式的转变,那么对跟这种转变有直接关系或只属于它的文化因素自然论述较多;而对那些跟这种转变,也跟其他许多转变都有关系的文化因素则只能从略。也就是说,本书对诸种文化因素论述的多少,以其对小说叙事模式影响的程度大小而不是其自身价值的高下为依据;而所有这些论述又都力图围绕小说叙事模式来展开。一句话,尽管引进了历史的因素、文化的因素,本书论述的中心仍然是小说叙事模式。

叙事学研究可以有各种各样的理论模式,热拉尔·热奈特在《叙述话语》中列出五种叙述分析的重要门类:次序、延续、频率、心境与语态;兹韦坦·托多罗夫在《叙事作为话语》中则把话语手段分为三部分:叙事时间、叙事语态、叙事语式。在为本书设计理论框架时,我受到这两位小说理论家的启发;但作为文学史研究者,我不能不更多考虑中国小说发展的实际进程,而不是理论自身的抽象性与完整性。我认为,中国小说叙事模式的转变应该包括叙事时间、叙事角度、叙事结构三个层次。其中“叙事时间”参考俄国形式主义学派对“故事”与“情节”的区分,而不取热奈特和托多罗夫对“情节时间”与“演述时间”的更为精致的分析;“叙事角度”约略等于托多罗夫的“叙事语态”与热奈特的“焦点调节”;“叙事结构”则是我根据中国小说发展路向而设计的,着眼于作家创作时的结构意识:在情节、性格、背景三要素中选择何者为结构中心,这似乎是个不被当代小说理论家青睐的理论性不强的课题,可对于中国小说叙事模式的转变却至关重要。

按照这个理论框架来衡量，中国古代小说尽管有个别采用倒装叙述（如唐代李复言《续玄怪录》中的《薛伟》、清代王士禛《池北偶谈》中的《女侠》），有个别采用第一人称限制叙事（如唐代王度的《古镜记》、清代王晫的《看花述异记》）和第三人称限制叙事（如唐初无名氏的《补江总白猿传》、清代蒲松龄《聊斋志异》中的《劳山道士》），也有个别以性格或背景为结构中心（如蒲松龄《聊斋志异》中的《婴宁》和《山市》）；但总的来说，中国古代小说在叙事时间上基本采用连贯叙述，在叙事角度上基本采用全知视角，在叙事结构上基本以情节为结构中心。这一传统的小说叙事模式，20 世纪初受到西方小说的严峻挑战。在一系列"对话"的过程中，外来小说形式的积极移植与传统文学形式的创造性转化，共同促成了中国小说叙事模式的转变：现代中国小说采用连贯叙述、倒装叙述、交错叙述等多种叙事时间；全知叙事、限制叙事（第一人称、第三人称）、纯客观叙事等多种叙事角度；以情节为中心、以性格为中心、以背景为中心等多种叙事结构。

二

中国小说叙事模式的转变到底起于何时、终于何处，这无疑也是一个令人头痛的难题。相对来说，起点还好说些。既然我们承认中国小说叙事模式的转变是在西洋小说的刺激诱导下完成的，那么自然可以以中国人开始自觉地翻译、学习、借鉴外国小说为起点。终点可就不大好界定了。我们既不能把这种转变描绘成无边无际的朦胧一片的“进军”,又不可能把某一年某一天断为转变的彻底结束或完成。既然把“小说现代化”设想为一种“进程”,那就必须承认它是开放的,在运动中不断自我完善,根本不可能把它封闭起来;可为了研究的需要,我们又不能不给定一个转变的时间下限。折中的办法是寻找一个基本完成转变的“点”,作为研究者假设的暂时的“终点线”。

什么叫“基本完成”?百分之几?人文科学研究的最大缺点是不确定性(可也是最大优点,因为它极大地刺激了研究者的想象力与思考力)——无法在定量分析基础上进行定性研究,一切只能靠研究者自己感悟和理解。在大部分人文科学研究中,这可能是值得庆幸的“永远的遗憾”;可在特定范围内适当引进定量分析方法,则无疑可以加强研究的科学性。根据小说叙事模式三个层次的不同变项,我抽样分析了20世纪初期(准确地说是1902—1927年)的中国小说(著、译)797部(篇),描述出这一转变的大致运动轨迹,并确定1898—1927年为本书所研究的中国小说叙事模式转变的时间上、下限。

1898年以前,翻译介绍到中国来的外国小说寥若晨星,屈指可数:刊于1872年4月15日至18日《申报》的《谈瀛小录》(即斯威夫特的《格列佛游记》第一部分)、刊于1872年4月22日《申报》的《一睡七十年》(即欧文的《瑞普·凡·温克尔》)、连载于1872年至1875年《瀛寰琐记》3至28期的英国小说《昕夕闲谈》、1882年画图新报馆译印的《安乐家》、1888年天津时报馆代印的

《海国妙喻》（即《伊索寓言》）[1]、1894 年广学会出版的美国小说《百年一觉》。可能还能找到一些，但即使如此，也很难改变这么一种基本看法：这些数量少得可怜的外国小说译作，不可能对中国作家形成冲击波，更不曾激发起中国作家学习西方小说叙事技巧的热情。

甲午战争的失败是个重要的转折点，中国知识分子开始从向西方学军械、学机器、学制度、学法律转到全面学习西方思想文化（包括文学艺术）。戊戌变法在把康、梁为代表的维新派正式推上政治舞台的同时，也把他们为配合“改良群治”而呼唤的“新小说”推上文学舞台。1897 年的《本馆附印说部缘起》、1898 年的《译印政治小说序》，标志着中国作家开始自觉地借鉴外国小说，并创作不同于传统小说的“新小说”。尽管外国小说在创作上的影响要到《新小说》创刊才明显体现出来，因此统计只能从 1902 年开始；可中国小说叙事模式的转变却仍必须溯源到 1898 年——梁启超、林纾等一代“新小说”家正式登台表演。

中国小说叙事模式的转变，基本上是由以梁启超、林纾、吴趼人为代表的与以鲁迅、郁达夫、叶圣陶为代表的两代作家共同完成的。前一代作家以 1902 年《新小说》的创刊为标志，正式实践“小说界革命”的主张[2]，创作出一大批既不同于中国古代小说、又不同于“五四”以后的现代小说的带有明显过渡色彩的作品，时人称

① 《伊索寓言》明末有教会出的汉译本《况义》，1840 年有广东出版的英文、中文、拼音对照的《意拾蒙引》。

② 参阅梁启超《论小说与群治之关系》，《新小说》创刊号，1902 年。

其为“新小说”。后一代作家没有小说革命之类的代表性宣言，但以1918年《狂人日记》的发表为标志，在主题、文体、叙事方式等层面全面突破传统小说的藩篱，正式开创了延续至今的中国现代小说。需要说明的是，我不把辛亥革命后到《新青年》出版前鸳鸯蝴蝶派小说盛行的这几年作为一个独立的阶段，而只是把它看成“新小说”思潮的尾声。实际上，李伯元的《海天鸿雪记》、吴趼人的《恨海》已开启了鸳蝴小说的先声；而早期政治小说的影响也渗透到辛亥革命后的言情小说中，同是殉情，何梦霞只能战死武昌城下而不能服毒闺房（徐枕亚《玉梨魂》）；侦探小说与公案小说、谴责小说结合则产生了黑幕小说这样的怪胎……你可以指责鸳蝴作家把早期“新小说”家的思想局限住了、没有进一步发展，把刚刚输入的一点外国小说叙事技巧程式化，但你不能不承认他们是“新小说”的合法继承人。因此，我把主要活动于1898年至1916年的小说家统称为“新小说”家，而把主要活动于1917年至1927年的小说家统称为“五四”小说家。

为了较为准确地描绘这两代作家共同完成的“转变”的运动轨迹，我分五个时期抽样分析：第一期为1902年至1906年上半年；第二期为1906年下半年至1911年；第三期为1912年至1916年；第四期为1917年至1921年；第五期为1922年至1927年。

在分析“新小说”的表1中，第一期取《新小说》《绣像小说》；第二期取《月月小说》《小说林》；第三期取鸳蝴小说处于鼎盛时期的1914年下半年的《小说丛报》（3—4期）、《小说月报》（7—12期）、《中华小说界》（7—9期）和《礼拜六》（5—8期）。在分析“五四”小说的表 2 中,第四期取《新青年》《新潮》和《小说月报》(1921 年 1—6 期);第五期取《小说月报》(1923 年 1—6 期、1925 年 1—6 期、1927 年 1—6 期)、《创造》(季刊、月刊、周报、日刊)、《莽原》和《浅草》(《沉钟》)。这里有两点必须说明:第一,有的杂志所刊小说全收,有的则只是部分收录,是为了取样更合理,以免一种杂志所刊小说收录过多而包揽全局;第二,分析标准参照第二、第三、第四各章的第一节所述,这里不赘,总的来说,“新小说”从宽,“五四”小说从严。

在表 3 中,我把这两个阶段五个时期的小说叙事模式的各个变项综合起来并加以比例化,使之具备可比性。图 1 把小说叙事时间、叙事角度、叙事结构的突破(相对于传统小说叙事模式)按“著作”和“著、译”两条线图表化,使这一转变的运动轨迹一目了然;而图 2 则把在叙事时间、叙事角度或叙事结构中某一方面突破传统小说叙事模式的小说的比例图表化,可作为综合考察这一转变进程的最简要结论。

表 1　1902—1916 年“新小说”叙事模式分析

杂志名称	出版时间	类　别	总 数	连贯叙述	倒装叙述	交错叙述	全知叙事	第一人称叙事	第三人称限制叙事	纯客观叙　事	情节中心	性格中心	背景中心	部分突破传统模式
新小说	1902—1906	著、译	22	15	7	0	19	3	0	0	22	0	0	10
		著	9	6	3	0	8	1	0	0	9	0	0	3
绣像小说	1903—1906	著、译	40	26	14	0	27	10	3	0	37	3	0	21
		著	18	13	5	0	16	0	2	0	17	1	0	6
月月小说	1906—1909	著、译	107	85	22	0	74	31	1	1	107	0	0	45
		著	65	61	4	0	52	11	1	1	65	0	0	15
小说林	1907—1908	著、译	35	29	6	0	27	8	0	0	35	0	0	12
		著	19	18	1	0	15	4	0	0	19	0	0	4
小说丛报（部分）	1914	著、译	26	24	2	0	22	4	0	0	26	0	0	5
		著	20	20	0	0	19	1	0	0	20	0	0	1
小说月报（一）（部分）	1914	著、译	30	26	4	0	25	5	0	0	30	0	0	9
		著	19	19	0	0	16	3	0	0	19	0	0	3
中华小说界（部分）	1914	著、译	18	14	4	0	12	4	0	2	18	0	0	8
		著	13	9	4	0	8	4	0	1	13	0	0	5
礼拜六（部分）	1914	著、译	31	25	6	0	23	7	1	0	30	1	0	10
		著	28	24	4	0	23	4	1	0	27	1	0	7

表 2 1917—1927 年“五四”小说叙事模式分析

杂志名称	出版时间	类别	总数	连贯叙述	倒装叙述	交错叙述	全知叙事	第一人称叙事	第三人称限制叙事	纯客观叙事	情节中心	性格中心	背景中心	部分突破传统模式
新青年	1917—1921	著、译	44	33	8	3	18	12	12	2	33	7	4	28
		著	9	7	1	1	3	3	1	2	7	1	1	6
新 潮	1919—1921	著、译	35	33	2	0	11	7	9	8	28	6	1	28
		著	25	24	1	0	8	6	7	4	19	6	0	20
小说月报（二）（部分）	1921	著、译	47	38	8	1	18	22	7	0	32	10	5	30
		著	23	17	6	0	9	12	2	0	16	5	2	15
小说月报（三）（部分）	1923—1927	著、译	136	115	18	3	45	52	35	4	94	37	5	96
		著	86	71	12	3	26	35	25	0	54	30	2	64
创造[季刊、月刊、周报、日刊]	1922—1927	著、译	100	62	28	10	34	33	32	1	57	37	6	79
		著	95	61	24	10	33	30	31	1	52	37	6	74
莽 原	1925—1927	著、译	79	61	14	4	30	32	14	3	55	17	7	56
		著	50	35	11	4	13	23	13	1	32	15	3	42
浅草—沉钟	1923—1927	著、译	47	28	17	2	12	17	18	0	31	15	1	41
		著	41	23	16	2	11	14	16	0	27	13	1	36

表3　1902—1927年“新小说”、“五四”小说叙事模式综合比例分析

杂志名称	出版时间	类别	总数	连贯叙述		倒装叙述		交错叙述		全知叙事		第一人称叙事		第三人称限制叙事		纯客观叙事		情节中心		性格中心		背景中心		部分突破传统模式	
				数量	占比(%)	数量	占比(%)	数量	占比(%)	数量	占比(%)	数量	占比(%)	数量	占比(%)	数量	占比(%)	数量	占比(%)	数量	占比(%)	数量	占比(%)	数量	占比(%)
新小说 绣像小说	1902—1906	著、译	62	41	66	21	34	0	0	46	74	13	21	3	5	0	0	59	95	3	5	0	0	31	50
		著	27	19	70	8	30	0	0	24	89	1	4	2	7	0	0	26	96	1	4	0	0	9	33
月月小说 小说林	1906—1909	著、译	142	114	80	28	20	0	0	101	70	39	27	1	1	1	1	142	100	0	0	0	0	57	40
		著	84	79	94	5	6	0	0	67	80	15	18	1	1	1	1	84	100	0	0	0	0	19	23
小说丛报 小说月报(一) 中华小说界 礼拜六	1914	著、译	105	89	85	16	15	0	0	82	78	20	19	1	1	2	2	104	99	1	1	0	0	32	30
		著	80	72	90	8	10	0	0	66	83	12	15	1	1	1	1	79	99	1	1	0	0	16	20
新青年 新潮 小说月报(二)	1917—1921	著、译	126	104	83	18	14	4	3	47	37	41	33	28	22	10	8	93	74	23	18	10	8	86	68
		著	57	48	84	8	14	1	2	20	35	21	37	10	18	6	10	42	74	12	21	3	5	41	72
小说月报(三) 创造 莽原 浅草—沉钟	1922—1927	著、译	362	266	74	77	21	19	5	121	34	134	37	99	27	8	2	237	65	106	30	19	5	272	75
		著	272	190	70	63	23	19	7	83	30	102	38	85	31	2	1	165	61	95	35	12	4	216	79

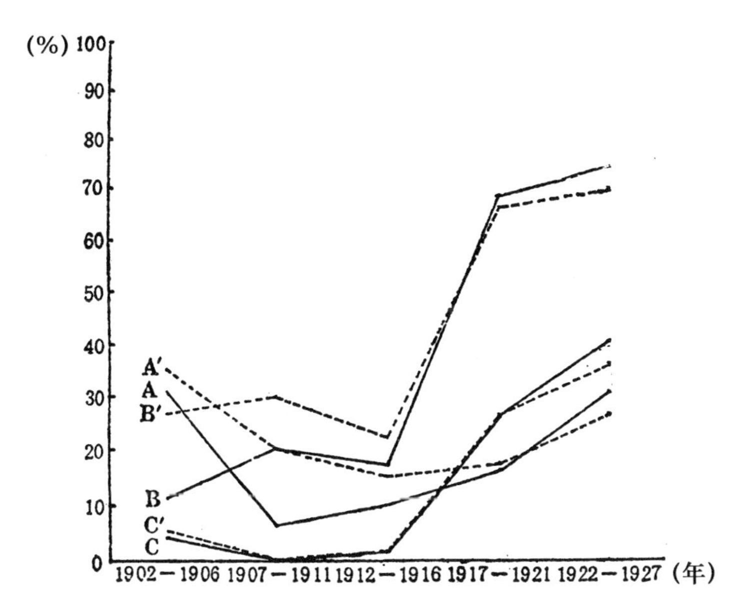

※著作　A　叙事时间(倒装叙述、交错叙述)

(——)　B　叙事角度(限制叙事、纯客观叙事)

C　叙事结构(性格中心、背景中心)

著、译　A′　叙事时间(倒装叙述、交错叙述)

(……)　B′　叙事角度(限制叙事、纯客观叙事)

C′　叙事结构(性格中心、背景中心)

图 1　中国小说叙事模式转变的三个层次
在 1902—1927 年五个时期的运动轨迹

综合以上图表,可以做出如下简单的判断:

第一,单项指标各阶段略有起伏,不足为凭;只有综合起来考察才能准确描画这一转变的大趋势。有时候作家对叙事时间的变革感兴趣,有时候作家对叙事角度或叙事结构的变革感兴趣,但真正的突破不可能是局部的(如“五四”小说)。因此,尽管本书列了

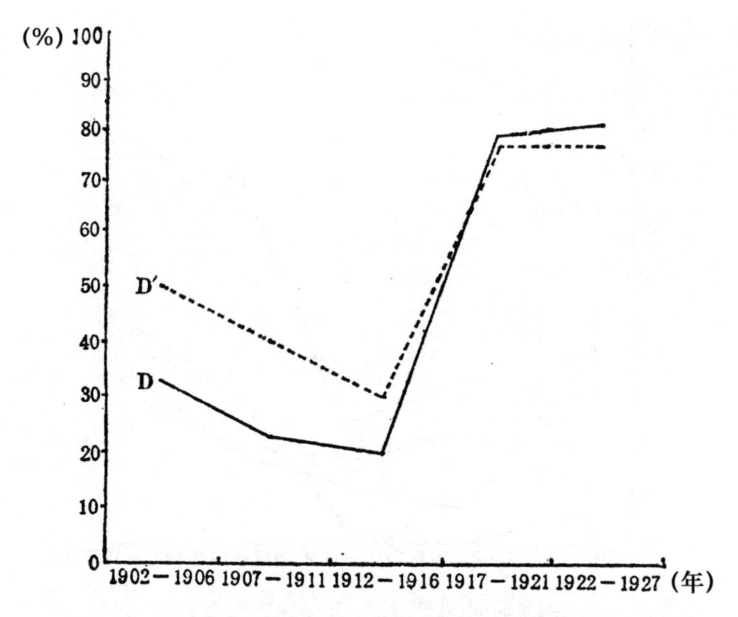

※ D 部分采用倒装叙述、交错叙述、限制叙事、
(——) 纯客观叙事、性格中心、背景中心的著作
D′ 部分采用倒装叙述、交错叙述、限制叙事、
(……) 纯客观叙事、性格中心、背景中心的著、译

图2 1902—1927年"新小说"、"五四"小说中部分突破传统小说叙事模式的小说比例

三章，分别把握中国小说叙事时间、叙事角度、叙事结构的转变，我仍努力强调这三者的横向联系，作为一个有机整体来把握。

第二，中国小说1902年起开始呈现对传统小说叙事模式的大幅度背离，辛亥革命后略有停滞倒退趋向，但也没有完全回到传统模式；"五四"前后突飞猛进，奠定了中国现代小说叙事模式的基础，此后便是如何进一步发展和完善的问题了。

第三，在整个中国小说叙事模式的转变中，叙事时间的转变起步最早,叙事角度的转变次之,叙事结构的转变最为艰难;但从转变的幅度看,叙事角度最大,叙事时间反而最小。因此,我的论述尽管以叙事时间的转变作为开头,却以叙事角度、叙事结构的转变为重心。

第四,在突破连贯叙述的叙事时间时,倒装叙述起主要作用;在突破全知叙事的叙事角度时,限制叙事(特别是第一人称叙事)起主要作用;在突破情节中心的叙事结构时,性格(实为心理、情绪,参阅第四章第一节)中心起主要作用。“五四”小说中采用交错叙述、纯客观叙事或以背景为结构中心的实际上不多,但为日后的发展迈出了坚实的一步,故仍值得认真辨析。

第五,“新小说”家的译作比创作更偏离传统小说叙事模式,“五四”小说家则反之。也就是说,“五四”作家创作的小说不论在叙事时间、叙事角度还是在叙事结构上,都比同时期介绍进来的外国小说更“现代化”——假如把对传统小说叙事模式的反叛理解为小说现代化的话。当然,这并不等于说“五四”作家的创作比译作在艺术上更成熟,更有价值;小说叙事模式绝非评价小说价值——即使是艺术价值——的唯一标准。不过,它确实为我们提供了一个值得充分重视的信息:1922 年至 1927 年的小说创作中,有大约 79%的作品突破了传统小说叙事模式,这无疑是中国小说已经基本完成叙事模式转变的最明显标志。

三

中国小说叙事模式的转变基于两种移位的合力:第一,西洋小说输入,中国小说受其影响而产生变化;第二,中国文学结构中,小说由边缘向中心移动,在移动过程中吸取整个中国文学的养分,因而发生变化。后一个移位是前一个移位引起的,但这并不减弱其重要性。没有这后一个移位,20世纪中国小说不可能在短短几十年时间内获得自己独立的品格并取得突出成就。在论述西方小说的启迪时,我有意把中国小说叙事模式的转变简化为西洋小说对中国小说的影响过程,在“挑战—应战”的模式中理解中国小说形式的嬗变,以便详细勾勒这两代人共同完成的转变的运动轨迹。而在论述传统的创造性转化时,我着重强调“新小说”家和“五四”作家主要不是接受中国古代小说,而是接受以诗文为正宗的整个传统文学的影响;在引笑话、轶闻、答问、游记、日记、书信等形式入小说,以及借鉴“史传”传统与“诗骚”传统的过程中,有意无意中部分转变了中国小说的叙事模式。

我把西方小说的启迪与传统文学的转化作为论述重点,但并不否认文化背景的变迁为中国小说叙事模式的转变提供了必要的历史条件。把纯形式的小说叙事学研究与注重文化背景的小说社会学研究结合起来,沟通文学的“内部研究”与“外部研究”,而又不流于生拉硬扯牵强附会,无疑是十分必要的;但并非易事。

从表面看,晚清作家与“五四”作家的区别,表现在后者比前者更多借鉴西洋小说技巧。如此说来,中国小说叙事模式演变的过程也就成了中国作家逐步掌握西洋小说技巧的过程。这未免把复杂的文学运动简单化了。晚清作家的根本缺陷是受社会思潮影响而无力突破“中体西用”的格局,幻想接受新技巧而保留旧道德。从林纾、吴趼人一直到辛亥革命后的鸳蝴作家,都以为可以借用西方小说的叙事技巧而撇开其思想内容。殊不知抛开对个人内心生活的关注而学第一人称叙事,抛开现代人思维的跳跃与作家主体意识的强化而学叙述时间的变形,一切都成了变换“布局”之类的小把戏。周作人谈“直译”[①]、说“模仿”[②],鲁迅、沈雁冰主张学思想同时学技法[③]——“五四”作家借助“拿来主义”冲破“中体西用”的限制,把西方小说的“内容”和“形式”作为一个有机整体来接受。晚清作家与“五四”作家的距离不在具体的表现技巧,而在支配这些技巧的价值观念与思维方法——基于作家对世界与自我认识的突破与革新,小说叙事模式的转变才可能真正实现。新技巧只有在适合表现新人的新意识时,才可能真正被感知和利用。“五四”作家突出小说中的非情节因素,借用容易产生强烈感情色彩的第一人称叙事(包括日记体、书信体),以及根据人物内心感受重新剪辑情节时间,这一切当然都是为了突出作家的主观感受和艺术个性。而所有这些,跟“五四”时代个性主义思潮之强调尊重个性、尊重自我,无疑是一脉相承的。

单从社会思潮角度(如“新小说”家接受西方思想时倾向于群体意识而忽视个体意识;“五四”作家的开放心态与个性解放要

---

① 《点滴》序言,北京大学出版部,1920年。

② 《日本近三十年小说之发达》,《新青年》5卷1号,1918年。

③ 郎损(沈雁冰)说:“介绍西洋文学的目的,一半是欲介绍他们的文学艺术来,一半也为的是欲介绍世界的现代思想——而且这应是更注意些的目的。”(《新文学研究者的责任与努力》)鲁迅则说:“不但在输入新的内容,也在输入新的表现法。”(《关于翻译——给瞿秋白的回信》)。

求)，当然也可以部分解释这两代作家的艺术革新的成败利弊；但很难真正体现这一场"小说革新"(而不是"诗歌革新"或"戏剧革新")的特点。因而我选择小说的书面化倾向与作家知识结构的变迁，作为影响小说叙事模式转变的文化因素来重点论述。

除了西洋小说的译介外，真正影响中国小说形式发展的，可能是一句不着边际的"大话"："小说为文学之最上乘。"小说被推上假想的第一把交椅，并非因其比诗歌、戏剧或者散文更适合于表情达意，更有审美价值，而是因其更有助于社会改良。"彼美、英、德、法、奥、意、日本各国政界之日进，则政治小说为功最高焉。"[①] 如此荒诞夸张的描述，也只有在20世纪初的中国才会被广泛接受。除了变革现实的愿望，取法东、西洋的热情外，更有文学关乎世道人心的古训。康熙查禁小说的圣谕云：

> 朕惟治天下，以人心风俗为本。欲正人心，厚风俗，必崇尚经学，而严绝非圣之书，此不易之理也。近见坊间多卖小说淫词，荒唐俚鄙，殊非正理；不但诱惑愚民，即缙绅士子，未免游目而蛊心焉。所关于风俗者非细。应即通行严禁。[②]

梁启超提倡小说的文章则云：

> 欲新一国之民，不可不先新一国之小说。故欲新道德，必新小说；欲新宗教，必新小说；欲新政治，必新小说；欲新风俗，

---

① 任公：《译印政治小说序》，《清议报》第1册，1898年。

② 《大清圣祖仁皇帝实录》卷二五八，录自王晓传辑《元明清三代禁毁小说戏曲史料》，作家出版社，1958年。

> 必新小说；欲新学艺，必新小说；乃至欲新人心，欲新人格，必新小说。[①]

结论截然相反，思维方式却如此接近。这就难怪梁启超登高一呼，应者云集。晚清的小说论文，几乎有一半是重复论证小说有益于世道人心，因而是文学最上乘这一简单的道理。尽管推论过程颇为拙劣，可合乎中国人口味，效果甚佳，成了晚清小说界革命的一面旗帜。

康有为《日本书目志》卷十从“通于俚俗”角度强调小说之受欢迎：

> 吾问上海点石者曰：何书宜售也？曰：书经不如八股，八股不如小说。宋开此体，通于俚俗，故天下读小说者最多也。

直到1900年，康有为作诗催邱炜萲著戊戌政变说部，着眼的还只是“郑声不倦雅乐睡，人情所好圣不呵”[②]。可十年之内，小说的文学价值已为广大士子所承认，论者大谈特谈的已是：“二十世纪开幕，环海交通，小说之风涛越太平洋而东渡。”[③]“二十世纪开幕，为吾国小说界发达之滥觞。”[④]“二十世纪开幕，为吾国小说界腾达之烧点。”[⑤]俨然真的是“二十世纪宁非小说发达的时代”[⑥]。扣除

---

① 《论小说与群治之关系》，《新小说》创刊号，1902年。

② 《闻菽园居士欲为政变说部，诗以速之》，《清议报》第63册，1900年。

③ 伯耀（黄伯耀）：《小说之支配于世界上纯以情理之真趣为观感》，《中外小说林》15期，1907年。

④ 耀公：《小说与风俗之关系》，《中外小说林》2卷5期，1908年。

⑤ 老伯：《曲本小说与白话小说之宜于普通社会》，《中外小说林》2卷10期，1908年。

⑥ 计伯：《论二十世纪系小说发达的时代》，《广东戒烟新小说》7期，1907年。

“新小说”理论家常用的夸张语调,也约略可见当年小说骤然身价百倍,给文人造成多么深刻的印象。中国历史上不乏为提高小说的地位而大声疾呼的有识之士,但小说的价值为一般社会所承认,的确在此之前从未有过。尽管论者都不是着眼于小说的审美价值,而是着眼于世道人心与社会进步,但毕竟使小说取代诗歌,一跃而为最引人注目的文学形式。

世人喜读小说,非自晚清始。康有为曾慨叹小说流传之广:“仅识字之人,有不读经,无有不读小说者。”[①]元明清三代的查禁小说与晚清的提倡小说,很大成分是争夺这一部分不懂经书但粗通文墨的“愚民”。其实,饱学之士又何尝不喜读小说,只不过囿于习惯,不便明言罢了。虽屡有查禁,“士大夫家几上,无不陈《水浒传》《金瓶梅》以为把玩”[②]。因是“把玩”,自然不同于“少年浮薄”“乡曲武豪”的“家置一编,人怀一箧”而犯上作乱了。[③] 可也正因只是“把玩”,登不了大雅之堂,只可私下阅读品味[④]。晚清小说界革命,不但使出版商可以堂堂正正印小说、卖小说,不再担心流放枷号,而且使读书人可以堂堂正正买小说、读小说,不再像大观园中的贾宝玉那样担心宝姐姐“正气凛然”的规劝与家父大人

① 《日本书目志》卷十四,大同译书局刊。

② 昭梿:《啸亭续录》,录自孔另境编《中国小说史料》,上海古籍出版社,1982年版。

③ 《谭瀛室笔记》,录自《中国小说史料》。

④ 郎坤不懂此一规矩,居然“将《三国志》小说之言,援引陈奏”,难怪龙颜大怒,下令革其职,“枷号三个月,鞭一百发落”。可就没人追问皇上又“从何处看得《三国志》小说”,何以一眼看穿郎坤引的是“《三国志》小说之言”?录自《元明清三代禁毁小说戏曲史料》,参阅《雍正上谕内阁·雍正六年二月》和奕赓《佳梦轩丛著管见所及》。

杀气腾腾的大板了。谈小说不再是轻薄,而是趋新,这就难怪士子们要“易其浸淫《四书》《五经》者,变而为购阅新小说”[1]。

1902年开明书店主人夏颂莱在《金陵卖书记》中曾明言“小说书并不销”,但指的是“开口便见喉咙”的拙劣之作;至于《黑奴吁天录》《十五小豪杰》之类,则“百口保其必销”。实际上,“新小说”销数虽无准确统计,但透过时人留下的只言片语,不难设想其受到的欢迎。据说《孽海花》出版四五年,“重印至六七板(版),已在二万部左右”[2];而《玉梨魂》则“出版两年以还,行销达两万以上”[3]。考虑到当时出版业的落后与读者层的单薄(在晚清影响很大的《新民丛报》最高发行量也才14000份;老牌的《申报》到1918年也才发行达30000份。报刊尚且如此,书籍可想而知[4]),行销20000部已是相当可观的数字。晚清小说不单发行量大,而且出版种数多。最典型的是1907年,商务印书馆出版书籍182种435册(含杂志)[5],按当时商务印书馆营业额占全国书业三分之一这一比例推算[6],这一年全国出版的书籍大约550种1300册,而其中

① 老棣:《文风之变迁与小说将来之位置》,《中外小说林》6期,1907年。

② 《小说新语》,《小说时报》9期,1911年。

③ 《枕亚启事》,《小说丛报》16期,1915年。

④ 宣传革命的小册子例外。据方汉奇《中国近代报刊史》(山西人民出版社,1981年)称,《革命军》在不到10年时间内印刷20多版,发行110余万册。

⑤ 李泽彰:《三十五年来中国之出版业》,张静庐辑注《中国现代出版史料丁编》上卷,中华书局,1959年。

⑥ 陆费逵:《六十年来中国之出版业与印刷业》,张静庐辑注《中国出版史料补编》,中华书局,1957年。

查有实据的小说就有199种之多(翻译135种,创作64种)[①]。据此看来,晚清小说的销路该是很不错的。

值得注意的是,“新小说”的主要读者已不再是“愚民百姓”,而是知书识礼的士子了。据徐念慈统计,当年购买“新小说”者,“其百分之九十出于旧学界而输入新学说者”,而只有“百分之九出于普通之人物”。[②] 这么多文人学士当然不会止于阅读、议论小说。或者技痒难忍,或者出于种种功利打算,半路出家下海“玩”小说的大有人在。晚清到底有多少小说家,谁也说不清;到底出版过多少部小说,恐怕也无法准确统计。单从阿英收录的小说书目

---

① 参阅表4。此表据阿英《晚清戏曲小说目》统计。统计时若一书数册同年出版,以一种计入;若一书分数册于数年出版,分别计入出版年度。重版不计。

表4 晚清出版小说数目统计

出版年代	著	译	合 计
1898	1	0	1
1899	1	2	3
1900	4	1	5
1901	0	6	6
1902	8	9	17
1903	27	46	73
1904	20	41	61
1905	18	62	80
1906	52	105	157
1907	64	135	199
1908	58	94	152
1909	97	59	156
1910	51	31	82
1911	50	25	75
不明年代	47	31	78
总 计	498	647	1145

② 东海觉我(徐念慈):《余之小说观》六“文言小说与白话小说”,《小说林》10期,1908年;《丁未年小说界发行书目调查表》,《小说林》9期,1908年。

看,数量已相当可观。当然,这一千多部小说中的很大一部分是没有多少文学价值的。可尽管如此,晚清小说杂志、书籍的剧增,以及出版周期的缩短,仍然深刻影响小说叙事模式的演变。

就叙事模式而言,唐传奇无疑高于同时期的西方小说。第一人称叙事、第三人称限制叙事、倒装叙述以及精细的景物描写,都不难在唐传奇中找到成功的例子。只是由于文言表现功能的限制,文言小说在中国文学中很难真正发展。中国小说主潮实际是由宋元话本发展起来的章回小说。白话利于叙事、描写乃至抒情,可章回小说脱不掉说书人外衣,作家就只能拟想自己是在对着听众讲故事。以声音而不是文字为传播媒介——即使只是拟想,那么作家就只好讲故事,而且只能以说书人口吻连贯讲述以情节为中心的故事。而自觉把写作对象定为“读者”而不是“听众”,是晚清才开始的。报纸、杂志的出版,使小说可以“朝脱稿而夕印行”,甚至下章还没动笔,上章已印成铅字与读者见面。书籍的大量印行,使作家不再谋求藏之名山传之后世,而是直接迅速地跟读者对话。由拟想中讲故事到明确地写小说,这一转变使作家得以认真考虑“写—读”这一传播方式可以容纳的各种技巧。说书人口吻不再是必不可少的了;连贯叙述也不再是别无选择的选择了;同样,小说也不一定非以情节为结构中心不可了。中国小说这一传播方式的转变——从(拟想的)口头化到书面化,无疑为中国小说叙事模式的转变提供了必要的文化背景[①]。

① 参阅附录一《小说的书面化倾向与叙事模式的转变》。

四

梁启超以废科举、开学校、育人才为政治上的“变法之本”[①]；其实，这何尝不是文艺上的“变法之本”。从某种意义上说，没有“新教育”，就没有中国现代小说，也同样不会有中国小说叙事模式的转变。论述“新教育”与中国小说叙事模式转变的联系，本来应该从作家与读者两个层面同时展开，但读者群的演变缺乏足够的直接材料。我们只能从徐念慈的《余之小说观》、“五四”作家批判黑幕小说的文章以及“五四”新文学杂志、书籍的发行渠道间接得知：晚清小说的主要读者是“出于旧学界而输入新学说者”，辛亥革命后的小说读者主要是小市民，而“五四”小说的主要读者则是青年学生。正是这些接受“新教育”的青年学生，支持、协助“五四”作家初步完成了中国小说叙事模式的转变。我们可以指出读者群演变的大趋势跟这30年“新教育”的迅猛发展大有关系[②]，可很难再做进一步的研究。因此，我把注意力集中在这两代作家不同于传统文人的知识结构上。“新小说”家的知识结构与“五四”作家的知识结构大有差别，“新小说”家中，制艺举士的与出洋留学的无疑也不可同日而语；但这里只能谈大趋势，无法细究每个作

---

① 《变法通议·论变法不知本原之害》，《时务报》第3册，1896年。

② 参阅《新教育》5卷4期（1922年）刊登的《全国历年公私立小学校学生数表（1903至1919）》《全国各等学校学生数表（公私立基督教立学生合计）》。

家的差别。

这两代作家的知识结构之所以更有利于小说叙事模式的转变,主要是因其外语水平、人文科学知识以及伴随着“新教育”形成的自我意识和个性解放要求。

提前50年,不存在学习西方小说技巧问题,懂不懂外语无所谓;推后50年,西方小说名著已大批翻译介绍进来了,不懂外语也还可以借助译本揣摩借鉴,不算致命的弱点。而在西方小说呼声很高的20世纪最初30年呢?茅盾曾这样描述当时的文坛:

> 西洋文学名著被翻译介绍过来的,少到几乎等于零,因而所谓“学习技巧”云者,除了能读原文,就简直谈不到。[①]

倘若抱定中国小说天下第一,不懂外语倒也心安理得;可如果意识到西洋小说的价值而又求师无门,岂不心急火燎?林纾便一再叹惜:

> 不知西文,恃朋友口述,而于西人文章妙处,尤不能曲绘其状。[②]

> 惜余年已五十有四,不能抱书从学生之后,请业于西师之门。[③]

清末民初,书院改为学校,课程设置完全不同,其中最突出的

---

① 《中国新文学大系·小说一集》导言,良友图书印刷公司,1935年。

② 《洪罕女郎传》林纾跋语,商务印书馆,1906年。

③ 《撒克逊劫后英雄略》林纾序,商务印书馆,1905年。

是书院不学外国语,而学校却明文规定以外国语为必修课。1902年,清廷颁布《钦定小学堂章程》《钦定中学堂章程》和《钦定高等学堂章程》,规定初小课程8门,高小课程11门,不含外国语;中学堂课程12门,外国语列第七,每周9节课,在所有科目中分量最重;高等学堂的外语要求更高:主修一门,兼习一门,原则上西学科目用西文讲授,“凡外国教习上堂教授时刻,每日不可减于四小时;中教习上堂教授时刻,每日不可减于五小时”①。只是因师资水平和学生素质所限,这个标准往往很难达到②。即便如此,进过中学、大学的,毕竟正经学过一阵外语。更何况清廷从1872年开始派留美学生、1896年开始派留日学生,到20世纪初,懂外文的留学生已经不少③。“新小说”家中游学日本的只有苏曼殊、梁启超、张肇桐、罗普、陈天华等寥寥几位,再加上在国内进外语学校或者自学成才的曾朴、包天笑、周瘦鹃等,晚清小说家中能阅读外国小说原著的毕竟还不甚普遍。而“五四”作家中则不乏能左右开弓,翻译、创作都拿得起放得下的,如鲁迅、郭沫若、茅盾、王统照、郑振铎、李劼人、徐志摩、王鲁彦、夏丏尊等。好多“五四”作家这一时期虽不曾翻译外国文学作品,但其外语水平足够阅读西洋小

① 《钦定高等学堂章程》(1902年),舒新城编《中国近代教育史资料》中册,人民教育出版社,1961年。

② 周作人:《鲁迅小说里的人物》(人民文学出版社,1957年)中《学堂生活》一文云:学校“一星期中五天上洋文,一天上汉文”,可学生只是把洋文当敲门砖,洋文照样学不好。

③ 参阅舒新城《近代中国留学史》54—55、230—234页,中华书局,1929年再版;实藤惠秀《中国人留学日本史》35—43页,谭汝谦、林启彦译,生活·读书·新知三联书店,1983年。

说名著,如留日的郁达夫、陶晶孙、成仿吾、张资平、滕固;留美的陈衡哲、张闻天;留苏的蒋光慈;留法的苏雪林;再加上国内大学外文系毕业的冯文炳、冯至、陈翔鹤、陈炜谟、林如稷、凌叔华、黎锦明等。即使国内大学国文系或中学、专科学校毕业的,也很可能掌握一门外语[①]。“五四”这一代作家平均外语水平之高、对当代外国文学了解之深以及与世界文学同步的愿望之强烈,不单“新小说”家望尘莫及,就是20世纪30年代以后的中国作家也都很难匹敌。

不能说懂外语而且喜欢文学的就一定能写出好小说;但对20世纪初的中国作家来说,懂外语而能阅读外国文学名著,意味着有可能直接借鉴西洋小说技巧。而这一点,在这一场借助西洋小说冲击、改造中国小说叙事模式的革命中无疑是举足轻重的。

风气未开,小说只是“睡媒之具”;西风输入,小说成了“学问之渡海航”[②]——不只是黄伯耀,好多“新小说”理论家都一再强调作小说、读小说、评小说者,都必须是有学问的人[③]。中国古代作家也有逞才使气炫耀学问的,如鲁迅《中国小说史略》就专列一篇《清之以小说见才学者》;何以“新小说”理论家对此视而不见,否认中国古代小说中也有“以文学的而兼科学的”“以常理而兼哲理

---

① 赵景深《现代作家生年籍贯秘录》(《文坛忆旧》,北新书局,1948年)从文研会会员的入会志愿书中抄录134号后23人简历,其中注明懂一门以上外语的有20人,余下3人中起码欧阳予倩懂日语。

② 耀公(黄伯耀):《小说发达足以增长人群学问之进步》,《中外小说林》2卷1期,1908年。

③ 参阅梁启超《论小说与群治之关系》、老棣《文风之变迁与小说将来之位置》、佚名《读新小说法》等。

的"[①]呢？原来论者心目中的学问不是传统的经史子集、兵农医算，而是其时刚刚输入、令人耳目一新的格致学、心理学、政治学、伦理学等"新学"。大致言之，影响中国小说叙事模式转变的，在"新小说"家是政治学知识，在"五四"作家则是心理学知识。

是的，不懂"'寡头体''多头体'是何名词，'山岳党''烧炭党'是何徽号"，"新小说"真的可能"如哑子之说戏文，指天画地，无有是处"；[②]可懂得一大堆新的政治术语乃至理论体系，是否就能保证提高小说的艺术价值？"新小说"家似乎没来得及考虑这个问题。一方面固然是文以载道的传统思想作怪，另一方面确实这些新思想正燃烧着他们的心、沸腾着他们的血，作家们实在没有余暇考虑表现技巧之类，只图一吐为快——这毕竟是一个政治激情压倒一切的年代。除了输入新思想的贡献，在小说的形式技巧方面他们到底留下了什么？不能说没有。"似论著非论著""似说部非说部"的政治小说对情节中心的叙事结构是个很大的冲击，在传统小说藩篱上撕下一个不小的缺口；只是代之而起的长篇议论毕竟难以长久吸引读者，时过境迁也就烟消云散。

私塾先生当然不会讲授与科举考试毫无关系的心理学知识；直到20世纪初，有关心理学的论文、译著陆续出现，心理学这门学科才得到越来越多的重视[③]。1902年清廷颁布的《钦定高等学堂

---

① 佚名：《读新小说法》，《新世界小说社报》6—7期，1906年。

② 同上。

③ 据高觉敷主编《中国心理学史》（人民教育出版社，1985年）统计，从1900年至1918年共出版心理学译、著30种。

章程》并不要求开设心理学课程,而1903年颁布的《奏定高等学堂章程》则规定第一类学科(文科)第二年开设心理课程。1906年学部更颁布《学部订定优级师范选科简章》,规定师范本科二年都必须开设心理学课程。辛亥革命后,学校的课程设置有所变动,但心理学在大学教育和师范教育中的地位不是削弱而是加强[①]。"五四"作家中学医的(如鲁迅、郭沫若、陶晶孙)自然受过正规的心理学训练,进大学或者念师范的很可能也都上过几节心理学课。

"五四"作家也许并未自觉意识到学校心理学课程对他们的影响,如王统照的《一栏之隔》就不无调侃地描述心理学教师如何枯燥地讲述"情绪与感觉的转移",小说结尾是:"下课钟响了,我究竟不明白这一课的心理学讲授的是甚么。"但从小说的整体构思——"由这个春日之晨的新感觉,联想到童年的经验"——看,作家的心理学课并没有白上。即使只是上过一年半载心理学课或者阅读过三两本心理学书,对"人"的理解也可能迥然不同于传统的儒生。叶圣陶的《恐怖之夜》中那一段关于"联想"的议论,明显从心理学书本借用来;至于鲁迅译介厨川白村的《苦闷的象征》,周作人推崇蔼理斯的《性心理学》,郭沫若谈论梦与潜意识[②],郁达夫指认表现"性欲和死"这"人生的两大根本问题"的作品价值大[③],王任叔在小说中大谈"潜意识""上意识""意识阈"[④]……更

① 参阅1913年颁布的《教育部公布大学规程》《教育部公布师范学校课程标准》。

② 《批评与梦》,《文艺论集》,光华书局,1925年。

③ 《文艺赏鉴上之偏爱价值》,《创造周报》14号,1923年。

④ 《风子》,《监狱》,光华书局,1927年。

证明“五四”作家对心理学尤其是变态心理学的特殊兴趣。“五四”作家不无卖弄变态心理学知识的弊病(即使如郁达夫这样的优秀作家也不例外),但总的来说,心理学知识使他们加深了对人的内心世界的了解。

西方小说及文学观念的输入,使“五四”作家越来越关注小说中的人物心理。“牺牲了动作的描写而移以注意于人物心理变化的描写”①,乃是西方近代小说艺术上一大进步,也是“五四”小说艺术上的一大进步。单有表现人物心理的主观愿望还不够,还得有精确把握人物心理的能力。“五四”作家的这种能力,一方面得益于生活体验,另一方面也得益于现代心理学知识。“五四”作家的心理学知识,影响于中国小说叙事模式的转变,最明显的有两点:一是小说结构的心理化,以人物心理而不是以故事情节为小说的结构中心;一是小说时空的自由化,按照人物的“情绪线”而不是故事的“情节线”来安排叙事时间,可以倒装叙述,也可以交错叙述,而不必固守传统的连贯叙述。

“新教育”(包括出洋留学与进国内新学堂)之影响于这两代作家,最重要的也许还不在有形的学识,而在潜在的气质、情感与志趣。学校设置什么课程是有账可查的,而学校给予学生的,却并不限于一张课程表。“新教育”于专业知识外,还给学生思想的自由发展、才能的自由发挥提供了条件。换句话说,新学堂所能给予学生——未来的小说家的,不单是真理,更有追求真理的愿望、独

---

① 沈雁冰:《人物的研究》,《小说月报》16 卷 3 号,1925 年。

立思考的勇气和改造世界的热情。

这一点或许是当初倡办学校的人所始料未及的。在晚清,像章炳麟那样把办学校与设议院、立民主联系在一起的[1],或者像梁启超那样主张“精神教育者自由教育也”的[2],实际上也不多。好多提倡采西学办学堂的有识之士还是从实学角度立论——当然也只有这样才能为清廷所接受。至于张之洞的“中体西用”,落实在学校教育上,就是力图在引入西方科学技术的同时排斥西方政治思想:

> 立学宗旨,无论何等学堂,均以忠孝为本,以中国经史之学为基。俾学生心术壹归于纯正,而后以西学瀹其智识,练其艺能,务期他日成材,各适实用。[3]

只是如此设想,未免一厢情愿。国内学堂可以如此规定(且不论能否实施),出国留学的怎么办?要求给留学生“课以《孝经》《小学》《五经》及《国朝律例》等书”,“示以尊君亲上之义”,[4]实际上根本办不到。1881 年清廷就因留学生“腹少儒书,德性未坚,尚未究彼技能,先已沾其恶习”而全部撤回出洋肄业幼童。因留学生不愿再行拜跪礼而断言“沾其恶习”固然荒唐,可声明“即使竭力整顿,亦觉防范难周”[5],却是实话。进的是西洋学堂,能不多少接触一点民主思想,并转而憎恨封建专制?国内大、中学堂虽有政府

---

① 《变法箴言》,《经世报》第 1 册,1897 年。
② 《精神教育者自由教育也》,《自由书》。
③ 张百熙、荣庆、张之洞:《奏定学堂章程》(1904 年)。
④ 李鸿章:《选派幼童出洋肄业应办章程折》。
⑤ 《总理各国事务奕䜣等奏折》(1881 年 6 月 8 日)。

严加控制,毕竟教习多为受过西式教育的中外学人,教材又多采自东、西洋,再加青年学生天生的政治热情与革命党人的积极活动,国内学堂也并非平静的后院,而是随时可能爆发的火山。对于清廷来说,这是个两难的窘境:不派留学生、不办新学堂,则无法掌握先进的生产技术,改变国弱民穷的现状,并进而抵抗列强的入侵瓜分;派留学生、办新学堂,又难免资产阶级思想"侵蚀",为封建专制政体培养掘墓人。两者无疑都是清廷所不希望的,只不过对后者的严重性认识不足,再加上大势所趋,晚清的"新教育"还是在清廷的默许乃至支持下日益发展。

派遣留学生与兴办新学堂对20世纪初中国的政治、经济、文化、军事等各个层面的影响无疑都是十分深远的①;而影响于小说叙事模式转变最直接的,则是"新教育"对奴才心理的批判与对自主意识的培养。"新教育"不见得都明确主张"贵我"②,批判培养"服从心、保守心"③的旧教育,并以"摆脱压制,养成自由自在之人"④为教育宗旨,但无疑给腐朽的社会带来一股新鲜空气。鲁迅等人致书故乡人民,主张"年少之士,亟宜游学",以便"更新国政";⑤周作人回忆当年只有在学堂中才能看到"《新民丛报》、《新

---

① 参阅舒新城《近代中国留学史》、实藤惠秀《中国人留学日本史》、汪一驹《中国知识分子与西方》、黄福庆《清末留日学生》。

② 《教育泛论》,《游学译编》9期,1903年。

③ 蔡元培:《全国临时教育会议开会词》,《教育杂志》4卷6号,1912年。

④ 金一(金松岑):《女界钟》,大同书局,1903年。

⑤ 《绍兴同乡公函》(铅印本,现存绍兴鲁迅纪念馆)。

小说》、梁任公著作,以及严几道、林琴南的译书”[1],可见学校给予学生的绝不仅仅是专业知识。伴随着思想启蒙的,必然是“人”的逐步觉醒。正如茅盾说的,“人的发见,即发展个性,即个人主义,成为‘五四’(时)期新文学运动的主要目标”[2]。

“如果作家以不同方法去看自我,他也将以不同的方法去看他的人物,于是一种新的表达方式自然而生。”[3]普实克先生论述“五四”文学的主观化倾向[4],李欧梵先生评价“五四”作家的倾诉性调子[5],都抓住了“五四”作家精神风貌中一个突出的侧面。我要指出的是,由于作家对自我的认识和估计发生变化,创作中作家主体意识的作用以及小说中人物心理描写的地位也就发生变化,因而,小说叙事模式的转变才势在必行。小至日记体、书信体小说的崛起,第一人称小说从记录习闻转为抒发情感,大至小说家注重表现自我,故从以情节为结构中心转为以人物心理为结构中心,从依照事件的自然时序谋篇布局转为以人物情绪或作家审美理想为尺度重新剪辑叙事时间,选择不同叙事角度以便在故事的叙述中更好体现作家的主观意图——所有这些,都跟“五四”作家发展个性表现自我的自觉要求相适应。

---

① 《学堂生活》,《鲁迅小说里的人物》附录。

② 朱璟(沈雁冰):《关于“创作”》,《北斗》创刊号,1931 年。

③ 爱·摩·佛斯特:《小说面面观》146 页,苏炳文译,花城出版社,1984 年。

④ “Subjectivism and Individualism in Modern Chinese Literature,” *Archiv Orientální*, 25, 1957.

⑤ *The Romantic Generation of Modern Chinese Writers*, Harvard University Press, 1973.

五

毫无疑问,"五四"作家和被他们称为"老新党"的"新小说"家有很大差别——从思想意识到具体的艺术感受方式。但我仍然把以梁启超、吴趼人、林纾为代表的"新小说"家和以鲁迅、郁达夫、叶圣陶为代表的"五四"作家放在一起论述,强调他们共同完成了中国小说叙事模式的转变。这里没有贬低"五四"小说的开创意义或拔高晚清小说的历史地位的意图,而是强调这两者的历史联系。"五四"作家并不讳言他们接受"新小说"的影响。林译小说曾经诱导一大批后来成为"五四"主要作家的青年学生倾心于外国小说[①];梁启超的"小说改良群治"主张与"五四"作家的"文学为人生"论不无联系[②];吴趼人、李伯元、刘鹗、曾朴的小说更是"五四"作家讨论的主要对象[③],尽管评价不无偏颇;鲁迅、周作人模仿过林纾、梁启超、陈冷血的译笔[④];刘半农、叶圣陶更是从"新小说"阵营中冲杀出来的猛将……把这两代人作为一个整体看待,目的是强调他们或多或少地接受西洋小说影响,或自觉或不自觉地背离传统小说,开始寻求新的表现形式和表现技巧。

---

① 参阅许寿裳《亡友鲁迅印象记·杂谈名人》、郭沫若《少年时代·我的童年》、周作人《知堂文集·我学国文的经验》。

② 参阅周作人《关于鲁迅之二》。

③ 参阅《新青年》3、4 卷上刊载的胡适、钱玄同讨论中国小说的一组书信。

④ 参阅周作人《林琴南与罗振玉》,周启明(周作人)《鲁迅与清末文坛》,陈梦熊《知堂老人谈〈哀尘〉〈造人术〉的三封信》中引录的周作人的信(《鲁迅研究动态》,1986 年 12 期)。

从纯文学角度考虑，晚清一代作家是不幸的。既没有明清小说独具一格的成熟，又没有“五四”小说前途无量的生气，即使谴责小说四大名著《官场现形记》《二十年目睹之怪现状》《老残游记》《孽海花》，艺术上也相当粗糙，而且这种“粗糙”还很可能并非作家自身艺术才华的限制，而是探索者学步者不可避免的“蹒跚”。但从文学史角度着眼，这一代作家又是幸运的。谁要是想探讨中国现代小说与古代小说的联系与区别、研究西洋小说对中国小说的影响以及中国小说嬗变的内在机制，都不可能绕开这一代人。正是他们的点滴改良，正是他们前瞻后顾的探索，正是他们的徘徊歧路甚至失足落水，真正体现了这一历史进程的复杂与艰难。他们身上有太多的矛盾和缺陷，以致严重限制了其艺术探索的深度与广度；可也正是这些矛盾和缺陷，给研究者把握中国小说的转变（包括叙事模式的转变）提供了可靠的线索。在追寻这一代人的苦恼和欢乐的心灵历程时，我们可以明显把握到中国小说形式发展的脉搏。离开这一代人的努力，“五四”作家的成功就很容易被误解为只是欧美文学的移植。

在一个搬动一张桌子都要流血的国度里，创造两个新词是一场大仗，输入几个标点符号也是一场大仗①，转变中国小说的叙事时间、叙事角度、叙事结构当然更是一场大仗。不像白话文运动那样营垒分明，不难分辨刀光剑影；也不像新诗运动那样声势显赫，一时颇为引人注目。中国小说叙事模式的转变始终静悄悄地进行——这是一场以读者以及作家自身审美趣味为对象的艺术革

① 参阅鲁迅《忆刘半农君》，《且介亭杂文》。

命。没有硝烟战火,也不曾掀起轩然大波,倒不是因为没有"对手",而是在很长时间内双方都没有自觉意识到这一"转变"的重要性,也没有找到合适的理论语言。没有宣言的革命[①],可能容易被忽视,可也减少了不少不必要的阻力。这是一场在似懂非懂、半开半闭状态下完成的小说革命。因此,我更多关注那些体现作家矛盾心态的半成品,以及那些体现作家朦胧的艺术追求的半途而废的创新。正是这点点滴滴的自觉不自觉的创新,促成了中国小说叙事模式的转变。

转变虽则步履艰难,可也似乎顺理成章,以至时人不以此为一场小说领域中真正的革命。至于半个世纪后的今人,则更可能因梁启超等人为"开局突兀"这样今天连小学生都可能了解的倒装叙述赞叹不已而嗤之以鼻,忽略了"新小说"家艰辛的探索。那是一个充满创造与迷误、欢乐与痛苦的艰难而又令人神往的历史进程。并非每个时代的作家都能成为真正意义上的迎新送旧的"过渡的一代"。出作家出作品固然值得庆幸,影响整个小说发展方向无疑更值得注意——即使没有奉献出多少成熟的杰作。

在这里,中国小说拐了个弯,从此进入了新的河道——在本书的论述范围内,即指采用了新的叙事模式。不难想象,就在这转弯处,会有许多值得仔细辨认的先驱者的足迹、迷路者的身影与牺牲者的躯体。

---

① 梁启超的《论小说与群治之关系》和周作人起草的《文学研究会宣言》都没有涉及小说叙事模式问题。

上　编

西方小说的启迪与
中国小说叙事模式的转变

第二章　中国小说叙事时间的转变

时间是小说的一个主要组成部分。我认为时间同故事和人物具有同等重要的价值。凡是我所能想到的真正懂得、或者本能地懂得小说技巧的作家,很少有人不对时间因素加以戏剧性地利用的。①

——伊利莎白·鲍温

一

真正自觉地醉心于用自己的感觉方式来自由切割、扭曲小说中的时间,以获得某种特殊的美学效果,大概得到18世纪英国作家罗伦斯·斯泰恩才开始②。可在事件的讲述中本能地打破自然时序,却是"古已有之"。《史记·陈涉世家》叙陈胜起义失败后,

---

① 《小说家的技巧》,傅惟慈译,《世界文学》,1979年1期。

② Laurence Sterne(1713—1768),主要作品《绅士特利斯川·项狄的生平和见解》(*The Life and Opinions of Tristram Shaudy*)在叙事时间上搞了许多新花样,对普鲁斯特、乔伊斯、伍尔夫等现代作家有很大影响。

再补叙陈王斩故人多嘴饶舌者,故亲朋部将离心;《史记·孟尝君列传》叙完孟尝君生平大事,又用约等于前文二分之一的篇幅补叙冯骦弹铗、烧券取信于民的故事。司马迁的目的是表现史家的"史识",可也无意中打破了事件的自然时序。实际上后世的古文家和小说评点家都从中悟出一点安排叙事时间的笔法,只不过大都以"布局"名之。值得注意的是,中国古代作家与理论家,注重的主要是小说的"演述时间"而不是"情节时间"。

西方小说理论家对叙事时间的探讨,除俄国形式主义者区分"故事"与"情节",热拉尔·热奈特区分"史实""记叙""叙述"外,还有"阅读时间"与"情节时间"之分,"故事时间"与"演述时间"之分,"编年史时间"与"小说时间"之分,"被讲述故事时间"与"讲述时间"之分,等等。① 大致说来,"故事时间""编年史时间""史实时间""被讲述故事时间"都指事件的自然时序,这点似乎没有异议。可"情节时间""小说时间""演述时间""叙述时间"却截然不同,或指经过作家处理的体现在小说中的时间,或指作家演述本身的时间。前者更多考虑如何把同一情节线切断,提前挪后,重新剪辑组合;后者更多考虑如何把不同情节线打碎,重新拼凑,交叉使用。举例来说,前者使用同一架时钟,不断把时针拨前拨后;后者则使用两三架时钟,一会儿用这架,一会儿用那架,各架之间可能走时一样,也可能走时不一样。同样研究

---

① S. Chatman, *Story and Discourse: Narrative Structure in Fiction and Film*, Chapter Ⅱ, Cornell University Press, 1978.

“交替叙述”,前者可能指同一情节的叙述,一会儿现在,一会儿过去,一会儿未来,轮流交换;后者则可能指同时叙述两个故事,“一会儿中断一个故事,一会儿中断另一个故事,然后在下一次中断时再继续前一个故事”[①]。如果我们把前者称为“情节时间”,而把后者称为“演述时间”的话,那么本文主要研究的是“情节时间”。

“从某种意义上说,叙事的时间是一种线性时间,而故事发生的时间则是立体的。在故事中,几个事件可以同时发生,但是话语则必须把它们一件一件地叙述出来;一个复杂的形象就被投射到一条直线上。”[②]这一点中国作家似乎很早就意识到。“花开两朵,各表一枝”固然是没有办法的办法,可金圣叹评《水浒传》的“横云断山”法[③],毛宗岗评《三国演义》的“横桥锁溪”法[④],张竹坡评《金瓶梅》的“夹叙他事”法[⑤],都体现了评论家对小说“演述时间”的直观把握。韩子云对他自称“从来说部所未有”的“穿插藏闪之法”的解说更说明中国小说家在这方面的自觉追求:“一波未平,一波又起,或竟接连起十余波,忽东忽西,忽南忽北,随手叙来,并无一事完,全部并无一丝挂漏。”[⑥]可所有这些“断”“锁”“夹”“穿

① 兹韦坦·托多罗夫:《叙事作为话语》,中译文刊《美学文艺学方法论》,文化艺术出版社,1985 年。

② 同上。

③ 《读第五才子书法》。

④ 《读三国志法》。

⑤ 《批评第一奇书金瓶梅读法》。

⑥ 《海上花列传》例言。

插”,都没有打乱故事的自然时序。主要故事可能由于次要故事的插入而中断,可插入一旦结束,故事又接着讲。可以叙完二打祝家庄后,插进解珍解宝事,再叙三打祝家庄;但不可能叙完三打祝家庄后,再回头叙二打祝家庄。至于金圣叹“将后边要紧字,蓦地先插放前边”的“倒插法”[①],毛宗岗“此篇所阙者补之于彼篇”的“添丝补锦”法[②],都不过是作家追求文法变化的小技巧,并没有真正触及小说的“情节时间”。

清人王源有一段话讲得非常精彩:

> 追叙之法,谁不知之?但今之所谓追叙者,不过以其事之不可类叙者,置之于后作补笔耳。如此是一死套而已,岂活法乎?追叙之法乃凌空跳脱法也。[③]

王源心目中之“凌空跳脱法”,大约不外是:

> 唯中者前之,后者前之,前者中之后之,使人观其首,乃身乃尾;观其身与尾,乃首乃身。如灵蛇腾雾,首尾都无定处,然后方能活泼泼也。[④]

如此强调靠扭曲时间来突出叙事效果,在中国古代文评家中实为罕见。

---

① 《读第五才子书法》。

② 《读三国志法》。

③ 《左传·文公二年》评语,《左传评》,居业堂藏版。王源(1648—1710),字昆绳,别字或庵,河北大兴人,康熙癸酉举人,主要著作尚有《居业堂文集》等。

④ 《左传·文公十一年》评语,《左传评》。此篇叙叔孙得臣败狄于咸,其叙述顺序是:获侨如③——获缘斯①——获焚如④——获荣如、简如②(数字代表事件顺序)。

可这并不等于说《左传》的“中者前之,后者前之,前者中之后之”的“凌空跳脱法”是千古绝响,为历代小说家所遗忘。恰恰相反,在文言小说中,倒装叙述并不十分稀奇。唐代李复言《续玄怪录》中的《薛伟》,先写薛病愈,再由薛倒叙梦中化鱼事;《原化记》中的《义侠》,先写仕人骂贼负心,床下跳出侠客,再由侠客倒叙贼求他来取仕人头;明代宋懋澄《九籥集》中的《珠衫》,叙完主要故事,最后一段才补写新安人死,其妇为楚人后室。至于清人王士祯《池北偶谈》中的《女侠》、浩歌子《萤窗异草》中的《辽东客》、和邦额《夜谭随录》中的《梨花》,不管艺术上成功与否,小说采用的都是倒装叙事手法。前三篇改编成话本小说《薛录事鱼服证仙》《李汧公穷邸遇侠客》和《蒋兴哥重会珍珠衫》时,全都把小说的时间重新理顺;后三篇倘若改用白话写作,很可能也不会采用倒装叙述。这牵涉到中国古代文言小说、白话小说两大系统不同的功能、媒介、读者对象及发展道路对小说叙事模式的牵制,无法展开论述[①]。这里只想指出一个简单的现象:尽管有个别文言小说家偶尔采用倒装叙述,直到19世纪末,艺术成就较高、在中国小说史上占主导地位的长篇章回小说,仍然没有把《左传》的“凌空跳脱法”付诸实践。因此,可以这样说,到20世纪初接触西洋小说以前,中国小说基本上采用连贯叙述方法。

---

① 参阅本书附录一《小说的书面化倾向与叙事模式的转变》。

二

中国小说家对传统叙事模式的突破,无意中选择"情节时间"为突破口,这并非偶然。中国古典小说大都以情节为结构中心,作家们最为关注的自然是故事的布局;而金圣叹、毛宗岗辈以古文笔法评小说①,关注的仍然是故事的布局。这就难怪20世纪初的中国文人只能从"布局"角度来评判外国小说。更为重要的是,当年翻译介绍进来的外国小说,"大都只能译出原书的情节(布局),而不能传出原书的描写方法",因此,即使作家们想学习借鉴,"也只能摹仿西洋小说的布局了"。② 而对外国小说"布局"的赞叹,又大都集中在小说的开篇。居然可以"后者前之",不从神猴出世或者洪太尉误走妖魔讲起,而是直取故事中心。惊叹之余,不免纷纷模仿。在颇长一个时期内,如此简单的"开局突兀"居然成了不少"新小说"家和"新小说"理论家喋喋不休的话题与互相标榜的旗帜。

1894年上海广学会出版李提摩太节译的政治小说《百年一觉》,1896—1897年上海《时务报》刊出五篇中译福尔摩斯侦探案③,1899年福州刊行林纾翻译的"言情小说"《巴黎茶花女遗事》。这三部早期译作,不单开启了"新小说"三个重要的故事类

---

① 解弢《小说话》云:"金、毛二子批小说,乃论文耳,非论小说也。"(中华书局,1919年)

② 沈雁冰:《自然主义与中国现代小说》,《小说月报》13卷7号,1922年。

③ 即《英国包探访喀迭医生奇案》(第1册)、《英包探勘盗密约案》(6—9册)、《记伛者复仇事》(10—12册)、《继父诳女破案》(24—26册)、《呵尔唔斯缉案被戕》(27—30册)。

型，而且代表了“新小说”家学习外国小说叙事时间的三种倾向和三个阶段。

研究者一般把吴趼人的《九命奇冤》作为第一部学习西方小说倒装叙述手法的作品[①]。其实，在《九命奇冤》刊出之前一年，梁启超已在《新中国未来记》中尝试使用倒装叙述，并在此前后不止一次地谈论如何使小说“开局突兀”。1902 年初梁启超从日文转译法国小说《十五小豪杰》，在第一回后写下如下批语：

> 此书寄思深微，结构宏伟，读者观全豹后，自信余言之不妄。观其一起之突兀，使人堕五里雾中，茫不知其来由，此亦可见西文字气魄雄厚处。[②]

“结构宏伟”“气魄雄厚”云云，均是文评套语，没什么实质性意义；倒是“一起之突兀”系梁启超的真正发现。既有此“发现”，一旦发愿著小说，自然“不得不于发端处，刻意求工”[③]，于是有了“全用幻梦倒影之法”[④]的《新中国未来记》。

《新中国未来记》第一回描述公元 1962 年正月初一[⑤]，南京举行维新五十年大祝典，上海则开设大博览会，孔觉民老先生演讲“中国近六十年史”，于是引出黄克强的故事来。如此“一起之突

① 胡适第一个指出这一点，参阅胡适《五十年来中国之文学》，《最近之五十年：申报馆五十周年纪念》，申报馆，1923 年。

② 《新民丛报》2 号，1902 年 2 月 22 日。

③ 《新小说第一号》，《新民丛报》20 号《绍介新刊》栏，1902 年 10 月 15 日。

④ 《中国唯一之文学报新小说》，《新民丛报》14 号，1902 年 8 月 18 日。

⑤ 原文作“西历二千零六十二年”，但根据下文，从光绪二十八年算起，六十年后应是 1962 年。

兀"的开场,明显得益于美国乌托邦小说《回头看》与日本政治小说《雪中梅》[①]。前者由李提摩太用文言节译为《百年一觉》,梁启超在流亡日本前就介绍过[②];后者梁启超在创作小说前也曾评述过,估计读的是日文原本,因《雪中梅》最早的中文译本 1903 年才出版[③]。

《回头看》叙"地窖藏身百年一觉"的"我",生活在 20 世纪的理想社会,可又不断回到 19 世纪的现实世界,这种借未来与现实的强烈对比来表达作者政见的笔法,启发了梁启超小说的整体构思。不过,李提摩太为适应中国人口味,把原作开篇叙 20 世纪事,再由主人公"把一百年前的话,告诉列位",改为直接从 19 世纪叙事。所以,梁启超《新中国未来记》之"开局突兀",主要借鉴末广铁肠的《雪中梅》。《雪中梅》的"发端"描写明治一百七十三年(2040)10 月 3 日东京庆祝国会一百五十四周年的场面,并由一则新闻、一截断碑引出记载"那时候的人情并明治二十三年前的政治社会的光景"的政治小说《雪中梅》,再转入国野基故事的叙述——这才是《新中国未来记 · 楔子》的直接样板。

模仿《雪中梅》的并非只有梁启超一人,陈天华的《狮子吼》的《楔子》也明显地是从《雪中梅》脱胎而来。作者叙其梦中来到一

---

① Edward Bellamy, *Looking Backward*, 1888;末广铁肠:《雪中梅》,1886 年。

② 梁启超在 1896 年上海刊行的《西学书目表》中介绍过《百年一觉》。另外,《绣像小说》25—36 期刊出《回头看》白话译本,没注明译者。

③ 梁启超在《自由书 · 普及文明之法》(刊《清议报》)中介绍过《雪中梅》,而熊垓的《雪中梅》中译本 1903 年才由江西尊业书馆出版。

个极大的都会,市面上"讲不尽富贵繁华,说不尽奇丽巧妙",《共和国年鉴》更记载着学校、军备、交通、邮电、税收等各项振奋人心的统计数字[①]。原来那就是中国,正在开"光复五十年纪念会",作者偷出《光复纪事本末》,演成这一册《狮子吼》。下面才转入故事的正式讲述。

《新中国未来记》《狮子吼》的倒装叙述虽然幼稚,可还有把不同时空的情景拼在一起以产生强烈反差对比的艺术效果;到了血泪余生的《花神梦》(1905 年,刊《绣像小说》56—59 期,未完)和萧然郁生的《乌托邦游记》(1906 年,刊《月月小说》1—2 期,未完),已变成说明笔记或书籍来源的引子,再也谈不上"一起之突兀"了。以得到笔记或书本引出故事这一套式,同时期的谴责小说也颇多采用,如吴趼人的《二十年目睹之怪现状》和《黑籍冤魂》、王濬卿的《冷眼观》、钱锡宝的《梼杌萃编》等。况且,这也并非"新小说"家的独创,《红楼梦》早已有此先例。

"政治小说者,著者欲借以吐露其所怀抱之政治思想也。"[②]既然目的只是将"胸中所怀,政治之议论,一寄之于小说"[③],这就难怪政治小说家不可能对小说的叙事时间做进一步的探讨,尽管是他们率先把倒装叙述介绍到中国来并运用到小说创作中。唯一的例外是静观子的《六月霜》(改良小说社,1911 年),不过《六月霜》

① 《雪中梅》"发端"也有关于 2040 年日本街景、交通、兵备、学堂、国会等的描写,那是当时人心目中国富民强的标志。

② 《中国唯一之文学报新小说》。

③ 任公:《译印政治小说序》,《清议报》第一册,1898 年。

已不是专写政治理想的正宗的政治小说,而是掺有谴责小说与言情小说的成分。这部小说的叙事时间颇为特别,一、二回写越兰石见报载秋瑾遇难,忍痛作《秋瑾传》登报;三至六回倒叙绍兴知府富禄捕杀秋瑾,六月飞霜;七回写众人对秋瑾之死的感受与评价;八至十一回又倒叙秋瑾离婚出走东洋至回国办学堂;十二回才回到开篇,越兰石赴绍兴为秋瑾收尸建墓[1]。小说以越兰石故事包孕秋瑾故事,中间两度倒叙,结构相当紧凑,只可惜作者才华有限,文字缺乏表现力。作家明显借鉴外国小说的叙事时间,可转圜处又都采用传统说书的套语——如“俗语说的‘一口难说两处话’,在下此刻,正是一笔难写两处事了”;“看官切莫性急,待作者把它慢慢的补叙出来,给诸位知道”——可见并未自觉意识到这一革新的意义。

三

对“新小说”家及其读者最有魅力的,实际上并非政治小说,而是侦探小说。尽管评论家们一再呼吁译、作政治小说,并把输入政治小说、侦探小说、科学小说作为改造中国小说的关键[2],但政

---

① 阿英认为静观子的《六月霜》是根据嬴宗季女的传奇《六月霜》(改良小说社,1907年)作成的(《晚清小说史》100页,人民文学出版社,1980年)。但后者以“做一尊女学界救世主”的芙蓉仙子(秋瑾)下凡与返真为开篇、结局,中间则连贯叙述,艺术构思完全不同于前者,很难说两者有直接的承传关系。

② 如《小说丛话》中定一的论述,《新小说》2卷3号,1905年。

治小说的读者面仍然相当有限。时人有看不起西方言情小说、社会小说乃至政治小说的,可没有人不称赞西方的侦探小说。言情小说我们有《红楼梦》,社会小说我们有《金瓶梅》,政治小说我们有《水浒传》[①],而侦探小说呢？我们有什么？这就难怪侠人认为:"吾祖国文字,在五洲万国中,真可以自豪耳",中国小说远胜西洋小说,"唯侦探一门,为西洋小说家专长"。[②] 定一则表白:"吾喜读泰西小说,吾尤喜泰西之侦探小说。"[③]周桂笙也承认:侦探小说"为吾国所绝乏,不能不让彼独步"[④]。

唯有吴趼人为了"塞崇拜外人者之口"[⑤],从故老传闻、近人笔记中辑录改作了《中国侦探案》。其中十八则附有作者(署名野史氏)评语,再三强调中国之能吏远胜西洋之侦探,根本用不着花那么多工夫去侦也探也,再难的疑案三下五除二就破了。可正是这些赞扬,突出了中国作家之愚昧(如《守贞》之荒诞无稽)与中国侦探小说的落后(如《钟萧》,一句"既入其家,暇与群儿嬉,遂尽得其颠末"便把最关键的侦探过程给带过去了)。除开扣人心弦的悬念、丝丝入扣的推理与恍然大悟的解结,侦探小说还有什么？那不成了法院的起诉书？时人似乎更欢迎西洋"机警活泼"之侦探小说[⑥],而

---

① 小说的分类按《新小说》上的《小说丛话》。

② 《小说丛话》,《新小说》2 卷 1 号,1905 年。

③ 同上。

④ 《歇洛克复生侦探案》周桂笙弁言,《新民丛报》3 卷 7 号,1904 年。

⑤ 《中国侦探案》吴趼人弁言,广智书局,1906 年。

⑥ 《歇洛克复生侦探案》周桂笙弁言;侗生:《小说丛话》,《小说月报》2 卷 3 号,1911 年。

不是断案文牍[1]。据徐念慈统计,小说林社出版的书,销路最好的是侦探小说,约占总销售额的十之七八[2]。吴趼人也不无忧虑地慨叹:“近日所译侦探案,不知凡几,充塞坊间,而犹有不足以应购求者之虑。”[3]

晚清侦探小说的翻译数量多[4],起步早,而且抛开日本这个中转站,直接取法欧美,步伐甚至走得比日本还快[5],在这个特殊的艺术领域里基本与世界文学潮流同步[6]。这是个值得注意的文学现象。不能简单归结为作家的艺术鉴赏力低,此时期的主要作家罕有不关心侦探小说的——周桂笙、徐念慈、林纾、包天笑、周瘦鹃都译过侦探小说;吴趼人、刘鹗等人作品明显受侦探小说影响——而这些人的艺术修养一般说来并不低。一方面是清代公案小说的流行为侦探小说的输入做了很好的铺垫,以福尔摩斯来比包公、施公或彭公[7],当然不难发现前者更精巧、更科学,更能体现现代社

---

① 吉《上海侦探案》(《月月小说》7号,1907年)开首即批评《中国侦探案》是“断案”而不是“侦探”。

② 觉我(徐念慈):《余之小说观》,《小说林》9—10期,1908年。

③ 《中国侦探案》吴趼人弁言。

④ “在约一千一百部的清末小说里,翻译侦探小说及具侦探小说要素的作品占了三分之一左右。”见中村忠行《清末探侦小说史稿》,《清末小说研究》4期(1980年),日本清末小说研究会出版。

⑤ 参阅中村忠行《清末探侦小说史稿》,《清末小说研究》2—4期(1978—1980年)。

⑥ 1896年《时务报》译载的两则福尔摩斯故事,取自1894年出版的 *The Memoirs of Sherlock Holmes*;而同时期译介的言情小说、社会小说大都是18—19世纪前期作品,年代最近的政治小说在日本也已衰落。

⑦ 《小说丛话》(《新小说》2卷1号)中定一语:“莫若以《包公案》为中国唯一之侦探小说也。”蛮《小说小话》(《小说林》9号)则以《三侠五义》比泰西侦探小说。

会的守法律、重人权。另一方面，侦探小说的确有它独特的艺术魅力，能够吸引善于鉴赏情节的中国读者。尽管林纾等旧式文人不忘文以载道，硬要从中发掘微言大义，证明侦探小说如何有益于世道人心[①]，可大部分理论家还是承认："侦探小说者，于章法上占长，非于句法上占长；于形式上见优，非于精神上见优者也。"[②]因此，他们更多谈论的是侦探小说"本以布局曲折见长"[③]；"此种穿插变化之本领，实非他人所能及"[④]。

很难说中国古代小说少变化或者不曲折，令"新小说"家惊叹的实际上是侦探小说家"不满意事件的简单的年代顺序，不是直线式地展开小说，而宁愿描写曲线"；不是由主人公的生写到死，而是由其死写到生："从故事一开始就讲到一具被发现的尸体，然后以倒叙的方式讲叙威胁和杀害的事。"[⑤]两种不同的叙事时间，产生两种不同的艺术效果，显然后者更能靠悬念抓住读者，更容易把一个故事讲得扑朔迷离，充满神秘感。这对中国作家和读者都很有吸引力。早期三个侦探小说的翻译和评介者周桂笙、徐念慈、林纾各讲过一段话，证明他们的感觉大体一致，都还是集中在"开局之突兀"：

我国小说体裁，往往先将书中主人翁之姓氏来历叙述一

---

① 参阅《神枢鬼藏录》林纾序，《歇洛克奇案开场》陈熙绩序。

② 《第一百十三案》第一章觉我（徐念慈）《赘语》，《小说林》创刊号，1907年。

③ 觚庵（俞明震）：《觚庵漫笔》，《小说林》7期，1907年。

④ 《福尔摩斯侦探案全集》半侬（刘半农）跋，中华书局，1916年。

⑤ 列·谢·维戈茨基：《艺术心理学》197—198页，周新译，上海文艺出版社，1985年。

> 番，然后详其事迹于后；或亦有用楔子、引子、词章、言论之属，以为之冠者，盖非如是则无下手处矣。陈陈相因，几于千篇一律，当为读者所共知。此篇为法国小说巨子鲍福所著，其起笔处即就父母问答之词，凭空落墨，恍如奇峰突兀，从天外飞来；又如燃放花炮，火星乱起。然细察之，皆有条理，自非能手，不敢出此。虽然，此亦欧西小说家之常态耳。①

> 我国小说，起笔多平铺，结笔多圆满；西国小说，起笔多突兀，结笔多洒脱。②

> 文先言杀人者之败露，下卷始叙其由，令读者骇其前而必绎其后，而书中故为停顿蓄积，待结穴处，始一一点清其发觉之故，令读者恍然。此顾虎头所谓传神阿堵也。③

没有必要嘲笑“新小说”家对侦探小说的异乎寻常的热情，尽管《福尔摩斯探案集》之类算不上文学名著，可却切实地帮助“新小说”家掌握了倒装叙述手法。对比同是以倒叙开场的《九命奇冤》（吴趼人）与《玉佛缘》（嘿生，刊《绣像小说》53—58号），前者借鉴侦探小说《毒蛇圈》，显得先声夺人，虎虎有生气；后者则土生土长，只是把本应放在第四回的巡抚捐银造无量寺挪在篇首讲几句，平淡无味。

---

① 《毒蛇圈》知新室主人（周桂笙）《译者语》，《新小说》8号，1903年。

② 《电冠》觉我（徐念慈）《赘语》，《小说林》8号，1907年。《电冠》并非侦探小说，也并非采用倒装叙述，徐是引申发挥。

③ 《歇洛克奇案开场》林纾序，商务印书馆，1908年。

晚清四大小说杂志共刊登采用倒装叙述手法的小说51篇，而其中侦探小说和含侦探小说要素的占42篇，可见侦探小说对“新小说”家掌握倒装叙述技巧所起的作用。从侦探小说学技巧并非可耻的事，只可惜大部分“新小说”家从侦探小说学来的倒装叙述只用来写侦探小说（或小说中的侦探故事部分）或者黑幕小说。值得庆幸的是，晚清两部最优秀的长篇小说都留下西方侦探小说的面影，为我们的研究提供了清晰的线索。

吴趼人和刘鹗无疑都是侦探小说的热心读者。前者除有《九命奇冤》这样颇为像样的侦探小说外，在《二十年目睹之怪现状》的批语中，点出九死一生“竟类是个侦探”（十三回），三十三回则“直可当侦探案读”；后者则借白公之口，称老残为“福尔摩斯”（《老残游记》十八回）。在“新小说”家中，真正熟练掌握并有效地运用西方侦探小说倒装叙述技巧的，大概也只有吴趼人和刘鹗。《二十年目睹之怪现状》第八十七至一百零六回叙荀才之死，《老残游记》第十五至二十回叙老残破齐东村十三人命案，都借用倒装叙述技巧，不断制造悬念，不断推进情节，把现在的故事和过去的故事纠合在一起，借助“发现”的程序，逐步展现早已过去的故事的全貌，其布局之严谨非传统连贯叙述的小说可比。

四

在晚清文坛上最走红的外国小说人物，一是福尔摩斯，一是茶花女（玛格丽特），不少作家喜欢在小说中带它一句，以显示才情和学识[①]。奇怪的是,同是走红的小说[②],《福尔摩斯侦探案》一译过来就有人模仿,《茶花女》却迟迟不见学步者。邱炜萲声称:“读者但见马克之花魂,亚猛之泪渍,小仲马之文心,冷红生之笔意,一时都活,为之欲叹观止。”[③]可实际上绝大部分读者只见“马克之花魂,亚猛之泪渍”,为那哀艳的爱情故事所感动。“断尽支那荡子肠”(严复诗)的是茶花女,而不是《茶花女》[④]。“冷红生之笔意”多少还有人领悟,也得到不少赞赏;“小仲马之文心”则在很长时间内没被中国读者理解、接受。相对于政治小说、侦探小说刚介绍进来就不断有人谈论其开局之突兀、情节之曲折(不管这种议论多么浅薄),并引起一再的模仿,《茶花女》则饱尝热闹场中的冷淡,过了十多年才在中国找到私淑弟子。一方面是晚清作家注目于政治,“两性私生活描写的小说,在此时期不为社会所重”[⑤],自然不会模仿《茶花女》的叙事技巧;另一方面是中国“言情”文学的感伤传统源远流长,出现过《红楼梦》为代表的一大批优秀作品,中国作家并不把《茶花女》等西方言情小说真正放在眼里,把它比之《红楼梦》已实在有点过奖[⑥],哪值得去模仿学习?这就难怪到

---

① 《老残游记》《医意》(《月月小说》7号,1907年)都在小说中称主人公为福尔摩斯。《文明小史》二十三回人言:“英雄男女不可分,文明国有茶花女。”《孽海花》十二回称彩云打扮得如“茶花女化身”。

② 有趣的是,1899年素隐书屋把今天看来绝不相类的《茶花女遗事》《华生包探案》合刊,两书因而皆风行一时。

③ 《挥麈拾遗·茶花女遗事》,1901年刊。

④ 参阅阿英编《晚清文学丛钞·小说戏曲研究卷》中关于《茶花女》的题诗。

⑤ 阿英:《晚清小说史》5页,人民文学出版社,1980年。

⑥ 徐维则:《东西学书录》,1899年刊。

1911 年还有人慨叹："余尝谓中国能有东方亚猛，复有东方茶花，独无东方小仲马。"[①]钟心青学《茶花女》的"深情"（《新茶花》），何诹学《茶花女》的"哀艳"（《碎琴楼》），林纾学《茶花女》的"礼义"（《柳亭亭》），到徐枕亚才开始学《茶花女》的叙事时间（如《玉梨魂》开篇的倒叙手法与结尾的引录筠倩临终日记）[②]。

比起政治小说、侦探小说只注重开局之突兀，晚清介绍进来的言情小说、社会小说对叙事时间的处理更为精致复杂。而读者居然没抱怨读不懂，这跟林纾等人的介绍说明不无关系。在翻译《块肉余生述》第五章时，林纾提醒读者此处用的是"预叙"笔法，并说明这种西洋文法自有特点，不可移易：

> 外国文法往往抽后来之事预言，故令观者突兀惊怪，此其用笔之不同者也。余所译书，微将前后移易，以便观者。若此节则原书所有，万不能易，故仍其文。

李提摩太为适应中国人欣赏习惯，把所译《百年一觉》的叙事时间理顺；林纾则"故仍其文"，这无疑高明得多。尽管林纾前期喜欢用古文家眼光来"删繁去芜"，砍掉了一些小插曲[③]，可对原作整个布局很少改动，只是在他认为中国读者可能看不懂的地方做些提示。如在《茶花女》第七章加括号，注明"以下为亚猛语"；在《迦茵

---

① 侗生：《小说丛话》，《小说月报》2 卷 3 号，1911 年。

② 《玉梨魂》二十九回云：石痴校长知作者素有东方仲马之名，故嘱其作《玉梨魂》。可见徐确是有意模仿"小仲马之文心"。

③ 林纾译《巴黎茶花女遗事》，后 23 章基本不动，前 4 章删节较多。主要删去一些作者的感慨及拍卖场上夫人、公爵的假正经，马克姐姐得遗产等无关大局的插曲。

小传》第八章则插一句"此盖补述之言也";在《哀吹录·猎者斐里朴》中倒叙的起始处加两括号,注明"以下别提一段,是记者补叙前半之事,不关庙中人口述","以上均插叙斐里朴与司谛芬在兵间脱险之情状"。可惜,尽管林纾对西洋小说这种"补叙""插叙"颇有好感,再三提及,可就是不敢引进自己的小说创作中,甚至为了严格遵守故事的自然时序,不惜破坏小说视角的统一①。

辛亥革命后言情小说的盛行,使这种倒装叙述得到广泛的应用。评论家开始区分"前后倒置法"与"乾龙无首法"②,前者屡见于侦探小说,如今也被言情作家所接受③,只不过悬念越来越小,以致基本消失,只是把结局作为引子挪到前面。《碎琴楼》(何诹)的开篇还有点"抓人",而《禽海石》(符霖)、《弃妇断肠史》(徐枕亚)的开篇则只是便于提起话头。后者的"屈首入腹",不只"后者前之",而且"中者前之""前者中之后之"——亦即强调叙事时间的扭曲可以多样化,并非只有"开局之突兀"一种。这无疑是一种认识的深化。可这种"深化"并没有能够推动创作进一步发展,倒很快演变成另一种更加古老的叙事套套:"我"或他在某一特定情景下听某人讲述他自己或别人过去的故事。偶尔这过去的故事还能推动现在的故事发展,如周瘦鹃的《云影》;可大部分小说记录

---

① 《剑腥录》力图把见闻全部隶属于仲光一人,可第三十章记伯符兄弟殉国事,林纾明言"凡此皆事后始审也",为了遵循事件自然时序,撇开仲光提前叙述。

② 解弢:《小说话》36、35页,中华书局,1919年1月。

③ 徐枕亚的《毒药瓶》先写洞房新娘服毒而死,再倒叙"这两新人未结婚以前的情事",明显是从侦探小说学来。

完过去的故事再发几句感慨就完了,如林纾的《浮水僧》、天笑生的《牛棚絮语》、恨人的《埋儿惨史》、息游的《孤凰操》等。这种套套又新又老,新老咸宜,一时颇受青睐,一直延续到20年代中后期[①]。说它“新”呢,因为作家毕竟有意识地倒装叙述;说它“旧”呢,因为与其说这套套是受《茶花女》和同时期介绍进来的西洋短篇小说的影响[②],还不如说是受传统叙事诗和笔记小说的影响。外国小说使他们懂得可以使用倒装叙述;杜甫的《兵车行》、白居易的《琵琶行》以至浩歌子的《辽东客》、和邦额的《梨花》则教会他们如何使用倒装叙述。“东西合璧”的结果固然是扩大了倒装叙述的市场,谁都想赶潮流试一试;可也使这么一点可怜的艺术创新迅速老化。到了“倒叙”进入广告语言,成了商人招徕顾客的招牌的时候[③],“创新”已经不再是创新了。

五

令人遗憾的是,即使是上面所描述的小说叙事时间的点滴创新,在“新小说”中也并不多见。许多作家还是习惯于采用连贯叙述,有的好像商家记“四柱账”,笔笔从头到尾,一丝不漏[④],如彭养

① 参阅1927年上海大东书局出版的《周瘦鹃、包天笑说集》。

② 如《蛮荒情种记》(《小说月报》5卷11号,1915年),《五十年前》(《礼拜六》7期,1914年)。

③ 《小说丛报》16期(1915年)刊《换巢鸾凤》广告:“通篇笔法纯用倒叙,构局之奇尤足为新小说中别开生面者。”

④ 沈雁冰:《自然主义与中国现代小说》,《小说月报》13卷7号,1922年。

鸥的《黑籍冤魂》记吴家五代人受鸦片之苦，一代代叙来毫无变化。有的好像旅人坐火车看风景，“第觉眼前景物排山倒海向后推去耳”[1]，景与景之间可以没有统一的时间尺度，可每一景的叙事时间却是连贯的，如李伯元的《官场现形记》。有的尽管增添一根穿珠的“珠练”，众多的“珠子”——众人讲述的故事、轶闻、笑话——尽可颠三倒四，可“珠练”——容纳这一堆穿插的“我”的游历——却仍然是连贯的，如王濬卿的《冷眼观》。有的作家意识到传统小说叙事时间的缺陷，想用“蟠曲回旋”来取代“随便起止”[2]；用“倒戟而入”来取代“话分两头”[3]。可我们仍只能把这类小革新看成西方小说倒装叙述与中国古典小说的人物背景介绍（“看官可曾晓得××来历”“原来是……”）、故事的补充说明（“初……”）与两条情节线转换时的接榫（“花开两朵，各表一枝”）的生硬结合。《孽海花》第十二回与《梼杌萃编》十四、十五回的转换与插叙，除了增加一些连接的道具，在叙事时间上跟传统小说几乎没什么区别。

“新小说”家尽管喜谈小说的叙事时间，可戴着中国小说以情节为中心的有色眼镜，在西洋小说中找到的自然只能是最显而易见的“开局之突兀”。把叙事时间的革新集中在倒装叙述，又把倒装叙述简化为“开局之突兀”，可想而知这一革新所能达到的深度与广度。政治小说的时空差演变成说明笔记来源的引子，言情小

---

① 《小说管窥录·宪之魂》，录自阿英编《晚清文学丛钞·小说戏曲研究卷》。

② 曾朴：《修改后要说的几句话》，《孽海花》，真美善书店，1928年。

③ 诞叟（钱锡宝）：《梼杌萃编》第十五回，中亚印书馆，1916年。

说的回忆插入又向《琵琶行》看齐,侦探小说略为成熟,可又很快走火入魔。我们只能说“新小说”家表现了变革传统小说叙事时间的强烈愿望,也帮助了中国读者理解西洋小说倒装叙述技巧,却很难找到熟练使用倒装叙述甚至交错叙述的成功之作。

“五四”作家很少谈论小说的叙事时间,倒装叙述早已司空见惯,交错叙述似乎也很平常。不谈并非不理解或者不喜欢,而是觉得太一般,似乎那应是老前辈们津津乐道的话题。当胡适、沈雁冰总结评价“新小说”的倒装叙述时①,都肯定其积极模仿借鉴西洋小说的意义。只不过胡适着眼于历史研究,调子定得高点;沈雁冰着眼于现实创作,评价自然低些。从小说入门角度谈点“利用追叙和回想使得几十年的事能在极短的时间内显示出来”的“逆溯的结构法”②,当然不无裨益。可评论家对此并不看重。他可能赞赏这一段倒叙“是一个很美丽的插话”;也可能批评那几节倒叙“登场时总不高妙”。③ 赞赏也罢,批评也罢,都不把倒装叙述作为一种特殊的叙事技巧另眼看待。这时期翻译介绍进来的外国小说论著对叙事时间也不甚重视,只是轻描淡写地扫它几句④。而中国人写的小说专论更甚,大都连提都不提。郁达夫还漫不经心地说几句:“或者顺叙,或者倒叙,或者顺倒兼叙,都不要紧,只教能

① 胡适:《五十年来中国之文学》,《最近之五十年:申报馆五十周年纪念》,1923年;沈雁冰:《自然主义与中国现代小说》。

② 赵景深:《短篇小说的结构》,《文学周报》5卷7号,1927年。

③ 成仿吾:《〈一叶〉的评论》,《创造季刊》2卷1号,1923年。

④ 如Clayton Hamilton《小说法程》(华林一译,商务印书馆,1924年)第四章云:“盖一故事,倒述顺叙,固皆可也。”

使事件能开展，前后能一贯就好了。”[1]其他几部小说理论专著干脆避而不谈[2]。一方面是侦探小说的倒装叙述太简单，没什么好说；另一方面，罗伦斯·斯泰恩和陀斯妥耶夫斯基小说的叙事时间又太复杂，非“五四”理论家所能说[3]，因而只好沉默。而对于作家来说，积极模仿西方小说（特别是西方现代小说），以及主要小说体裁从长篇转为短篇，小说功能从讲故事转为描摹世态、抒发情感，“五四”小说的叙事时间自然而然地跟传统小说截然不同，与“新小说”也有很大差别。由于这个弯转得太顺理成章了，作家们似乎并没有意识到小说叙事时间的这一急剧转变。也许在他们看来，小说本来就应该这样写，可以连贯叙述，也可以倒装叙述、交错叙述，不存在什么创新不创新的问题。这跟“新小说”家大惊小怪地谈论“开局突兀”形成鲜明对比。“新小说”家念念不忘倒装叙述，难免因神设庙，颇有自我炫耀的味道；“五四”作家“忘记”倒装叙述与交错叙述，如果“偶然”采用，那也并非想靠它增辉，而是非这样叙述不可。

我们在鲁迅的《狂人日记》、冰心的《遗书》、庐隐的《丽石的日

---

① 《小说论》第四章，光华书局，1926年。

② 如清华小说研究社编的《短篇小说作法》（清华小说研究社，1921年）、佷工（孙佷工）编的《小说作法讲义》（中华书局，1923年）、董巽观著的《小说学讲义》（大新书局，1923年）、陈景新著的《小说学》（泰东图书局，1927年再版）、沈苏约编的《小说通论》（梁溪图书馆，1925年）、玄珠（沈雁冰）著的《小说研究ABC》（世界书局，1928年）。

③ 郑振铎《文学大纲》第二十章（《小说月报》16卷5号，1925年）批评斯泰恩的《特利斯川·项狄》结构不好；沈雁冰《陀斯妥以夫斯基的思想》（《小说月报》13卷1号，1922年）则批评《卡拉玛佐夫兄弟》《罪与罚》的时间观念不分明。

记》、郭沫若的《落叶》等日记体小说的序言中，依稀可见“新小说”从政治小说演变而来的说明故事来源的“小引”的影子，尽管其中有的实际上承担另一个审视角度的重任（如《狂人日记》）；在陈衡哲的《一支扣针的古事》、王统照的《技艺》、台静农的《我的邻居》、严良才的《最后的安慰》中，我们可以看到侦探小说叙事技巧的影响——作家的社会责任感使他们不愿创作侦探小说，可侦探小说先制造悬念，然后借助倒装叙述逐步解开秘密的方法，显然对“五四”作家仍有颇大的吸引力；而郭沫若的《牧羊哀话》、许地山的《商人妇》、王统照的《山道之侧》、罗家伦的《是爱情还是苦痛》，则近乎言情小说敦促当事人讲述过去故事的老套。总的来说，在借助倒装叙述来节省交代文字、增加小说的密度、突出悬念、加强小说的结构感这些方面，“五四”作家只是把“新小说”家怯生生地尝试的技巧熟练化。

“五四”作家的真正贡献在于，倒装叙述不再着眼于故事，而是着眼于情绪。过去的故事之所以进入现在的故事，不在于故事自身的因果联系，而在于人物的情绪与作家所要创造的氛围——借助于过去的故事与现在的故事之间的张力获得某种特殊的美学效果。

最能代表这一创作倾向的是“游子归乡”这一母题。“也许，离家时年幼，太阳刚刚升起，更多地看到人生光明的一面，不知不觉美化了故乡；也许，距离产生了美感，阔别多年，远在天涯的人往往乐于沉醉在童年与故乡的回忆之中，品味那永远消逝了的岁月；也许，因为憎恶周围环境的污浊，于是无意中虚构了一个作为精神寄托的故乡;……这种种因素互相交织,故乡的形象在游子心目中越来越美好,越来越圣洁。可是,对于被放逐者来说,故乡不属于他们。于是,有家难归,乡思转化为乡愁。”[①]更令人痛苦的是,一旦千里归来,故乡已不再是游子日夜思念的故乡。套用闻一多的诗句:“我来了,我喊一声,迸着血泪/‘这不是我的中华,不对,不对!’”这里不想详细分析这一母题的形成、演变及其功过,只想指出往事的插入对这一类小说的作用:它形成了一个参照系,衬出并量出今日故乡的衰微与游子的感伤。鲁迅的《故乡》、许钦文的《父亲的花园》、蹇先艾的《到家的晚上》、陈炜谟的《狼筅将军》、郁达夫的《青烟》、王以仁的《还乡》、倪贻德的《归乡》、周全平的《故乡之逝》、孙俍工的《故乡》等小说,具体表现手法不一,可总的框架颇为接近:一个远游多年的知识者,回到或拟想中回到故乡,目睹故乡的衰微破败景象及乡人亲友的贫苦麻木状态,回忆昔年故乡的美好形象,思及今日自己的困顿,不免无限感慨。

这一母题的小说对叙事时间的处理,不同于《新中国未来记》等政治小说之处,主要不在于一是现在与过去对比,一是现在与未来对比;也不在于一是中间切入,一是“开局突兀”;而在于前者目的是渲染作家独特的主观情绪,后者则是宣传作家所从属的政党社团统一的政治理想。正是在强调扭曲小说时间以服从作家主观意图这一点上,“五四”作家比“新小说”家大大迈进了一步,为小说叙事时间的多样化开辟了广阔前景。

---

① 参阅拙作《论“乡土文学”》,《在东西方文化碰撞中》,浙江文艺出版社,1987 年。

六

自觉扭曲小说时间,可能像柯南道尔那样,是为了使故事更复杂、更曲折、更吸引人,也可能像斯泰恩那样,便于“描写人的内心世界和他变化无常的情绪”[①]。如果说“新小说”家学会借倒装叙述来更有效地讲述故事的话,“五四”作家则学会借交错叙述来更真切地表现人物情绪和突出作品的整体氛围。

尽管“五四”时代柏格森的时空观已被介绍进来[②],可这对小说叙事时间的转变似乎没有直接影响。“五四”作家不是从当代哲学思潮中获取变革小说叙事时间的灵感[③],而大都是像鲁迅那样“所仰仗的全在先前看过的百来篇外国作品”[④]。外国小说固然为“五四”作家采用交错叙述提供了直接样板,更重要的是促使“五四”作家把注意力从人物的外在动作转向人物的内心世界。“我们若不想研究则已,若一定要研究的时候,可先从研究人的心理入手。情感的长成变迁,意识的成立经过,感觉的粗细迟敏,以及其他一切人的行为的根本动机等,就是我们研究的目标。”[⑤]而

---

① 阿尼克斯特:《英国文学史纲》246 页,戴镏龄、吴志谦、桂诗春等译,人民文学出版社,1959 年。

② 如刘叔雅《柏格森之哲学》(《新青年》4 卷 2 号,1918 年)、范寿康《柏格森之时空观》(《学艺》2 卷 9 号,1920 年)等。

③ Ian Watt 强调牛顿、洛克的时间观对 18 世纪英国小说中的“时间”的决定性影响,参阅《小说的兴起》(*The Rise of the Novel*)第一章。

④ 鲁迅:《我怎么做起小说来》,《南腔北调集》,同文书店,1934 年。

⑤ 郁达夫译《小说的技巧问题》,《洪水》3 卷 27 期,1927 年。

越是进入人物的意识深处,自然时序越不适应——人们并非总是理性地、顺序地、连贯地、完整地回忆思考。

“五四”作家很少从心理学角度谈论小说的叙事时间,但从他们对联想、梦、幻觉、潜意识的关注,不难发现他们对心理学的兴趣。而这种兴趣促使不少作家在小说中借心理学理论解剖人物心理。学医的鲁迅和郭沫若自然是这种尝试的前驱。有位外国学者拿1911年版的《大不列颠百科全书》对照鲁迅的《狂人日记》,得出结论:“我们不知道鲁迅到底读了多少心理学方面的书,因此无法准确判定狂人多大程度上反映了鲁迅的现代心理学理论的知识,但它至少证明了狂人所显示的症状跟现代医学著作所谈论的相当一致。”①郭沫若的《残春》则明显受弗洛伊德精神分析学的影响,“(着)力点并不是注重在事实的进行,我是注重在心理的描写;我描写的心理并且还在潜在意识的一种流动”②。值得注意的是,作家关注的是变态心理学,而不是普通心理学,这跟整个学术界的兴趣有关,也跟他们接触到的西方现代文学思潮有关。只是弗洛伊德的“深度心理学”与詹姆斯的“意识流”对“五四”作家的影响,主要体现在小说叙事结构的转变上;至于促进小说叙事时间转变的,主要是普通心理学研究的“联想”。

叶圣陶的小说《恐怖的夜》详细记录了从看见蜻蜓联想到萤烛,再联想到兄弟归舟,到人不如虫,到生物进化中人的优势,到

---

① J. D. Chinnery, “The Influence of Western Literature on Lu Xun's ‘Diary of a Madman’,” *Bulletin of the School of Oriental and African Studies*, 23:2, 1960.

② 郭沫若:《批评与梦》,《文艺论集》,光华书局,1925年。

《进化论》的解释不能令人满意，到达尔文胡子长吃饭不便，到“我”的胡子也长……这一联想的全过程，并发表如下议论：

> 联想很可以拿蔓草来比喻：蔓草托根在这里，能够爬过破墙，纠结着邻园灌木的干本，末端却伏在树下的乱草里；你要去寻它的根本何在，或是怎样蔓延开来的，是一件极难的事。人心一时联想起的种种也就是这个样子，从“蜻蜓”竟蔓延到“我的胡子”。

对今天略有点心理学知识的读者来说，这议论一点也不新奇。可当“五四”作家自觉或不自觉地把这种自由联想的权利赋予小说人物时，小说的叙事时间不能不发生剧变。

既然浪漫主义作家强调“心！这是艺术所特别需要的”①，而现实主义又必须“由外面的写实进到心理的写实”②，于是忠实地记录、表现人物心灵的颤动，追踪、捕捉人物瞬息万变的思绪，成为“五四”作家的共同责任。这种思绪并非像《木樨》（陶晶孙）、《竹林的故事》（废名）、《嫩黄瓜》（李霁野）那样只是触景生情，引出一大段完整的回忆来，而很可能是凌空跳跃、转瞬即逝的“不规则”联想。

不管是同意休谟的联想三原则（相似性、连接性、因果性），还是像哈特莱把三大联想律合为一“接近律”，都得承认联想尽管可能突兀，却大都有迹可寻。问题在于同一情景引起的联想

---

① 成仿吾：《真的艺术家》，《创造周报》27号，1923年。

② 木天（穆木天）：《写实文学论》，《创造月刊》4号，1926年。

因人而异;即使都联想到某一共同经历的事件,也会有不同的侧重点,每个人都是自觉不自觉地强调了某一部分而遗忘了另一部分。倘若真实地记录人物在某一时间的思绪,很可能并非一个完整的事件,而是某一事件的断片——残留在脑海里而又刚被唤醒的印象。这些印象并非按发生的自然时序依次浮现,而是因其与联想物的关系密切,或者原始的感觉生动、重现的次数多、距离时间近等原因而优先浮现[①]。正如德国心理学家埃宾豪斯所描述的那样:"在一定时刻,A 可能即将从意识中消失,而 B 比如说正好处于极盛状态;C 正上升到清晰的意识状态,而 D 只不过才模糊地显现。因此,不仅有象 A-C 和 A-D 的联结,而且有象 D-C 和 C-A 那样的反向联系。"[②]作家的笔如果真正追随心灵的步伐的话,小说必然从连贯叙述转为交错叙述。在一个连写梦都要前后连贯首尾完整的国度里[③],这不能不说是一个革命性的转变。"新小说"家只是把故事倒过来讲,"五四"作家则把故事打碎,根据人物思绪,捡起若干碎片重新组合。这就难怪老派文人要大喊"看不懂"。

鲁迅的《狂人日记》之所以石破天惊,不仅在于其强烈的反封建意识,而且在于其全新的表现技巧,包括对小说叙事时间的处

---

① 参阅托马斯·布朗关于联想的九条副律。

② 转引自 G. 墨菲、J. 柯瓦奇《近代心理学历史导引》255—256 页,林方、王景和译,商务印书馆,1982 年。

③ 解弢《小说话》(中华书局,1919 年)云:"吾国记梦之作无佳文,盖国人莫不以梦为兆。非兆梦,则不笔之于书。既以梦为兆,则梦境必首尾整齐,与事实不甚相远。夫寻常梦境,概如天上浮云,倏衣倏狗,又似波底屋树,散碎婆娑,终无具体迹象,历久不变灭者。"

理。《狂人日记》中有两个时间系统，一是现在，一是过去；过去的事件借主人公的感受、联想插进现在的时间进程。二十年前踹了古久先生的陈年流水账簿一脚（第二节）；前几天听说狼子村吃人（第三节）；年幼时听大哥讲“易子而食”（第五节）；妹子死（第十一节）；四五岁时听大哥讲“割股疗亲”（第十一节）；……这一系列联想不但零碎，而且不曾遵循自然时序依次出现。倘若从狂人四五岁写起，依次写到踹流水账簿、听说狼子村吃人、被作为疯子关起来、悟出满本历史都写着“吃人”二字；或者按现在框架，把往事的联想理顺，让其依次出现，固然也能表达其反封建礼教思想，却很难保持其艺术魅力。至少，狂人那骚动不安、天马行空般胡思乱想的心态便无法表现出来，而作者对这“正常”的、“理智”的、“清醒”的世界的反讽便只好付诸阙如，《狂人日记》便也只能成为一部一般意义的“控诉书”。

正如茅盾所说的，“至于在青年方面，《狂人日记》的最大影响却在体裁上；因为这分明给青年们一个暗示，使他们抛弃了‘旧酒瓶’，努力用新形式，来表现自己的思想”[①]。这种新形式的感召力，不单是引出一批用日记形式写作的小说（如冰心的《疯人笔记》、庐隐的《丽石的日记》等），更重要的是启示中国作家根据人物感受来重新剪辑情节、安排叙事时间。只要了解“新小说”家（如徐枕亚、周瘦鹃）是用日记体小说形式来顺序地讲述一个完整的故事，就能明白《狂人日记》对当时文学界的震动。

① 雁冰：《读〈呐喊〉》，《文学周报》91 期，1923 年。

相对来说,郁达夫、郭沫若等创造社作家对叙事时间的处理更易为中国读者所接受。他们在故事的进程中不时插进主人公对过去生活的回忆,这种回忆虽也扣紧人物情绪,却带有很大的补充说明的性质,且比较完整,情节性强,很难说"忠实"于人物的思绪。倒是浅草—沉钟社几位学外国文学出身的作家,更注重人物思绪的时空特点,更自觉地扭曲小说时间。冯至的《蝉与晚祷》和陈炜谟的《狼筅将军》已经不是简单的倒装叙述,而是过去的时间和现在的时间齐头并进,不过两者还界限分明。而陈翔鹤的《眼睛》和林如稷的《将过去》则带有更明显的"现代派"色彩,时空处理十分模糊,似乎过去与现在同时存在于人物瞬间的感受中。读者没必要也没能力为它"理顺",因为作家不想提供明确的时间尺度。《眼睛》按情节要素可分 9 节,可你就是没办法把它按事件的自然时序复原。这样,读者得到的就不再是一个有头有尾的故事,而是人物在某一特定情境下的特殊心态。

郁达夫、郭沫若的小说(如《茑萝行》《歧路》)之所以更容易被广大读者接受,以及为后进作家所模仿,就在于他们在突出人物情绪的同时仍保持情节线的完整,读者很快就能把故事理顺。黎锦明的《轻微的印象》记录的绝不只是"印象",而是有明显因果联系的一系列故事的断片,不难标出各部分的自然时序是 3—2—4—1—5。王统照的《一栏之隔》表面上讲的是"情绪与感觉的转移",可实际上是用心理学教师的声音为过渡,借联想把发生在不同时空的两个生活场面捏合在一起。

"五四"作家使用交错叙述,不只为了真实"再现"人物思绪,而且便于突出作家的审美意识。张定璜的《路上》、台静农的《新坟》、叶圣陶的《一课》和李霁野的《微笑的脸面》四篇小说,都同时交替使用两架时钟。不过前两篇是过去与现在的互相穿插,后两篇则是现在与未来(幻想、虚拟)的互相穿插。这种穿插借用马蹄声、老师单调的讲课声、疯子"新郎看菜"的呼喊声或者读信动作的不断重现来切割时间,产生一种强烈的节奏感。如果说逆溯式或包孕式的时间处理方法容易使小说结构更加紧凑,扩大小说表现的时空容量的话,上述不同时空场面的交错叙述突出的是每两个对应场面之间的"张力"。也就是说,依靠不同时空场面的"叠印"来制造一种特殊的美学效果,更好地体现作家创作的主观意图。这种手法很容易让人联想到电影的"蒙太奇"。正如爱森斯坦在《电影艺术四讲》中说的,"把任何两个镜头对列在一起,它们必然会由于并列而造成一种新的概念,产生一种新的性质"。同时代的欧美作家,不乏借鉴电影蒙太奇手法来创作小说的①,可"五四"作家似乎没有这种自觉,尽管他们对电影并不陌生②。因此,这种"联想"也只能限于联想,没法科学论证。最大的可能性是"五四"作家在模仿西方小说的过程中,无意中学到了渗透在小说形式中的电影手法。硬要从这样的作品中读出完整的故事,似

---

① 参阅 F. J. 阿尔贝斯迈埃尔《电影对文学的影响》,《外国文艺思潮》第一集,陕西人民出版社,1982 年。

② 即使不考虑留学生,生活在国内的作家也可能熟悉电影这一形式。1896 年上海放"西洋影戏",1903 年中国人独立放映电影,1905 年北京丰泰照相馆拍摄戏曲片,1913 年郑正秋拍摄故事片(据程季华主编《中国电影发展史[初稿]》第一卷,中国电影出版社,1963 年)。

乎也可以,但未免有点走味。把陶晶孙的《音乐会小曲》的“春”“秋”“冬”三个场面的“叠印”串成一有头有尾的故事,精巧的“小曲”可就变成粗俗的“传奇”了。

第三章　中国小说叙事角度的转变

在小说技巧中，我把视角问题——叙事者与故事之间的关系——看作最复杂的方法问题。①

——帕西·拉伯克

一

叙事角度（帕西·拉伯克称为"视角"；克利安斯·布鲁克斯和罗伯特·潘·沃伦称为"叙述焦点"；兹韦坦·托多罗夫称为"叙事体态"；热·热奈特称为"焦点调节"），"是十九世纪末以来有关叙述技巧的探讨中最热门的话题，并且已取得不可否认的研究成果"②。本章主要参照拉伯克、托多罗夫、热奈特的理论，区分三种叙事角度，作为研究的基点。

（一）全知叙事。叙述者无所不在，无所不知，有权利知道并

① Percy Lubbock, *The Craft of Fiction*, London, 1928, p. 251.

② 热·热奈特：《叙事语式》，粟浩、顾忆林译，《外国文学报道》1985年第5期。

说出书中任何一个人物都不可能知道的秘密。拉伯克称之为“全知叙事”,托多罗夫称之为“叙述者>人物”,热奈特称之为“零度焦点叙事”。

(二)限制叙事。叙述者知道的和人物一样多,人物不知道的事,叙述者无权叙说。叙述者可以是一个人,也可以由几个人轮流充当。限制叙事可采用第一人称,也可采用第三人称。拉伯克称之为“视点叙事”,托多罗夫称之为“叙述者=人物”,热奈特称之为“内焦点叙事”。

(三)纯客观叙事。叙述者只描写人物所看到和听到的,不做主观评价,也不分析人物心理。拉伯克称之为“戏剧式”,托多罗夫称之为“叙述者<人物”,热奈特称之为“外焦点叙事”。

这并不等于说这三位理论家的观点完全一致,恰恰相反,他们在具体论述中有很大差别。只不过本文取其大略,用以构造本文所必需的理论框架,不再细究他们之间的理论分歧。不过有一点必须说明,尽管我并不喜欢拉伯克强求小说家“忠实于某一种方法,一旦采纳就恪守其法则”,更赞赏热奈特“转调和变音”的设想,但考虑到“新小说”家和“五四”作家借鉴西方小说限制叙事和纯客观叙事的高度热情和积极贡献,我对他们固定小说视角的努力(有时显得过分刻板)给予高度评价,并力图区分那些掌握“主要规则”之后有意的“变音”与那些没能掌握“主要规则”的“走调”。

可以这样说,在20世纪初西方小说大量涌入中国以前,中国小说家、小说理论家并没有形成突破全知叙事的自觉意识,尽管在实际创作中出现过一些采用限制叙事的作品。在拟话本中,有个别采用限制叙事的，如文人色彩很浓的《拗相公饮恨半山堂》[1]；明清长篇小说中也不乏采用限制叙事的章节或段落。但总的来说，中国古代白话小说的叙述大都是借用一个全知全能的说书人的口吻。小说评论家们凭直觉意识到小说中某些限制叙事章节段落的价值，并给予高度评价。如金圣叹评《水浒传》第九回"'看时'二字妙，是李小二眼中事"[2]；脂砚斋赞《红楼梦》第三回"从黛玉眼中写三人"[3]；无名氏则指出《儒林外史》第二十九回是从杜慎卿角度写雨花台，"尔许风光必不从腐头巾胸流出"[4]。只是没有人把这作为特殊技巧从理论上给予总结阐发，只是当作偶一用之以增加笔势摇曳的"文法"。

但这不等于说中国古代小说全都采用全知叙事方法。从唐传奇到明清笔记小说，我们可以找到不少采用限制叙事的例子。文言小说突破全知叙事，大略有如下三种类型：

（一）作者采用第一人称叙事。唐传奇中的《古镜记》（王度）、《游仙窟》（张鷟）、《谢小娥传》（李公佐）、《秦梦记》（沈亚之）、《周秦行纪》（韦瓘）等，以及明清笔记小说《东游记异》（董玘）、《看花述异记》（王晫）、《会仙记》（徐喈凤）、《浮生六记》（沈三白）等，都用"予""余"的口吻叙述，自然只能局限于"余""予"

① 除说书人术语及总结性评语外，《拗相公》的叙述基本根据赵弼的《效颦集·钟离叟妪传》。

② 《水浒传》第九回批语。

③ 脂砚斋评本《石头记》第三回批语。

④ 卧闲草堂本《儒林外史》第二十九回批语。

的视野范围内,当然无可争议地会突破全知叙事的藩篱。

(二)作者继承"史传"笔法,以人物为描写中心,记其行状,摹其心理。外界事物除非与传主发生关系,一概不述;即使发生关系,也从传主角度引入。《柳毅传》(李朝威)交代钱塘君惩罚泾水龙,限于柳毅在龙宫见闻:先见钱塘君"擘青天而飞去";又见"祥风庆云",钱塘君携龙女归来;再听钱塘君叙泾阳午战。此类以传主耳目为耳目的小说,在中国古代文言小说中大量存在,如《补江总白猿传》(无名氏)、《杜子春》(李复言)、《李清传》(薛用弱)、《谭九》(和邦额)、《上官完古》(乐钧)等。元稹的《莺莺传》、蔡羽的《辽阳海神记》、蒲松龄的《荷花三娘子》《小谢》《香玉》与上述作品异曲同工,从"生"的角度描写"传主",以生为耳目,生不在场的事一概不直接描写,如需要则用谈话或书信引入。

(三)作家为突出渲染异人的神秘,有意不去直接描写其所作所为,而是用一个凡人的眼睛去观察、叙述,以造成一种扑朔迷离的艺术效果。这样,无意中超越了全知叙事。唐代皇甫氏的《崔慎思》叙侠女如何与崔结婚,为父复仇后出走,后又归来乳儿,再出走。这一切都是从崔的视角出发,因而不可能叙述侠女归来乳儿底细。故事结局是"慎思久之,怪不闻婴儿啼,视之,已为其所杀"。薛用弱的《贾人妻》、浩歌子的《辽东客》、蒲松龄的《劳山道士》也都选择一个接近"异人"的"凡人"作为观察和叙述的角度,严格保持视角的统一,接近现代小说理论所讨论的第三人称限制叙事。

至于像纪昀那样,扬"著书者之笔",抑"才子之笔",为避免陷入“使出作者代言,则何从而闻见之”的困境,[1]自愿降为奇闻轶事的“忠实”记录者,表面上经常使用第一人称,不过那向“余”讲述故事的人使用的却都是全知视角。此类作品在中国古代笔记小说中占绝对优势,但并非本文所探讨的限制叙事。

上述三类使用限制叙事的文言小说,不管是述行状,还是记见闻,都相对来说情节单纯,接近中国古代的记人记事散文,故作家容易保持视角的统一。倘若蒲松龄也像曹雪芹那样写作人物繁多、情节复杂的长篇章回小说,大概亦难以保证限制叙事的成功运用[2]。因而,当主要撰写长篇白话小说的“新小说”家开始创作时,传统小说并没有提供什么采用限制叙事的成功范例,他们是通过翻译小说逐步悟出限制叙事技巧的。至于“五四”作家,更是直接在西方小说视角理论影响下自觉突破传统小说全知叙事模式的。

二

“新小说”家基本上不讨论小说的叙事角度问题,即使从人称角度谈论自叙、他叙之分,也是很晚的事情[3]。“不谈”不等于“不

---

① 《姑妄听之》盛时彦跋,引述纪昀语。

② 倘若如胡适所说,《醒世姻缘传》真的是蒲松龄的作品,那也证明蒲无力将限制叙事运用于长篇小说。

③ 如成之(吕思勉)《小说丛话》(《中华小说界》1914 年 3—8 期)、解弢《小说话》(中华书局,1919 年)。我同意 Wayne Booth 的说法:“说这故事是用第一人称或第三人称讲述,并没有告诉我们任何重要的东西;除非我们变得更明确些,描述叙述者的特殊身份如何联系着某种特殊效果。”(*The Rhetoric of Fiction*, University of Chicago Press, 1961, p. 50)上引两文恰好漏了这关键的一步。

学”,大量接触西方小说以后,“新小说”的叙事角度自然而然起了变化。我们从作家的具体创作及其只言片语的评述中,不难体味出“新小说”家的良苦用心及艺术追求:他们正通过不同途径一步步跨越全知叙事的局限。但因为没有明确的理论指导,这一步走得十分艰难,往往因为传统审美习惯的牵制,走一步退半步。

最初的困惑来自翻译而非创作。把西方小说译成中国说部,如何弥合两种不同小说形式之间的鸿沟?是忠实于原著还是迎合中国人口味?实际进程既非完全忠实,也不是一味迎合,而是互相渗透互相改造。梁启超用中国说部译《十五小豪杰》,“割裂回数”①,增加回目;可基本情节没动。周桂笙译《毒蛇圈》,好几处注明“爰照译之,以介绍于吾国小说界中”,可不时插入联系中国现实的科诨②。林纾前期译书态度相当严肃,常声明“原书如此,不能不照译之”,可也难免技痒而越俎代庖③。那时候的翻译家并不以改窜原作为耻,甚至颇有非如此不足以显其才气的意味,往往喜欢点明哪些属于自己的“创造”。梁启超自信不负原作者,甚至“觉割裂停逗处,似更优于原文”④。吴趼人则告诉读者,书中那些议论谐谑是他的手笔,目的是“助阅者之兴味,勿讥为蛇

---

① 《十五小豪杰》第一回批语,《新民丛报》2号,1902年。

② 如第三回状少年文雅,插入:“可惜他生长在法兰西,那法兰西没有听见过甚么美男子,所以瑞福没得好比他。要是中国人,见了他,作起小说来,一定又要说甚么面如冠玉,唇若涂朱,貌似潘安,才同宋玉的了。”(《新小说》9号,1904年)

③ 参阅钱锺书《林纾的翻译》,《旧文四篇》,上海古籍出版社,1979年。

④ 《十五小豪杰》第一回批语,《新民丛报》2号,1902年。

足也”[①]。连《小仙源》的译者,承认于是书“微有改窜”,且“仿章回体而出以文言”、不伦不类,也还自吹“无惭信达”。[②]

不管翻译家如何着意改窜,西洋小说的基本面貌还是很快被介绍到中国来。没有楔子,没有对偶的回目,没有“有诗为证”,也没有“欲知后事如何,且听下回分解”之类的套语……这一系列西洋小说的表面特征很快为中国作家所模仿。“有诗为证”迅速消失(如刘鹗《老残游记》、吴趼人《二十年目睹之怪现状》等);楔子大都融入故事本文中或干脆取消(如吴趼人《上海游骖录》、佚名《苦社会》等);长篇文言小说不用对偶回目并不奇怪(如周作人《孤儿记》、林纾《剑腥录》等),长篇白话小说也开始出现取消对偶回目的势头(如彭俞《闺中剑》、中国凉血人《拒约奇谭》等)[③];最顽固的“欲知后事如何,且听下回分解”[④],此时也出现了某些松动,起码壮者的《扫迷帚》与杞忧子的《苦学生》便没有这种套语。表面上这些琐碎的改良无补大局,可这些点滴变动全都指向雄踞中国小说界上千年的全知全能的“说书人”。说书人腔调的削弱以至逐步消失,是中国小说跨越全知叙事的前提。

---

① 《电术奇谈·我佛山人附记》,《新小说》2卷6号,1905年。

② 《小仙源》凡例,《绣像小说》16号,1904年。

③ 直到20世纪20年代中期,陈景新还在《小说学》(泰东图书局,1927年)中大谈:“中国章回体小说底偶句小题,在记忆和兴味两方面的能力,实比散句或一个字的冠头,佳妙得多。却非西文所能有的。”

④ 实际上韩子云写于1892年的《海上花列传》已取消此一套语,可此套语在作家心目中仍有颇高地位。如《小说丛报》4期(1914年)刊定夷长篇小说《潘郎怨》第四回,后有《附志》:“本篇第三回末行遗漏‘欲知后事如何,请听下回分解’十二字,特此补告。”

全知叙事便于展现广阔的生活场景，自由剖析众多人物心理，自有其长处。但现代读者对无所不知的叙述者的叙述是否真实可信表示怀疑，逼得不少作家改用限制叙事。“新小说”也追求小说的真实感，但主要不是从限制视角入手。他们或者以史实为本构思小说，或者插入社会流行的名人轶事，或者引进报纸刊载的新闻、报告，或者用购买书籍、拾到笔记等引出故事，目的却是为了借以增加小说的“权威性”。林纾、钱锡宝讨论到如何借舍去不可知的情节来保持小说的真实感，但此类被舍去的情节并非作为视角的人物不可能知道，而是作者认为不应该叙述。林纾在《剑腥录》第三十九章有如下一段话：

> 至于宫廷幽闳之事，时亦得诸传闻，未敢据以为实，亦未便着笔。或且他日私家纪载，稍稍流传人间，有别足生人怆喟者。外史氏才力疏薄，不欲用臆度之事，侈为异闻，读者当曲谅吾心也。

钱锡宝在《梼杌萃编》第十五回中则说：

> 逢着道学先生做到这些事体最为秘密，虽是自己妻妾儿女面前都不肯漏泄一字，比那妇女人家偷汉子还要口紧些，所以当道里头也最愿意提拔这些外方内圆的人，你叫做书的到那里去打听？又何敢替他随意声叙呢？

前者只能说明作者“补史”的志趣，只记皇帝出走、端王失权之类的宫廷正事，而不记“宫廷幽闳之事”，尽管两者同在作为视角的仲光耳目之外；后者则纯是小说家故弄玄虚，何以同是“最为秘密”的事体，贾端甫送胡雨帅三千金可以大肆渲染，而送洪中堂厚礼则不能“随意声叙”呢？大概只能归之于作家“虚实相生”的笔法吧。显然，这两种取舍都不是从限制叙事角度着眼。

有评论家注意到了限制叙事，但又似乎不是着眼于小说的真实感。最容易引人注目的自然是第一人称叙事。钟骏文评《禽海石》：“是书皆病中自述幼年情事，缠绵悱恻，曲折淋漓，事事从身历处写来，语语从心坎中抉出，一对可怜虫活现纸上。”[①]陈志群序《孽冤镜》：“本书中人述书中事，现身说法，斯为尚矣。”[②]两者都只从叙述者与人物合一易于感染读者的角度立论。至于真正意识到限制叙事并非只是束缚，而可能是一种更大的自由，更有利于作家的“趋避”“铺叙”的，大概只有俞明震一人。当时贤都在谈论福尔摩斯的神明与作家的布局奇巧时，他却注意到柯南道尔选择华生作为叙事角度的奥妙：

> ……余谓其佳处全在“华生笔记”四字。一案之破，动经时日，虽著名侦探家，必有疑所不当疑，为所不当为，令人阅之索然寡欢者。作者乃从华生一边写来，只须福终日外出，已足了之，是谓善于趋避。且探案全恃理想规划，如何发纵，如何指示，一一明写于前，则虽犯人弋获，亦觉索然意尽。福案每于获犯后，详述其理想规画，则前此无益之理想，无益之规画，

---

① 寅半生（钟骏文）：《小说闲评·〈禽海石〉》，见阿英编《晚清文学丛钞·小说戏曲研究卷》。

② 《孽冤镜》，民权出版部，1914 年。

均可不叙，遂觉福尔摩斯若先知，若神圣矣。是谓善于铺叙。因华生本局外人，一切福之秘密，可不早宣示，绝非勉强。而华生既茫然不知，忽然罪人斯得，惊奇自出意外。截树寻根，前事必需说明，是皆由其布局之巧，有以致之，遂令读者亦为惊奇不置。余故曰“其佳处全在‘华生笔记’四字”也。[①]

俞明震看到柯南道尔选择“局外人”华生为叙事角度，一切“从华生一边写来”，故其艺术构思——“趋避”与“铺叙”——都显得自然合理，这已经接触到如何借限制叙事来创造小说的真实感问题。可惜不管是俞明震本人还是其他“新小说”理论家，都没有从这方面继续探讨。

“新小说”家悟出限制叙事方法，主要不是从突出小说的真实感，而是从强调小说的布局意识入手。还是第二章提到的老问题，20世纪初的中国小说家、小说理论家只能从布局角度来理解、评判、借鉴外国小说。这里面小说家与小说理论家的见解相近，评价却相反。限于外语水平，很多小说理论家实际上只读过经过删节的译本[②]，这样来比较中外小说异同，自然有很大的局限。不过，那么多人一再重复论证中国小说的布局优于西洋小说，则实在值得认真思考。

泰西之小说，书中之人物常少；中国之小说，书中之人物

① 觚庵（俞明震）：《觚庵漫笔》，《小说林》5期，1907年。

② 侠人坦率地说：“余不通西文，未能读西人所著小说，仅据一二译出之本读之。……试比较其短长如左。”（《小说丛话》，《新小说》2卷1号，1905年）

常多。泰西之小说，所叙者多为一二人之历史；中国之小说，所叙者多为一种社会之历史。……吾祖国之政治法律，虽多不如人，至于文学与理想，吾雅不欲以彼族加吾华胄也。①

中国小说，每一书中所列之人，所叙之事，其种类必甚多，而能合为一炉而冶之。……西洋则不然，一书仅叙一事，一线到底；凡一种小说，仅叙一种人物，写情则叙痴儿女，军事则叙大军人，冒险则叙探险家，其余虽有陪衬，几无颜色矣。此中国小说之所长一。②

西国小说，多述一人一事；中国小说，多述数人数事。论者谓为文野之别，余独谓不然。事迹繁，格局变，人物则忠奸贤愚并列，事迹则巧绌奇正杂陈，其首尾联络，映带起伏，非有大手笔，大结构，雄于文者，不能为此，盖深明乎具象理想之道，能使人一读再读，即十读百读亦不厌也。而西籍中富此兴味者实鲜。孰优孰绌，不言可解。③

且西人小说所言者举一人一事，而吾国小说所言者率数人数事，此吾国小说界之足以自豪者也。④

---

① 《小说丛话》(《新小说》11 号，1904 年)中曼殊(梁启勋)语。黄霖、韩同文选注的《中国历代小说论著选》据杨世骥《文苑谈往》把上引文章的作者“曼殊”断为麦仲华，实误。梁启勋《曼殊室随笔》论《金瓶梅》一节与此文同，后有附言：“三十年前，吾尝有一篇不署名之短文论此事，载于横滨之《新小说》杂志，偶忆及之，附记于此。”

② 《小说丛话》中侠人语，《新小说》2 卷 1 号，1905 年。

③ 东海觉我(徐念慈)：《小说林缘起》，《小说林》创刊号，1907 年。

④ 天僇生(王钟麒)：《中国历代小说史论》，《月月小说》11 号，1907 年。

> 单独小说,以描写一人一事为主。复杂小说则反之。……欧美小说,较之中国小说,多为单独的,此其所以不如中国小说之受人欢迎也。[①]

为什么数人数事漫天开花的小说布局高于一人一事贯穿到底的?徐念慈从结构的难易立论,固然有一定道理,但最能代表中国人审美趣味的是梁启勋的说法:因前者便于叙述“一种社会之历史”。从是否“可补正史之阙”的角度来评价这两种小说布局,当然趋于扬中抑西。

倒是小说家清醒些,看到这种以一人一事为贯穿线索的布局技巧的优势。林纾译完哈葛德的《斐洲烟水愁城录》,再三提醒读者注意此节“处处无不以洛巴革为针线也”,颇类《史记·大宛传》前半以博望侯为针线,后半以汗血马为联络。“然观其着眼,必描写洛巴革为全篇之枢纽,此即史迁联络法也。文心萧闲,不至张皇无措,斯真能为文章矣。”[②]对“古文义法”的深刻领悟,使林纾更易接受外国小说的叙事技巧,尽管在表述时显得不伦不类[③]。吴趼人则自觉运用这种叙事技巧来创作《二十年目睹之怪现状》:“此书举定一人为主,如万马千军,均归一人操纵,处处有江汉朝宗之妙,遂成一团结之局。”[④]

---

① 成之(吕思勉):《小说丛话》,《中华小说界》3期,1914年。

② 《斐洲烟水愁城录》林纾序,商务印书馆,1905年。

③ 研究者常讥笑林纾以史迁笔法比附西方小说,可很少考虑这种比附是否有利于对西洋小说技巧的理解与掌握,这颇不公允。

④ 《二十年目睹之怪现状》总评。总评作者未署名,但据文意,应是吴趼人本人。

第一步是以一人一事为贯穿线索,第二步才是借一人的眼睛来看世界。“新小说”家迈出第一步基本上是自觉的,第二步可就近乎“碰巧”了,且常常半途而废。李伯元的《文明小史》前十二回集中写湖南永顺官场,《中国现在记》一至三回以朱侍郎为贯穿线索,这些比起《官场现形记》来,布局上紧凑些,可仍是全知叙事。到了《二十年目睹之怪现状》、《冷眼观》(王濬卿)、《老残游记》、《邻女语》(连梦青)等可就大不一样了。作家力图把故事限制在“我”或老残、金不磨的视野之内,靠主人公的见闻来展现故事。尽管前两者显得松散臃肿,后两者又都半途而废,这种艺术探索仍很有价值。

这里引进的绝不只是一种叙事人称的多样化或者谋篇布局的小技巧,而是一种观察人物、思考问题、构思情节乃至叙述故事的特殊视角。正因为它牵涉到中国小说发展的全局,不能不受到传统审美趣味的牵制。在一系列中西小说叙事角度的“对话”中,限制叙事不断演化,不断扩大影响,也不断磨蚀自己的棱角,以至我们不能不赞叹限制叙事对“新小说”的改造,可又很难找到这种改造的成功范例。也许,这跟“新小说”家的矛盾心态有关:一方面想学西方小说限制叙事的表面特征,用一人一事贯穿全书,一方面又舍不得传统小说全知视角自由转换时空的特长;一方面想用限制视角来获得“感觉”的真实,一方面又想用引进史实来获得“历史”的真实;一方面追求艺术价值,靠限制视角来加强小说的整体感,一方面追求历史价值(“补史”),借全知视角来容纳尽可能大的社会画面。

三

也许是一种巧合，最早对中国作家产生影响的三部西方小说译作——政治小说《百年一觉》(1894)、侦探小说《华生笔记案》二则(1896)和言情小说《巴黎茶花女遗事》(1899)——都是采用第一人称叙事。大概怕中国读者不习惯这种叙事方法，或者担心读者把小说中的"我"等同于译者，李提摩太把"我"改成"某"，林纾把"我"改成"小仲马"，《时务报》上则把"我"改成"华生"。这么一来，译者自可免去"荒诞"或"淫荡"之讥，可西洋小说家的"文心"却因此难于传入中国。好在这种情况很快就过去，大量第一人称叙事的西洋小说传入中国，译者、读者也就见多不怪，习以为常了。奇怪的是，不管当初"改译"还是后来"直译"，在好长一段时间内，译者、读者全都对第一人称叙事保持沉默，这跟大谈"开局之突兀"未免形成强烈的对比。当初是莫名其妙地拦阻，后来又莫名其妙地放行。从"拦阻"到"放行"，固然证明中国人小说观念的进步；可这中间可能存在过的"桥梁"，却因时人的沉默而消逝。如今为补充、完成这一"进化的链条"而重建的任何"桥梁"，无论如何只能是理论的假设。

有一个现象值得注意，早期第一人称小说译作，其叙述者"我"绝大部分是配角。也就是说，是讲"我"的见闻，"我"的朋友的故事，而不是"我"自己的故事。在晚清四大小说杂志上，共刊登 36 篇第一人称叙事的外国小说译作，除雨果的《铁窗红泪记》

外,其他基本上都是配角叙事。所谓的社会小说《汗漫游》(即斯威夫特的《格列佛游记》)、言情小说《山家奇遇》(马克·吐温作)、政治小说《回头看》(《百年一觉》的新译本)、外交小说《俄皇宫中之人鬼》(梁启超译)、科学小说《飞访木星》等,全都记录"我"作为一个陌生人在一个陌生世界里的所见所闻所思所感;而数量最多的侦探小说,则是讲述"我"的朋友的故事。作为故事的记录者与新世界的观察者而出现的"我",在中国古代文言小说中并不罕见。中国古代小说缺的是由"我"讲述"我"自己的故事,而这正是第一人称叙事的关键及魅力所在。早期"新小说"家避开这一点,用读"游记""见闻录"的眼光来读西洋第一人称叙事小说,尽管很快就读通了,放行了,但实际上没有真正领悟,而是把它中国化,通过"误读"来接受。还不如倒装叙述手法,评价虽有高低,但从一开始就被认定为是西洋小说手法,这样还便于模仿借鉴。

在好长一段时间内,"新小说"家是用写见闻录的办法来构思第一人称叙事小说的。吴趼人的《二十年目睹之怪现状》、王濬卿的《冷眼观》、萧然郁生的《乌托邦游记》等,单从标题便可猜出作者构思的框架。实际上包括初期的大部分短篇小说,如吴趼人的《黑籍冤魂》《大改革》《平步青云》、徐卓呆的《温泉浴》、陶报癖的《警察之结果》、邵粹夫的《停车场》等,都是变相的见闻录[①]。这种用"我"的游历作为框架,以便引出他人故事(或生活片段)的叙事

① 吴趼人的"欲令读者疑我为译本"的短篇小说《预备立宪》是个例外。另外,《二十年目睹之怪现状》既是"见闻录",又是"自叙传",这里不把它作为单独一类解剖。

方法,后期“新小说”家仍大量运用,如包天笑的《牛棚絮语》、周瘦鹃的《云影》、王钝根的《予之鬼友》、息游的《孤凰操》、恨人的《埋儿惨史》等。这种叙事方法表面上挺新,骨子里却很旧,不可能对传统中国小说视角造成大的冲击,也不曾令广大读者刮目相看,甚至既没有人赞赏也没有人反对。

正是在此意义上,我充分肯定《禽海石》《断鸿零雁记》等自叙体小说的革新意义。1906 年群学社刊行符霖创作的《禽海石》,在中国文学史上第一次用章回小说的形式描述自我的生活经历,把第一人称叙事方法真正运用于“新小说”创作中。这自称“始终只是写一个情字”的小说,故事本身很难说有多少新意,可就因为作者把传统的全知叙事改为第一人称叙事,给读者“事事从身历处写来,语语从心坎中抉出”的感觉,连评论家都“读竟不禁为之废书一叹”。[①]

第一人称叙事仅仅依靠“讲述”这一动作就很容易使主人公故事具有整体感,这无疑是一种容易取巧的结构方法。“他的经历也许并非显得合乎逻辑地艺术地联结在一起,但起码由于所有部分都属于同一个人这种一致性,而使这一部分跟其他部分联结起来。……第一人称将把一个不连贯的、框架的故事聚合在一起,勉强使它成为一个整体。”[②]这就难怪后期“新小说”家热衷于用第一人称讲故事,或托身弃妇(徐枕亚《弃妇断肠史》),或伪称孀妻

---

① 寅半生(钟骏文):《小说闲评·〈禽海石〉》。

② Percy Lubbock, *The Craft of Fiction*, London, 1928, p. 131.

（周瘦鹃《此恨绵绵无绝期》），连“现身说法”以造成真实感都不大考虑，只着眼于故事的哀艳与叙述的方便。从便于抒发自我感情的角度来采用第一人称叙事方式的，我们能举出来的大概只有苏曼殊的《断鸿零雁记》等寥寥几篇。尽管郁达夫对苏曼殊这篇小说评价颇低[1]，我仍同意陶晶孙的见解：“曼殊的文艺，跳了一个大的间隔，接上创造社罗曼主义运动。”[2]甚至我还想进一步指出，《断鸿零雁记》正是郁达夫自叙传式小说的先驱。只要不从三角恋爱，而是从“方外之人亦有难言之恫”的角度来解读，不难发现其感情的脉络。这绝不只是一个哀艳的故事，而是一个在东西文化、俗圣生活的矛盾中苦苦挣扎的心灵的自白[3]。

至于第一人称叙事的变格——日记体、书信体小说，也逐渐引起“新小说”家的注意。1901 年邱炜萲指出《茶花女》“末附茶花女临殁扶病日记数页”[4]；1915 年林纾指出《鱼雁抉微》（即孟德斯鸠《波斯人信札》）是“幻为与书之体”[5]；徐枕亚的《玉梨魂》第二十九章引录筠倩临终日记，显然是学《茶花女》；包天笑的《冥鸿》用未亡人给亡夫的十一封信连缀而成，当然也是“幻为与书之体”。只是“新小说”家更倾向于用日记体、书信体小说形式来讲

① 郁达夫《杂评曼殊的作品》（《洪水》3 卷 31 期，1927 年）批评这小说“太不自然，太不写实，做作得太过”。

② 陶晶孙：《急忙谈三句曼殊》，《牛骨集》，太平书局，1944 年。

③ 参阅拙作《论苏曼殊、许地山小说的宗教色彩》，《在东西方文化碰撞中》，浙江文艺出版社，1987 年。

④ 邱炜萲：《挥麈拾遗·〈茶花女遗事〉》。

⑤ 《鱼雁抉微》林纾序，《东方杂志》12 卷 9 号，1915 年。

述故事或表达政见,而不是坦率真诚地抒发情感,因而"五四"作家得心应手的日记体、书信体小说形式,在"新小说"家手中老是别别扭扭[①]。这显然并不只是个技巧问题,"新小说"家缺的是"五四"作家的自由精神、个性力量及反叛意识,而不只是写作经验。

四

如果说西方小说的第一人称限制叙事易于分辨,毕竟引起了"新小说"家的关注的话,第三人称限制叙事则始终没有人提及。在我抽样分析的309篇著、译"新小说"中,采用第三人称限制叙事的西方小说只有显克微支的《灯台卒》1篇;而试图采用第三人称限制叙事的中国小说则有《老残游记》、《邻女语》(连梦青)、《上海游骖录》(吴趼人)、《花开花落》(周瘦鹃)4篇。"新小说"家并没有直接模仿西洋小说第三人称限制叙事,而是借鉴其一人一事贯穿到底的布局技巧,并掺和中国笔记小说录见闻的方法,力图把整个故事纳入贯穿始终的主人公视野之内,由此形成"新小说"家的独特的第三人称限制叙事意识。

普实克在论述20世纪初中国小说叙述者作用的变化时,批评李伯元的小说掺和大量的议论,"这些都损害了传统史诗的客观性,都与这种确定的叙述形式相牴牾";并指出"曾朴把小说人物的个人故事与历史事件结合在一起,这一做法很能说明机械拼合

① 关于日记体、书信体小说在中国的演进,参阅本书第六章。

不同性质的材料最后会如何归于失败”。[①] 这些批评大体上是对的。但他似乎没有注意到另外一些小说,同样把故事与议论、个人故事与历史事件结合在一起,却基本上保持了整体的统一。用近乎见闻录的形式,《老残游记》《上海游骖录》《邻女语》和《剑腥录》(《京华碧血录》)较好地解决了上述两对矛盾。说是“近乎见闻录”,当然意味着作家创作的并非真的就是见闻录。一方面不能不借用见闻录形式以获得视角的统一(从这四部小说的标题可见一斑);另一方面又嫌其无法自由发表政见并表现广阔的历史画面,不得不时时突破见闻录形式。后人可能惋惜作家不曾把独一的视角贯彻到底[②],时人则似乎对那些离开主人公视野的历史事件的全知叙述更感兴趣[③]。徘徊于新技巧的诱惑与旧趣味的牵制之间,“新小说”家不得不采用折中的办法,虚拟一连串人物,或表其家国身世之感[④],或“相与讨论社会之状况”[⑤],或借以勾勒事变的全貌[⑥]。

---

① Prušek, “The Changing Role of the Narrator in Chinese Novels at the Beginning of the Twentieth Century,” *Archiv Orientální*, 38, 1970.

② 阿英《晚清小说史》45页(人民文学出版社,1980年)评《邻女语》:“如果能不中途变更计划,仿照前六回的方法写下去,那真将成为一部优秀的著作。”

③ 从第五回起,刘鹗以“蝶隐”笔名为《邻女语》作评,对观察者金不磨全不在意,而对书中描写到的社会状况、历史事件则大加评论发挥。

④ 刘鹗《老残游记》自序云:“吾人生今之时,有身世之感情,有家国之感情,有社会之感情,有种教之感情。其感情愈深者,其哭泣愈痛:此鸿都百炼生所以有《老残游记》之作也。”

⑤ 吴趼人:《上海游骖录》自跋,《月月小说》8号,1907年。

⑥ 林纾《剑腥录》附记自述友人精于史学者赠《庚辛之际月表》,据以为小说,“其云邴刘夫妇者,特假之贯串耳”。《金陵秋》《巾帼阳秋》的序言中,林纾反复表白他如何铺叙历史事件,而一贯之于才子佳人。

《老残游记》的叙述方式，历来颇为研究者所重视。早在20世纪20年代，鲁迅就指出："其书即借铁英号老残者之游行，而历记其言论闻见。"[①]60年代夏志清进一步指出刘鹗"脱掉传统的小说家那件说故事的外衣，又把沿习下来的说故事的所有元素，下隶于个人的识见之内，而为其所用"[②]。70年代樽本照雄更断言"作者的'视点'基本固定在老残身上"[③]。三位研究者所用术语不同，但都指向本文所论述的第三人称限制叙事。《老残游记》一集按其构思方法，很明显可分为"作游记"（一至十四回）与"讲故事"（十五至二十回）两大部分，难怪有人误认第十五回以后是他人伪作。二集三至五回德夫人、环翠听逸云讲悟道过程与一集八至十一回申子平听玙姑、黄龙子讲"三教合一"等宏论，都逃出老残耳目之外；但读者同样可把德夫人、申子平看作老残耳目的延伸——作者用的仍然是录见闻的游记体。奇怪的是，玙姑、逸云讲道时老残何以都不在场？并非这些"道"不值得听，恰恰相反，他们讲的正是老残和作者心里想说的。正因为如此，作者不能安排自己的"化身"老残而必须另外派遣低一档的人物去听"道"。只要考虑作者老把那些"得意之笔""惊人之论"留给老残[④]，就不难理解老残不可能降格去当听众。而限于"游记"的体例，老残又无权无缘

---

① 《中国小说史略》第二十八篇。

② 《〈老残游记〉新论》，《刘鹗及〈老残游记〉资料》，四川人民出版社，1985年。

③ 《试论〈老残游记〉》，邹天隆译，《刘鹗及〈老残游记〉资料》。

④ 如第六回"我说无才的要做官很不要紧，正坏在有才的要做官"的议论；第十四回"天下大事，坏于奸臣者十之三四，坏于不通世故之君子者，倒有十之六七也"的说法；二编卷七关于犯杀、盗、淫三戒无罪的辩解；外编卷一对三种人犯法的分析，都是言人所未言的妙语。

无故大发宏论,因而作者只能让老残两次“避席”,用转移视角的办法来保持体例的一致。当作者用游记的形式作小说时(一至十四回,二编,外编),只有视角人物才有权利“心里想”。除十三回翠环一段心理描写外,作者基本上把心理活动局限在视角人物。老残在场时不用说,老残不在场时也限于写老残耳目的延伸——申子平、德夫人对音乐的感觉与对逸云的思念,其他人只录其言记其行。尽管偶尔跳出个别全知叙事的段落[①],仍可明显看出作者是有意识把描写局限在视角人物的视野之内。可惜这种创作意图没能贯彻到底,也许其时侦探小说的诱惑实在太大了,作者也想过过福尔摩斯瘾。而一旦转入故事的讲述(十五至二十回),传统说书人腔调又重现了。一会儿翠环又喜又忧,一会儿白太守断案神速,一会儿许亮取口供,一会儿人瑞得佳信,视角人物老残则不时被搁在一边,小说又回到全知叙事的传统模式。

真正从头到尾采用限制叙事的,是吴趼人的《上海游骖录》(十回)。此书因力主“恢复我固有之道德”[②],对“革命党”热讽冷嘲,历来不受研究者重视,被判为“失败之作”[③]。若从叙事角度考虑,从《二十年目睹之怪现状》的“举定一人为主”,到《恨海》《瞎骗奇闻》一虚一实、一主一从两条情节线的平行发展,到《上海游骖录》的以辜望延为贯穿始终的视角人物,吴趼人的创作有明显

---

① 如第二回写王小玉出场:“连那坐在远远墙角子里的人,都觉得王小玉看见我了;那坐得近的,更不必说。”

② 我佛山人(吴趼人):《上海游骖录》自跋,《月月小说》8 号,1907 年。

③ 阿英:《晚清小说史》38 页,人民文学出版社,1980 年。

的发展轨迹。在“新小说”家中,吴趼人无疑是最重视小说技巧的革新的。单就叙事角度而言,他除传统的全知叙事外,尝试过第一人称限制叙事(《二十年目睹之怪现状》等)、第三人称限制叙事(《上海游骖录》)和纯客观叙事(《查功课》)。《查功课》只是一戏作的短篇,《二十年目睹之怪现状》中“我”的游历主要是叙事的框架,最值得注意的是《上海游骖录》。不是因为这小说艺术质量高,而是它为我们提供了一个完整的范例,证明中国作家可能通过游记、见闻录的形式来把握第三人称限制叙事技巧。作者自称此书的写作动机是:“意见所及,因以小说体,一畅言之。”[1]故小说带有浓厚的政治色彩,第八、九回全是关于维新与革命、输入新文明与恢复旧道德的辩论,第五、七、十回也以说理为主。不同于《新中国未来记》等政治小说之处在于,吴趼人不以“英雄”为中心,而是选择一个到上海寻找革命党的外地人为视角人物,借他的眼睛来观察,以他的头脑来思考,把他的启悟过程(从对“革命党”的崇拜到失望)作为贯穿全书的线索,这就使全书真正获得一种整体感。即使把辜望延转换成第一人称“我”,小说叙事角度的运用也比《二十年目睹之怪现状》巧妙,很少多余的“话柄”,所有的描述都指向主人公启悟这一中心。可惜作者的启悟意识未免太强了,不单要启悟辜望延,而且急于启悟所有读者,不免拿小说当论文写,大大妨碍了作家艺术才华以及第三人称限制叙事优势的发挥。

---

① 我佛山人(吴趼人):《上海游骖录》自跋,《月月小说》8号,1907年。

如果说令作家感到困惑的,在刘鹗是见闻录与故事的矛盾,在吴趼人是见闻录与论文的矛盾,而在连梦青和林纾则是见闻录与野史的矛盾。连梦青(忧患余生)的《邻女语》前6回也是游记体,以变卖家产北上办赈的金不磨为贯穿人物,录其所闻邻女之语,记其所见乱世之情。尽管表现的社会生活面相当广,有抢劫的败兵,有逃难的高官,有平静如水的老尼,有惊弓之鸟的店婆,有赠马的草泽英雄,有卖唱的"火里莲花",有阅兵的盛举,有挂人头的惨景……可以说庚子事变对社会各阶层生活的冲击,作者都注意到了。但无论如何,游记体决定了作者只能用侧笔,无法正面展现冲突的主体清朝官兵、义和拳与八国联军。抵不住"补正史之阙"的诱惑,作者终于撇下金不磨,转写事变过程。后6回转为全知叙事,也有一些精彩的描写与议论,作为野史读不无趣味,但总的来说文学价值远不如前6回。

林纾也受到同样的诱惑,可凭借其深厚的古文修养,居然想既坚守其"可备史家之采摭"[①]的创作意图,又大致保持小说视角的统一。林纾对他面临的窘境有足够清醒的认识,并不时在作品中提醒读者注意他是如何超越这些窘境的。也许,在今天的读者看来,林老夫子的做法实在不高明;可作为古文家,林纾却是尽了他最大的努力。也正因为林纾对固定小说视角有自觉的要求,更暴露出录见闻的游记与记趣事的野史实在不大好协调。写男女私情时自然不难限制在主人公耳目之内,记国家大事处可如何着笔?

---

① 《践卓翁小说》林纾序,都门印书局,1913年。

在《剑腥录》第三十二章中,林纾有一段妙语,表白他是如何协调这一矛盾的:

> 外史氏曰:京城既破,八国联军长驱直入,千头万绪,从何着笔?此书固以邴仲光为纬,然全城鼎沸,而邴氏闭门于穷巷,若一一皆贯以邴氏,则事有不涉于京城者;即京城之广,为邴氏所不见者,如何着笔?今敬告读者,凡小说家言,若无征实,则稗官不足以供史料;若一味征实,则自有正史可稽。如此离奇之世局,若不借一人为贯串而下,则有目无纲,非稗官体也。今暂借史家编年之法,略记此时大略,及归到邴仲光时,再以仲光为纬也。

既要学稗官"借一人为贯串而下",又要"借史家编年之法",只好腾出整整两章(全书共53章)来介绍朝廷大事,并再三说明偶尔离开仲光视线的苦衷。其余部分实际上也有"为邴氏所不见者,如何着笔"的问题,林纾用注明消息来源的办法来扩大邴氏的耳目。第二十至二十六章叙义和拳事甚详,颇具史料价值,不类仲光一人见闻,于是作者加一句说明:"以上诸事皆慧月(松筠庵住僧——引者注)告仲光者。慧月交游广,闻见确。"第二十七章记袁逊秋、许竹园就刑,也非仲光所见,作者又添一句:"是日,仲光不出,但闻人言述二公死状。"这种手法到了写《巾帼阳秋》(《官场新现形记》)时进一步发展,能让主人公阿良在场则由"阿良观之"引出(第七章);阿良实在不可能在场,则由阿良从政治官报和法院批示得知(第十七、二十二章),尽量把袁世凯的复辟丑剧跟阿良的爱情故事捏合在一起，避免描写“阿良所不见者”。

不管是义和团杀人，还是两大臣就刑，都有人在场观看，因而仲光也就有可能得到消息，作者也就有权利大加渲染。至于有些人物的言谈举止神态心理，或因当事人已死，或因当事人耻于开口，外人万无知道之理，作者又何从着笔？若纪昀必斥其谬，在林纾则认其为“左氏著意笔也”。在评述《左传·宣公二年》记钼麑自杀前自言自语这一段描写的真实性时，林纾有一段高论，可作为其小说中协调视角人物与观察对象之间距离的注解：

> ……初未计此二语是谁闻之。宣子假寐，必不之闻；果为舍人所闻，则钼麑之臂，久已反翦，何由有闲暇工夫说话，且从容以首触槐而死？文字中诸如此类甚众。柳下惠之“坐怀不乱”，此语又对谁言？言出自己，则一钱不值；言出诸女，则万无其事。他如黄仲则之《焦节妇吟》，如“汝近前来妾不惧”云云，时夜静人眠，节妇见鬼，与鬼作语，且见髑髅，且见血衣，是谁在旁作证？然诗情悲恻，人人传诵，固未察其无是事理也。想钼麑之来，怀中必带匕首。触槐之事，确也。因匕首而知其为刺客，因触槐而知其为不忍，故随笔妆点出数句慷慨之言，令读者不觉耳。[1]

强调作家艺术虚构之合理性，这无疑是对的；但倘若使用第三人称限制叙事，作家又实在无权抛开视角人物“随笔妆点出数句慷慨

---

① 林纾：《左传撷华》卷上32页，商务印书馆，1921年。

之言”。用古文笔法来写第三人称限制叙事小说,林纾注意到了筋脉一致,努力把所有人事都纳于视角人物的耳目之内,但忽略了可能破坏小说真实感的若干细节。也就是说,古文家林纾是从“文势”而不是“真实感”的角度来理解第三人称限制叙事的。这就难怪他的小说在叙事角度上用力甚大,可收效甚微,撇开那些作者的补充说明,很难说有多少突破。

五

相对于“新小说”家,“五四”作家幸运得多。在他们突破传统小说全知叙事模式的进军中,不单有西方小说做样板,而且有西方小说理论的直接指导。

1921年清华小说研究社在《短篇小说作法》一书中第一次强调,小说家“在决定自身之视域以后,才好下笔”;而“作者既已决定一种观察点,此后自然应该把同一的态度贯彻全篇”。[①] 1926年夏丏尊、刘薰宇合编《文章作法》,对这种观察点一以贯之的说法做了修正:

> 大概,事实的间接叙述比直接叙述不易生动,所以在两件或多件事实有相同的重要,而只从一个观察点出发要将各方面都表现出来又非常困难时,观察点就不得不变动了。[②]

① 《短篇小说作法》73页,清华小说研究社,1921年。

② 《文章作法》第三章第六节《观察点的变动》,开明书店,1926年。

既强调小说中最好有统一的视角,又不否认作家有权交叉使用几个不同的视角,前提是不同视角叙述的转换要自然合理。注重小说视角的运用,是为了加强小说的真实感[①],并破除“作者对于读者的专制态度”[②],在一个新的层次上重新建立作者与读者的关系。这种理解基本把握到了小说视角理论的精髓;可惜,达到这个层次的作家、理论家实在不多。不少人还只是从文字的统一、叙事的简洁、文体的多样化这样表面的层次来谈论视角问题。因此,谈到“书札体”“日记体”时,每个论者都能发挥一通,不管水平高低,总算表示出论者对这问题的兴趣。谈到第一人称叙事、第三人称叙事时,马上滑到这“我”或“他”到底是充当主角还是配角还是旁观者好这样的枝节问题上。至于如何限制视域这一关键问题,很多论者倒只字不提。

“五四”时期介绍进来的小说视角理论,基本上分为两类,一类注重文体和人称,一类注重视域的限制。前者以清华小说研究社和孙俍工为代表,分为“第三人称”“第一人称”“书札体”“日记体”和“混合体”五类[③];后者以哈米顿(Clayton Hamilton)和夏丏尊为代表,分为“内视点”和“外视点”两类,“外视点”又分“无限制

① 参阅郁达夫《日记文学》和夏丏尊《论记叙文中作者的地位并评现今小说界的文字》。

② 夏丏尊:《论记叙文中作者的地位并评现今小说界的文字》,《立达季刊》创刊号,1925年。

③ 孙俍工《小说作法讲义》(中华书局,1923年)删去“混合体”,称为“他叙式”“自叙式”“书简式”“日记式”。

之述法”“有限制之述法”和“极严密之述法”三种[①]。在这两种分类法中,第二种显然更科学,尽管在我们今天看来,视野限制远比人称分类重要,第一人称叙事(内视点)实际上可合到限制叙事中去。

也许更重要的不是视角分类的争论,而是如何把视角理论运用到当代作品的批评上,促进小说家视角意识的形成。令人遗憾的是,“五四”小说理论家在这方面所做的工作并不十分出色。对第一人称叙事(包括日记体、书信体),运用的人多,评论的人也多;可对第三人称限制叙事及纯客观叙事,能熟练掌握的作家不多,能中肯评论的理论家更少。有人看到许杰《台下的喜剧》着力于表现“从各人的耳中听出来、眼中看出来的情景”,可把它理解为“可以省却许多繁文,同时又可以以全力去描写一种事物的背景,去反衬某种事物发生的情形”的“叙述法”;[②]有人批评黎锦明的《出阁》既然以“压一膀子的轿扛”把龙春等人连贯起来,“无论是否他们回忆起或者作者替他们插进的事实,都不应叙及在这几个少年身历以外的事”[③],可惜用的都不是“理论语言”。真正自觉把视角理论运用到小说批评中去的,在“五四”时代大概只有夏丏尊一人。拿鲁迅的《风波》、郁达夫的《沉沦》、叶圣陶的《潘先生在难中》开刀,夏丏尊批评当时小说家习惯于“夹叙夹议”,在第三人

---

① 哈米顿(Clayton Hamilton):《小说法程》,华林一译,商务印书馆,1924 年。夏丏尊 1925 年作《论记叙文中作者的地位并评现今小说界的文字》,改为“全知的视点”“限制的视点”“纯客观的视点”。

② 李圣悦:《〈惨雾〉的描写方法及其作风》,《文学周报》292 期,1927 年。

③ 周煦良:《读〈出阁〉》,《文学周报》298 期,1928 年。

称限制叙事的作品中插入作家的主观评价,“使文字失其统一”。如果说这种夹叙夹议造成的视角不统一还容易分辨,那心理分析可能造成的作者“越位”可就不大好说了。夏丏尊批评周全平的《呆子与俊杰》全篇既称“C君”“H君”,“则作者立在旁面观察的地位可知”,而这种“纯客观的视点的文字,作品中人物的内心生活,实无知道的权利”。[①] 这样严格的形式批评,在“五四”时代实在少见。也许真的是曲高和寡,此文在当时似乎没有引起什么反响,此后也很少人提及,更未见人步其后尘。过分强调视角的固定,认定“别国名小说中是少见有这样不统一的文字的”[②],既有违西方小说发展实际,也不尽符合艺术表现规律[③]。但指出这种视角不统一不是作家有意的艺术追求,而是在“大家都已力求脱去旧套,模仿他国”的过程中“未能脱尽旧式”的痕迹——也就是说,把小说叙事角度的统一看作中国小说“脱去旧套”的一个标志——却是颇有见地的。

当三分之二的小说作品采用的叙事角度迥然不同于传统小说时(参阅表3),你能说这是一种完全没有理论指导的不自觉的艺术追求?那么多小说家力图突破全知叙事的陈规,这里面确实体现出或清晰或朦胧的视角意识,即使没有上升到理论高度。

---

① 《论记叙文中作者的地位并评现今小说界的文字》。

② 同上。

③ 帕西·拉伯克《小说技巧》(*The Craft of Fiction*)第三章就对托尔斯泰的《战争与和平》视角不统一颇有微词;而佛斯特的《小说面面观》则认为“小说家可以根据不同情况变换叙事观点。狄更斯和托尔斯泰就是如此处理的”(71页,苏炳文译,花城出版社,1984年)。

六

最适合于“五四”作家采用的叙事角度无疑是第一人称限制叙事。除了艺术效果的自觉追求外，诱使“五四”作家采用第一人称叙事的，实际上还有下列三个潜在的因素。

首先，相对于传统小说的全知叙事，第一人称叙事最易辨认，其优势也最明显，以致“五四”作家在颇长时间内对其做出不切实际的过高估计。沈雁冰是这样赞美自叙传小说的：“至于‘回忆录’体小说之盛行，似乎不是德国一国的事，全欧洲——无宁说是全世界——正在盛行着呢！”[①]郑振铎关于笛福的《鲁滨逊漂流记》和理查逊的《巴米拉》的评价，不免也被看作第一人称叙事方式的颂歌[②]。其时谈论小说理论的，大都喜欢抓住第一人称叙事做文章。说的都没错，可就是忽略了第三人称限制叙事和纯客观叙事，以致造成突破全知叙事只能从第一人称叙事入手的错觉。

其次，第一人称叙事在限制视野的处理上，显然比第三人称限制叙事容易掌握。“若以第三人称来写出，则时常有不自觉的误成第一人称的地方”；反过来若以第一人称叙事，只要稍加留意，一般都不会造成因叙述者越位而“使文学的真实性消失的感觉”。[③] 如果按编年阅读叶圣陶、王统照、许地山等作家的作品，我

① 《海外文坛消息》，《小说月报》14卷3号，1923年。

② 参阅《文学大纲》第二十章，《小说月报》16卷5号，1925年。

③ 郁达夫：《日记文学》，《洪水》3卷32期，1927年。

们可以发现一个有趣的现象,他们对小说视角的运用,都大略经历了一个从全知叙事到第一人称叙事,再到第三人称限制叙事的过程。证之以整个小说界的创作倾向,更说明第一人称叙事作为过渡桥梁的作用。在我抽样分析的1917—1921年刊登在《新青年》《新潮》《小说月报》上的57篇创作小说中,第三人称限制叙事只占18%(10篇),而在1922—1927年刊登于《小说月报》《创造》《莽原》《浅草》上的272篇创作小说中,第三人称限制叙事所占比例上升到31%(85篇),跟第一人称叙事比例(38%)接近。而到了20世纪30年代,第三人称限制叙事甚至取第一人称叙事而代之,成为中国现代小说最主要的叙事角度。

再次,“五四”作家不一定都像郁达夫那样,觉得“‘文学作品,都是作家的自叙传’这一句话,是千真万真的”①,但其创作或多或少带有作家个人生活的影子。“并不是主人公的一举一动,完完全全是我自己过去的生活。”②做这样的声明,大概只有在“五四”时代才是必不可少的。而且不只郁达夫一人,许多作家都有必要做这样的声明。理由很简单,“五四”作家从自身经历选取创作素材的实在太多了,以至读者很容易把小说中的人物直接等同于现实生活中的作家。若从表现作家自身生活经验与感情需求的角度考虑,第一人称叙事无疑是最适宜的。

不同于“新小说”,“五四”第一人称叙事小说中,叙述者“我”

---

① 郁达夫:《五六年来创作生活的回顾》,《过去集》,开明书店,1927年。

② 郁达夫:《〈茫茫夜〉发表之后》,《时事新报·学灯》1922年6月22日。

大都是主角。也就是说,不再是讲“我”的见闻,“我”的朋友的故事,而是“我”自己的故事或感受。莫泊桑的《白璞田太太》、夏芝的《忍心》、贾克·伦敦的《豢豹人的故事》等,叙述的故事尽管精彩,可叙述者“我”只是一名听众,这似乎无法满足“五四”作家直接表现生活感受的要求。倒是安特列夫的《红笑》、曼殊斐儿的《夜深时》、国木田独步的《少年的悲哀》、千家元磨的《深夜的喇叭》等,对“五四”作家更有吸引力。这些小说,或者“消融了内面世界与外面表现之差,而现出灵肉一致的境地”①,或者不过是“单个儿坐在渐灭的炉火前的一番心境,一段自诉”②,或者体现作家“虽作小说,但根底上却是诗人”的创作特色③;但有一点是共同的,那就是把第一人称叙述者的内心感受作为表现的中心,这无疑更合“五四”作家的口味。“新小说”那种只带耳朵和笔记本的第一人称叙事者,已很少在“五四”作家笔下出现。即使像郭沫若的《牧羊哀话》、许地山的《商人妇》、蒋光慈的《鸭绿江上》那样以记录他人故事为主的小说,第一人称叙事者也要尽量介入故事并表现对他人故事的感受。至于着重记录叙事者见闻的,如鲁迅的《故乡》、陈炜谟的《狼筅将军》、王统照的《春雨之夜》,也迥然不同于“新小说”家的展览怪现状,而是借以引出作家的观感。

也许,成就最突出的是由第一人称叙事者讲述自己的故事或感受。以叙述者的主观感受来安排故事发展的节奏,并决定叙述

---

① 《黯澹的烟霭里》鲁迅《译后附记》,《现代小说译丛》,商务印书馆,1922年。

② 徐志摩:《再说一说曼殊斐儿》,《小说月报》16卷3号,1925年。

③ 夏丏尊:《关于国木田独步》,《文学周报》5卷2期,1927年。

的轻重缓急，这样，第一人称叙事小说才真正摆脱“故事”的束缚，得以突出作家的审美体验。而当作家抛弃完整的故事，不是以情节线而是以“情绪线”来组织小说时，第一人称叙事方式更体现其魅力。那瞬间的感受，那凌空飞跃的思绪，还有那潜意识的突现，用布局比较松散自由的第一人称叙事来表现，似乎更得心应手。尽管由于技巧缘故，“五四”第一人称叙事小说偶尔出现一些不谐和音（如王以仁的《落魄》、陈翔鹤的《眼睛》），但仍得承认，“五四”作家已跨过复制古老的见闻录或模仿西洋回忆录的阶段。

令“五四”作家引以为豪的，还有日记体、书信体这些第一人称叙事的变格。随着大量日记体、书信体的西方小说被翻译介绍到中国来[①]，“五四”作家很快领悟了这种叙事方式的精髓。中国古代并非没有所谓的“文学日记”或“文学尺牍”，但作家从不曾把它作为小说的主要叙述方式，连作为道具或插曲嵌入故事叙述中的也极为罕见。“新小说”家开始模仿西方书信体、日记体小说，可大都借以讲述完整的故事。“五四”作家才真正明白这种叙事方式可以是“无事实的可言”，不外是借人物之口“以抒写情感与思想”。[②]

沈雁冰曾指出：“至于在青年方面，《狂人日记》的最大影响却在体裁上。”[③]开始的模仿固然幼稚（如《新潮》5 期刊登的《新婚前后七日记》），但“五四”作家很快跟上鲁迅的步伐，创作出一批着

---

① 如果戈理的《疯人日记》、屠格涅夫的《畸零人日记》、歌德的《少年维特之烦恼》、安特列夫的《小人物的忏悔》、路卜洵的《灰色马》、莫泊桑的《欧儿拉》等。

② 剑三（王统照）：《论冰心的〈超人〉与〈疯人笔记〉》，《小说月报》13 卷 9 号，1922 年。

③ 《读〈呐喊〉》，《文学周报》91 期，1923 年。

重"抒写自己的感情"的日记体小说。冰心的《疯人笔记》并没有抄袭鲁迅或果戈理的同类作品,而是借象征的语言,探讨人类对于生死爱憎的永恒的困惑。思考不见得深邃,但那种挚热的情感与神秘的氛围却颇有吸引力。"看那记帐式与叙述式的小说惯了"的旧文人很可能读不懂,但同样爱好象征派文学的王统照却从中"见出作者的最真诚而显露出的思想,与对于一切的情感与判断来"。[①] 相比之下,庐隐的《丽石的日记》、潘训的《心野杂记》、李劼人的《同情》、徐祖正的《兰生弟的日记》、石评梅的《祷告》,还有倪贻德那以"一个画家的日记"为副题的《玄武湖之秋》、许钦文那以"描写三角恋爱的日记"为副题的《赵先生的烦恼》等略有故事情节而又偏重抒情说理的小说可就好懂多了。冰心的《一个军官的笔记》想打破作家与叙述者基本合一的局面,借一个与自己距离较大的角色的眼睛来观察评价,终因过分理性化而减弱了其艺术感染力。"五四"作家采用日记体写小说,很难与角色真正分离,这未免大大限制了日记体形式在小说领域中的进一步应用。

"五四"作家似乎更欣赏书信体小说形式。也许真的如孙俍工所说的,这是"一种包含着主观和客观的,一面发抒主观,一面叙述客观的小说"。也就是说,既可以讲述一个美丽的故事,又适宜抒写幽深的感情,不像日记体只是"一种主观的抒情的小说"。[②] 但实际上"五四"作家的书信体小说大都是"独语",而不是"对

① 《论冰心的〈超人〉与〈疯人笔记〉》,。

② 俍工(孙俍工):《小说作法讲义》第三章,中华书局,1923 年。

话”——似乎收信人从不想作答，写信人不得不再三引进对方的言行来协助完成故事的叙述。除了许地山的《无法投递之邮件》和向培良的《六封书》主要表达作者对人生的感触及对命运的思考外，“五四”作家的书信体小说大都有故事可讲，可又不把重点放在故事的复述上。冰心的《遗书》、庐隐的《或人的悲哀》、陈翔鹤的《不安定的灵魂》、周全平的《爱与血的交流》、王思玷的《几封用S署名的信》，都虚设一故事框架，借以表达这些“不安定的灵魂”内心的困惑与痛苦。到了郭沫若的《落叶》、王以仁的《归雁》、蒋光慈的《少年漂泊者》和章衣萍的《情书一束》，情节越编越复杂，感情越写越细腻，篇幅也越拉越长，艺术表现力是加强了，可真实性却反而下降了。郭沫若赞赏菊子姑娘41封信“每篇都是绝好的诗”（《落叶·引子》），可读者难免怀疑菊子姑娘请了捉刀人。就像19世纪的英国读者要怀疑他们的先辈作家何以驱使主人公三天写96页信（理查逊的《巴米拉》），中国读者很快发现这种布局严谨、用词精当、篇幅冗长的“书信”实在靠不住。

尽管20世纪30年代以后，日记体、书信体小说不再行时，可没法否认这两种叙事方式曾风行于“五四”时代，而且对今天的读者仍颇有吸引力。不是因其艺术技巧的精湛，而是小说中自然流露出来的灼热的情感与真诚的痛苦。而这些，在故事情节占优势的全知叙事或第三人称限制叙事的小说中，远没有在日记体、书信体小说中表现得突出。约翰生曾这样评价过理查逊的书信体长篇小说《巴米拉》：“如果你是为故事而读李却生的作品，你会不耐烦到要上吊。但是为情感你得读他，只把故事看作引起情感的作用。”①这话移来评价“五四”时代的日记体、书信体小说，是再合适不过的了。

七

就在第一人称叙事最行时的时候，也有人注意到这种叙事角度的局限。郁达夫就曾指出书函告白式小说只是表现发信人的心境，至于与之相呼应的对方的“性格”“感情”和“心境变迁的途径”，“我们一点儿也捉摸不到”。② 成仿吾也表示：“我时常觉得写感情浓厚的小说，如用第一人称，弄得不好，便难免不变为单调的伤感或狂热 sentimentalism or hystery。”③随着文坛上“客观化”的呼声越来越高，第一人称叙事方式的缺陷也越来越为作家所注目，小说的叙事角度于是逐渐转为第三人称限制叙事。

意识到应该使用第三人称限制叙事与熟练运用第三人称限制叙事，其间有好长一段距离。“五四”作家采用第一人称叙事得心应手，使用第三人称限制叙事则老捉襟见肘。在中、长篇小说中，这一点表现得特别明显。郭沫若的《落叶》、杨振声的《玉君》，第一人称限制视角的运用颇为成功；而张资平的《冲积期化石》、许杰的《惨雾》、黎锦明的《尘影》、蒋光慈的《短裤党》和许钦文的

① 转引自 J. B. Priestly《英国小说概论》9 页，李儒勉译述，商务印书馆，1946 年。

② 《读〈兰生弟的日记〉》，《现代评论》4 卷 90 期，1926 年。

③ 《〈一叶〉的评论》，《创造季刊》2 卷 1 期，1923 年。

《鼻涕阿二》等，基本上还是采用传统的全知视角，尽管其中部分章节采用了第三人称限制叙事。并非作家愿意固守全知叙事技巧（这也未尝不可），而是第三人称限制叙事相对难于掌握。在“五四”作家创作的短篇小说中，我们常能发现叙述者不自觉的“越位”——在严格的第三人称限制叙事中，夹入一两段全知叙事。最常见的破绽是作者既选择甲为视角人物，又突然跳出来分析乙的内心活动，破坏了视角的统一。如叶圣陶的《病夫》、方光焘的《疟疾》、罗黑芷的《无聊》和张资平的《植树节》等。

借用夏丏尊的说法，限制叙事就是只允许视角人物行使全知权利，作者无权超越视角人物的视野；如果作者发现一个视点无法完美地表现观察对象时，可以选择两个、三个视点，从不同角度叙述事件进程。“五四”作家有不少采用这一第三人称限制叙事的变体的。鲁迅的《离婚》上半截着重表现乡人的同情和爱姑父亲的隐忧，自然以庄木三为视角较适宜；下半截直接描写冲突的双方，则转为以爱姑为视角。两种视角获得两个截然不同的场面和印象，并体现两种表面不同但实质很相近的心态，使离婚这一事件得到立体的表现。台静农的《拜堂》干脆分为三个自然段：第一段以汪二为视角，第二段以汪大嫂为视角，第三段以汪二的爹为视角，从三个不同角度表现大嫂改嫁二叔这一事件在三个家里人心上投下的阴影。王统照的《沉船》、废名的《桃园》、叶圣陶的《孤独》、俞平伯的《狗和褒章》等小说中视角的处理，都可从这个角度理解。作家用转移视角的办法来叙述故事，表面上整篇小说没有固定的叙事角度，可构成小说的几个部分都有自己固定的视点，作家不过把单一视角的描述改为不同视角获得的场景的剪辑。

在讨论“新小说”的叙事角度时,我着重强调“见闻录”在统一视角方面的作用——第三人称叙事者主要不是一个思考者和行动者,而是一个观察者和记录者。“五四”作家才真正把视角人物作为表现对象。如果视角人物跟作者的生活经验过分接近,这时候第三人称实际上可以转换成第一人称。郁达夫、郭沫若、成仿吾、倪贻德等创造社作家的部分作品,以及夏丏尊的《长闲》、郑振铎的《书之幸运》等受日本私小说影响较深的小说,都可作如是观。即使如此,使用第三人称还是可以抑止作家自传倾向的诱惑,防止过多投入主观情感。尽管读者可能猜出于质夫的原型是郁达夫,爱牟则是郭沫若的化身,但不会把于质夫、爱牟直接等同于郁达夫、郭沫若。无论对于作者还是读者,第三人称叙事总比第一人称叙事便于较为客观地审视人物、理解人物。

在鲁迅的《幸福的家庭》和《高老夫子》、叶圣陶的《一包东西》和《演讲》、冰心的《寂寞》、王统照的《司令》、黎锦明的《神童》、废名的《河上柳》、尚钺的《一块白布》、许地山的《缀网劳蛛》等作品中,作家与视角人物距离较大(有的甚至抱嘲讽态度),因而客观化倾向更明显。没有无所不在、无所不知的“上帝”,也没有饶舌的评述者,摆在读者面前的只是一个敞开的心灵和一双普通的眼睛,至于与故事进程相关而又在视角人物视野以外的人与事,可就得凭借读者的想象力去补充了。作者说的越少,读者可想而且必须想的就越多,这对习惯于以读小说为娱乐的中国读者来说是个严峻的挑战。好在中国读者挺住了,伴随着“五四”作家,逐步熟悉了第三人称限制叙事方式。

作家不但不做主观评价，而且不分析任何人物心理，只是冷静地记录人物的言论，描写人物的外部动作，其他的则让读者自己理解品味——这种纯客观叙事方式比限制叙事更易产生真实可信的感觉，可难度也更大。很难说“新小说”家已经开始注意纯客观叙事。吴趼人的《查功课》(1907 年)和包天笑的《电话》(1914 年)除开头结尾的交代外，全是人物对话。如此落笔，也真颇有西洋纯客观叙事小说“写来不着形迹，其妙处全在字句之外”[①]的韵味。可作家似乎更多从“新剧”(早期话剧)吸取灵感，而不是直接取法西洋纯客观叙事小说。因此不单删去了人物心理描写，连故事的叙述、场面的呈现也都删了，只保留人物对话，几乎完全丢弃了小说的特性，变成话剧脚本。此类尝试虽有革新意义，可很难有大发展。“五四”初期陈衡哲的某些创作(如《老夫妻》《波儿》)仍继续这种小说话剧化的尝试，20 世纪 30 年代鲁迅的《起死》也是一篇“用戏剧似的形式来写的新样式的小说”[②]。但总的来说，完全凭借人物对话来结构小说并非纯客观叙事的正路。

俞平伯的《炉景》借鉴 Thomson 的《炉火光里》，在突出人物对话的同时，相对注意场面的描写与氛围的渲染；汪敬熙的《雪夜》和杨振声的《渔家》把人生惨况浓缩成一个场面，把作家的主观感情和评价隐藏在冷静的客观描写中。但这些作品都过分简单，只

---

① 《伦敦之质肆》半侬(刘半农)《译后语》，《中华小说界》8 期，1914 年。

② 《少年别》鲁迅《译者附记》，《译文》6 期，1935 年。

能称为“速写”或“小小说”。在“五四”作家中真正掌握纯客观叙事技巧的,大概只有鲁迅和凌叔华。

据说,鲁迅自认为《示众》是《彷徨》集中艺术最完整的,这篇小说从20世纪20年代起就不断引起研究者的注意。也许,从纯客观叙事更能理解其艺术特色,所谓“冷静”“白描”与“穿插”,都可从中得到解释。至于《肥皂》的“无一贬词,而情伪毕露”更是纯客观叙事的绝好典范。如果说鲁迅是从契诃夫、吴敬梓学到此种笔调,凌叔华则是直接师承曼殊斐儿。《酒后》和《再见》都着重表现知识女性微妙的心理变化,作家没有一句心理分析,读者从人物的对话和行动中又分明可以感受到人物情绪的波动和精神的转折。如此精致含蓄的小说在“五四”时代还很少见。

八

同样是采用限制叙事或纯客观叙事,“五四”作家不像“新小说”家那样举步维艰,进一步退半步。这跟他们更为自觉地学习西洋小说叙事技巧并接受其视角理论有关,也跟裹挟着他们前进并直接制约着他们创作的时代思潮有关。对艺术真实性的强调,对小说个性化的追求,以及理性思索的愿望和热情,使“五四”作家对于小说视角的理解和处理大大超越了“新小说”家,而逼近视角理论的真正内涵。

“新小说”家也很注重小说的真实性,但囿于以读史的眼光来读小说的传统偏见,这种“真实性”更多落实为素材的真实。曾朴、林纾的征用史实,梁启超、吴趼人的自加评语说明其言之有据,以及“新小说”家常用的穿插报纸新闻、渲染异人赠书等等,无非想说服读者相信小说素材的真实可靠。可“说实话的是历史家,说假话的才是小说家。历史家用的是记忆力,小说家用的是想像力”①。小说家需在多大程度上“忠实于主观”可以讨论,可没必要也不可能绝对“忠实于客观”。有“本事”的小说也许读起来有趣,更适合有“索隐癖”的中国人的口味,但无法保证增加小说的真实性。“五四”作家很可能不同意杨振声关于“真话”“假话”的区分,但不会过分倚重记忆力,借影射历史上的真人或记录现实中的真事来获得真实感(历史小说是另一回事)。“五四”作家强调的是小说表现的真实而不是素材的真实,这就决定了作家有可能不单注意故事情节、人物语言的合乎情理、切近生活,而且借助限制叙事和纯客观叙事来突出小说的真实感,破除全知叙事造成的虚假的感觉。

如果说“新小说”家还没有自觉地从反叛“权威的见证人”“全知全能的上帝”这样的角度来突破全知叙事,“五四”作家则初步具备这种自觉意识。尽管“五四”作家没有把这种“自觉意识”清晰地表达出来,但从其对偶像的蔑视、对“神圣”的传统观念的怀疑、对自我思考能力的自信,不难推想限制叙事、纯客观叙事对他们的吸引力并非纯技巧性。起码夏丏尊破除“作者对于读者的专制态度”,郁达夫防止读者对万能的叙述者怀疑而产生“幻

① 杨振声:《玉君》自序,现代社,1925年。

灭之感”，[①]这样的立论方式已深深植根于“五四”的民主精神。作者不见得比读者高明，没有权利在小说中指手画脚教训读者，应该跟读者站在同一地平线上，没有过去的回忆，没有未来的预测，只有刚刚呈现的“现在”——这种纯客观叙事方式，按理说最符合“五四”作家的民主态度和怀疑精神。只是强烈的启蒙意识使作家更愿意选择限制叙事，在抛弃全知全能的专制上帝的同时，保持站在特定人物角度思考、发言的权利。

固定视角固然可以增强小说的真实感，但视域的限制也给小说的自由表现带来困难。还是“新小说”家面临的窘境：既要多侧面地表现人物，展示尽可能广阔的社会人生，又要防止叙述者越位引起读者对小说真实性的怀疑。“五四”作家没有像“新小说”家那样以一人的故事为框架、填进许多他人的故事，或者逼着视角人物到处游荡以获取见闻，而是在小说叙述中大量引入书信、日记、笔记，借以补充固定视角产生的视域的限制。张定璜的《路上》交叉出现她的思绪和他的来信以及她已往的笔记，把不同时间不同视角获得的印象拼凑在一起，表达对那“也能够欢喜，也能够悲哀”的“青春世界”的怀念；严良才的《最后的安慰》则借L狱中来信，让P也让读者了解他复仇的动机和临刑前夜的感受；冰心的《悟》引妹妹和朋友的来信入小说，使主人公对人生的思考由独语变成三人对话；庐隐的《海滨故人》则插入露莎与朋友们的13封通信，以便从诸多角度探讨人生，表达整整一代人而不是某一个人

① 《论记叙文中作者的地位并评现今小说界的文字》《日记文学》。

的苦闷。这些插入的书信、日记,可能由于不曾考虑到“文人所书之人不必尽能文也”(章实斋《古文十弊》),露出作者捉刀的痕迹,但确实初步解决了固定视角与扩大视域的矛盾。

“新小说”家主要从便于叙事的角度,“五四”作家则主要从便于抒情的角度,选择第一人称叙事。在这一点上,“五四”小说本质上更接近传统诗文而不是传统小说。“新小说”家学《茶花女》,编《碎簪记》《碎琴楼》《柳亭亭》《新茶花》这样哀艳的故事;“五四”作家则学《少年维特之烦恼》,写《落叶》《遗书》《或人的悲哀》这样“有感觉”“有悟性”的小说。如果不是“五四”个性解放思潮的冲击,第一人称叙事很可能只是为中国文学提供几篇哭哭啼啼的“哀情小说”和一点布局技巧。“五四”思潮解放了“自我”,也真正赋予第一人称叙事模式强大的艺术生命力。

“五四”作家在艺术观上不尽一致,但绝大多数都可能会同意庐隐的说法:“足称创作的作品,唯一不可缺的就是个性。”[①]因而,冰心的口号可作为“五四”作家共同的旗帜:“请努力的发挥个性,表现自己。”[②]抛弃既定的艺术规范,凭自己的感觉去表现生活,寻找自己独特的艺术世界。尽管技巧幼稚,可一下子冒出一大批有独特艺术个性的小说家:鲁迅、郁达夫、叶圣陶、郭沫若、王统照、冰心、庐隐、废名、许地山等。这跟“新小说”家忙于讲故事发议论、忽略对小说艺术个性的追求形成鲜明对比。“五四”小说的题材

① 《创作的我见》,《小说月报》12 卷 7 号,1921 年。

② 《文艺丛谈》,《小说月报》12 卷 4 号,1921 年。

并不广,在展示广阔的社会生活图景方面甚至不如“新小说”,但作家靠艺术感觉而不靠故事情节取胜,反而不像“新小说”老给人以似曾相识的感觉。第一人称叙事较适合于抒写自我的感情;“至于书信,我以为应较其他体裁的作品更多含点作者个性的色彩”①。这就难怪第一人称叙事(包括日记体、书信体)最得“五四”作家的青睐。它为“五四”作家突破旧的艺术规范,充分发挥个性、表现自我提供了一种最佳的艺术手段。

“五四”作家选择限制叙事,也可能着眼于对社会人生的理性思考以及对自我的审视。爱发议论,教诲色彩浓厚,可发的议论并非自出机杼,而是社会通行的伦理准则或道德格言——大部分中国古典小说中的议论形同赘疣。“新小说”好点,大谈特谈的是带有启蒙意味的新政见。不过作家的思索仍然没有落实在小说叙事技巧上,只是增添几个口若悬河的演说家。“五四”作家使用限制视角,把中国古典小说中游离于人物之外的“后人评曰”与“异史氏曰”(姑且把这些白话小说、文言小说中的议论设想为作家自觉的理性思考)化掉,另外借第一人称叙事者的自我解剖、视角的转换以及作家与叙述者有意的间离等手段表达作家的理性思索。

虽有“吾日三省吾身”的古训,也不乏受佛教影响的“忏悔文”,可中国古代作家就是不习惯在小说中自责自省。第一人称叙事小说要不自我褒扬,要不文过饰非,难得作家把解剖刀对准自身。真正执行对自我灵魂的严格拷打,是“五四”作家才开始的。

---

① 淦女士(冯沅君):《淘沙》,《晨报副刊》1924 年 7 月 29 日。

在鲁迅的《一件小事》、郁达夫的《茑萝行》、台静农的《弃婴》和王鲁彦的《狗》等小说中，作家着实在执行自我批判，当然也不无自我倾诉甚至自我欣赏的成分。比起“人的灵魂的伟大的审问者”①陀斯妥耶夫斯基来，“五四”小说中的自我批判大多相当肤浅。它的价值在于把作家可能发表的空洞抽象的说理化为人物独特的思考，并用内心独白手法表现出来。

对自我解剖者认识的局限有所了解，对自我叙述者真诚坦率的程度有所怀疑，“五四”作家借转换视角来表达这种对思考者的思考。《狂人日记》之所以不同于《疯人笔记》《丽石的日记》等倾诉性作品，很大原因在于它的小序为读者提供了另一个审视角度。叶灵凤的《女娲氏之遗孽》中出现三个不同的“我”对同一件事的不同评价；郁达夫的《青烟》中的叙述者“我”分化为实在的“我”与幻觉中的“我”；潘训的《心野杂记》中描述叙述者的梦境一节改为第三人称；黎烈文的《舟中》最后一段剖析人物心理、评价人物行为，也突然从第一人称转为第三人称。所有这些视角的转换似乎都表达这么一种愿望：作家把第一人称叙事者作为一个客观存在的人物来考察评价，而不是一味自我体验；同时也要求读者不要满足于接受叙述者的解释，应该跳出来理性地思考。这跟传统小说要求读者接受叙述者的权威解释大相径庭。

“五四”第一人称叙事小说中颇多倾诉性作品，作家尽量与第一人称叙事者认同；但也有不少小说借作家与叙述者的间离来造成另

① 鲁迅：《〈穷人〉小引》，《集外集》，群众图书公司，1935年。

一个潜在的审视角度。王鲁彦的《柚子》、陈翔鹤的《See！……》中第一人称叙事者与作家本人距离较大,容易造成反讽的艺术效果,这显而易见。值得注意的是,"五四"作家喜欢逼着"我"叙述过去的故事。对人生世相的理解,过去的"我"不等于今天的"我",读者往往可以从今天的"我"不动声色但又包含倾向性的叙述中,领悟过去的"我"认识的局限。一个儿童眼中的孔乙己,显然不同于成人的第一人称叙事者眼中的孔乙己,作家宁愿叙述前一个孔乙己,而把后一个孔乙己留给读者去思考把握。不少作家喜欢以今天的"我"来分析、批评过去的"我",直接为读者提供一种新的价值标准,鲁迅的《伤逝》则让我们懂得即使这种真诚的自我反省也有很大的局限性。我们从"涓生的手记"中,不单读到今天的"我"对过去的"我"的解剖,而且从字里行间读出作家对解剖者的解剖:今天的"我"为安慰不安的灵魂,在一种空泛的自我谴责中,有意无意处处为自己开脱[①]。借作家与叙述者有意识的间离来提供理性思考的线索,这需要较高的艺术修养,"五四"时代除了鲁迅,还很少人能胜任。

---

① 韩南在《鲁迅小说的技巧》(中译文刊《国外鲁迅研究论集》,北京大学出版社,1981 年)中指出:"在《伤逝》中,那个叙述者尽管满心悔恨,却并没有在道德上和感情上公平对待被他抛弃的子君";他"并没有特别说谎,但却都没有充分地反映事实,也没有真正凭良心说话"。

第四章　中国小说叙事结构的转变

> 写小说有三种方法，第一，或者你先把情节定了，再去找人物。第二，或者你先有了人物，然后去找于这人物的性格开展上必要的事件和局面来。第三，或者你先有了一定的氛围气，然后再去找出可以表现或实现这氛围气的行为和人物来。[①]
>
> ——R. L. 史蒂文森

一

有人说："金、毛二子批小说，乃论文耳，非论小说也。"[②]此话不无道理。那么多的"文势""笔法"，以之论小说可以，以之论古文也不错。尽管后世学者也可以从中发掘出某些关于人物塑造方面的理论，可这并非中国古代小说批评家注目的中心。"字有字

① 这段话是史蒂文森对他的传记作者 Graham Balfour 讲的。中译文转引自郁达夫的《小说论》第四章（光华书局，1926 年），为统一概念，"结构"（Plot）改译为"情节"。

② 解弢：《小说话》91 页，中华书局，1919 年。

法,句有句法,章有章法,部有部法"[①],这才是他们的小说批评的基本尺度。以古文家或准古文家眼光读小说,自然跟以西方小说理论家眼光读小说有很大差距。前者关心字法、句法、章法、部法;后者则区分情节、性格、背景。有各自不同的理论"兴奋点",当然也就不可避免地有各自不同的理论"盲点"。一直到"新小说"家,大谈特谈的仍是"章法""部法"。刘鹗自为《老残游记》作评:"历来文章家每序一大事,必夹序数小事,点缀其间,以歇目力,而纾文气。此卷序贾、魏事一大案,热闹极矣,中间应插序一段冷淡事,方合成法。"吴趼人自为《二十年目睹之怪现状》作评:"有一段极冷淡处,便接一段极亲热处;有一段极狠恶处,便接一段极融乐处。两两相形,神情毕现。"刘、吴这两位在"新小说"家中艺术修养高、富创新精神的尚且如此,余者可想而知。当然,也有人大谈小说不同于"群书""报纸",应有另一种读法。可从其对小说的评语——"铺排渲染,曲折回环,起伏照应,穿插线索,相承一气"——看,则又跟论文无异[②]。

"五四"作家、批评家开始接受另一系统的理论语言,撇开"文气""笔法"等传统的小说批评术语,从人物塑造、情节演述与背景描绘的角度来评价小说。Clayton Hamilton 的《小说法程》(1924年商务印书馆出版中译本)和 Bliss Perry 的《小说的研究》(1925

---

① 金圣叹:《第五才子书施耐庵水浒传》序三。

② 参阅《中外小说林》11 期之《小说之功用比报纸之影响为更普及》,2 卷 4 期之《小说风尚之进步以翻译说部为风气之先》。

年商务印书馆出版中译本)，还只是把人物、情节、背景作为小说理论中的三个重要课题各列一专章论述(前书共12章，后书共13章)；到了郁达夫的《小说论》(光华书局，1926年)和沈雁冰的《小说研究ABC》(世界书局，1928年)，除了小说发展的史的叙述，技巧分析就剩下这人物、情节和背景了。这小说要素三分法一下子给中国小说批评家打开了一个新的天地，使他们得以在一个新的理论框架中借助新的理论语言来思考、分析、评判。

对中国作家、批评家影响最大的还不是这种三分法本身，而是由此引申出来的小说的三种叙事结构方式。本章章首所引的史蒂文森关于小说构思三种途径的名言，“五四”时代不断被引用①。Clayton Hamilton由此引申出来的“短篇小说可分为三类，其目的有在发生动作感应者，有在发生人物感应者，亦有在发生环境感应者”②；以及Perry的“若是风气——地与时——背景——摹画得甚有艺术，则人物和动作也许会成为不关重要”③，更令“五四”作家、批评家叹服。清华小说研究社的《短篇小说作法》、郁达夫的《小说论》和郑振铎的《中国短篇小说集序》都基本照抄Hamilton和Perry的以上说法。令“五四”作家、批评家格外感兴趣的，不在这种理论概括是否准确，而在于证实了“五四”作家的“直觉”：小说

① 如清华小说研究社的《短篇小说作法》(清华小说研究社，1921年)、郁达夫的《小说论》(光华书局，1926年)和郑振铎的《中国短篇小说集序》(作于1925年，刊于1928年版《中国短篇小说集》第一集)。另外，厨川白村的《近代文学十讲》(1921年出版中译本)和Clayton Hamilton的《小说法程》(1924年出版中译本)也都引录这一段话。

② 《小说法程》153页，华林一译，商务印书馆，1924年。

③ 《小说的研究》252页，汤澄波译，商务印书馆，1925年。

可以有各种各样的做法，不一定要讲故事，不一定要有头有尾，不一定要有高潮有结局，不一定要布局曲折动人。一句话，不一定以情节为结构中心。"五四"作家的这种"直觉"，在周作人等人介绍西方小说的文章中不时有所表露。一旦在理论上得到证实，作家艺术创新的自觉性和勇气自然大大提高。倒退十年，如果有人评价你的小说情节平淡，不曲折，没高潮，你将大为沮丧；如今则可以理直气壮地引经据典：

> 在近代小说里，一半都是在人物性格上刻画，一半是在背景上表现的。[1]

只是在具体作品中，情节、性格、背景并非如油水那么容易分离。谁能抵挡亨利·詹姆斯的追问："如果没有情节的规定性，性格是什么？如果没有性格的显现，情节是什么？"[2]阿Q的画圆圈、祥林嫂的捐门槛，应该判归性格还是情节？大概没有人愿当这个法官。并非设计没有情节、背景的纯性格小说或者没有情节、性格的纯背景小说，而是强调作家构思时可能以三者之一为结构中心，把余两者作为陪衬。

以情节为结构中心，这好理解，中国古典小说基本上依此模式创作。至于"五四"作家颇为欣赏的以性格为结构中心，可就有点费解。中国古代小说（特别是文言小说）继承"史传"笔法，为人物

---

① 郁达夫：《小说论》第六章，光华书局，1926年。

② 《小说的艺术》，《美国作家论文学》，刘保端等译，生活·读书·新知三联书店，1984年。

立传作记者不胜枚举，其中也不乏成功的性格刻画，何以如此扬西抑中？原来“五四”作家心目中还有另外一种分类方法，这就是郁达夫后来所描述的“只叙述外面的事件起伏”与“注重于描写内心的纷争苦闷”的区别[①]。以性格为结构中心实际上指的是以人物心理为结构中心。沈雁冰说得再清楚不过了：“最近因为人物的心理描写的趋势很强，且有以为一篇小说的结构（指情节——引者注）乃不足注意者。”[②]把“牺牲了动作的描写而移以注意于人物心理变化的描写”[③]作为近代小说发展的大趋势，把“情感的成长变迁，意识的成立经过，感觉的粗细迟敏，以及其他一切人的行为的根本动机等”[④]作为小说研究的中心，这就使小说结构重心的转移不至于停留在小说三要素的表面的加减乘除，而有可能促使中国小说的整体特征发生翻天覆地的变化。

沈雁冰说得对：“从近代小说发达的过程看来，结构（指情节——引者注）是最先发展完成的，人物的发展较慢，环境为作家所注意亦为比较的晚近的事。”[⑤]像史蒂文森那样“先感着一种苏格兰西海岸的一小岛的情趣”，再构思一篇小说“来表现这一种情味”的，[⑥]在 19 世纪以前的西方小说中几乎没有，在“五四”以前的

---

① 《现代小说所经过的路程》，《现代》2 号，1932 年。

② 《人物的研究》，《小说月报》16 卷 3 号，1925 年。

③ 同上。

④ 郁达夫译《小说的技巧问题》，《洪水》3 卷 27 期，1927 年。

⑤ 《人物的研究》，《小说月报》16 卷 3 号，1925 年。

⑥ “The Life and Letters of R. L. Stevenson,” by Graham Balfour，转引自郁达夫《小说论》第六章 67 页，光华书局，1926 年。

中国小说中也绝难找到[①]。在"五四"作家、批评家看来,这小说中独立于人物与情节以外而又与之相呼应的环境(Environment)或背景(Setting),既可以是自然风景,也可以是社会画面、乡土色彩,还可以是作品的整体氛围乃至"情调"。颇为"五四"作家推崇的"抒情诗小说",可能落实在人物心理的剖析,也可能落实在作品氛围的渲染。而这两者,都是对以情节为结构中心的传统小说叙事结构的突破。

这一"突破",是在"五四"作家手中完成的;但追根溯源,还得从"新小说"讲起。

二

从严复、夏曾佑的《本馆附印说部缘起》起,"新小说"理论家就不断重复论证这么一个简单的命题:"而天下之人心风俗,遂不免为说部之所持。"[②]可就是不想倒过来论证小说应该以"人心"或者"风俗"为主要表现对象。不是完全没有人意识到这一点,可在时代的大合唱中,个别人的只言片语实在太微弱了,难免很快被淹没。1903 年麦仲华(瑟斋)就曾引西洋小说理论来批评中国小说:

> 英国大文豪佐治宾哈威云:"小说之程度愈高,则写内面

① 中国古代文言小说集中往往夹杂着一些游记式的叙事写景散文(如蒲松龄《聊斋志异》中的《山市》),这跟现代意义的以背景为结构中心的小说有好大距离。

② 几道、别士:《本馆附印说部缘起》,《国闻报》1897 年 10 月 16 日—11 月 18 日。

之事情愈多，写外面之生活愈少，故观其书中两者分量之比例，而书之价值可得而定矣。”可谓知言。持此以料拣中国小说，则惟《红楼梦》得其一二耳，余皆不足语于是也。[①]

1908年林纾更对比《水浒传》与《大卫·科波菲尔》，把“专为下等社会写照”[②]、注重背景描写的西洋小说，置于专叙英雄胆儿女情、情节曲折“令人耸慑”的中国小说之上：

若是书特叙家常至琐至屑无奇之事迹，自不善操笔者为之，且恹恹生人睡魔，而迭更司乃能化腐为奇，撮散作整，收五虫万怪，融汇之以精神，真特笔也。[③]

可这样的批评眼光，在“新小说”家中实属凤毛麟角。“新小说”家还是主要把眼光盯在故事情节上。

鲁迅曾经不无嘲讽地谈到“新小说”家对西洋小说的翻译介绍：

我们曾在梁启超所办的《时务报》上，看见了《福尔摩斯包探案》的变幻，又在《新小说》上看见了焦士威奴所做的号称科学小说的《海底旅行》之类的新奇。后来林琴南大译英国哈葛德的小说了，我们又看见了伦敦小姐之缠绵和菲[非]洲野蛮之古怪。[④]

① 《小说丛话》，《新小说》7号，1903年。

② 《孝女耐儿传》林纾序，商务印书馆，1907年。

③ 《块肉余生述》林纾序，商务印书馆，1908年。

④ 《祝中俄文字之交》，《南腔北调集》，同文书店，1934年。

所谓“变幻”“新奇”“缠绵”“古怪”，全都集中在故事情节上。难怪“新小说”家最感兴趣的是西洋小说的“布局”，而不是心理描写或者氛围渲染。

大概谁也不会否认，“新小说”家的创作明显受翻译小说的影响；可并非任何外国小说都可能影响“新小说”家的创作。正如麦孟华(蜕庵)1903年说的：

> 往往有甲国最著名之小说，译入乙国，殊不能觉其妙。如英国的士黎里、法国嚣俄、俄国托尔斯泰，其最精心结撰之作，自中国人视之，皆隔靴搔痒者也。[①]

1903年如此，1913年也还如此，可以说“新小说”家始终没有真正领会托尔斯泰、雨果的价值——尽管很早就开始翻译他们的著作[②]。而这种“不领会”并非如麦孟华所设想的因为国情不同，摹写的不是中国读者“在寻常社会上习闻习见、人人能解之事理”[③]。哈葛德笔下“伦敦小姐之缠绵和菲(非)洲野蛮之古怪”，更非中国读者所“习闻习见”，更属“隔靴搔痒”，可中国读者(包括作家、翻译家)何以偏能“觉其妙”？关键不在小说处理的题材，而在作家的审美眼光及其相应的表现技巧是否符合中国读者的口味。读者

① 《小说丛话》，《新小说》7号，1903年。的士黎里，现译迪斯累里(Disraeli)，英国政治家、政治小说家。

② 如《托氏宗教小说》(1907)、《心狱》(1913)、《此何故耶》(1914)、《罗刹因果录》(1915)等；《惨世界》(1903)、《侠血奴》(1905)、《铁窗红泪记》(1906)、《卖解女儿》(1910)、《九十三年》(1913)等。

③ 《小说丛话》，《新小说》7号，1903年。

期待视野的限制,注定了在接受西方小说的最初阶段,哈葛德、柯南道尔要比托尔斯泰、雨果行时。晚清四大小说杂志中,有三个在创刊号刊登西方文豪像,当然不无作为旗帜的味道。《新小说》选的是托尔斯泰,《小说林》选的是雨果,《月月小说》选的是哈葛德。表面上前两者取法托尔斯泰、雨果,文学趣味自然高些,实际上并非如此;倒是学哈葛德实在些。知道托尔斯泰、雨果名声很大,也很想介绍借鉴,可就是不知道从何处入手解读。不像哈葛德的小说,以太史公笔法就能"说其妙",以普通读者就能"识其趣"。这就难怪在"新小说"家及其读者看来,写"人心"的托尔斯泰似乎还不如讲"故事"的哈葛德带劲。

既然读者喜欢西洋小说的"故事",作家注重西洋小说的"布局",翻译家自然只能投其所好。之所以"侦探小说最受欢迎,近年出版最多"[①],"在约一千一百部的清末小说里,翻译侦探小说及具侦探小说要素的作品占了三分之一左右"[②],就在于其最能迎合中国读者偏爱情节的特殊口味。改造这种口味,并非一日之功;相反,这种口味对翻译家的改造,却是立竿见影——翻译家只能按照时人的口味来选择并删改西洋小说。曾朴对林纾的要求——"预定译品的标准,择各时代、各国、各派的重要名作,必须选译的次第译出"[③]——不单不懂外文因而无法自行选题的林纾办不到,绝大

---

① 侗生:《小说丛话》,《小说月报》2卷3号,1911年。

② 中村忠行:《清末探偵小説史稿》,《清末小说研究》第4期,日本清末小说研究会,1980年。

③ 曾朴:《答胡适书》,《胡适文存三集》1134页,亚东图书馆,1930年。

多数翻译家都办不到。指责林译小说多属二三流作品者，常归咎于林纾的合作者[1]，这实在有点冤枉。那些懂外文的名翻译家如周桂笙、徐念慈、陈景韩、包天笑、周瘦鹃所选译的，又何尝都是名家名著！我倒怀疑当年倘若一开始就全力以赴介绍西洋小说名著，中国读者也许会知难而退，关起门来读《三国》《水浒》。用传统眼光来选择西洋小说，第一是情节曲折，第二是布局巧妙。至于文笔、情思当然也要，但不是最主要的。（再说，这“文笔”“情思”到底是作者的，还是译者的？）而编故事，哈葛德、柯南道尔当然可能比托尔斯泰、雨果更在行。

这里似乎还必须考虑到翻译自身的困难。在所有文学体裁中，小说最好翻译，而诗歌则最难翻译。外国学者有诗歌就是“在翻译中丧失掉的东西”[2]的说法，“新小说”家也很早就意识到“甚矣译事之难也”[3]。因为“歌诗之美，在乎节族长短之间，虑非译意所能尽也”[4]。晚清作家很少译诗，基本上是小说译作一边倒；“五四”作家注重外国诗歌的翻译介绍，可在译作、创作的整体布局中，译诗的数量还是少得可怜。若根据《中国新文学大系·史料索引》做统计，在204部译作中，译诗占5%（11部）；而在236部创作中，诗歌占38%（90部）。这跟小说的译、作所占比例大体接近

① 如郑振铎《林琴南先生》，《小说月报》15卷11号，1924年。

② 转引自钱锺书《汉译第一首英语诗〈人生颂〉及有关二三事》，《七缀集》，上海古籍出版社，1985年。

③ 苏曼殊：《与高天梅书》和《文学因缘自序》，《苏曼殊全集》第一卷，北新书局，1928年。

④ 同上。

(63%与51%)[1],形成了鲜明对比。并非“五四”作家重外国小说而轻外国诗歌,而是情节的叙述要比场景的描绘、情感的抒发更易于译成另一种语言并基本保持原作的韵味。同理,在小说的翻译中,也是情节的叙述最容易掌握。这就难怪早期的小说译作大都有点故事梗概的味道,翻译家删去的不会是情节,而只能是场景的描写和人物的心理分析。魏易译狄更斯的《双城记》,把“该书最有精彩的一篇,是心理学的结晶,是全篇的线索”的第三章全部删去[2];林纾译小仲马的《茶花女》,基本保留人物的内心独白,可又删去开篇几章的不少场面描写。这些解释性、装饰性、象征性的描写,将行动过程作为场景来观察,打断时间进程,加强叙事空间的展现与小说氛围的渲染。没有这些,故事可以照样讲述;可有了这些,小说的诗意情趣才真正体现出来。读者对有趣的故事的期待,再加上翻译家自身文学修养和语言能力的限制,决定了早期小说译作重过程的叙述而轻场景的描写。

小说翻译家注重过程的叙述,小说批评家注重的也是叙述的技巧而不是描写的技巧。林纾谈“开场、伏脉、接笋、结穴”,用的是陈旧的古文笔法,可毕竟还有点理论色彩,也算读出了西洋小说的一点味道。至于“好语穿珠,哀感顽艳”[3],“结构之奇幻,

---

① 小说译作128部,占63%;小说创作121部,占51%。戏剧译作65部,占32%;戏剧创作25部,占11%。另外,据虚白原编、蒲梢修订《汉译东西洋文学作品编目》,到1929年为止,603部译作中,小说译作430部,占71%;诗歌译作30部,占5%;戏剧译作143部,占24%。其中诗歌译作所占比例恰好跟《中国新文学大系》相同。

② 参阅志希(罗家伦)《今日中国之小说界》,《新潮》创刊号,1919年。

③ 邱炜萲:《挥麈拾遗》。

言词之沉痛”[1],“布局致密”“结构精严”[2]之类的评语,可就全都是只有倾向性而没有理论性的文评套语,且集中在情节安排上。很难说是翻译家不忠实的译作限制了批评家的视野,还是批评家不成熟的理论影响了翻译家的口味。

在某种意义上说,广告是读者欣赏趣味的最佳表述。以大多数读者的阅读口味为进攻对象,广告用夸张、明快且大众化的语言,无意中为一时代文学留下一漫画化的缩影。“新小说”广告最突出的有两点:一是突出其“思想高尚”,一是强调其“情节曲折”。前者为提高身价,后者则为招徕读者——不过,“新小说”家确实也是如此创作的。“思想高尚”是“小说界革命”的主要成果,大部分作家还坚信他们的工作有益于改良群治,当然不会放弃这一追求;“情节曲折”则是大部分作家理解的“艺术性”或吸引读者的灵丹妙药。中华书局喜欢在文学书籍后面附印“中华书局出版小说提要”(当然用的是广告语言),其中对《天笑短篇小说》一书的介绍相当精彩:

> 或著或译,或庄或谐,无不情节离奇,趣味浓郁。

这话为我们揭示了读者心目中好小说的标准,又提醒我们注意作家、翻译家(或一身两任)对“情节离奇”的共同追求。“翻译者如前锋,自箸(著)者如后劲”;自著小说之进步及发展,“不能不以译

---

① 自由花(张肇桐):《自由结婚》弁言。

② 《小说管窥录》,见阿英编《晚清文学丛钞·小说戏曲研究卷》。

本小说为开道之骅骝也”。[1] 既然翻译家、批评家对西洋小说的介绍集中在情节与布局上,作家当然也只能从这个角度来借鉴西洋小说。刘半农批评后期“新小说”家误认为“情节离奇是小说的骨子”[2],沈雁冰则指责其“连小说重在描写都不知道,却以‘记账式’的叙述法来做小说”[3],这些批评可谓切中要害。

用读古文的眼光读西洋小说,关注的是“布局”;用看故事的眼光看西洋小说,关注的也是“布局”。这就难怪西洋小说叙事方式最早为中国作家意识到并积极模仿的,是“开局突兀”的叙事时间。叙事角度的转换虽起步略晚些,可步子迈得挺扎实,相对来说成效也大。只有叙事结构的转变显得最为艰难——这里牵涉到中国小说由于其独特发展道路形成的对情节的特殊爱好。西洋小说的传入当然不能不对“新小说”家的创作形成强大的冲击,以情节为中心的叙事结构当然也不能不有所松动;可变化竟是如此之小,以致非仔细辨认几乎难以觉察。

三

据说,小说有“记述派”与“描写派”之分。前者“综其事实而记之,开合起伏,映带点缀,使人目不暇给,凡历史、军事、侦探、科

---

① 世(黄世仲):《小说风尚之进步以翻译说部为风气之先》,《中外小说林》2 卷 4 期,1908 年。

② 《诗与小说精神上之革新》,《新青年》3 卷 5 号,1917 年。

③ 《自然主义与中国现代小说》,《小说月报》13 卷 7 号,1922 年。

学等小说皆归此派”；后者“本其性情，而记其居处行止谈笑态度，使人生可敬、可爱、可怜、可憎、可恶诸感情，凡言情、社会、家庭、教育等小说皆入此派”。[①]“记述派”自然以情节为结构中心，需要考察的是被归入“描写派”的“新小说”。不指望从中发掘出以人物心理或背景氛围为结构中心的作品——那是短篇小说的特权，在长篇小说中很难做到这一点——而只是努力追寻作品中比较成功的心理描写与氛围渲染。即使如此，成果也并不乐观。

文人对风土人情的重视，在中国有悠久的传统。从南朝梁宗懔撰《荆楚岁时记》起，此类记岁时风物、名胜古迹的笔记不绝如缕。流风所及，文人创作的小说中也不乏此类风土人情的描绘。“新小说”家似乎也有同好，只是基本停留在“表态”，而没有真正落实到创作中。

林纾赞赏“西人之为小说，多半叙其风俗，后杂入以实事”[②]；周桂笙则指出：“至于社会中一切民情风土，与夫日行纤细之事，惟于稗官小说中，可以略见一斑。”[③]可惜林纾、周桂笙所评论的哈葛德的小说与吴趼人的《胡宝玉》，实在都不堪担此重任。前者喜欢“描绘蛮俗”，只是增加故事的点缀；后者则并非现代意义上的小说，而是记载“三十年上海北里之怪历史”的笔记。即使如此，也不难见出评论家对小说中风俗描写的推崇。

时人评吴趼人《恨海》前4回：“自出京后，一路写赶车、落店，

① 觚庵（俞明震）：《觚庵漫笔》，《小说林》7期，1907年。
② 《洪罕女郎传》林纾跋语，商务印书馆，1906年。
③ 新庵（周桂笙）：《〈胡宝玉〉》，《月月小说》5号，1907年。

至此再极力一描摹，竟是一篇北方风土记。”①说“风土记”未免有点过奖，实际上不过对北方农村小店的布置描绘得稍为细致而已。欧阳巨源（蘧园）的《负曝闲谈》第八至十回，记周劲斋琉璃厂逛书店、大栅栏听戏，孙老六京都斗鹌鹑、西山打猎，都颇有“京味”，可也不曾着力描写。在其他作家笔下，此类风土人情更是一笔带过。壮者的《扫迷帚》十九回记苏州社戏，王濬卿的《冷眼观》三十回谈苏州日用民生“十可怪”，非非国手的《放河灯》写盂兰会河灯……这些很能表现民风民俗、乡土气息浓郁的场面，全都被作家用叙述口气三言两语打发掉，代之而起的是大量“戏会灯市，滋游惰之风”之类迂腐的议论。

后人也许觉得可惜，“新小说”家却并不反悔。在他们看来，风土人情的表现并没有独立的审美价值，只是为了增加小说的真实感，免得出现混淆南北习俗的笑话②。吴趼人喜欢在小说中加点方音乡俗（如《二十年目睹之怪现状》七十二回释京师土语“你伫”，《糊涂世界》卷三写北方小店“名菜”），可都是小点缀，远非作家注目的重心。同样记北京琉璃厂，潘荣陛的《帝京岁时纪胜》和富察敦崇的《燕京岁时记》从风俗志的角度，注重场景的描摹，尽管还相当简单；吴趼人的《二十年目睹之怪现状》七十二回与欧阳巨源的《负曝闲谈》第八回则把笔墨集中在掌柜的油腔滑调与

---

① 《恨海》第四回眉批，广智书局，1906 年。

② 《古今小说评林》（民权出版部，1919 年）中冥飞语：“至于风土人情，尤为小说作者所当专心研究者。常见某小说谓北方病人吃稀饭，殊不知北方病人吃稀面汤也。又见某小说谓南方人穿里外发烧褂子，殊不知南方无此奇寒之天气也。”

装腔作势,连带嘲讽几句京城名公。作家拿定主意使京师"丑态毕呈",故点点滴滴的风物,也要写成"琐琐屑屑之怪事"。[1]

至于放河灯之类民俗,在刚刚接受科学思想、急于启发民众破除迷信的"新小说"家看来,更是不可饶恕的"阻碍中国进化的大害"[2],"不速针砭,于进步大有窒碍"[3]。急切的政治功利目的,使"新小说"家不可能领悟这种民俗背后隐藏着的民心民意,以及一代代人的痛苦与欢乐。缺乏这么一种同情心与好奇心,笔下的民俗场面便成了说教的课堂(如《扫迷帚》)。风俗画的描绘让位于科学理论的宣讲,尽管可能有益于启蒙教育,却大大减弱了小说的审美价值。

"新小说"的景物描写更令人失望。李伯元的《文明小史》五十三回,据评是"尤觉有声有色,其摹绘一路风景处尤佳"[4],可细读则全然不佳。若把这一回的主要描写剪辑起来,则是:

> 千岩万壑,上矗云霄,两旁边古木丛生,浓阴夹道。……两旁碗口大的黄菊,开得芬芳灿烂。……(瀑布)望上去烟云缭绕,底下漭腾澎湃,有若雷鸣。

如此景物,何须日本日光山?如此套语,何待《文明小史》?辛亥革命后出现的大批文言长篇小说,大段大段地描写景物,表面上纠正了早期"新小说"的偏差,可小说中充塞的是从古书中抄来的

① 《二十年目睹之怪现状》七十三回评语。

② 壮者:《扫迷帚》第一回。

③ 非非国手:《放河灯》弁言,《月月小说》19号,1908年。

④ 自在山民:《文明小史》五十三回评语。

“宋元山水”。山是纸山,水是墨水,全无生趣可言,诵之不知今世何世。卖弄几句文绉绉套语的不说,就拿以文笔优美著称的徐枕亚为例:

> 夕阳惨淡,暮霭苍茫,野风袭裾,杂花自落。看一角春山大好,可惜黄昏;时则有闲云片片,渡涧而归。流水一湾,断桥三尺。山影倒俯于波中,屈曲流动,演成奇景。炊烟几缕,出自茅舍,盘旋缭绕于长空,作种种回环交互纹。山之麓,水之滨,牧童樵叟,行歌互答,往来点缀于其间。桥边老树数株,杈丫入画。归鸦点点,零乱纵横,哑哑之声,不绝于耳。似告人以天寒日暮,归欤归欤,行客闻之,每为心动。此绝妙乡村晚景图也。……于斯时也,桥下有一人独行踽踽,因举步过急,风枝时触其帽檐。乃瞻衡宇,载欣载奔。伊何人?伊何人?非梦霞耶?①

这里用得着胡适对中国小说缺乏风景描写技术的解释:“一到了写景的地方,骈文诗词里的许多成语便自然涌上来,挤上来,摆脱也摆脱不开,赶也赶不去。”②如此趋易避难,现成词组现成思路,放弃对景物“个性”的把握的同时,也就放弃了对艺术独创性的追求。

刘鹗对自己笔下的景物描写有一段评述:

> 止水结冰是何情状?流水结冰是何情状?小河结冰是何

① 《玉梨魂》第四章《诗媒》。

② 《老残游记》胡适序,亚东图书馆,1925年。

情状？大河结冰是何情状？河南黄河结冰是何情状？山东黄河结冰是何情状？须知前一卷所写是山东黄河结冰。①

在“新小说”家中，像刘鹗这样注重景物的个性，并用生动活泼的口语把它表现出来的，可说是绝无仅有。

《老残游记》的景物描写历来得到研究者的高度赞赏，第二回和第三回写大明湖与济南名泉、第八回写桃花山月夜、第十二回写黄河冰冻与雪月交辉，都是屡被提及的“名篇”。可并非只有刘鹗独具才华，其他“新小说”家也许并不缺乏景物描写的才能，只是不愿过多着墨。起码吴趼人就是有意回避此类抒情色彩太浓的场面描写，以便突出全书的讽刺意味：

他种小说，于游历名胜，必有许多铺张景致之处。此独略之者，以此书专注于怪现状，故不以此为意也。②

“新小说”中不乏记主人公游历之作，每遇名山胜水，多点到即止，不做铺叙。除可能有艺术修养的限制外，更主要的是作家突出人、事的政治层面含义的创作意图，决定了景物描写在小说中无足轻重，因而被自觉地“遗忘”。

心理描写的命运好些，尽管着力表现“内面生活”的作品甚少，可像李伯元的《中国现在记》、连梦青的《邻女语》、钱锡宝的《梼杌萃编》，都有个别精彩的心理描写段落，不再只是交代情节发展，而是着力于发掘人物行动的内在动机。当然，最有名的是刘

① 《老残游记》十三回评语。

② 《二十年目睹之怪现状》三十八回评语。

鹗的《老残游记》和吴趼人的《恨海》。夏志清认为《老残游记》第十二回关于老残雪夜情思的描写，是采用了“意识流技巧”①；一位加拿大学者则称大量采用内心独白的《恨海》为“中国心理小说的开端”②。批评概念是否准确可以商榷，但指出这两部小说注重心理描写并取得突出成就则无疑是正确的。

如果说《老残游记》第六回由题诗引起的联想，第十二回雪夜不羁的思绪，都有点多愁善感的骚人墨客借景抒情的味道，还没有真正落实到故事进程中；那么二编第四、五回逸云诉说悟道过程，用独白手法表现人物心理的起伏变化，其精确细腻，在传统中国小说中绝难找到。《恨海》第三至五回情节很少发展，作家集中笔墨写棣华的“万念交萦”，一惊一诧，忽梦忽醒。用全书三分之一的篇幅来摹写“棣华心中七上八下，想着伯和到底不知怎样了”这么一种心态，不可不谓别具匠心。至于棣华因用被褥，而想到将来，心痒难挠这种“痴念”的描写，更被时人判为“从来小说家所无”③。

在文言小说中，苏曼殊的《断鸿零雁记》与徐枕亚的《玉梨魂》也颇为注重人物心理的描写。前者用第一人称叙事方法，着意表现方外之人的难言之恫，很少大段大段的心理描写，可随时随地抒情与自我剖白；后者插入大量书信、诗词，打断故事的自然进程，逼使读者随着小说人物感受品味对方思绪的飘荡与脉搏的跳动。如

---

① 《〈老残游记〉新论》，《刘鹗及〈老残游记〉资料》，四川人民出版社，1985年。

② Michael Egan, “Characterization in Sea of Woe,” *The Chinese Novel at the Turn of the Century*, University of Toronto Press, 1980.

③ 寅半生（钟骏文）：《小说闲评·〈恨海〉》，见阿英编《晚清文学丛钞·小说戏曲研究卷》。

果说我们还很难断言《老残游记》《恨海》中的心理描写来自西洋小说的启迪,到了《断鸿零雁记》和《玉梨魂》,则已是明显地借鉴西洋小说表现技巧。但即使如此,作家还是以一个哀艳的爱情故事为主要框架,而不是以人物思绪为叙事结构的中心。

"新小说"家借以冲击中国小说以情节为中心的叙事结构的,既不是风土人情、自然风光的着意描写,也不是人物心理的精细刻画,而是大段大段的政治议论和生活哲理。作家也讲故事,可不愿只讲述一个有趣的故事,而宁愿以众多的故事来说明一个或许是众所周知的道理。"新小说"家之所以把长篇小说写成近乎摭拾话柄的"类书",不在于没有讲述一个完整的长篇故事的能力,而在于对发议论有更大的兴趣。一方面,所谓"千奇百怪"的官场笑话实际上大同小异,说一遍不够说三遍,说一日不完说三年①,这就难免出现大量同义反复的情节。同类情节的重复使用,无疑大大削弱了情节的魅力,无形中动摇了情节在小说整体布局中的地位。尽管作家还在讲故事,读者也还在读故事,可大家的注意力已开始转移到那熟悉的故事以外的某些陌生的东西。另一方面,"新小说"中的议论确实不同于传统小说中可有可无的"后人评曰"之类的陈词滥调。这些议论不只新颖,而且不是由说书人而是由小说人物讲述(或演说或答问),不少甚至是作家创作构思的中心。由于"议论"在小说中的地位急剧上升,晚清出现了一批情节十分单薄的小说。

---

① 《冷眼观》第十三回:"官场中的笑话,真是千奇百怪,说三年也说不尽。"

这种情节功能削弱以及非情节因素崛起的倾向，在政治小说中得到最明显的体现。中国古代作家也有在小说中卖弄才学、逞才使气的（如《野叟曝言》《镜花缘》），却很少直接以小说为辩论说理的工具。政治小说的输入，使"新小说"家懂得小说不一定要讲完整的故事，可以"以理胜"；也使晚清政治家懂得说理不一定要用论文，也可以用小说。于是，"著者欲借以吐露其所怀抱之政治理想"[①]的政治小说，居然风行一时。这些政治小说艺术上大都幼稚，可它打破了小说必然以情节为结构中心的旧的艺术规范。

晚清读者对西方言情小说、社会小说评价不尽一致，可对其政治小说、侦探小说却几乎同声叫好。侦探小说布局奇巧，符合中国读者的欣赏口味；政治小说据说有助于社会改良，当然也很容易被主张文以载道的中国读者所接受。侦探小说以"情节离奇"取胜，政治小说以"思想高尚"取胜，一开始似乎不分轩轾，可很快就见出高低。前者不久即占领市场，且历久不衰；后者却没风光几天，就渐被冷落。就理智而言，读者尽可赞赏政治小说；可就趣味来说，却实在更倾向于侦探小说。

时人批评"新小说""开口便见喉咙，又安能动人"[②]；"议论多而事实少，不合小说体裁"[③]；"不过一无价值之讲义、不规则之格言而已"[④]，显然大都针对政治小说。这些批评都不无道理，可都

① 《中国唯一之文学报新小说》，《新民丛报》14号，1902年。

② 公奴（夏颂莱）：《金陵卖书记》，开明书店，1902年。

③ 《女狱花》俞佩兰序，1904年刊。

④ 摩西（黄人）：《小说林发刊词》，《小说林》创刊号，1907年。

不够味。在一个特别善于鉴赏情节的国度里，明白宣称“兹编之作，专欲发表区区政见”[1]；或者“意见所及，因以小说体，一畅言之”[2]，都无疑是对读者审美趣味的挑战。作家自觉放弃有趣曲折的故事的讲述，而创造出大批雄辩的演说家，在小说中大发议论，似乎不无深意：

> 想起从前我们的旧样子，那里知道什么演说，只不过说书的拿着几件故事开谈起来，聚些没知识的人，听他说说罢了！要晓得演说的好处，还比那说书的强过万倍哩！[3]

作家强调演说高于说书，显然是着眼于政治宣传的效果。可有意思的是，他把演说与说书、理趣与故事对立起来，并抬高前者而贬低后者。这似乎无意中透露了这么一个信息：作家正努力抛弃说书型的以情节为中心的小说结构意识。只是由于传统文学观念与思维方式的限制，政治小说家不曾选择人物心理或背景氛围，而是选择枯燥的演说来取代情节作为小说叙事结构的中心，因而这一有益的文学尝试不能不归于流产。也许可以这样说，这是一次勇敢但没有成功的“冲击”；或者说是一次“悲壮的失败”。突破口选准了，可“新小说”家实在没有能力开辟出真正可行的新路。

---

① 梁启超：《新中国未来记》绪言，《新小说》创刊号，1902年。

② 吴趼人：《上海游骖录》自跋，《月月小说》8号，1907年。

③ 惺庵：《世界进化史》第一回，《晚清小说大系》之《中国现在记·世界进化史·中国进化小史》，台北广雅出版有限公司，1984年。

四

“情节曲折离奇”，这评语对于“新小说”家来说可能是很高的赞赏，可在“五四”作家听来却颇有挖苦讽刺的味道。“五四”作家除张资平喜欢讲三角恋爱故事外，很少人特别注重情节的安排并靠布局奇巧吸引读者。老派文人批评“五四”作家创作的小说“太无情节”[①]，倒是确实看到了现代小说与中国古典小说乃至“新小说”在结构上的根本区别。并不是“五四”作家缺乏构思情节的能力，而是他们把淡化情节作为改造中国读者欣赏趣味并提高中国小说艺术水准的关键一环，自觉摆脱故事的诱惑，在小说中寻求新的结构重心。茅盾的《评〈小说汇刊〉》谈的是如何提高读者鉴赏能力，可从中不难窥见作家的良苦用心：

> 中国一般人看小说的目的，一向是在看点“情节”，到现在还是如此；“情调”和“风格”，一向被群众忽视，现在仍被大多数人忽视。这是极不好的现象。我觉得若非把这个现象改革，中国一般读者赏鉴小说的程度，终难提高。[②]

可这个改革实在不容易。1909年《域外小说集》初版时不受欢迎，读者埋怨“以为他才开头，却已完了”[③]，与其说是不习惯短篇小说

---

① 《放假日子到了》西神（王莼农）序，《小说月报》11卷5号，1920年。

② 《文学旬刊》43期，1922年。

③ 《域外小说集》鲁迅序，群益书社，1921年。

的体制，不如说是由于找不到有趣的故事情节。1922年有人批评郭沫若的《残春》："简直不知道全篇的Climax在什么地方，都是平淡无味。不过在每章每节里发表他的纪实与感想罢了。"[①]表面上争的是小说可不可以没有高潮，实际上仍是要不要以情节为结构中心。

"五四"文学革命并没有公开打出"非情节化"的旗帜，可其理论主张必然导致小说情节的淡化。

"将文艺当作高兴时的游戏或失意时的消遣的时候，现在已经过去了。"[②]文学研究会这一主张，可以代表整个"五四"一代作家的创作态度。不管是主张"为人生"还是主张"为艺术"，"五四"作家无不相信"文学是一种工作"，是神圣的事业。作家绝对不愿意创作令读者"一编在手，万虑都忘"的消闲之作[③]。而在小说三要素（情节、性格、背景）中，娱乐性最强的无疑是"情节"。"五四"作家所深恶痛绝并迎头痛击的鸳鸯蝴蝶派小说，正是以情节离奇吸引读者的。这就难怪"五四"作家突出小说的"意旨"或"情调"，而故意贬低"情节"的作用。这甚至影响到他们对外国文学的介绍与选择。研究者常常引用周作人、瞿秋白的话，论证中、俄两国社会状况接近，故"五四"作家易于接受俄苏文学[④]；而茅盾

---

① 摄生：《读了〈创造〉第二期后的感想》，转引自成仿吾《〈残春〉的批评》，《创造季刊》4期，1923年。

② 《文学研究会宣言》，《小说月报》12卷1号，1921年。

③ 《〈礼拜六〉出版赘言》，《礼拜六》创刊号，1914年。

④ 参阅周作人《文学上的俄国与中国》，瞿秋白《俄罗斯名家短篇小说集》。

如下一段话则为我们提供另一个审视角度：

> 美国文学家做短篇小说，大都注重在结构（Plot）；俄国文学家却注重在用意（Cause）。[①]

“五四”作家显然更倾心于“意旨深邃”而不是“情节奇巧”，这也是他们更多接受俄苏文学的一个原因。“五四”作家即使喜欢美国作家爱伦·坡的作品，看重的也不是其布局严密变幻莫测的侦探小说，而是“善写恐怖、悔恨等人情之微”[②]的心理小说；即使谈论其侦探小说，注重的也不是“看犯人究竟捉到或被罚与否”的侦探过程，而是其“心灵的论理”。[③]“五四”作家选择“有绝强的社会意识”“全是描摹人生的爱和怜”[④]但情节性不强的俄苏小说为介绍重点，不单是对近世人道主义思想的认同[⑤]，而且也是对传统审美趣味的挑战。

尽管在理论主张上有重主观与重客观之分，但在强调文学应该切近日常生活、表现平民百姓的喜怒哀乐上，创造社和文学研究会这两大派却有共同语言。叶圣陶冷静地解剖小人物灰色的生命，郁达夫则直逼零余者惶惑的心态，鲁迅甚至同时展示劳苦大众麻木的目光和知识者痛苦的灵魂。一件“香港布的洋服”包裹的，

---

① 冰（沈雁冰）：《俄国近代文学杂谈》，《小说月报》11 卷 1 号，1920 年。

② 《域外小说集》周作人《著者事略》，群益书社，1921 年。

③ 郑振铎：《文学大纲》第四十三章，商务印书馆，1927 年。

④ 冰（沈雁冰）：《俄国近代文学杂谈》。

⑤ 《齿痛》周作人《译后记》云：“带着浓厚的人道主义色彩，这是俄国的特性，与别国不同的。”沈雁冰《俄国近代文学杂谈》云：“俄国近代文学的特色是平民的呼吁和人道主义的鼓吹。”

不是可能出将入相的举子，而是同样生活在社会底层的流浪汉。“同是天涯沦落人”，没有必要过分强调小说中穷书生与工人农民的“题材”差异。抛弃帝王将相、才子佳人而选择平民百姓为小说主角，伴随着作家平民意识觉醒的是文学的“非英雄化”。如果说“新小说”家的“反英雄化”仍然抓住达官贵人的“传奇”生涯做文章，故摆不脱“情节离奇”的诱惑；“五四”小说的“非英雄化”则是以普通人的日常生活为表现对象，着眼的自然只能是近乎无事的悲剧。因为“人们灭亡于英雄的特别的悲剧者少，消磨于极平常的，或者简直近于没有事情的悲剧者却多”①。要表现人生的真相，就必须丢掉那么多巧妙而且有趣的“悬念”“发现”与“突转”，甚至连“过于巧合，在一刹时中，在一个人上，会聚集了一切难堪的不幸”②，都让人觉得不舒服。这样，故事的叙述自然让位于场面的描写与心理的解剖，情节再也不是小说中骄傲的王子了。

“五四”时代各种西方政治思潮、哲学思潮、文学思潮纷纷涌入，作家们兴奋之余纷纷发表意见。这些意见并非都是深思熟虑的结果，很可能不久就被作家本人抛弃。要证明“五四”时代某一作家是象征主义、现实主义或者新浪漫主义都不太难，都能找到合适的论据，而且很可能还是作家本人的“声明”。问题在于这么多“主义”很可能并没有真正落实在创作中。表面上“五四”时代文

---

① 鲁迅：《几乎无事的悲剧》，《且介亭杂文二集》，三闲书屋，1937 年。

② 鲁迅：《〈中国新文学大系〉小说二集序》，《且介亭杂文二集》。

学思潮特别活跃，可实际上各派（或文学团体）之间的差别远没有我们今天研究者想象的那么大。冰心曾说："请努力的发挥个性，表现自己。"[①]大概这句话可以代表这一代作家的真实心态；也只有这句话才足以涵盖整个时代的文学风貌。在小说创作中，这种个性化的要求具体落实为对故事情节的漠视与对小说的"风格""情调"的追求。1921 年郑振铎大声疾呼："缺乏个性，与思想单调，实是现在作者的通病"；"聚许多不同的人的作品在一起而读之，并不觉得是不同的人所做的"。[②] 1922 年陈炜谟评论叶圣陶、庐隐、许地山等人的小说，"觉得他们都有个性的区别，事实自然不消说了，就是情调、风格等，各人都是不同的"[③]。虽然评价和批评对象有所不同，但作家、评论家越来越关注小说的"情调"与"风格"这一点却毋庸置疑。从注重"事实"到注重"风格"，这不只是"小说界的进步"，也是评论家和一般读者的进步。而这种进步即意味着非情节因素越来越被推到小说表现的前景。

小说结构重心的转移，无疑跟西洋小说的传入大有关系。"新小说"家注重意译，实际上是用"我"的口味来改造西洋小说；"五四"作家注重直译，则是强调忠于西洋小说的原貌。但这并不等于说"五四"作家对西洋小说就没有误解，"五四"作家也是根据自己的"期待视野"来理解西洋小说的。"新小说"家把绝大部分西洋小说"情节化"是一种误解；"五四"作家把大量西洋小说"心

① 《文艺丛谈》，《小说月报》12 卷 4 号，1921 年。

② 《平凡与纤巧》，《小说月报》12 卷 7 号，1921 年。

③ 《读〈小说汇刊〉》，《小说月报》13 卷 12 号，1922 年。

理化”和“诗化”实际上也是一种误解。只不过后一种“误解”比前一种“误解”高明,而且更有利于中国小说的进步。

在“五四”作家看来,西洋小说大家几乎全都注重人物心理描写。爱伦·坡是“善写恐怖、悔恨等人情之微”[①];莫泊桑很能表现小人物的“真实心理”[②];果戈理的《狂人日记》“开后来心理分析的小说之先路”[③];曼殊斐儿“是个心理的写实家”[④];陀思妥耶夫斯基的特色是“病态心理的描写”[⑤];阿尔志跋绥夫则长于“细微的性欲描写和心理剖析”[⑥]……评论者都是“五四”时代一流的作家,且大都学贯中西,有较高的艺术鉴赏力。他们都把评论焦点集中在心理描写,不难看出这一代人的兴趣所在。至于评论准确与否,那可就难说了。不能说太离谱,但把这么多不同时代不同流派的小说家的艺术特色全都归于心理描写,这种评论未免过于“粗线条”。可正是这种“粗线条”,说明中国古代小说中心理描写的缺乏,因此评论家在任何一部近、现代西方小说名作中,都可能发现迥然不同于中国小说的“精彩”的心理描写;同时也说明“五四”作家确实是把突出心理描写作为转移小说结构重心的主攻方向,评论家当然也就希望在每一部西方小说名作中,都能找到“精彩”的

① 周作人:《著者事略》,《域外小说集》。

② 《二渔夫》胡适《译者后记》,《新青年》3卷1号,1917年。

③ 郑振铎:《文学大纲》第三十七章,商务印书馆,1927年。

④ 徐志摩:《再说一说曼殊斐儿》,《小说月报》16卷3号,1925年。

⑤ 郎损(沈雁冰):《陀思妥以夫斯基在俄国文学史上的地位》,《小说月报》13卷1号,1922年。

⑥ 《医生》鲁迅《译者附记》,《小说月报》12卷号外《俄国文学研究》,1921年。

心理描写。

在西洋小说中找“诗趣”，这种小说批评无疑更带有民族特色。沈雁冰尊屠格涅夫为“诗意的写实家”[①]；夏丏尊称国木田独步“虽作小说，但根底上却是诗人”[②]；周作人赞赏科罗连柯“诗与小说也几乎合而为一了”[③]；郁达夫则认为施托姆的小说“篇篇有内热的、沉郁的、清新的诗味在那里”[④]。不能简单归之于批评词汇的缺乏，“五四”作家确实在西洋小说中读出诗的味道。那种奇特的想象，那种瑰丽的色彩，那种抒情的调子，似乎只存在于传统的诗歌里。更重要的是，情节性这一传统中国小说的核心，如今被挤到小说的边缘，代之而起的竟是“一个面貌，一个喜乐的态度，一件悲惨的事情之意笔画”；“也许是可爱的梦境，也许是凶噩的梦魔，也许是一篇像音乐般令我们缠绵不舍的文字”。[⑤] 这就难怪“五四”作家必须创造出“抒情诗的小说”[⑥]这么一个术语，来称呼这么一批不像“小说”的小说。

把西洋小说“心理化”“诗化”，目的自然是为了催生“心理化”“诗化”的中国现代小说。实际上，“五四”作家正是主要从这两个不同的角度来淡化小说情节，实现中国小说结构重心的转移。

---

① 《俄国近代文学杂谈》。

② 《关于国木田独步》，《文学周报》5卷2期，1927年。

③ 《玛加尔的梦》周作人《译后记》，《新青年》8卷2号，1920年。

④ 《〈茵梦湖〉的序引》，《文学周报》15期，1921年。

⑤ Bliss Perry：《小说的研究》264页，汤澄波译，商务印书馆，1925年。

⑥ 《晚间的来客》周作人《译后记》，《新青年》7卷5号，1920年。

五

无论从哪一个角度看,鲁迅的《狂人日记》都值得充分重视。那"礼教吃人"的历史眼光,那"救救孩子"的政治热情,那"我也曾吃过人"的自我怀疑精神,都震撼了一代青年的心灵。在中国小说叙事时间转变的论述中,我注意到了《狂人日记》的交错叙述;在中国小说叙事角度转变的论述中,我提到了《狂人日记》的第一人称限制叙事;而在中国小说叙事结构转变的论述中,我还将以《狂人日记》独白式的心理分析为开端。即使"新小说"家已经比较注意心理描写,即使"五四"作家在此之前已有一些创作(如叶圣陶、王统照、陈衡哲等),但只有在《狂人日记》中,现代小说的表现技巧才引起广泛的注意和充分的重视。这种几乎没有故事情节,全凭个人心理分析来透视社会、历史、人生的"独白",对于急于宣泄情感、表达人生体验及社会理想的年轻一代,无疑是最合适的。再加上个性主义思潮和民主自由意识的萌现,"独白"(包括日记体、书信体小说[①])几乎成了"五四"作家最喜欢采用的小说形式。不只是鲁迅,还有郭沫若、冰心、庐隐、许地山、倪贻德、徐祖正、许钦文、潘训、王以仁、陈翔鹤、蒋光赤、章衣萍、周全平、石评梅、王思玷、向培良等作家,都采用过这种小说形

① "五四"时代的书信体小说,大都只是一方的倾诉,而没有另一方的回应,故是"独白"而不是"对话"。

式。如果再加上曾经鼓吹、介绍过这种小说形式的郁达夫、王统照、成仿吾、郑振铎等,“五四”主要作家几乎都曾注目过这种小说结构方式。在此之前当然没有、在此之后大概也不会有整整一代作家对“独白”表示那么浓厚的兴趣——说是“空前绝后”也许不算过分。

不管作家意识到与否,“独白”无疑是对以情节为中心的传统小说叙事结构的最强烈冲击。《狂人日记》根本没有办法还原为一个完整的故事,或者改编成戏剧或电影;《落叶》有一个哀艳的故事做框架,但作家关注的是菊子姑娘内心的痛苦与欢乐,因而努力把菊子姑娘的 41 封信写成 41 首抒情写意的“绝好的诗”[①]。按理说,“中国人看那记账式与叙述式的小说惯了”,此类基本没有情节的小说,应该“不易入目”;[②]可实际上恰恰相反。“独白”式小说跟传统小说的讲故事离得最远,因而也最容易引起作家和读者的注意。这是一个充满创新精神与反叛意识的朝气蓬勃的时代。

当然,更主要的可能是作家们“只想将我这真实的细弱的‘心声’写出”[③],因而不屑于讲述复杂的故事。“五四”作家的“独白”无疑带有强烈的政治色彩,在某些方面接近“新小说”中的“演说”,也有陷入因议论过多而失去广大读者的危险。好在“五四”作家关心的“问题”并非一时一地的政治策略,而是关于

① 郭沫若:《落叶》,《东方杂志》22 卷 18 期,1925 年。

② 剑三(王统照):《论冰心的〈超人〉与〈疯人笔记〉》,《小说月报》13 卷 9 号,1922 年。

③ 王统照:《号声》自序,复旦书店,1928 年。

爱情、关于美、关于宗教、关于生死、关于命运、关于文明，甚至关于宇宙时空等永恒的人生困惑。提供的哲理很可能是幼稚空泛的，可这种思索至今仍令人感兴趣。还有，"五四"作家的哲理思考大体上都落实在个人命运中，跟特定人物的心理分析纠合在一起，而不像政治小说只是提供一种社会通行的政治理论。再则，这种"独白"往往不是纯说理的，而是带有浓厚的抒情色彩，读者与其说是被说服，不如说是被作家真诚的追求与认真的思索感动。尽管这种表达真实心声的"独白"，20 世纪 20 年代以后不再得到小说家的青睐——也许是更愿意表现广阔的社会人生，不再咀嚼一己的悲欢；也许是"而今识尽愁滋味"，不再侈说人生哲理——但其彻底打破以情节为中心的结构意识，却使后世作家受益无穷。

"五四"时期另一篇石破天惊、开一代风气的小说，是郁达夫的《沉沦》。那"对于深藏在千年万年的背甲里面的士大夫的虚伪，完全是一种暴风雨式的闪击"的"大胆的自我暴露"[①]，曾经风靡"五四"文坛。本文不准备详察其功过得失，只着眼于其叙事结构的革新。据说作者写作《沉沦》时，并没有什么技巧不技巧的考虑，只是"觉得只能那样地写"；"正如人感到了痛苦的时候，不得不叫一声一样，又那能顾得这叫出来的一声，是低音还是高音"。[②]实际上后一句话是对前一句话的否定，追求那种痛苦时随心所欲

① 郭沫若：《论郁达夫》，《人物杂志》3 期，1946 年。

② 郁达夫：《文艺私见》，《创造季刊》1 期，1922 年。

大叫一声，而不愿强装笑脸去编述有趣的故事，这不也是一种技巧的选择？在常人感受到痛苦的地方，“艺术家所感到的痛苦，非要增加到十分或二十分不可”；因此，作家“非要把这一层不满、反抗、或苦闷叫喊出来，表现出来不可”。[①] 所谓“痛苦”“不满”“苦闷”，都是“感觉”而不是“事实”。《沉沦》开篇第一句话并非交代事件的时间、地点，而是：

他近来觉得孤冷得可怜。

关键不在人物的处境是否可怜，而是人物自己是否感觉到自己可怜。小说的焦点一下子从外在的故事情节转为内在的人物情绪。表面上不同于“独白”式小说，有场景描写，有情节叙述，可这一切都服务于人物的主观感受。若从情节角度读，郁达夫、郭沫若、王以仁、倪贻德等人的小说实在过分松散，就这么一点点小事，值得发那么一大通议论，痛苦得死去活来——后人可能会责备他们夸大了并欣赏着自己的“痛苦”，以至忘掉了小说艺术。可对于“五四”一代作家来说，这种过于敏感的“痛苦”却是确确实实存在着。伴随着一种“解放”的自我意识的，必然是一种“痛苦”的人生体验。“五四”作家有幸体验到人生各种痛苦，并用小说形式把它记录下来，留下一部大转折时代真正的“心史”——虽然不无夸张成分，但基本上是真诚的。

郁达夫把“凄切的孤单”作为“我们人类从生到死味觉得到的

---

① 郁达夫：《〈鸭绿江上〉读后感》，《奇零集》，开明书店，1928年。

唯一的一道实味"[1];成仿吾把这命题倒过来:"人类的一切行动""都是为的反抗这种'孤单'的感觉"[2];王以仁想调和这两者[3]……不只是郁达夫、成仿吾、王以仁,"五四"好多作家的作品,都体现出对"孤单的感觉"的偏好。这种"偏好"当然带有时代与个人的精神印记。当个人意识真正觉醒后,第一个感觉到的必然是与他人的精神差异以及不可避免的隔膜。"五四"作家个人体验之深,是其他时代作家所难以比拟的。一切精神价值都必须重新估量,一切社会生活都应该自己感受,可能肤浅,却绝少无病呻吟。作家表达的"苦闷",也许来自"穷"与"色"等具体的人生困境;也许来自"生"与"死"、"爱"与"憎"等永恒的人生大惑。但这些差别都无关紧要,关键在于是否具有独特的主观感受与人生体验。"五四"小说表现题材挺窄,真正使"五四"文坛显得绚丽多姿的,不是故事,而是作家的这种独特的"感觉"。

不只是叙述故事时注重"感觉",而且像当时译介进来的一些散文式小说那样,"所写止是一时的感觉"[4]。伴随着这种"感觉"出现的,是无穷无尽的联想、纷纭复杂的梦境,以至千奇百怪的幻觉。叶圣陶告诉我们那"爬过破墙,纠结着邻园灌木"的蔓草般的联想如何漫无边际(《恐怖的夜》);郁达夫描写那青烟般的幻象如何虚渺而真实(《青烟》);林如稷像他小说中的主人公那

① 郁达夫:《北国的微音》,《创造周报》46号,1924年。

② 成仿吾:《江南的春讯》,《创造周报》48号,1924年。

③ 王以仁:《我的供状》,《孤雁》,商务印书馆,1926年。

④ 《皇帝之公园》周作人《译者记》,《新青年》4卷4号,1918年。

样,“觉得瞬息间有一种灵性的幻感窜入脑内,由这样而想捉住它,更想把它拿来压在纸上——不如此他终不快意”(《将过去》);李霁野重复那“得得”的马蹄声,“微笑的脸面随着蹄声变化,蹄声鼓荡着我底幻想”(《微笑的脸面》);郭沫若一再提醒读者,“一种怆恼的情绪盘据在他的心头”(《歧路》);陈翔鹤则直言不讳是“记梦”(《西风吹到了枕边》)。可以是第一人称的直抒胸臆,也可以是第三人称的刻意描摹;可以是连贯叙述,也可以是跳跃前进——但无论如何都是以人物心理而不是以故事情节为结构中心。

凌叔华的小说别具一格,表面上难得描摹心理或者抒发感情,叙事非常客观,可仍然是以人物心理而不是故事情节为结构中心。《酒后》《茶会以后》《吃茶》这样表现“高门巨族的精魂”[1]的小说,没有强烈的动作和冲突,用纤纤细语道出人物淡淡的忧愁。像《绣枕》《再见》那样本来应该是戏剧性很强的小说,都被处理成一两个生活场面的展现,而这种展现又集中在最能表露人物心理的一两个细节。就像曼殊斐儿那样,“伸出两个不容情的指头到人的脑筋里去生生的捉住成形不露面的思想的影子,逼着他们现原形”[2]。硬要还原、复述这种小说的“情节”当然也可以做到,但那已经远离作家的初衷。

受弗洛伊德精神分析学影响的一批作家,或者宣称“文艺的

① 鲁迅:《〈中国新文学大系〉小说二集序》,《且介亭杂文二集》。

② 徐志摩:《再说一说曼殊斐儿》,《小说月报》16卷3号,1925年。

创作譬如在做梦”[1],或者以为文艺应着力表现“性欲和死”这“人生的两大根本问题”[2]。落实在小说创作中,则是注重表现人物的潜意识、不可压抑的情欲,以及各种各样的性冲动与变态心理。有图解精神分析学的偏差,也出现了一些只有肉味没有灵味的低劣之作,但总的来说,对潜意识的重视,使中国小说对人物心理的表现大为深化。郭沫若把《残春》中梦境的描写作为整篇小说情绪的高潮[3];郁达夫常常在道德与性的对峙中进行灵魂的拷打[4];鲁迅的《肥皂》《弟兄》对人物潜意识的发掘旨在性格的凸现;甚至于滕固表现求爱不得的苦闷(《壁画》),陈炜谟表现男士性的渴求(《破眼》),庐隐、凌叔华表现女生的同性恋(《丽石的日记》《说有这么一回事》),都是相当严肃的作品。这些作品往往有相对完整的故事情节,但作家的着眼点理所当然地放在人物的心理,而不是事件的进程。

从人物塑造角度来要求,研究者常常叹惜“五四”作家没有创作出几个血肉丰满的“典型”;可从叙事结构着眼,“五四”作家醉心于那真诚的“独白”,那独特的“感觉”,以及各种“潜意识”的发掘,有意无意地突破了以情节为中心的传统模式,实在没有什么可遗憾。

---

① 郭沫若:《批评与梦》,《文艺论集》,光华书局,1925 年。

② 郁达夫:《文艺赏鉴上之偏爱价值》,《创造周报》14 号,1923 年。

③ 郭沫若:《批评与梦》。

④ 郁达夫在《沉沦》自序中概括为“性的要求与灵肉的冲突”。

六

“五四”作家、批评家喜欢以“诗意”许人，似乎以此为小说的最高评价[1]；而这种评价的标准又似乎是不言而喻或不可言说的，往往是点到即止，谁也不肯进一步引申发挥。除个别例外（如王任叔评徐玉诺），批评家的感觉大体是准确的。可这么多“诗趣”，到底如何落实在具体作品的具体表现手法，批评家似乎不大关心。唯一例外的是郑伯奇，他用三句话来描述郁达夫小说中“清新的诗趣”：

> 作者的主观的抒情的态度，当然使他的作品，带有多量的诗的情调来。
>
> 他用流丽而纡徐的文字，追怀过去的青春，发抒现在的悲苦，怎样能不唤起读者的诗情来呢？
>
> 他描写自然，描写情绪的才能，也是现代有数的。……自

---

① 陈西滢《新文学运动以来的十部著作》评冰心：“在她的小说里，倒常常有优美的散文诗。”郑伯奇《〈寒灰集〉批评》称：“达夫的作品，差不多篇幅都是散文诗。”王任叔《对于一个散文诗作者表一些敬意》评徐玉诺：“他许多小说，多有诗的结构，简练而雄浑，有山谷般奇伟的美。”郁达夫《〈一个流浪人的新年〉跋》称成仿吾的《一个流浪人的新年》：“其实是一篇散文诗，是一篇美丽的 Essay。”沈雁冰《王鲁彦论》评鲁彦的《秋夜》：“描写是‘诗意’的，诗的旋律在这短篇里支配着。”蹇先艾《〈春雨之夜〉所激动的》评王统照的《春雨之夜》：“好像一篇很美丽的诗的散文，读后得到无限的凄清幽美之感。”陈炜谟《读〈小说汇刊〉》评朱自清的《别后》描写精细，多有“散文诗一般的句子”。成仿吾颇多偏见的《〈呐喊〉的评论》也称赞鲁迅的《社戏》“饶有诗趣”。

然的景致，与心境的变化，浑然一致……①

重视主观抒情、重视小说语言的表现功能，再加上重视背景描写与氛围渲染，使郁达夫的小说以至“五四”作家的小说，的确带有一种特殊的诗的韵味。

这里所说的“主观抒情”，不同于上一节提到的作家的长篇独白或人物的直抒胸臆，而是指作家在构思中，突出故事情节以外的“情调”“风韵”或“意境”。相对来说，故事的讲述是小说中较少个人色彩的部分；而情节性的细节、场面、印象、梦幻等，反而容易体现作家的美学追求——也可以说，容易流露出作家的主观情绪。当作家忙于讲述一个个曲折有趣的故事时，读者被故事吸引住了，难得停下来欣赏作家的“笔墨情趣”；而当作家只是诉说一段思绪、一个印象、一串画面或几缕情丝时，读者的关注点自然转移到小说中那“清新的诗趣”。“历来我持以批评作品的好坏的标准，是‘情调’两字。”②不只是郁达夫，好多“五四”作家都如此品味、也如此创作小说。当然，这得感谢中国读者长期的诗文训练，才能那么快读懂读通这一类缺乏戏剧性冲突的小说③。

鲁迅的《社戏》、郁达夫的《离散之前》、废名的《菱荡》、王统照的《春雨之夜》、叶圣陶的《寒晓的琴歌》这一类抒情小说，并没因情节性很弱而被指责缺乏文类特征，反而受到批评家的一致赞

① 《〈寒灰集〉批评》，《洪水》3卷33期，1927年。

② 郁达夫：《我承认是“失败了”》，《晨报副镌》1924年12月26日。

③ 参阅本书第七章《“史传”传统与“诗骚”传统》。

扬。作家不想讲故事,读者也不希望听故事,因而"五四"小说批评中难得找到"情节曲折离奇"之类的评语。批评家关注的是是否"真实"、是否"个性化"、是否"有情趣"。一个离别的场面,几句乡人的对话,再简单不过了;但作家力图用审美的眼光选择最富于诗意的细节,借助这些细节把作家的主观感受外化。这类小说的情节很简单,细节却实在不简单——其中融进了作家的个人情感与审美体验。从读"情节"转为读"细节",并于"细节"中味出从前仅属于诗文的"情趣",这是"五四"小说得以突飞猛进的关键。

成仿吾在介绍其《深林的月夜》的创作过程时说:

> 这短篇最初的动机,不过是想把这样的森林,描写一下,因为作者素来是喜欢这种森林的。[1]

"五四"作家注重小说中背景与氛围的描写,郁达夫、冰心、王统照等人的小说中都不乏优美的自然风景的描写;但像《深林的月夜》这样把氛围的渲染作为整篇小说的结构中心,以致人物和情节反倒成了点缀的小说,"五四"时代还很少见。如果像"五四"小说理论家那样,把地方色彩的描写作为"背景"的主要部分[2],则不难指出"五四"作家对小说"背景"的重视。跟"新小说"家对风土人情的漠视形成鲜明对照,"五四"小说中不乏扑面而来的"乡土气

---

① 《深林的月夜》补注,《创造季刊》4 期,1926 年。

② 俍工(孙俍工)的《小说作法讲义》和玄珠(沈雁冰)的《小说研究 ABC》都强调小说中"地方色彩"的描写。

息”。对风土人情的重视,不再只是为了增加小说的真实感,而是承认其具备美感价值。鲁迅的《社戏》、废名的《菱荡》、黎锦明的《出阁》、王鲁彦的《菊英的出嫁》、台静农的《红灯》、许钦文的《以往的姐妹们》等小说,吸引人的既不是故事的讲述也不是人物的塑造,而是在对淳朴的民风与古老的陋俗的描写中,体现出来的对这块土地、这般乡民的又爱又恨的复杂感情。同样不止于展览风土人情,比起“新小说”家充满政治热情的破除迷信,“五四”作家对民风民俗的理解无疑更深刻,更多一点同情心与审美眼光——尽管也不乏强烈的社会责任感派生出来的“哀其不幸怒其不争”。“新小说”家的《放河灯》着眼于老妇的愚昧;“五四”作家的《红灯》却从中看到老妇心灵的痛苦与聊以自慰的希望。这一类注重乡风民俗的小说,尽管也有一个故事的框架,但作家主要着眼点在氛围而不在情节,因而散文化倾向明显,有浓厚的抒情色彩。只是中国古代小说与“新小说”中偶尔出现的风俗描写多是都市风情,而“五四”作家笔下却多为乡村风情。

跟对小说中“诗趣”的寻求相适应,“五四”作家开始自觉突出小说语言的表现功能。1927年,黎锦明这样评论“五四”作家的文体意识:

> 我们的新文艺,除开鲁迅、叶绍钧二三人的作品还可见到有体裁的修养外,其余大都似乎随意的把它挂在笔头上。①

---

① 《论体裁描写与中国新文艺》,《文学周报》5卷3期,1927年。

肯定鲁迅是文体家(体裁家,Stylist),这很有眼光[1],但说"五四"作家大都随意书写,则未必尽然。"五四"小说语言有过分铺叙、浪费情感甚至如黎锦明指出的滥用才华的通病;但即使如此,也比完全黏着于故事、把小说语言当作单纯的"通讯工具"好(如"新小说"),因为它证明作家已开始借助小说语言的表现功能来增加小说的美感。"五四"作家不一定明确意识到文体的价值,但其着重表达主观情感的创作倾向、追求个性化的文学理想以及较高的文学修养,使他们中大多数人的小说语言清新秀丽。"冰心体"之所以风行一时[2],跟它最适合青年读者的口味,也最容易为青年作家模仿大有关系。而鲁迅的准确简练、叶圣陶的冷静平实、废名的苍劲枯涩、郁达夫的潇洒飘逸,都不大好懂,更不大好学——但其审美价值绝不低于名噪一时的"冰心体"。"五四"作家借助白话文运动,综合晚清白话文的"口语"、新文体的"新名词"、章回小说中的"方言土语",以及从古典诗文中吸取"古语"、从西洋文学中借鉴"西洋文法",熔铸成一种新型的小说语言。冰心的小说《遗书》中有这么一段话,颇能概括"五四"作家这种自觉的文体意识:

> 文体方面我主张"白话文言化","中文西文化",这"化"字大有奥妙,不能道出的,只看作者如何运用罢了!我想如现在的作家能无形中融会古文和西文,拿来应用于新文学,必能

---

① 鲁迅在《我怎么做起小说来》一文对黎称他为Stylist(体裁家)表示首肯。

② 阿英《夜航集》(良友图书印刷公司,1935年)中《谢冰心》一文云:"青年的读者,有不受鲁迅影响的,可是,不受冰心文字影响的,那是很少,虽然从创作的伟大性及其成功方面看,鲁迅远超过冰心。"

为今日中国的文学界,放一异彩。

告别了"五四"初期"有什么话,说什么话;话怎么说,就怎么说"[①]的粗糙的文学语言观,强调文学语言自身的美感价值,追求一种有弹性的适合于叙事、更适合于写景抒情的又雅又俗的小说语言——太俗则无味,太雅又恐"浓得化不开"。正因为这种颇具表现力的小说语言的配合,好多带抒情色彩的"五四"小说才看起来"全都是些极流畅的散文"[②]。

注重主观抒情,使作家摆脱曲折有趣的故事情节的诱惑;注重氛围渲染与背景描写,使作家于人物心理外找到另外一个值得惨淡经营的小说要素;注重语言表现功能,则保证了作家于小说中突出"诗趣"的艺术追求得以实现。当然,并非总是三位一体通力合作,"五四"作家在注重主观抒情方面较为突出,而在氛围渲染方面则不见得十分成功。即使如此,小说中的背景描写正越来越引起作家的注意;而情节在小说叙事结构中的"神圣"地位也正受到人物心理与背景氛围越来越强烈的挑战。

---

① 胡适:《建设的文学革命论》,《新青年》4卷4号,1918年。

② 阿英《夜航集》中《郭沫若》一文云:"他的小说,实际上,全都是些极流畅的散文。"

下　编

传统文学在中国小说
叙事模式转变中的作用

第五章　传统的创造性转化

小说为文学之最上乘。[1]

——梁启超

小说中非但不拒时文，即一切谣俗之猥琐，闺房之诟谇，樵夫牧竖之歌谚，亦与四部三藏鸿文秘典，同收笔端，以供馔箸之资料。[2]

——蛮

在前三章中，为了叙述方便，我有意把中国小说叙事模式的转变简化为外国小说对中国小说的影响过程。在“挑战—应战”的模式中理解中国小说形式的嬗变，突出传播者的作用。尽管也谈到各种创造性的“误解”，但都从如何制约中国作家对外国小说的理解这一角度入手。也就是说，传统中国文学并没有在这场至关重要的嬗变中扮演重要角色，而只是跑龙套般一晃而过。历史进程远不像我

① 《论小说与群治之关系》，《新小说》创刊号，1902年。

② 《小说小话》，《小说林》创刊号，1907年。作者“蛮”，有人指为黄摩西，有人指为张鸿，均证据不足，未定。

前面描述的那么“单纯”,促成中国小说叙事模式转变的远不只是外国小说的影响,传统中国文学也远不只是被动地接受改造。

如果说在20世纪初期的中国文学形式变革中,散文基本上是继承传统,话剧基本上是学习西方,那么小说则是另一套路:接受新知与转化传统并重。不是同化,也不是背离,而是更为艰难而隐蔽的“转化”,使传统中国文学在小说叙事模式的转变中起了不容忽视的作用。正因为相当艰难,难免时有失误;正因为过于隐蔽,故又常为研究者所忽视。

时人争论“五四”文学革命的功过得失,有责其“断裂”,有赞其“再生”,主要依据都是“五四”作家激烈的反传统言论。但运动的实际进程跟发起运动者的宣言乃至演讲有很大差别,只有理论懒汉才会在这两者之间画等号。如果说“断裂”,那也是一种“脐带式的断裂”;如果说“再生”,那也是一种“凤凰式的再生”。强调“五四”新文学“变异”一面的同时,不应忽略这一传统的“脐带”。正是这也许不起眼的“脐带”,隐隐约约限制着这一“变异”的方向、程度与效果。

也许,“五四”前后文学形式的变迁比起思想文化的变迁来,更明显地体现这一传统的“脐带”。在思想史家为“五四”先驱者未能很好实现传统的创造性转化而叹惜不已的时候[1],我却想从

---

① 参阅林毓生《中国意识的危机》(穆善培译,贵州人民出版社,1986年),李泽厚《启蒙与救亡的双重变奏》(《走向未来》1986年1期)。李文指出,这种创造性的转化,“五四以来到今天,以文学在这方面作得最好”;“例如新文学中爱国主义感情和批判现实主义精神与关心国事民瘼、以天下为己任的士大夫历史传统便不能说毫无关系”。

中国小说叙事模式的转变这一特殊的角度，勾勒传统文学形式的创造性转化在其中发挥的积极作用。

一

论述 20 世纪最初 30 年中国小说叙事模式转变中传统文学形式的创造性转化所起的作用，面临的第一个难题是，研究对象不单很少提供可资直接引用的论据，反而冒出不少反面的证词。也就是说，主要的“新小说”家不大论及他们接受西洋小说的影响，而强调他们跟传统小说的联系；反之，主要的“五四”作家则大都否认他们的创作跟传统小说的联系，而突出外国小说的影响。

鲁迅说过，他写小说“大约所仰仗的全在先前看过的百来篇外国作品和一点医学上的知识”[①]，“我所取法的，大抵是外国的作家”[②]。言下之意，中国传统小说对他的创作不曾起过举足轻重因而值得一提的作用。叶圣陶说过，他青少年时代读《水浒》《三国演义》《红楼梦》“并不觉得写作方面有什么好处”，而华盛顿·欧文的《见闻杂记》等西方小说则直接激起他创作的欲望[③]。茅盾说得更直截了当：“以前有一个时期，我相信旧小说对于我们完全无用”，至今“仍旧怀疑于这些旧小说对于我们的写作技术究竟有多

① 《我怎么做起小说来》，《南腔北调集》，同文书店，1934 年。
② 《致董永舒（1933 年 8 月 13 日）》，《鲁迅书信集》，人民文学出版社，1976 年。
③ 《杂谈我的创作》，《文艺写作经验谈》，天地出版社，1943 年。

少帮助”。[1] 可论者很容易指出鲁迅小说的讽刺艺术跟《儒林外史》的历史联系;而《彷徨》之所以如鲁迅自评的“脱离了外国作家的影响,技巧稍为圆熟,刻划也稍加深切”[2],跟其时鲁迅对中国古典小说的研究与借鉴更是密切相关。至于叶圣陶早期用文言写作的小说如《贫家女》《终南捷径》等,则是从中国古典小说脱胎而来;而以后的创作,据其自称,在选材和描写上也与早期文言小说相仿佛[3]。另外,在郁达夫、王统照等人的小说中,也不难找到早年嗜读中国古典小说留下的印记。

“新小说”家可能承认西洋小说某些表现技巧的价值,但很少想以之改造中国小说。吴趼人赞扬译本小说“别具一种姿态”,“亦颇有令人可喜者”,故戏作“欲令读者疑我为译本”的《预备立宪》;[4]可又斥责翻译西方侦探小说者为“舍吾之长,而崇拜其所短”,并着意采辑点窜《中国侦探案》“以塞崇拜外人者之口”。[5]林纾高度评价狄更斯的写作技巧[6],可创作时则仍以段成式为榜样[7]。说“新小说”家借鉴西方小说技巧,大概没人反对;说“新小说”家借西方小说转化传统,则可能是吴趼人等人所始料未及的。

---

① 《谈我的研究》,《中学生》61期,1936年。

② 《〈中国新文学大系〉小说二集序》,《且介亭杂文二集》,三闲书屋,1937年。

③ 叶绍钧(叶圣陶):《过去随谈》,《未厌居习作》,开明书店,1935年。

④ 偈(吴趼人):《预备立宪》前言,《月月小说》2号,1906年。

⑤ 吴趼人:《中国侦探案》弁言,广智书局,1906年。

⑥ 参阅林纾《孝女耐儿传》序、《贼史》序和《块肉余生述》序等。

⑦ 《践卓翁小说》林纾序云:“计小说一道,自唐迄宋,百家辈出,而余特重唐之段柯古。”

就像多米诺骨牌一样，搬动的可能是一小块，放倒的则是一大片。承认并借鉴西方小说某些叙事技巧（如倒装叙述、第一人称限制叙事等），就不能不引起一系列连锁反应，在重新选择、重新解释、重新确认传统的过程中，自觉或不自觉地转化了传统。而正是这“转化了的传统”，对中国小说叙事模式的转变起了至关重要的作用。

关键不在于指出“新小说”家和“五四”作家误解了文学变革中传统所起的作用，而在说明为什么这么多真诚而又精明的作家会同时产生这么一种显而易见的“错觉”。

不管意识到与否，这两代作家都必须在东西方文化碰撞这一大背景下思考问题、发表意见。对传统文学的估价，往往是对西洋文学估价的另一侧面。理论上西方文学与中国传统文学并非真的你死我活、水火不相容，理想的方案应是可有轻重但不宜偏废，共同呼唤“中西艺术结婚后产生的宁馨儿”[①]。但作为一种倾向性情绪的表达，为突出锋芒，却又难免有所偏废。“新小说”家也罢，“五四”作家也罢，表达的都是一种倾向性情绪，而不是严谨的理论思考。对于“五四”作家来说，当务之急是旗帜鲜明地反对复古派，提倡学习西方文学——从思想意识到表现技巧。任何折中公允的宏论都在强大的习惯势力面前显得苍白无力，不利于运动的实际进展，因而“五四”作家不得不牺牲理论的完整性，而把倾向性推到第一位。就像早期提倡白话文者明知“人民的语言的穷乏

① 闻一多：《〈女神〉之地方色彩》，《创造周报》5号，1923年。

欠缺”,“或者也须在旧文中取得若干资料,以供使役”,可还是坚决主张“将活人的唇舌作为源泉”,[①]将“欧化的国语”作为出路[②]。只有将“五四”作家的理论还原到特定的历史环境,才能正确理解这些省略了前提因而显得偏颇的艺术主张。正是这种论争中的策略考虑,使“五四”作家不愿承认传统文学对中国现代小说的滋养作用。

“新小说”家的策略考虑又是另一种情况。十年前大骂小说者,十年后转而大作小说[③];这就逼得十年前提倡小说者,十年后反过来批评小说[④]。中国人喜欢“随声附和”[⑤],任何创举都可能因无数次复制、模仿而显得拙劣陈腐。为防止被学步者投机者拉下水,不少“新小说”家不得不于开风气时呼风唤雨,风气既开则销声匿迹。更有甚者,如吴趼人辈,一方面创立“译书交通公会”,催促友人译泰西小说,并为之作评作序[⑥];另一方面又攻击“今夫汗万牛充万栋之新著新译之小说”,大部分是“凭借其宗旨以附和之,诡谋一己之私利而不顾其群者”。[⑦] 不能怨作家言行不一,实为不得已之“自卫手段”。不像“五四”作家一以贯之旗帜鲜明地

---

① 鲁迅:《写在〈坟〉后面》,《坟》,未名社,1927年。

② 傅斯年:《文言合一草议》《怎样做白话文》,均收入《中国新文学大系·建设理论卷》。

③ 参阅寅半生(钟骏文)《小说闲评叙》,《游戏世界》创刊号,1906年。

④ 对比梁启超作于1902年的《论小说与群治之关系》与作于1915年的《告小说家》。

⑤ 吴趼人:《月月小说序》,《月月小说》创刊号,1906年。

⑥ 参阅《新庵谐译》中吴趼人的序和周桂笙的序、知新室主人(周桂笙)译《毒蛇圈》第三回起趼廛主人(吴趼人)的评语(《新小说》9—24号)。

⑦ 吴趼人:《月月小说序》,《月月小说》创刊号,1906年。

赞赏西方小说,“新小说”家对西方小说大都经历了一个从热情介绍到冷嘲热讽的过程。这里面有叶公好龙的因素——从修养到趣味,“新小说”家毕竟跟传统文学有更多的联系;但也不无出于策略的考虑——从自己声誉、也为社会进步计。

“新小说”家和“五四”作家之所以不大承认传统的创造性转化,很大原因是这种转化是在作家不自觉状态下完成的。对于“五四”作家来说,幼年时代熟读经史、背诵诗词以至明里暗里翻看《三国演义》《水浒传》《红楼梦》《聊斋志异》,那似乎只是一种自然而然的功课或没有艺术功利的娱乐,并没想从中得到什么写作技巧;而青年时代如痴如狂地啃外国小说,却颇具学习借鉴之心,“一半果是欲介绍他们的文学艺术来,一半也为的是欲介绍世界的现代思想”[1]。这就难怪他们创作小说时,理直气壮地以外国作品为榜样;即使师法中国古典小说,也有意无意把它西洋化因而合理化。一方是无意中接受,一方则是着意去模仿[2],尽管后世的研究者可能对那无意中接受的观念如何歪曲模仿的对象、限制模仿的效果更感兴趣,“五四”作家则大多只意识到后者而忽略了前者。还不只是前者“得来全不费工夫”故视而不见,后者“踏破铁鞋无觅处”故弥足珍贵,而是因为传统文学更多作为一种修养、一种趣味、一种眼光,化在作家的整个文学活动中,而不是落实在某一具体表现手法的运用上。西洋小说则恰恰相反。无疑,具体而可

① 郎损(沈雁冰):《新文学研究者的责任与努力》,《小说月报》12卷2号,1921年。

② 王瑶先生在《中国现代文学与古典文学的历史联系》(《北京大学学报》1986年5期)一文中指出:“现代文学中的外来影响是自觉追求的,而民族传统则是自然形成的。”

视的"手法"比抽象而隐晦的"趣味"更易为作家、读者所觉察。

如果说"五四"作家是过分看重了西洋小说的作用,因而忽视了传统的创造性转化;"新小说"家则是过分看轻了西洋小说的作用,因而忽视了传统的创造性转化。"新小说"家介绍西洋小说,颇多"犹抱琵琶半遮面"的。可能怕羞,但更可能是拿不定主意,西洋小说技巧到底是好是坏心中无数。众多评论家论证了大半天中国小说数人数事漫天开花的布局方法,如何优于西洋小说的一人一事贯穿始终;可回过头来,猛然发现中国作家正暗暗"舍己所长学人所短"[①],这样充满喜剧性的尴尬局面时有出现。最有效而又最保险的是林纾的"化夷为夏",用"史迁笔法"来解说西洋小说叙事技巧,当然不能尽如人愿,可也时有新意(如《斐洲烟水愁城录》序)。实际上梁启超、吴趼人、刘鹗等"新小说"家,尽管在创作中已有所突破,可谈论小说叙事技巧时,使用的仍是传统小说批评术语。并非只是理论术语的缺乏,大家似乎都有"以中化西"的良好愿望,只不过不像林纾讲得那么露骨而已。在借鉴西洋小说技巧的同时,尽量在传统文学中寻找对应物,一旦证明"古已有之",用起来自然更理直气壮。接受外来文化本来就有重新选择、解释传统的权利,在最初阶段"以中化西"也无可厚非,只要不至于太离谱。可这么一来,很容易造成一种错觉,似乎并没接受什么新东西,只不过是"文物出土"。姑且不论还有好多是"舶来"的文物;即使"出土文物",也赖于"舶来"的眼光才得以"出土"。不理解

---

① 参阅本书第三章《中国小说叙事角度的转变》第二节。

这一点,“新小说”可能显得很“旧”,似乎除了几点皮毛的装饰外,跟传统小说没什么区别。这就难怪大部分“新小说”家不曾意识到他们的点滴改良正一步步地转化文学传统,并借以完成中国小说叙事模式的转变。

也许更重要的是,“新小说”家和“五四”作家接受的不仅仅是中国古典小说,而是整个中国古典文学的影响。这就更容易造成“新小说”跟中国古典小说没什么差别而“五四”小说跟中国古典小说没什么联系这一错觉。单单从小说史这条线抓住《儒林外史》跟《官场现形记》的联系或者《狂人日记》跟《水浒传》的区别,当然无法把握这一传统的创造性转化及其在中国小说叙事模式转变中的作用。只有把20世纪初中国小说叙事模式的转变放在整个文学变迁的大背景下考察,才能纠正这一并不轻微的“错觉”。

论述20世纪初期小说叙事模式的转变,部分得益于其他文学形式的介入,这很容易让人联想到俄国形式主义理论家施克洛夫斯基关于文学演进动力的理论构想。随着时间的推移,曾经十分新鲜有效的表现手段变得陈旧不堪,无法被感知了。于是,敢于创新的作家一面尽情揶揄这种因袭的旧套,一面从通俗的体裁里把表现手段引进到文学的发展主线中,以此推动文学的进化。比如陀斯妥耶夫斯基就把马路小说的表现手段提高到文学规范的地位,而契诃夫则把人物形象从滑稽杂志中转用到俄国文学的散文中去[1]。这

[1] 参阅安纳·杰弗森、戴维·罗比等《西方现代文学理论概述与比较》第一章,包华富、陈昭全、樊锦鑫编译,湖南文艺出版社,1986年。

里不准备评说这一构想的功过得失,只想指出本文论述的对象跟这一构想的差异。可能是一种反驳,但更希望是一种建设性的补充。

施克洛夫斯基这一构想也许可分解为两个层面:一是某一文学形式为获得新鲜感与生命力,从其他文学形式吸取养分;一是高雅的文学体裁从通俗的文学体裁借鉴表现手段。前一层面适应性广,在一切时代一切民族的文学变革中都可能找到例证;后一层面适应性狭些,但似乎更富创见。从后来学者受其启发,注重各种民间文学体裁对正统文学的冲击[①],以及把它称为文学的"再野蛮化"[②]或者"向来卑不足道之体忽然列品入流"[③]看,这后一层面才是施克洛夫斯基这一构想的重心及其真正的价值所在。证之以中国古代诗歌发展史,这一构想无疑是很有说服力的。正是在民间粗俗的歌、谣、词、曲的刺激与哺育下,中国文人诗歌才得以一次次蜕变更新。正如鲁迅说的,"旧文学衰颓时,因为摄取民间文学或外国文学而起一个新的转变,这例子是常见于文学史上的"[④]。可是,证之以20世纪初中国小说的突变,这一构想却颇有纰漏。

首先值得注意的是,在20世纪以前,小说在中国文学中地位

---

① 如巴赫金、诺思若普·弗赖。参阅托多罗夫《批评的批评:教育小说》第五、六章,王东亮、王晨阳译,生活·读书·新知三联书店,1988年。

② 参阅雷·韦勒克、奥·沃伦《文学理论》第十七章,刘象愚、刑培明、陈圣生等译,生活·读书·新知三联书店,1984年。

③ 钱锺书引录施克洛夫斯基此语后赞曰:"诚哉斯言,不可复易。"《谈艺录》(补订本)35、30—31页,中华书局,1984年。

④ 《门外文谈》,《且介亭杂文》,三闲书屋,1937年。

低下。尽管经过吴敬梓、曹雪芹等大家的改造，白话小说已带有不少文人文学的成分，可到 19 世纪末，白话小说还被认为是粗俗的文体。这就决定了它的变革不一定像高度成熟的文人诗那样，非在粗俗而刚健、清新的民间文学汲取养分不可，而反过来可能向高雅的诗文等借鉴表现手法。“小说为文学之最上乘”这一时代思潮，把小说从文学结构的边缘推向中心，无疑给小说的高雅化（而不是粗俗化）提供了条件。从小处看，似乎是白话小说与文言小说的对话；从大处看，却是小说在向文学结构中心移动的过程中与整个文学传统的对话。初步完成了叙事模式转变后的中国小说，不是比以前更民间化，而是更文人化。可见其发展趋势刚好跟施克洛夫斯基的构想相反。强调处于文学中心的形式与处于文学边缘的形式之间的对话，有利于文学自身的发展；还必须注意受时代思潮影响，文学结构内部各体裁的换位，使这种对话可能产生各种变体。20 世纪初中国小说叙事模式转变中传统的创造性转化，就是一例。

更重要的是，施克洛夫斯基显然是在单一文化背景下考虑文学形式的演变，因此其文学发展“不是由父及子，而是由叔及侄”[①]的理论虽然十分精彩，却难以涵盖 20 世纪初中国小说的演进。早在 1902 年梁启超就预言：“二十世纪，则两文明结婚之时代也”；“彼西方美人，必能为我家育宁馨儿以亢我宗也”。[②] 在东西方文化碰撞与交汇中演进的中国小说，既不可能完全固守传统，也不可

① 转录自《西方现代文学理论概述与比较》，第 27 页。

② 《论中国学术思想变迁之大势》，《饮冰室合集 · 文集》第三册，中华书局，1936 年。

能被西方小说同化,而是在诸多个平行四边形合力作用下蹒跚前进。起码我们可以指认出如下四种作用于20世纪初中国小说演进的“力”:(一)中国古典小说表现技巧的继承;(二)西洋小说表现技巧的移植;(三)传统文体之渗入小说;(四)西洋诗文的熏陶。对中国小说叙事模式的转变影响最大的,除了西洋小说技巧的移植外,当推各种传统文体之渗入小说。就强调20世纪初中国小说的艺术发展主要得益于传统诗文而不是传统小说这一点而言,本章的论述似乎接近施克洛夫斯基的理论构想;但正如前面指出的,这只是整个文学运动的一个侧面,而且还不是最具决定性意义的侧面。

二

晚清小说界革命的最大功绩在于极力提高小说和小说家的地位。清人云:“余为斯人悲,竟以稗说传。”[①]“然亦何事不可为哉,何至降而为小说。”[②]晚清小说理论家则宣称:“小说为文学之最上乘。”[③]“混混世界上,与其得百司马迁,不若得一施耐庵;生百朱熹,不若生一金圣叹。”[④]随着小说的升值,小说家的地位和作用也

---

① 程晋芳:《勉行堂集》卷二《春帆集》。

② 强汝询:《求益斋文集》。录自孔另境编《中国小说史料》260页,上海古籍出版社,1982年。

③ 梁启超:《论小说与群治之关系》。

④ 伯耀(黄伯耀):《小说之支配于世界上纯以情理之真趣为观感》,《中外小说林》15期,1907年。

直线上升。梁启超论证“欧洲各国变革之始”，其“魁儒硕学、仁人志士”多有作小说的；[①]反过来，作小说的当然也就可能是“魁儒硕学、仁人志士”了。于是时人有主张“开小说科举以考试，定其出身”的[②]，周桂笙也断言马克·吐温得过“进士学位”[③]。尽管朝廷不会真的设“小说进士”（如严复之得“译学进士”），也不会真的让小说家当官掌权[④]，可在一般舆论中，小说家已由诲淫诲盗合该“子孙三代皆哑”[⑤]的万恶之徒，一变而为“改良群治”的有功之臣了。

在晚清，的确有不少政治活动家以小说为武器，真的成为“改良群治”的有功之臣，如梁启超、陈天华、黄小配等；但更多的是在小说或小说序跋中表达作家明显的政治倾向，以此服务于他们所理解的变革现实的政治运动，如李伯元、吴趼人、刘鹗等。可以这样说，几乎所有晚清小说家没有不关心“改良群治”的，只不过立足点着眼点不同而已。纯粹“借以吐露其所怀抱之政治理想”[⑥]的政治小说，本身成绩并不可观；可影响于“谴责小说”的写时事与发议论、“言情小说”的借男女情事写时代变革、“社会小说”的政治热情与寓言式象征……以至在晚清大部分小说中都隐隐约约可

① 任公：《译印政治小说序》，《清议报》第1册，1898年。

② 《读新小说法》，《新世界小说社报》6—7期。

③ 《新庵译萃·英美二小说家》，《月月小说》19号，1908年。

④ 吴沃尧（吴趼人）《李伯元传》和江庸《趋庭随笔》都记载光绪辛丑朝廷开经济特科，曾慕涛荐李伯元而遭弹劾事。

⑤ 明人田汝成《西湖游览志余》卷二十五言罗贯中三代皆哑；清人石成金《天基狂言》言施耐庵三代皆哑。

⑥ 《中国唯一之文学报新小说》，《新民丛报》14号，1902年。

见政治小说的影子。

“新小说”家创作小说,可能为了高尚的政治,也可能为了并不怎么高尚的金钱。中国古代文人作文虽也有“润笔”[①],但无定例,带有酬谢性质。随着近代出版业与出版制度在中国的形成,作家的精神产品可以直接转化为生活资料。不过在开始时并非所有的文艺创作(如诗、文)都能拿到稿费,只有得到读者欢迎、发行量大因而出版商有利可图的小说才发给作者稿费[②]。小说单行本何时开始发稿费有待进一步考证,不过,创刊于 1907 年的《小说林》已连续刊出如下“募集小说”启事:

> 本社募集各种著译家庭、社会、教育、科学、理想、侦探、军事小说,篇幅不论长短,词句不论文言、白话,格式不论章回、笔记、传奇,不当选者可原本寄还,入选者分别等差,润笔从丰致送:甲等每千字五圆;乙等每千字三圆;丙等每千字二圆。

可见起码到 1907 年,小说杂志的稿酬已完全制度化。1910 年,清政府更颁布了中国历史上第一份“著作权律”。

做笔墨生意,名家自然多占点便宜,可常人也能从中得到好

---

① 宋人洪迈在《容斋随笔》中说:“作文受谢,自晋宋以来有之,至唐始盛。”宋人王楙在《野客丛书》与清人顾炎武在《日知录》中均把“作文受谢”上推到汉代。

② 包天笑《钏影楼回忆录》(香港大华出版社,1971 年)《时报的编制》一节中说:“当时报纸,除小说以外,别无稿酬,写稿的人,亦动于兴趣,并不索稿酬的。”另,《小说林》每期刊“募集小说”启事,说明是付稿酬的;只有第 4 期刊“募集文艺杂著”启事,声明“以图书代价券酌量分赠”。《新小说》8 号刊搜集诗词杂记奇闻笑谈启事,连图书代价券都没有,更不用说稿酬。

处。按当时费用,每千字二元也还是颇有诱惑力的[①]。本来不过译着玩写着玩,能发表就很不错了,没想到还有稿费。这就难怪不少读书人要"把考书院博取膏火的观念,改为投稿译书的观念了"[②]。龚自珍说"著书都为稻粱谋",也只有到了晚清,这句牢骚话才真正变为现实。李伯元、林纾之所以谢绝荐举,不求仕进,固然有政治上的原因,可也跟他们靠著、译小说就能生活得相当舒适不无关系。中国文学史上第一次有了真正意义上的职业作家,而这些职业作家又不能不是小说家,这对晚清小说的发展影响甚大。

科举路绝(1906年起停开科举),小说又有利可图,这就难怪读书人要蜂拥到这块宝地上"淘金"。"十年前之世界为八股世界,近则忽变为小说世界,盖昔之肆力于八股者,今则斗心角智,无不以小说家自命。"[③]尽管批评家对"著书与市稿者,大抵实行拜金主义"[④]很不以为然,可其势已不可逆转。到了鸳蝴作家手中,小说创作更成了不折不扣的"商品生产"。我们今天称之为鸳鸯蝴蝶派的一大批作家,日后有不同的分化与发展,当年也并非一无是处,但"五四"作家指责其持"游戏的消遣的金钱主

① 《钏影楼回忆录》中《在小说林》一节写道,商务印书馆请林纾译书,每千字五元;请包天笑为《教育杂志》写教育小说,每千字三元;一般人小说稿则每千字二元,少者五角、一元。据包称,他当时家庭开支及零用,每月至多不过五六十元。另,在《译小说的开始》一节,包称得一百元版税,除到上海旅费用,可供几个月家用。

② 《钏影楼回忆录》中《译小说的开始》一节。

③ 寅半生(钟骏文):《小说闲评叙》。

④ 天僇生(王钟麒):《中国历代小说史论》,《月月小说》11号,1907年。

义的文学观念”[1],写小说只求“遂其‘孔方兄速来’之主义”[2],却是无可辩驳的。

批评后期“新小说”家孜孜求利,草率成篇,“朝脱稿而夕印行”,因而质量低劣,时人已有言在先[3]。我感兴趣的是小说有利可图因而吸引一大批文人这一事实对小说形式转变的潜在作用。搞宣传的写小说,牟生计的写小说,本对诗文辞赋感兴趣的受时代思潮影响也转而写小说[4]。一时间小说园地聚集起各路英雄,不免各拿出看家本领,无意中悄悄改变了小说的面貌。梁启超自认其“多载法律、章程、演说、论文等”的《新中国未来记》“似说部非说部,似稗史非稗史,似论著非论著,不知成何种文体”[5]。像这种作者明言或有明显蛛丝马迹的“变格”好把握,难说的是那些连作者也没意识到的对小说形式潜移默化的改造。而正是这千百个可能并不具备小说家素质的文人不自觉的改造,使20世纪初期的中国小说出现了一些奇异的特征。

既然写小说,就得遵守小说的“规则”,要不读者不买你的账,这点作者其实心里清楚。并非故意要写得不像小说,只是积习难改,一出手就是如此。钻研了几十年词章或八股,你要他下笔著小说不带出词章、八股的味道,能行吗?前几年还视小说为壮夫不为

---

① 沈雁冰:《自然主义与中国现代小说》,《小说月报》13卷7号,1922年。

② 刘半农:《诗与小说精神上之革新》,《新青年》3卷5号,1917年。

③ 如寅半生(钟骏文)《小说闲评叙》、眷秋《小说杂评》、解弢《小说话》等。

④ 推前一百年,吴趼人、李伯元可能还会写小说,而梁启超、刘鹗、林纾、苏曼殊则可能是诗文家而不是小说家。

⑤ 梁启超:《新中国未来记》绪言,《新小说》创刊号,1902年。

的雕虫小技,忽而自己也下海“玩”小说,即使临急抱佛脚虚心学习,学得像吗?梁启超著小说当然不会忘记他那“笔锋常带情感”的“新文体”长于论辩;林纾著小说当然不会放下他那古文家的架子,得便总让你欣赏他那“史迁笔法”;苏曼殊著小说当然会发挥他的诗画之才;徐枕亚则相信他的尺牍绝对哀艳……愿也好不愿也好,这么一批本不该写小说的小说家,下笔总难免“不合小说体裁”——至少按传统眼光看来是如此。“不合小说体裁”的小说多了,可能也就成了一种新的小说体裁;当然更可能因读者实在不能接受而被淘汰。可“接受”也罢,“淘汰”也罢,这对传统小说叙事模式都是一种冲击。从单一的固定的模式中解放出来,中国小说一下子呈现出那么多种发展的可能性,尽管并非每种可能性都有转化为现实性的价值。

跟极端复杂的小说家队伍相表里,晚清的小说概念也极端模糊。在中国古代,不同朝代小说的概念不同,但在某个具体历史时期,文言小说、白话小说都有社会公认的确定内涵。而在晚清,中国的小说概念和外国的小说概念搅和在一起,以致当人家提到“小说”时,你不知道他指的是叙事诗还是戏曲,是长篇小说还是短小的笑话。同一个杂志,登白话小说,也登文言小说;同一部外国小说,译成文言,也译成白话;同一个作家,既写文言小说,也写白话小说——在晚清作家心目中,文言小说与白话小说的关系远不像先辈作家设想的那样水火不相容。至于外国小说,据说又有

Romance、Novel、Story、Short-Story之分[1]。再加上弹词、传奇自然也都属于小说[2],一时间谁也弄不清“小说”这家族到底有多庞大。你拿白话小说的标准衡量,说它“不合小说体裁”;可也许它刚好合中国文言小说或西洋小说的体裁,你有什么理由指责?概念的模糊有利于未获正名的新事物的生存。正是在这种文体混乱的状态中,一些艺术修养较高的作家自觉或不自觉地进行了不同艺术形式之间的互相渗透与互相改造。

“小说为文学之最上乘”,这是一句不着边际的“大话”,可并非一句毫无意义的“空话”。它意味着小说成为文学的最杰出代表,读者阅读时希望从中得到其他文学形式才具有的养分,作家写作时自然也有权从其他文学形式获得更多的灵感。晚清小说评论家用夸张的语调表达了这种自信。“新小说”“宜作史读”,“宜作子读”,“宜作志读”,“宜作经读”;“可作风俗通读”,“可作兵法志读”,“可作唐宋遗事读”,“可作齐梁乐府读”[3]……一句话,整个人类文化都凝聚在“新小说”中。如此“博大精深”的小说,创作时自然也必须能容纳人类一切精神财产:“小说中非但不拒时文,即一切谣俗之猥琐,闺房之诟谇,樵夫牧竖之歌谚,亦与四部三藏鸿文秘典,同收笔端,以供馔箸之资料。”[4]“新小说”未必包含那么丰

① 参阅紫英《新庵谐译》(《月月小说》5号,1907年)、成之(吕思勉)《小说丛话》(《中华小说界》3—8期,1914年)、孙毓修《欧美小说丛谈》(商务印书馆,1916年)等。

② 参阅几道、别士《本馆附印说部缘起》,知新主人(周桂笙)《小说丛话》,蛮《小说小话》等。

③ 《读新小说法》,《新世界小说社报》6—7期。

④ 蛮:《小说小话》,《小说林》创刊号,1907年。

富的人类文化，可“新小说”确实从其他文学形式获得不少灵感。笑话、轶闻、答问、游记、小品、寓言、书信、日记等等，都曾为“新小说”叙事模式的形成提供了必要的养分——小说从文学结构的边缘向中心移动，当然有权利沿途吸收其他文学形式的精华。

尽管晚清小说理论家大声疾呼“敝屣群书”，尊小说为“文坛盟主”，[1]但真正使小说取代诗歌一跃而为最引人注目的文学形式的，却只能是“五四”作家的创作实践。晚清小说理论家从有益于世道人心、有助于社会改良的角度来推崇小说，容易被习惯于文以载道的中国读者接受，可妨碍小说界革命的深入。实际上整个社会的审美眼光和文学标准，不可能被梁启超几句充满激情的大话扭转，晚清文学修养高的文人真心赞赏小说的并不多[2]，宋诗派、魏晋文在文坛仍有很大影响。所谓“易其浸淫《四书》《五经》者，变而为购阅新小说”[3]，基本局限于南方几个商业经济比较发达的大城市中的新学之士[4]。最明显的一个事实是，从 1902 年到 1917 年全国共创办小说杂志 27 种（含日刊 1 种），除出版于日本横滨的《新小说》（第二年移至上海）、出版于香港的《小说世界》和《新小说丛》、出版于广州的《中外小说林》和《广东戒烟新小说》，以及

---

[1] 老棣：《文风之变迁与小说将来之位置》，《中外小说林》6 期，1907 年。

[2] 梁启超曾讥笑严复、夏曾佑提倡小说而又不著、译小说（《新小说》7 号《小说丛话》），可后来在《国学入门书要目及其读法》中他也说：“吾以为苟非欲作文学专家，则无专读小说之必要。”

[3] 老棣：《文风之变迁与小说将来之位置》，《中外小说林》6 期，1907 年。

[4] 觉我（徐念慈）《余之小说观》（《小说林》10 期，1908 年）云：当年购“新小说”者，“其百分之九十出于旧学界而输入新学说者”。

出版于汉口的《扬子江小说报》外，其余 21 种均出版于上海；而作为政治、文化中心的北京却未见一种小说杂志出版。“五四”作家不靠“最上乘”之类的煽动性语言来提高小说地位，而是扎扎实实地介绍西洋小说，研究中国古典小说，并创造了一批艺术水准较高的现代小说，以此来证明小说的审美价值。“五四”时代的文学杂志大多刊载小说（除个别专门的诗歌、戏剧杂志外）；“五四”时代的主要作家大都积极翻译或创作小说，即使日后成为文学理论家、诗人、戏剧家、散文家的也不例外（如周作人、胡适、郭沫若、朱自清、俞平伯、徐志摩、冯至等）。正是“五四”作家的积极努力，才使小说真正成为整个社会公认的最有艺术价值的文学形式。

为了思想启蒙而创作小说，“五四”作家有这种倾向；但注重艺术氛围，尽量切近文学自身特性。为了金钱而创作小说，“五四”作家很少有此俗念；不少书刊要靠作者自费出版，即使名家如鲁迅、郁达夫也无法成为职业小说家。真正吸引“五四”作家创作小说的，还是艺术自身的魅力。但这不等于说“五四”作家真正掌握了小说的艺术特性，不曾像“新小说”家那样用传统诗文来改造小说。只是由于“五四”作家更多接受外国文学的影响，自觉除旧布新，因而对传统的继承显得更加隐晦，甚至很难找到时人的直接证词。尽管如此，我们仍可从“五四”作家的文学修养和小说观念中，辨认出传统对“五四”小说创新方向的规定性制约。

“五四”作家或则出洋留学，或则在国内受过中学以上新式教育，不像上一代作家必须为博取功名苦攻制艺诗赋。但即使如此，这代人仍有相当深厚的传统文学修养。鲁迅、周作人、郁达夫、郭沫若出国留学前就能作相当漂亮的旧体诗，冰心、庐隐、朱自清、俞平伯的散文中则明显透出古文的影响。“五四”作家中像陶晶孙那样长期留居国外、古文基础很差的只是极个别，只因那时的教育仍未真正挣脱旧学的框架。这种较为深厚的传统诗文修养，既是前进的包袱，又是成长的养分，落实到小说创作中就是作家很容易不自觉地用诗文来改造小说。“五四”初期的小说好多像散文（如冰心的《笑》、朱自清的《笑的历史》、俞平伯的《花匠》等），有刻意追求创新的，但更多的是不大了解小说的表现特性，用熟习的散文笔法写小说的结果。

“五四”作家的小说概念并不严格，周氏兄弟把西洋的寓言、拟曲、散文当小说介绍给中国读者[①]，胡适则把中国古代的叙事诗当短篇小说论述[②]。一方面是小说理论不发达，概念没来得及科学界定，各种文学体裁之间的划分并不明确；但另一方面，也跟他们接受的外国文学有关。“五四”作家接受的不只是巴尔扎克、莫泊桑等 19 世纪小说家，更接受契诃夫、安特列夫、曼殊斐儿、叶芝等 20 世纪小说家；而后者的作品很可能没有完整的情节和人物，只不过是“一个面貌，一个喜乐的态度，一件悲惨的事件之意笔画”[③]。这就难怪“五四”作家不曾严格区分小说与散文，甚至创造出“抒情诗的小说”[④]这样模糊的概念。

---

① 参阅《域外小说集》第一、二册。

② 参阅胡适《论短篇小说》，《新青年》4 卷 5 号，1918 年。

③ Bliss Perry：《小说的研究》264 页，汤澄波译，商务印书馆，1925 年。

④ 《晚间的来客》周作人《译后记》，《新青年》7 卷 5 号，1920 年。

由于外国文学的冲击,中国文学布局进行了内部调整,把小说推到中心位置,使其有可能借鉴其他文学形式的表现方法;又由于小说家原有知识结构的限制,可能更倾向于借鉴诗文辞赋的技巧写小说;再加上小说概念的模糊,造成批评家和读者的“宽容”,给作家的探索创造了必要的条件。这三者决定了“新小说”家和“五四”作家有可能更多接受整个中国古典文学,而不只是古典小说的遗产。

三

不管是“新小说”家,还是“五四”作家,对传统文学的借鉴都不只是一种简单的“接受”,而是复杂得多的“转化”。引入小说中的笑话、轶闻、答问、游记、日记、书信,已不再只是笑话、轶闻、答问、游记、日记、书信,而是作为小说整体中的有机组成部分,自有其新的表现形态、美感效果与结构功能。《二十年目睹之怪现状》中的笑话当然不同于吴趼人《新笑林广记》中的“笑话小说”,《官场现形记》中的轶闻也不同于李伯元《南亭笔记》中的“名人趣事”;同样,梁启超《新中国未来记》中的“论时局两名士舌战”不能等同于政论文《论进步》《破坏主义》,刘鹗《老残游记》中的“大明湖游记”不能等同于《乙巳日记》中的“虎丘游记”。作为本事的索隐或作家创作构思的把握,有必要指出它们的联系;但无论如何两者是不能同日而语的——还不是指这两者自身的笔墨繁简或价值高低,而主要是各自具有的功能不同。我不大关心小说中笑话或游记等的独立价值，而注目于它跟其他小说因素的联系，亦即由于它的插入引起的一系列小说形式的变异。

由于大量笑话、轶闻的插入，晚清长篇小说结构解体，为短篇小说的兴起提供了条件。更重要的是，它使一部分作家开始尝试采用倒装叙述和限制叙述——尽管还十分简陋。由于答问形式的启迪，“新小说”家创造了“似说部非说部”“似论著非论著”的小说形式，以议论而不是以情节为结构中心，这对传统小说叙事结构是一个冲击，尽管成就很小，却不失为一次悲壮的失败。借鉴游记手法，把心理描写局限于旅人一人，把故事讲述隶属于旅人耳目，把景物呈现依附于旅人脚步——这样一来，中国长篇小说无意中突破了传统的全知叙事，采用了第三人称限制视角。至于采用日记体书信体形式叙述故事，当然不可避免地抛弃了传统的说书人腔调；倘若注重人物思绪并突出作家审美个性，日记体书信体小说更可能因不再采用连贯叙述也不再以情节为结构中心，而全面突破传统小说叙事模式。

“史传”与“诗骚”，既是文学形式，又是文学精神。强调引“史传”“诗骚”入小说由来已久，我更多从文学形式着眼；突出“新小说”家和“五四”作家所受“史传”和“诗骚”影响时，我更多着眼于文学精神。“史传”传统诱使作家热衷于以小人物写大时代，倘若把历史画面的展现局限在作为贯穿线索的小人物视野之内，小说便突破了传统的全知叙事。“史传”传统间接促成小说叙事角度的转变，可又严重妨碍了这一转变的真正完成——作家往往为了“补正史之阙”而轻易抛弃视角人物，转而大写事变的各种琐事轶闻。“诗骚”传统使中国作家先天性地倾向于“抒情诗的小说”。引“诗骚”入小说,突出情调和意境,强调即兴与抒情,必然大大降低情节在小说整体布局中的地位和作用,为中国小说叙事结构的转变铺平了道路。

“史传”与“诗骚”作为支配中国叙事文学发展的两种主要的文学精神,不单自身影响中国小说叙事模式的转变,还制约着小说家引其他文学形式入小说的方向和效果。“新小说”注重“史传”,故更热衷于引轶闻、游记入小说;“五四”作家注重“诗骚”,故对引日记、书信入小说更感兴趣。“新小说”与“五四”小说的基本面貌,跟这两代作家对这两种文学精神的不同选择大有关系。

传统的创造性转化并非自然而然完成的。在这中间,西方小说起了不容抹杀的积极作用。《儒林外史》和《红楼梦》并没有直接演变为《老残游记》,更不用说《狂人日记》。“新小说”家和“五四”作家对西方小说态度有差别,接受能力也有高低,可接受过其“洗礼”则是毫无疑问的。不管是林纾“西人文体,何乃甚类我史迁也”[①]的“以中化西”,还是郁达夫“中国小说的世界化”[②]的“以西化中”,都是特定历史环境下的中西对话。立足点不同,效果也不同,但追求创造性转化的心态却是一致的。

这种西方小说(文学)的洗礼,可能表现为直接模仿,也可能表现为间接借鉴;可能有明显蛛丝马迹可寻,也可能只可意会难以

---

① 《斐洲烟水愁城录》林纾序,商务印书馆,1905年。

② 郁达夫:《小说论》第一章,光华书局,1926年。

言传。落实在传统文学形式的创造性转化上,则大致有如下三种类型:

第一种,西方小说只是提供一种跟具体表现技巧没多大关系的新的文学观念,由此诱发出新的文学运动;在这运动过程中,中国作家无师自通地转化了传统文学形式。如接受“小说为文学之最上乘”这一观念,中国作家于提高小说地位的同时,自然会自觉不自觉地引诗文入小说。

第二种,西方小说提供了一种转变的契机,当作家抓住这契机的同时,也就找到了通往新境界的关口;再迈进一步,很可能也就峰回路转豁然开朗。当“新小说”家借鉴西方小说以一人一事为贯穿的布局技巧时,并没有自觉意识到要改变中国小说的叙事角度。只不过一旦掺和中国游记录见闻的笔法,居然无心栽柳柳成荫,突破了中国小说全知叙事的藩篱。

第三种,西方小说提供了一种可供直接模仿的样板。只不过中国作家也并非依样画葫芦,而是试图在中国文学中寻找对应物,然后进行一番改造、转化,使其洋味中混合着泥土味。日记体、书信体小说无疑是从西方传入的,可即使是这样典型的洋玩艺儿,中国作家也有办法帮它找到相对间接一点的“根”,提供一些适合其生长的“泥土”和“水分”。

前两种容易被误认为纯粹的传统文学内部结构的调整,与西洋小说无关;第三种又容易被误认为纯粹的西洋小说的模仿,与传统文学无关。当然,并非每种“转化”都是成功的。随着时光的流逝,有的保留下来并继续发展(如日记体、书信体小说);有的经过调整仍能发挥作用(如游记式的小说);有的则渐渐为人们所遗忘(如轶闻小说)。即使如此,当年诸多文学形式的创造性转化造成的对传统小说叙事模式的冲击,仍然值得肯定。本编试图描述这三种类型的转化的运动轨迹,故暂时把中国小说移位引起的传统文学形式之间的渗透、改造推到前景来着重论述,而把西洋小说的启迪、诱发乃至示范只作为背景略加评说。

这样说,不等于承认这是两个可以截然分开的运动过程。恰恰相反,我所要强调的正是这两者的合二为一——西方小说的输入与传统文学的创造性转化不过是同一过程的两个不同侧面。只是为了论述方便,我才把它们列在上编、下编分别研究。如果要准确概括 20 世纪初中国小说形式的演变,我仍倾向于采用这样可能相对繁琐的语言:西方小说输入引起的对其表现技巧的模仿,与中国小说从文学结构的边缘向中心移动过程中对传统文学养分的吸收(通过传统文学形式的创造性转化来实现),这两者的合力共同促成了中国小说叙事模式的转变。尽管在此中间,“输入新知”占主导地位,但不能无视并非无足轻重的“转化传统”。

第六章　传统文体之渗入小说

> 文章之革故鼎新,道无它,曰以不文为文,以文为诗而已。向所谓不入文之事物,今则取为文料;向所谓不雅之字句,今则组织而斐然成章。谓为诗文境域之扩充,可也;谓为不入诗文名物之侵入,亦可也。[1]
>
> ——钱锺书

“金、毛二子批小说,乃论文耳,非论小说也。”[2]实际上大部分中国古代小说批评家都论小说如论文,似乎真的好小说“不作文章看,但作故事看,便是呆汉”[3]。以文章笔法论小说,固然大大局限了对小说独特表现手法的探讨,可也把握到了中国古代作家移文章才情、技巧于小说的特点。从晚清到“五四”,由于外国文学的冲击,中国文学结构进行了内部调整,小说被推到中心位置,使其有可能更好地借鉴其他传统文体。因而,为了考察中国小说叙事模式

① 钱锺书:《谈艺录》(补订本)29—30页,中华书局,1984年。

② 解弢:《小说话》91页,中华书局,1919年。

③ 冯镇峦:《读〈聊斋杂说〉》。

转变中传统所起的作用,不妨暂时把一部分小说“作文章看”。

如果要问哪一种文章体裁影响于中国小说最深,历代小说批评家都会毫不犹豫地公推司马迁开创的纪传体。只是“新小说”家和“五四”作家引文章入小说的规模之大、自觉程度之高以及成效之显著,可说是前所未有。这就可能于纪传体之外,还有另外的文章体裁也深刻影响了小说发展的历史进程。本章选择笑话、轶闻、游记、答问、日记、书信六种文体,考察其在促成小说叙事模式转变中所起的作用。

一

1904 年,吴趼人在其《新笑林广记》的序言中提出了“笑话小说”这么一个概念,无意中触及“新小说”的一个突出的特点:引笑话入小说。只是纵观全文,吴趼人的“笑话小说”不过是《笑林广记》之类古已有之的笑话。似乎只是“迩日学者”“竞言小说”,于是吴趼人灵机一动杜撰出“笑话小说”这么一个不伦不类的术语。实际上并非那么简单。从《笑林》算起,中国文人有意识写作、编辑笑话已有一千七百年历史。有叫“启颜”的,有叫“解颐”的,有叫“雅谑”的,有叫“绝倒”的,有叫“轩渠”的,有叫“拊掌”的;可“录”,可“集”,可“史”,可“记”,可“语”,可“编”。可就是从未把“笑话”与“小说”撮合在一起。尽管不少笑话集在《艺文志》中入小说类,可那是古人理解的“丛残小语”的“小说”,而并非今人理解的作为叙事文学重要分支的小说。

“书传之所纪，目前之所见，不乏可笑者，世所传笑谈，乃其影子耳。”[①]这就难怪中国笑话可分“纪一时可笑之士”与“裒”“诸家杂说”两类[②]。冯梦龙的《古今谭概》与《笑府》可分别代表这两种倾向。似乎还应该有另外一种分类法，那就是《笑林》与《启颜录》分别开启的以虚拟人物或历史人物为主人公的两种不同类型的笑话。“裒”“诸家杂说”或记历史人物言谈举止，于增删润饰中不难体现作者、编者的良苦用心与艺术才华[③]，可跟构思创作小说仍有很大差别。至于“记一时可笑之士”或虚拟人物的，作者尽可驰骋才思，发挥想象力，编成一连串诙谐幽默的“小小说”。

明代赵南星的《笑赞》，每则笑话后都有一段“赞曰”；清代石天基的《笑得好》，每则笑话后则附几句评语。如此体例，难免让人联想到中国古代的文言小说，尽管叙事部分未免过于简单。而托名苏东坡编撰的《艾子杂说》、明代陆灼撰的《艾子后语》以及明代张夷令辑的《迂仙别记》，都把所有笑话集中在艾子或迂仙身上，笑话明显故事化，人物也随之性格化，更接近我们今天所说的片段式小说。至于借用笑话题材、手法创作叙事文学，在戏剧我们可以找到沈璟的《博笑记》、徐渭的《四声猿》，在小说则有清代的《何典》《常言道》等。但作家们似乎更注意语言的诙谐而不是故事的有趣，因而其作品更接近于谐文。“不过逢场作戏，随口喷

① 赵南星：《笑赞》题词。

② 邢居实：《拊掌录》自序。

③ 参阅赵景深《中国笑话提要》一文中关于笑话异文的比较。

蛆;何妨见景生情,凭空捣鬼。”[1]捣鬼处固然离奇,喷蛆时尤觉有趣。可也正因为如此,容易演化成俗中有雅的文字游戏,而不曾向真正的滑稽小说发展[2]。

也许是明“人情畏谈而喜笑”[3],也许是“知古文章家自有此一体”[4],晚清小说升为“文学之最上乘”,文人纷纷创作百十回长篇小说,居然没忘此“丛残小语”,几乎每个小说杂志都刊笑话。以《新小说》为例,不单有《考试新笑话》《翻译笑话》《学界趣话》《滑稽谈》这样的零星之作,还有专栏性质的《新笑史》《新笑林广记》。《月月小说》《小说林》《小说月报》等杂志,刊过“中笑林”还不够,还刊“西笑林”。此外,各种“谐谈”“异闻”“琐言”“剩墨”,其中也不乏比较文雅的笑话。“窃谓文字一道,其所以入人者,壮词不如谐语,故笑话小说尚焉。”[5]只是上述种种,还只是笑话,还没进入小说。不过大量小说杂志刊载笑话,不少小说家(如吴趼人、李伯元等)喜爱并创作笑话,这已经为笑话入小说创造了必要的前提条件,何况还有外国“笑话小说”的推波助澜。

1906年林纾译斯威夫特的《格列佛游记》,定题时抛开已有的注重游历的《谈瀛小录》(刊1872年《申报》)和《僬侥国》《汗漫游》(刊1903—1906年《绣像小说》),而取《海外轩渠录》——林纾

① 过路人(张南庄):《何典》序。

② 周作人的《苦茶庵笑话选》序和《〈常言道〉》均指出中国滑稽小说不发达这一事实。

③ 《古今笑史》李渔序。

④ 俞樾:《一笑》引。

⑤ 我佛山人(吴趼人):《新笑林广记》自序,《新小说》10号,1904年。

显然把它当长篇笑话读，才会借用宋代吕居仁的笑话集《轩渠录》为题。这还不够，第二年译欧文的《见闻杂记》和狄更斯的《尼古拉斯·尼克尔贝》，林纾又分别定名为《拊掌录》《滑稽外史》。前者自然是比附宋代邢居实的同名之作，后者则让人联想到宋代钱易的《滑稽集》、明代王薇的《滑稽杂编》、陈禹谟的《广滑稽》等笑话集。以欧文、狄更斯的小说来比附中国古代的笑话，这本身可能就是一种"笑话"。不过由《海外轩渠录》悟出中国笑话只有寥寥数语而"西洋笑话"则可能"长篇累牍"[①]，也算大长见识。可惜只是到此为止，林纾既不想探讨中国"轩渠录"何以不能像西洋"轩渠录"那样"长篇累牍"，也不想尝试引笑话入小说——在《铁笛亭琐记》《畏庐笔记》中，林纾记下不少有趣的笑话，而在《剑腥录》《践卓翁小说》等长、短篇小说集中，笑话则荡然无存。

倒是在吴趼人、李伯元等谴责小说作家笔下，"笑话"真正进入了小说——只不过并非像《格列佛游记》或《儒林外史》那样，注重讽刺这"一大笑府"的"古今世界"[②]，或者借用笑话直截了当、夸大其辞的表现特征。研究者往往正确地注意到晚清谴责小说与《儒林外史》的历史联系，例如讽刺风格与随意起讫的布局特点，我则试图考察这两者在体制上的差异。同是"以嬉笑怒骂发为文章"，同是"铸鼎象物"令"魑魅魍魉毛发毕现"，[③]吴敬梓把小说当

---

① 《海外轩渠录》林纾序，商务印书馆，1906年。

② 冯梦龙：《笑府》序。

③ 参阅《卧闲草堂本〈儒林外史〉回评》、周桂笙《新庵谐译》自序、《官场现形记》茂苑惜秋生（欧阳巨源）序等。

儒林笑话写，吴趼人、李伯元把小说当官场、社会笑话写还不过瘾，而且真的让书中人一再讲起官场、社会的笑话来。可能是书中人可笑，也可能是书中人讲的笑话可笑，倘若书中人可笑，可笑的人讲的笑话也可笑，那全书可就真的笑话连篇了。

“新小说”家的引笑话入小说，大体上有三种类型。一是借用前人已有记载的笑话，略加变化或大加渲染，织入故事中或直接让书中人讲述。东亚破佛的《泡影录》第一回写廷彦于酒席上放屁，为掩饰而捂鼻，被讥作伪。这一情节明显套用清人石天基《笑得好》中的“骂放屁”一则；王濬卿的《冷眼观》第五回云卿讲道台夫人的“药渣子”，这则笑话载于清人褚人获的《坚瓠丙集》，题即《药渣》。

二是引录广泛流传于民间而可能尚未由文人记录的笑话。此类笑话历经多人转述与“修补”，大都比文人笑话更曲折有趣，带有民间笑话的明快、夸张与故事化，入小说时几乎可以照录，不用多加修饰。吴趼人《二十年目睹之怪现状》第六回写旗人茶馆吃烧饼，装着写字、拍桌子，舔完每一颗芝麻，此乃“京师熟语”，“然不过借供剧谈，从无形诸笔墨者”。[①] 欧阳巨源《负曝闲谈》第二十四回叙“老不要脸桐”人穷可又放不下架子，命丫头把蚊烟称为帐子，门板称为被窝，酒称为皮袍，酒坛子称为靴子，于是闹出“帐子烧完了，皮袍喝完了，靴子打烂了”这样的天下奇谈。这显然也是向故事转化的民间笑话。

---

① 《二十年目睹之怪现状》第六回评语，疑为吴趼人自作。

三是作家独出心裁编造的笑话。中国古代章回小说中不乏酒席上轮流讲笑话以取乐的描述(如《红楼梦》《镜花缘》)[1];而在晚清,这种讲笑话更是一种难得的本领。吴趼人就曾记载他的“喜为诡诙之言”在朋友聚会宾客杂沓时如何大受欢迎[2]。《冷眼观》中几乎有一半的故事是酒席上众人轮流讲述的笑话与轶闻,真的如书中人素兰说的,“官场中的笑话,真是千奇百怪,说三年也说不尽”(十四回)。《二十年目睹之怪现状》中继之也有类似的说法:“其实官场上面的笑话,车载斗量,也不知多少。”(四十七回)于是作为贯穿线索的“我”(九死一生)就不断请人讲笑话,也不断给人讲笑话,第六、七、二十三、二十六、三十、三十六、四十三、四十六、四十七、五十三、六十六、七十七、七十八、九十三诸回,都穿插各类笑话——并且明言是在“讲笑话”！其中声明是“老笑话”的,可能录自旧闻;说是近日刚发生于某处的,则不免有作家“杜撰”之嫌。考虑到吴趼人以改良笑话输入“新意识,新趣味”[3]为己任,喜“为嬉笑怒骂之文”[4],且有《新笑史》《新笑林广记》《俏皮话》《滑稽谈》之作,说《二十年目睹之怪现状》中不少笑话出于作者“杜撰”,该不算“笑话”吧?

这么多作家热心于引笑话入小说,而引入的方式又非只一种,

① 周作人《苦茶庵笑话选》序云:“群居会饮,说鬼谈天,诙谐小话亦其一种,可以破闷,可以解忧,至今能说笑话者犹得与弹琵琶唱小曲同例,免于罚酒焉。”

② 吴趼人:《俏皮话》自序,《月月小说》创刊号,1906年。

③ 吴趼人:《新笑林广记》自序。

④ 吴趼人:《最近社会龌龊史》自序,广智书局,1910年。

往往很难准确判断某具体作品中的“笑话”是取自著述还是录于民间,抑或是自我作古,可能更多的是兼而有之。即使官场上流行的笑话,经过作家一番改造,插入小说时也已经带有作家“编造”的印记。《二十年目睹之怪现状》第三回、《文明小史》第五十八回、《梼杌萃编》第十回,都写一大帅得病,下僚荐夫人为其“按摩”。这自然是当时官场上广泛流行的笑话。三位作家引述这一笑话时,艺术处理各有千秋,并不完全重复。吴趼人的小说在前,重在嘲笑这荐夫人的候补道厚颜无耻,李伯元、钱锡宝之作在后,不能不有所出新。李伯元重在黄世昌荐夫人为制台“治病”时那一番堂而皇之的鬼话:“卑府犹如老帅的子侄一样,老帅犹如卑府的父母一样,难道说父母有了病,媳妇就不能上去伺奉么?”钱锡宝则从此荒诞中见出悲苦,绪元桢荐太太是因到省数年未得一件好事,眼看生活无着才不得已为之。钱毕竟为宦多年,深知官场险恶,不同于吴、李两位书生,对小官多恻隐之心,故把这纯喜剧涂上一层悲剧的油彩:绪元桢赔了夫人又折兵,抚台还来不及施恩就被参。可见“新小说”家并非一味撮抄故书或直录异闻,大的框架跳不出,小花样玩得还挺欢,从中不难见出作家的趣味与用心。

正因为其中确实不无作家改造加工的心血,“新小说”家从不讳言其引笑话入小说,时人也不曾有抄袭的指责。有的作家甚至以“笑话”名小说,如老林的《学堂笑话》、傀儡山人的《官场笑话》等。《学堂笑话》副题为“学堂现形记”,其实,“新小说”中许多“怪现状”“现形记”均不同程度上可作“笑话”读——作家也不无把它当“笑话”写的意思。

二

1904年《孽海花》还没写完，可已刊出广告，称其“含无数掌故、学理、轶事、遗闻”；1905年正式出版，广告又称其为“一切琐闻轶事，描写尽情”。[①] 尽管前者系金松岑原来拟写的“政治小说”，后者是曾朴实际完成的“历史小说”，可注重轶闻却是一以贯之。以历史事变为框架，以历史人物为中心，采录野史掌故、遗事轶闻，那是理所当然，即使换一个时代的作家也会如此处理。体现“新小说”引轶闻入小说这一特点的，并非《孽海花》这样的“准历史小说”，而是《二十年目睹之怪现状》《官场现形记》这样不以历史事件为主要框架的虚构的长篇小说。

“轶闻”跟记录真人言行的“笑话”实难严格区分，只不过前者可能引人发笑，也可能令人肃然起敬。轶闻一般求可“补正史之阙”，历代史官引轶闻入史者比比皆是；故文笔一般比较古雅简淡，文章比诗词随便，可又比笑话严肃。从南朝刘义庆的《世说新语》算起，中国记轶闻的“小说”可谓源远流长，虽有唐以前“纪述多虚”，宋以后“论次多实”之分，[②]晚清承其余绪，文人多爱读并喜作笔记。四大小说杂志都刊“笔记”“杂录”“异闻”“剩墨”等。辛亥革命后，跟整个思想文化界的复古思潮相适应，笔记更大行其

① 录自魏绍昌编《孽海花资料》134页，上海古籍出版社，1982年。

② 胡应麟：《少室山房笔丛·九流绪论》。

时。除创作大批所谓的“札记小说”“轶闻小说”“掌故小说”外,小说杂志纷纷连载记野史轶闻的长篇笔记,如《中华小说界》的《瓶庵笔记》《棣秋馆谈薮》,《小说大观》中的《蜕庐丛缀》《清乘摭言》,《小说月报》更有译自日文的《清季轶闻》。书局当然也不会落后,各类轶闻掌故,充塞书坊,有以朝代分的,如《明清两代轶闻大观》《满清十三朝之秘史》;有以人物分的,如《左宗棠轶事》《袁世凯轶事》。

据说是因“有清末叶文字之禁骤然失效,从前闷着不敢说的一切历史上疑案渐都成为好事者之谈助,于是谈佚闻的纷然而起”①。其时有识之士虽对这些“轶闻大观”的作者“全无学问”、只能“剽窃习见之书”不以为然,但仍因其“足以补史乘之缺”②,“灌输人民一点‘掌故知识’”③而肯定其价值。奇怪的是,论者都从史学着眼,闭口不提其文学价值。连注重“寓劝戒、广见闻、资考证”的纪昀都要兼及此类小说的“剪裁熔铸”工夫④,为何如今只剩下补史一项?这跟西洋小说传入、知识界对“小说”概念的理解有所转变不无关系。

一方面,“新小说”家仍用中国的“小说”概念来理解西洋笔记⑤。

① 《一士类稿》瞿兑之序,《一士类稿 一士谈荟》,书目文献出版社,1983年。

② 《通俗教育研究会小说股审核小说评语第一次补辑》(1918年,石印本)中《明清两代轶闻大观》一书评语。

③ 志希(罗家伦):《今日中国之小说界》,《新潮》创刊号,1919年。

④ 《四库全书总目》卷一百四十“小说家类一”、卷一百四十一《何氏语林》提要。

⑤ 鲁迅拟的《欧美名家小说丛刊》评语(刊《教育公报》4卷15号,1917年)指出周瘦鹃误收杂著:“古尔斯密及兰姆之文,系杂著性质,于小说为不类。”

如周桂笙译、吴趼人评的“札记小说”《新庵译屑》(刊《新小说》时称《知新室新译丛》,刊《月月小说》时名《新庵译萃》),既有文人逸事(如马克·吐温年少时逃学),又有新闻报道(如1907年牛津“放榜”,纪伯伦等五人中“进士学位”),更有时事综述、风俗介绍与议论发挥(如《自由结婚》《言情》)。无独有偶,林纾也把英国作家钱伯司的笔记集译成说部《诗人解颐语》,把美国作家鲍德温的《泰西三十轶事》译成说部《秋灯谭屑》。从命题看,林纾似乎了解这两本书的性质,可这并不妨碍他把它们视为“小说”——林纾所推崇的《五杂俎》式的“小说”。可另一方面,不断有人谈论西洋的小说概念,什么Romance、Novel、Story、Shortstory之类,似乎并不包括记实事的笔记。于是,文言短篇小说与笔记的区别越来越为作家所注意,吴趼人和林纾当然也不例外。吴趼人编《月月小说》,把自家创作的短篇小说全都按当时惯例冠以“××小说”之称,而所作笔记则归入《趼廛剩墨》。林纾也很准确地把其所作笔记与文言短篇小说分别归入《铁笛亭琐记》与《践卓翁小说》。

轶闻与小说的分化,使作家对轶闻的性质、特征有比较清晰的认识,写小说时不是直接记载轶闻,而是把轶闻作为小说的要素或片段,纳入长篇小说的整体框架。在鲁迅重点评述的晚清四大谴责小说中,随处可见当时流传的各种轶闻,以至有考证癖的读者不难从中读出“隐事”。曾朴把《孽海花》当隐去真名保留轶闻的“准历史小说”写,后人做索隐表可收小说中人物278

名之多[①]。刘鹗《老残游记》中影射真人者不多,可也于评语中点明所写残民以逞的"清官"玉大人即曾抚山西的毓贤,以备"将来可资正史采用"(第四回评语)。既不像《孽海花》围绕重大历史事件,半真半假创作"历史小说";又不像《老残游记》大部分人物、情节纯属虚构,只有庄宫保、玉贤等寥寥三两位值得"索隐",《官场现形记》和《二十年目睹之怪现状》才真正代表本文所论述的引轶闻入小说。

李伯元、吴趼人无疑都是轶闻的热心搜集者。李死后留下"多为前清一代遗闻逸事"[②]的《南亭笔记》,共16卷691则。吴生前则发表、刊行《中国侦探案》《趼廛剩墨》《趼廛笔记》《我佛山人札记小说》《胡宝玉》5种笔记,"或得之故老传闻,或得之近人笔记"[③],当然也有亲历其事者;或属"奇闻佚事",或属"风流佳话",[④]不少则是怪诞不经的"志异"。以作家本人所作笔记对勘其小说,自然最能说明作家的引轶闻入小说。实际上20世纪40年代周贻白就曾根据李伯元的《南亭笔记》对照《官场现形记》,钩出小说中9则轶闻[⑤];而刘叶秋则根据《趼廛笔记》和他人笔记钩出《二十年目睹之怪现状》中轶闻5则[⑥]。如果不限于以作家本人笔

---

① 参阅《孽海花资料》中曾朴手拟的人物名单及冒鹤亭、纪果庵、刘文昭等人的考证文章、表格。

② 大东书局刊行《南亭笔记》广告,录自《李伯元研究资料》。

③ 吴趼人:《中国侦探案》凡例。

④ 老上海(吴趼人):《胡宝玉》第一章,乐群书局,1906年。

⑤ 《〈官场现形记〉索隐》,《文史杂志》6卷2期,1948年。

⑥ 《读〈二十年目睹之怪现状〉》,《古典小说笔记论丛》,南开大学出版社,1985年。

记对勘本人小说,《官场现形记》《二十年目睹之怪现状》的索隐将大有可为。其实何止这两部书,晚清可供索隐的小说可谓比比皆是,只是索隐并非文学研究的目的,至多只能为进一步研究提供起点。关键不在于指出“新小说”家曾经引轶闻入小说,而在于探讨“新小说”家如何引轶闻入小说,以及由此引起的文学形式的演变。

《南亭笔记》《趼廛笔记》的出版都在《官场现形记》《二十年目睹之怪现状》之后,没有材料证明李伯元、吴趼人是先写笔记,然后再据以引入小说的;可同样也没有材料证明作家写完小说后再补记同样内容的笔记。《趼廛笔记》中“果报”一则末有附言:“此事余引入所撰《二十年目睹之怪现状》,而变易其姓名,彰其恶而讳其人,存厚道也。”据此似乎笔记之作后于小说无疑;但考虑到吴趼人有随手记笔记的习惯,又难保附言部分不是整理发表前加上的。实际上考证笔记、小说孰先孰后,既繁难又没多大意义,我关心的是笔记与长篇小说这两种不同文体拼合在一起时将产生什么后果。

《南亭笔记》卷十一有一段55字的轶闻:

> 游智开在粤时,每见客必穿布袍褂,僚属有衣服丽都者,游必目逆而送之。省城四牌楼估衣铺之旧袍褂为之一空,且有出重金而不能得者。

简洁、生动,寥寥数语,颇为传神,颇有《世说》遗风。可演成小说,则成了12000字的整整两回(《官场现形记》十九至二十回),添上刘大侉子、黄三溜子、老知县、藩台、洋商等诸多人物，荡出九曲十八弯诸多波澜。《趼廛笔记》中“果报”一则也不过300多字，吴趼人洋洋洒洒铺写出第三十二至三十五回还不够，还在第三十六、三十九、四十五回再三补述，前后不下一万五千言，才算把黎景翼的故事叙完。在这里，轶闻基本上已故事化，变成小说情节的有机组成部分。

《官场现形记》第二十六回写徐大军机平生讲究不动心、不操心，人称“琉璃蛋”。教给贾大少爷礼节是：“应得碰头的时候你碰头；不应得碰头的时候，还是不必碰的为妙。”此乃撮合王仁和、张子青轶事而成[①]。《二十年目睹之怪现状》第六十八回写水师营官兵毕恭毕敬供一小小花蛇，更因此“四大王”附身，兵丁大骂李鸿章，中堂也准备前来拈香迎接小花蛇。这段描写跟《趼廛笔记》中的“金龙四大王”一则没什么区别。在这里，轶闻还保持简短、生动的原貌，引入小说时也不曾汇入故事主线，基本上是一种颇具情趣可又无关紧要的小穿插。

既是广泛流传的轶闻，形之于笔墨的自然不会只此一家。“新小说”与晚清笔记杂录中轶闻的大同小异，很可能并非谁剽窃谁。作家早已声明此事闻之某某，你就很难说他有意“剿袭”[②]。历来笔记有闻必录，雷同者屡见不鲜，并无令人侵犯版权的禁忌。

① 参阅《南亭笔记》卷十、《清朝野史大观》卷八。

② 赵景深怀疑《二十年目睹之怪现状》第二十六回臬台做贼一段抄袭许善长《谈麈》中的“盗令”一则(《〈二十年目睹之怪现状〉与〈谈麈〉》)，可《二十年目睹之怪现状》第二十六回评语早已声明“此事闻诸蒋无等云”。

判断“新小说”家的引轶闻入小说是否抄袭，主要不是故事情节，而是表述方式。大段大段的场面描写、人物议论如出一辙，那是抄袭[①]；至于小情节雷同，只要艺术处理别具匠心，就不能不承认作家的创造性。连梦青的《邻女语》和林纾的《剑腥录》同样引庚子事变中两件有名的轶闻，一是许景澄临刑前交代大学堂存折40万两银子，以免便宜洋人；一是徐承煜骗其父徐桐上吊。显然连梦青的兴趣在后者而林纾的兴趣则在前者。连梦青对徐桐之死尽情调侃：“终究是做过大学士的人，居然慷慨赴义，就是这么一绳子呜呼吊死了。”林纾则极力渲染许景澄临刑前“从容如平时”的忠臣气概与名士风度。对不大感兴趣的一笔带过，对感兴趣的再三渲染，于此中也不难见出作家的趣味与用心。

三

再三强调“新小说”家确有良苦用心，无非想防止因过多的比附、考证与索隐而造成“新小说”家只是“文抄公”的错觉。那既不是本文的结论，也不符合历史事实。至于引笑话、轶闻入小说直接或间接造成的小说叙事模式的某些变异，则很可能出乎“新小说”

① 李伯元《文明小史》第五十六回直隶总督方制台观看战斗演习一段描写约700字，照抄《邻女语》第五回袁世凯阅兵。另，《老残游记》第十一回关于“北拳南革”一段玄理1500多字，与《文明小史》第五十九回大致相同，魏绍昌认为是李伯元抄刘鹗（《李伯元与刘铁云的一段文字案》，《光明日报》1961年3月25日），汪家熔认为是刘鹗抄李伯元（《刘鹗和李伯元谁抄袭谁？》，《光明日报》1984年11月6日）。

家的意料之外。

上述笑话、轶闻入小说,可能是织入情节主线、在布局上"不可增删"的大穿插,也可能是在布局上"可有可无"、只起装饰点缀作用的小穿插。前者更多影响于小说的喜剧风格与历史价值,更接近《儒林外史》的随意起讫但情节大致完整。后者虽是点缀,可又不同于中国古典小说中常见的灯谜、酒令、歌谣、对联、匾额等静止的点缀;是动作,可又构不成完整的情节,只是生活的片段——一种动作性的点缀或点缀性的动作。真正构成"新小说"特色并促成小说叙事模式变迁的,恰恰不是前者而是后者。正是这些似乎毫无道理、近乎儿戏的"跑野马",无意中打破了传统长篇小说的整体结构。

说是"无意",却也有因。"新小说"家或为游戏笔墨或为求名牟利,草率成篇者比比皆是,即使名家如李伯元、吴趼人、林纾也不例外。《红楼梦》之"披阅十载,增删五次"早已是相当遥远的事了。如今盛行"朝甫脱稿,夕即排印,十日之内,遍天下矣"①。报刊连载更使不少职业作家同时创作数部长篇小说,每日里茶余酒后,忽东忽西扯上几段,有个大体框架,便随兴之所至顺手拈来。人物、故事能不互相"串味"已是不易,哪还谈得上认真布局?至于这么多"小插曲"从何而来,这可用得上吴趼人的"创作笔记"了。包天笑曾回忆:

> 我在月月小说社,认识了吴沃尧,他写《二十年目睹之怪

① 解弢:《小说话》116页,中华书局,1919年。

> 现状》，我曾请教过他。（他给我看一本簿子，其中贴满了报纸上所载的新闻故事，也有笔录友朋所说的，他说这都是材料，把它贯串起来就成了。）[1]

这大概没有冤枉吴趼人，《二十年目睹之怪现状》中屡次提及“我”掏出笔记本录下朋友所讲的笑话轶闻。另外，《我佛山人札记小说》中“山阳巨案”一则，述作者抄得此案全卷，“就其情节，勒为《剖心记演义》”，可惜未完；“厉鬼吞人案”一则末云：“甲辰游山左，暇时辄与二三老人曝背檐下，琐琐谈故事，莫不详且尽。因取日记簿，随所闻而记之，此其一也。”后屡思编为一小说，因见与此相仿佛的某小说已刊而作罢。有趣的是，此则记载不只证实吴喜记笑话轶闻以便创作小说，而且有人捷足先登，可见长于此道者非吴一人，只不过大部分作家不愿度人金针展示其“创作笔记”而已。“新小说”家并不讳言其小说是“有来历”的，甚至喜欢渲染“言之有据”。林纾就在其《剑腥录》《金陵秋》《巾帼阳秋》等长篇文言小说的序言中，声明其小说或据目击者的笔记、当事人的日记，或据报纸而创作。不管是吴趼人的“创作笔记”还是林纾所依据的“友人日记”，无疑都可以提供小说创作的绝好素材。只是如果不经过一番认真的熔炼改造，真的“把它贯串起来就成了”，那长篇小说可就成了介乎录异闻记趣事的“笔记小说”与讲故事写胸怀的“章回小说”之间的长篇集锦故事了！

对于这一创作倾向的代表作《官场现形记》，鲁迅有一段相当

① 《编辑杂志之始》，《钏影楼回忆录》，香港大华出版社，1971年。

精彩的概括：

> 况所搜罗，又仅"话柄"，联缀此等，以成类书；官场伎俩，本小异大同，汇为长编，即千篇一律。[①]

胡适也批评作家"随笔记帐"，创作"一部摭拾话柄的杂记小说"。[②]近年国外学者有大做翻案文章的，引施克洛夫斯基等人理论，论证一连串轶事和非行动性材料的集合，可能依靠更为深刻的语义的统一而使各个插曲获得整体感，因而充分肯定这种"故事组小说"（如《官场现形记》）的艺术价值[③]。这未免过分抬高李伯元辈，只要了解"新小说"家的创作过程及他们可能借鉴的文学遗产，就不难明白这些插曲的来源和作用。

可这并不等于说引笑话、轶闻入小说对中国小说形式发展不曾起过任何积极作用。恰恰相反，正是这些自身艺术价值不高的小说，协助完成了中国小说叙事模式的转变与过渡。最引人注目的自然是大量小插曲的介入使中国长篇小说结构解体。

如果说《三国演义》《水浒传》《西游记》还带有民间说书的味道，虽历经文人修订，布局仍欠匀称完美；而从《金瓶梅》经过明末清初一大批才子佳人中、长篇小说，一直发展到《红楼梦》，中国长篇小说技巧已基本成熟。到晚清，应该说早已突破"虽云长篇，颇同短制"的格局，撰写布局严谨结构完整的长篇小说根本不成问

---

① 《中国小说史略》第二十八篇《清末之谴责小说》。

② 《官场现形记》胡适序，亚东图书馆，1927 年。

③ 参阅 Milena Doieželová-Velingerová, "Typology of Plot Structures in Late Qing Novels," *The Chinese Novel at the Turn of the Century*, University of Toronto Press, 1980。

题。奇怪的是,“新小说”家几乎没有创作出一部结构完整的长篇小说,要么写不完,要么虽勉强收场可又变成轶事的集合。不在于“新小说”家没能力讲述完整的长篇故事,而在于缺乏一个把握全局的哲学意识和整体框架。过去常用的“阴阳互补”“因果轮回”等理论模式失灵了(《孽海花》试用了一下,不成功),可又一下子找不到新的模式。钱锡宝用儒道对立来结构小说(《梼杌萃编》),结构上完整了,可又嫌旧。刘鹗有可能写一部完整的长篇小说,可终于没完成。其他人怎么也跳不出《红楼梦》《儒林外史》的框架。晚清作家写小说为教诲,故不愿只讲述一个完整而且有趣的故事,而宁愿以众多故事说明一个可能相当浅显的道理。许多作家在小说的序言或楔子中一再表白,最大愿望是小说能“燃犀铸鼎”,读者能“临镜自省”。不愿为讲故事而讲故事,可实际上又只能讲故事,于是有了这诸多穿插的小故事——笑话与轶闻。大结构不行,可短篇片段不乏精彩之处。也许,“新小说”的价值就在这里,由于笑话、轶闻的介入以及报刊连载的影响[①],有意无意打碎了长篇小说的整体结构,为短篇小说的兴起创造了条件。

中国白话短篇小说在明代曾达到相当高的艺术水平,可很快中落[②]。在晚清文坛上尚有活力的传统小说形式,一是章回小说,一是笔记小说。笔记小说由于语言媒介(文言)和体制(有闻必录、随意起止)的限制,虽易记述,实难铺写,简练有余,渲染不足,

① 参阅本书附录一《小说的书面化倾向与叙事模式的转变》。

② 参阅胡适《论短篇小说》,《新青年》4卷5号,1918年;郑振铎《中国小说的分类及其演化的趋势》,《学生杂志》17卷1号,1930年。

成不了大气候。长篇章回小说尚有一定发展余地，可正因为其集中体现了中国小说的优点和缺点，受读者趣味牵制严重，难于做小说革新的先锋形式。需要有一种轻便而又大众化、易于驾驭而又有较大审美容量的小说形式作为叙事模式革新的载体。“五四”小说叙事模式革新之所以能顺利进行，其中一个重要原因是他们选择了白话短篇小说、特别是横断面式的白话短篇小说作为主要的小说体裁。“横断面”的结构方式要求动作所占时间、空间越少越好，压缩小说表现时间逼得作家普遍采用回顾、插入，以便在片段中表现整体，这就使得倒装叙述和交错叙述得以真正立足。而短篇小说的篇幅短小，无疑也给转变叙事角度和叙事结构的试验提供了方便。“五四”时代长篇小说的叙事模式跟传统小说没大的区别，而短篇小说则基本实现转变，原因就在这里。白话短篇小说甚至横断面式的白话短篇小说，并不是始于“五四”时代，“新小说”家已自觉进行此项尝试。受西洋小说影响，1906 年创刊的《月月小说》和 1907 年创刊的《小说林》都努力提倡短篇小说，而且好多只是一个生活场面的刻画，并无完整曲折的故事情节。像吴趼人的诸多短篇小说和饮椒的《地方自治》《平望驿》（均刊《小说林》），已具现代短篇小说的雏形。值得注意的是，这些短篇小说不少是笑话或轶闻的扩充或转化。吴趼人刻画友人“从谏如流的大改革”的《大改革》颇有笑话的味道，讥讽把上司送的洋瓷溺器供起来的《平步青云》更标明是“笑柄”。至于《小说林》刊载的卓呆的《入场券》《乐队》等“滑稽小说”，实也不过是扩大的笑话。

笑话、轶闻的介入使长篇小说结构解体，使短篇小说开始行时,本身似乎并没有多少积极的成果,可给小说叙事模式的转变提供了条件。各种小穿插往往是人物或作者触景生情,追叙往事;若切下这一段单独成文,可能是一篇相当不错的倒装叙述的短篇小说。实际上“新小说”家突破连贯叙述好多即从此入手:叙述“我”或他在某一特定情景下听某人讲他自己或别人过去的故事。若把这些小穿插隶属于某一特定人物之口之耳,而不是由作家随意铺叙,那实际上已在使用限制视角——《二十年目睹之怪现状》正是如此打破传统的全知叙事的。

正因为笑话、轶闻入小说只是为小说叙事模式的转变提供某些辅助条件,一旦“五四”作家真正开始转变小说叙事模式,很可能这些辅助条件已失去作用。再加上辛亥革命后,轶闻小说滑向黑幕小说,笑话小说又日趋无聊,“五四”作家开始清除地基时甚至必须以之为主要攻击目标。作为一种过渡形态,引笑话、轶闻入小说以促进小说叙事模式的转变,这只有在“新小说”产生初期起过虽不明显但不容忽视的积极作用。

四

1902 年,平等阁主人(狄葆贤)评梁启超的《新中国未来记》第三回为“文章能事,至是而极”,并比之于西汉桓宽的《盐铁论》;1903 年刘鹗自评《老残游记》:“第二卷前半,可当《大明湖记》读;此卷前半,可当《济南名泉记》读。”前者要我们把小说当对话体论文读,后者要我们把小说当山水游记读。如果我们稍为变通一下,从“答问”与“游记”两个角度考察“新小说”家的引文章入小说，可能得出一些相当有趣的结论。

《盐铁论》是桓宽整理西汉中期关于盐铁政策的一次大论战的记录而成，大夫桑弘羊为一方，以大司马霍光代表的贤良、文学为另一方，双方轮番辩驳，整理成文达59章之多（最后一章乃作者综述、评议，不计）。中国历史上难得有这样完整的长篇论辩之文[①]，难怪狄葆贤以之比衬《新中国未来记》那“往复到四十四次，合成一万六千余言”（第四回总批）的“论时局两名士舌战”。值得注意的是，《盐铁论》并非一般的立论或驳论，而是真正的“对话”——一难一驳。也许这才是狄葆贤这一比拟的深意所在。《盐铁论》根据会议记录整理，更多受制于论辩的实际情况，作者虽有加工之功，但并非独立创作。以之比拟作家拟想中的“两名士舌战”，今天看来可能有点不伦不类。可前人似乎不大在乎这一番论辩是实录还是拟作，而注重一问一答这一表面特征。如林纾就曾把《盐铁论》作为“问答体”的代表作[②]；而明代的吴讷也把客观的谈话记录与作家假设的问答混为一谈：“问对体者，载昔人一时问答之辞，或设客难以著其意者也。”[③]尽管如此，大部分文论家还是强调后者而忽略前者。因前者基本局限于先秦两汉，后者则几乎代代相传，香火不断。

---

① 梁启超认为，中国缺少“对辨之文”，“有这部书（《盐铁论》），在文学界中也很有体面了”（《中学以上作文教学法》第六章）。

② 《春觉斋论文·述旨》，都门印书局，1916年。

③ 《文章辨体序说》。

“答问”又称“问答”“对问”“问对”“设论”，历代文论家多所论述，但众说纷纭，只是在“假设问答以著书”[①]这一最主要的特点上，并没有多大分歧。萧统的《文选》把宋玉的《对楚王问》列为“对问”，而把东方朔的《答客难》、扬雄的《解嘲》、班固的《答宾戏》定为“设论”。刘勰则把这类设客难主然后自我辩解的文章统称为“问对”，既不属“赋”，又不入“论”，因其“笔文杂用”（范文澜），说理抒情兼而有之，故跟“七”“连珠”合称“杂文”[②]。明代徐师曾扩大了这一文体的涵盖面，把“难”“谕”“答”“应”等“文人假设之词”皆归入答问体，并试图勾勒这一文体的起源及其表现特征：“古者君臣朋友口相问对，其词详见于《左传》《史》《汉》诸书。后人仿之，乃设词以见志，于是有问对之文；而反复纵横，真可以舒愤郁而通意虑，盖文之不可阙者也。”[③]清人章学诚进一步区分答问体的各种构思方法及其特点：

> 假设问答以著书，于古有之乎？曰：有从实而虚者，《庄》《列》寓言，称述尧舜孔颜之问答，望而知其为寓也。有从虚而实者，屈赋所称渔父、詹尹，本无其人，而入以屈子所自言，是彼无而屈子固有也，亦可望而知其为寓也。有从文而假者，楚太子与吴客，乌有先生与子虚也。有从质而假者，《公》《穀》传经，设为问难，而不著人名是也。[④]

① 章学诚：《文史通义 · 匡谬》。
② 《文心雕龙 · 杂文》。
③ 《文体明辨序说》。
④ 《文史通义 · 匡谬》。

林纾讥笑章学诚既"痛斥问答体",又作《答客问》三篇,是自相矛盾[1]。这纯属误解。章氏并没否定答问体,而是指责近人作答问体所托者"必取同时相与周旋,而少有声望者也",未免近乎"坐人愚陋,而以供己文之起伏焉"。因此,其所作《答客问》三篇皆不著问者姓名,而以"客"称之,意以存忠厚。至于指出这一文体"问者必浅,而答者必深;问者有非,而答者必是"[2]的通病,章学诚或许是有感而发——观其所作《答问》一文,虽主客问答达六回合,论点层层推进,可也难逃此弊。

设客难以著己意,或重表其志,或为立其论,有破有立,层层盘剥,于反复纵横中"舒愤郁而通意虑",历来为文章家所青睐。晚清作家如林纾为答问体辩护[3],如梁启超主张论说文中"必须自己先想到种种人家要驳我的话,用'难者曰'一类的话一一驳去"[4],都不难见出这一文体的影响。

"记者,纪事之文也"(《金石例》)。林纾区分"杂记"六类,山水游记占其一[5]。游记之由来久矣。不算南北朝时记述山川胜景的书信、诗序与学术著作,唐代游记也已真正成熟。尔后宋元明清,游记迭出,其中颇多文采斐然的艺术精品。游记也因此成为历代文人所特别宠爱的文体,骚人墨客罕有不为此者。"正宗"的山

---

① 《春觉斋论文·述旨》。

② 《文史通义·匡谬》。

③ 《春觉斋论文·述旨》。

④ 《中学以上作文教学法》。

⑤ 《春觉斋论文·流别论》。

水游记大概是柳宗元的《永州八记》之类,于山水自然的精细描绘中表达作者的感受与情怀。可也不无山水自然退居其次,突出世态人情或社会风貌的:宋代王得臣的《登莲花峰记》侧重人物刻画,赞赏冒险登山纵观奇景的“奇士”;元代杨维桢的《干山志》多述所遇方外之士,表现元明之际前朝遗老的复杂心境;明代杨慎的《游点苍山记》并记风土人情与民间疾苦;清代龚自珍的《己亥六月重过扬州记》则抚今思昔,表达变革的愿望与感慨;而陆游的《入蜀记》、叶绍原的《甲行日注》之类日记体长篇游记则可称各体皆备,无所不包。

“新小说”家有记游记的(如梁启超、林纾),但不甚出色;有论“游记”文体的(如林纾《春觉斋论文·流别论》、梁启超《中学以上作文教学法》),也没有什么新见解。如果要读“新小说”家的“游记”或者关于“游记”的高论,得到小说中去找——尽管引入小说中的“游记”已不再是普通意义上的“游记”。

五

“新小说”家有不曾进考场的,但没有不曾下苦功学古文的。东方朔的《答客难》、扬雄的《解嘲》不一定能成诵,韩愈的《进学解》却无论如何必须熟记。熟悉“假设问答以著书”的一代文人出手写小说,当然有可能引答问体入小说。更何况其时政治小说流行,颇有以能议论、含哲理为“新小说”特点的。

强调小说有功于改良群治，声称日本维新得益于以小说为教科书[①]，要求把小说当经史子集读[②]，那么作家自然应承担宣传真理启发民众的重任。选择政治小说并非只是部分政治家利用小说形式做宣传的权宜之计，也是作家介入政治斗争的自觉要求，在一定时期内还符合高度政治化的读者的口味。尽管 1903 年夏曾佑就说过，“以大段议论羼入叙事之中，最为讨厌”[③]；1907 年黄人更讥笑好发议论的小说为“一无价值之讲义、不规则之格言”[④]，可无论如何，你得承认“新小说”的议论自有其迷人之处，不能等同于传统白话小说的“后人有诗赞曰”或者文言小说的“异史氏曰”。

不像绝大部分传统小说再三引证的只是社会通行的道德格言，“新小说”家自信别有心得，以窃火者的姿态传播新知，真的以“胸中所怀，政治之议论，一寄之于小说”[⑤]。作者的热情、真诚，以及议论之精辟、理想之高尚，确实使此类小说一度拥有不少读者。其次，不像传统小说的故事外加作者评述，“新小说”家更习惯于化身为人物，借小说人物的言谈表达作者的理想，抛弃那沿用上千年的说书人腔调。最后，但也是最重要的，作家不是为故事找教训，而是为“议论”而编故事——在作家眼中，那几句精彩的宏论远比一大篇曲折动人的故事来得重要。因而很可能是开篇即“提

---

① 参阅刊于《中外小说林》的《普及乡间教化宜倡办演讲小说会》《小说之支配于世界上纯以情理之真趣为观感》等文。

② 参阅刊于《新世界小说社报》的《读新小说法》。

③ 别士(夏曾佑)：《小说原理》，《绣像小说》3 号，1903 年。

④ 摩西(黄人)：《〈小说林〉发刊词》，《小说林》创刊号，1907 年。

⑤ 任公：《译印政治小说序》，《清议报》第 1 册，1898 年。

出问题”[1],然后在故事的展开中逐步“解决问题”。目的十分明确,没有半点犹豫,真的作小说如作论文。

政治小说家当然也编故事,但那不过是引发人物议论的框架,作家真正关注的是其政治理想的表述。而这种表述又往往采取答问的办法,以使其显得生动自然,多少有点艺术味道。最浅显的自然是小说中出现了大量的演说场面。只是演说家多滔滔不绝,不问自答,更近乎借小说作政论。如中国凉血人的《拒约奇谭》基本是缀合演说家病夫的数次演说内容而成;而羽衣女士的《东欧女豪杰》第三回数千言的演说则“读此不啻读一部《民约论》也”[2]。可“新小说”中还有不少隐蔽一点的“演说”,表面上是有感而发、有为而论、有问而答,可这个问客或论敌纯是作家引发议论的工具,而不是情节发展的必然产物和重要枢纽。作家掩饰得巧妙的,你可能以为他在编小说,只是人物对话多点;作家坦率一点的,你可就不难明白他作的实际上是答问体文章。请看彭俞(东亚破佛)的《闺中剑》中各章篇目:

第一章　教育为振兴主义

第二章　算术系各科学之起点

第三章　德性为自强之精神

第四章　尚武之基础在闺闱

① 春驯《未来世界》开篇云:“立宪!立宪!速立宪!这个立宪,是我们四万万同胞黄种的一个紧要的问题,一个存亡的关键。”壮者的《扫迷帚》劈头第一句即:“看官,须知阻碍中国进化的大害,莫若迷信。”

② 《〈新小说〉第三号之内容》,《新民丛报》25号,1903年。

第五章　论天与人之关系

第六章　天然恋爱之醇正

几乎每章都以演说或教诲为中心,并以答问为基本手段,难怪又名"普如堂课子记"。壮者的《扫迷帚》更妙,开篇即把辩论双方拉到一起:

> 那资生平日见他书信来往,诸多迷罔,思趁此多留几日,慢慢的把他开导。岂知心斋之来,也怀着一种意见,他不晓自己不通透,反笑资生为狂妄,亦欲乘机问难,以折其心,一闻挽留,正中下怀。

于是表兄弟互相问难,依次批驳命数、神道及各种迷信活动,以此演成 24 回的小说——这更是明显借鉴答问体的表现技巧。

如果答问体只是影响了上述几部成就显然不高的小说,那倒不值得作为一个问题深究;但倘若这种文体影响并制约梁启超的《新中国未来记》、刘鹗的《老残游记》、吴趼人的《上海游骖录》和钱锡宝的《梼杌萃编》等小说潜在的整体构思以及具体的表现手法,可就不能不刮目相看了。

也许可以这样模拟作家创作的构思过程:首先触发作家创作欲望的是某些闪光的政治理论或自认深刻的生活哲理;接着构思出一个或几个轮流作为作家的化身发言的人物;最后才是由这些人物和议论生发出来的故事。当然并非都一成不变循序渐进,但那几句精彩的议论对于作家的诱惑力及其在整个小说构思中的重要作用却是难于否认的。当小说中突然冒出一大段精彩的议论时,回溯前文,你才豁然明白那“群山万壑赴荆门”之势——前面好多铺垫以及人物的登场都奔着它而来。《新中国未来记》是“兹编之作,专欲发表区区政见”[1],当然集中笔墨于第三回的“两名士舌战”;《上海游骖录》是作家“意见所及,因以小说体,一畅言之”[2],故作家送辜望延逃难上海,目的是让他倾听关于革命的各种议论。刘鹗的送申子平上桃花山、送德夫人上泰山以及送老残下地狱,何尝不是为那几段悟道的宏论?钱锡宝不断借任天然、王梦笙、章秋池以至曹大错等“真小人”发表各种惊世骇俗的议论,自然也都立足于作家带浓厚道家色彩的社会理想与生活态度。

梁启超、吴趼人讨论革命、维新、立宪、共和、自由平等、地方自治以至窑工、保险等大大小小政治、社会问题,可能相当新颖,但毕竟只能借用政治家、经济学家的理论以至术语。刘鹗、钱锡宝谈论的是立身处世之道,自然可以有作家独特的发现与表述方式。可就是这些“发现”本身,也不难见出作家作文立论的痕迹。据说“学古文须先学作论”,我相信刘鹗、钱锡宝都会欣赏苏东坡那专做翻案文章的史论,至于崇拜庄子则更多出于思想方式和行为方式。作家确实“于时事观察尤犀利,识见亦远到”[3],轻易看出时论的浅薄可笑,于是故意颠倒时论,故作惊人之笔——深邃而略嫌片面,生动俏皮而带有嘲世及耍无赖的味道。宋儒不是说“好德不好色”吗?屿姑故意秋波流媚,握手相问:此刻感受如何?还能存

① 梁启超:《新中国未来记》绪言,《新小说》创刊号,1902 年。
② 吴趼人:《上海游骖录》自跋,《月月小说》8 号,1907 年。
③ 刘大绅:《关于〈老残游记〉》,《文苑》第 1 辑,1939 年。

天理灭人欲否？（《老残游记》第九回）佛家不是戒杀戒盗戒淫吗？老残却能辩说犯了三戒仍是善人（《老残游记》二编卷七）；世人不是以为法以惩盗吗？老残却告诉你为饥寒所逼而犯法的强盗比“以犯法为得意”的三种人强得多（《老残游记》外编卷一）；俗谚不是谓“财色害人”吗？诞叟则“于这财色二字的正面反面旁面侧面上等下等明处暗处阐发的淋漓尽致”，足见其并非一无是处（《梼杌萃编·缘起》）；时人不是争论一夫多妻与一夫一妻孰优孰劣吗？何碧珍以为这都“未能体贴得十分透彻”，“只要男女合意，不拘一夫多妻，一妻多夫，都无不可”（《梼杌萃编》第七回）；舆论不是常严于真小人而宽于伪君子吗？任天然则赞同“宽于真小人而严于伪君子”（《梼杌萃编·结束》）……

以政见或哲理为构思中心，以颠倒时论为惊世骇俗的拿手好戏，最后当然还得落实到小说中的“答问”——辩论。还是章学诚提出的老问题，难免“问者必浅，而答者必深”之弊。作家有明确的倾向性，受彼非我是总体构想的牵制，双方没法真正打平手，辩论也就很难深入。最明显的是《梼杌萃编》，问者引起话头，然后就是答者的天下了。《老残游记》好点，申子平还能跟屿姑、黄龙子辩驳一番，不过最后还是“听得五体投地佩服”。也许，只有当作家对辩论双方虽有偏爱，但无歧视，意识到各自都具有合理性——也就是说，作家一身而两任，自己跟自己辩论——时，这种“答问”才可能摆脱问浅答深、彼非我是的俗套。如《新中国未来记》指辩论双方为“鹣鹣比目”“异形同魂”，故其辩论才可能“旗鼓相当,没有一字是强词夺理的”。[1] 如果说这一回的描写真有“空前”之处,那也并非如狄葆贤评的,前人“全属意气用事”,此处“但所征引者,皆属政治上、生计上、历史上最新最确之学理”(第三回总批);而是在引答问入小说的过程中突破问浅答深的固定格局,使辩论得以真正深入展开。

对于这种“似说部非说部”“似论著非论著”的小说形式,研究者历来只肯定其政治热情,而否认其艺术价值。这颇不公平。中国古代小说绝大部分以故事情节为结构中心,而几乎找不到以人物心理或背景氛围为结构中心的,这无疑大大妨碍了作家审美理想的表现及小说抒情功能的发挥。“新小说”家不再忙着讲述故事,而是停下来描写场面;不再着眼于事件的曲折,而是感兴趣于理论的深邃;不再以情节而是以议论为构思的中心,这对传统小说叙事结构是一个很大的冲击。若考虑单篇作品的成就,这种半说部半论著的小说很可能还不如传统的情节曲折有趣的章回小说;可若着眼于整个中国小说叙事结构的艰难的转变,你却不能不对

---

① 《新中国未来记》第三回中李去病信奉西人“文明者购之以血”的说法,主张“用雷霆霹雳手段”变革社会;黄克强则“爱那平和的自由,爱那秩序的平等”,反对暴力手段,主张君主立宪。围绕着暴力与秩序、共和与立宪,双方展开一场激烈的争论。学术界一般认为黄克强的主张代表梁启超的政治观点,那么其论敌李去病呢?对照李的主张与同时期梁启超写作的《自由书·破坏主义》《新民说·论进步》,又颇多重合之处,李去病俨然又是一个“梁启超”。其时梁启超因“专欲鼓吹革命”而屡遭康有为训斥,因而改弦易辙,值此思想转折时期,于小说中设置两个人物来自己说服自己是完全可能的。李去病代表前一时期主张革命的梁启超,黄克强代表后一时期倾向改良的梁启超。争论的结果并非东风压倒西风,而是互相妥协——尽管表面上是黄克强获得胜利。基于对中国国情——“现在中国人连可以谈革命的资格都没有”——的共同认识,李保留在理论上提倡革命的权利,黄则在实践中反对革命,两个人又实际上代表了梁启超思想的两个同时并存的侧面。

这些并不成功的尝试另眼相待,因为它敢于向中国读者审美趣味中最顽固的部分——以情节为结构中心——挑战。在20世纪初中国小说叙事模式的转变中,叙事时间的转变起步最早,叙事角度的转变成效最大,而起决定作用的叙事结构的转变却始终步履蹒跚。而在这一系列歪歪扭扭的足迹中,我把抛弃曲折有趣的情节的尝试,作为可以辨认的第一个脚印。

总的来说,“新小说”家引答问入小说,成就不大,且有不少流弊,但仍有所开拓,不失为一种悲壮的失败。至于具体作品,则因作家艺术修养的高低而难以一概而论。如吴趼人把各种辩论场面摆在辜望延面前,作为辜启悟的过程,这样,小说中的议论毕竟跟人物命运纠合在一起了;刘鹗于主客问答中插入愈转愈逸的“山中古调”,氛围的渲染与诗意的烘托使屿姑、黄龙子的长篇大论显得不那么单调枯燥。

至于“五四”作家的问题小说,如冰心的《悟》借星如与钟梧关于爱的哲学的争论来构思小说,孙俍工的《几篇不重要的演说辞》写几个学生争论人生的痛苦与快乐的定义,都不无借鉴答问体文章的痕迹。但“五四”作家并非取法晚清政治小说,其小说中的答问也更加隐晦,常跟心理描写融为一体,不一定直接发议论;更何况“五四”作家已不乏自觉以人物心理与背景氛围为结构中心的小说,没必要以小说中的答问为突破口来实现叙事结构的转变。因此本章不准备进一步探讨“五四”小说与答问体文章的关系。

六

游记对小说家的启示可能是多方面的，依据本文的理论框架，我不能不特别注重两点：一是游记对山水自然的精细刻画，一是游记作者叙事的视点。刘鹗自评《老残游记》第二回前半可作《大明湖记》读，第三回前半可作《济南名泉记》读，夸耀的显然是作者描写自然景物的本领①。《老残游记》的景物描写不愧是“文章绝调”，可其他“新小说”家的景物描写却实在令人失望。有的是力不从心，拼命挤出几句陈词滥调，未免亵渎了名山胜水；有的则是有意回避，以便突出全书的讽刺色彩。如吴趼人为《二十年目睹之怪现状》第三十八回作评：

> 他种小说，于游历名胜，必有许多铺张景致之处。此独略之者，以此书专注于怪现状，故不以此为意也。

“新小说”的景物描写一般来说很少得益于古代游记，更不曾因此增加小说的非情节因素，进而转变小说的叙事结构，故可存而不论。

本文主要集中考察游记在“新小说”家转变叙事角度时所起的作用。游记除记行程和发议论外，主要是录见闻。不管是状山水还是记人事，都毫无疑问应局限在游者的耳目之内。山水随旅人的足迹移动变化，人事因旅人的耳闻目睹才得以入文。游记不

① 有第二回评语为证：“作者云：‘明湖景致似一幅赵千里画。’作者倒写得出，吾恐赵千里还画不出。”

同于山水小品与笔记杂录之处就在这里。记游者注定应该是一个观察者。倘若他观察的不是山水而是人世，记录的不是真实的游历而是拟想中的游历，那可就写成一篇游记体的小说了。陶渊明的《桃花源记》不就是这么一篇“短篇小说”[①]吗？明清文言小说中不乏记某士人于某次游历中得睹异景异事者，如王晫《看花述异记》、沈起凤《桃夭村》、和邦额《谭九》、乐钧《上官完古》等。在这类游记体小说中，作家采用的已不是传统白话小说的全知叙事，而是第一或第三人称限制叙事了。只是此类小说大多篇幅短小，成就不高。而中国古代小说中占主导地位的章回小说却不曾自觉借鉴游记的叙事角度，仍固守全知叙事，尽管可能也题为“×游记”。

以男女情事为贯穿线索展现社会风貌，中国叙事文学早就有此先例，如《桃花扇》《梼杌闲评》等；以一人一事为描写中心，注意穿针引线，免得漫无头绪，明末清初才子佳人小说中也不乏此类之作。《老残游记》《二十年目睹之怪现状》《冷眼观》《邻女语》《上海游骖录》《剑腥录》等小说之所以令人耳目一新，还不在以上所举的布局技巧，而在于它们借用记游的方法，不知不觉限制了叙事者的视野。首先，不再是人物安坐家中，叙事者“花开两朵，各表一枝”，从天南说到地北，而是驱使人物上路旅行以获得见闻。作家的笔于是得以随着人物的脚步与眼睛移动。《老残游记》《上海游骖录》题目本身就标明是记游历；其他几部小说人物或北上，或

① 胡适《论短篇小说》(《新青年》4 卷 5 号)评《桃花源记》:“可以算得一篇用心结构的‘短篇小说’。”

南下,都转悠了大半个中国。晚清小说中人物流动特别厉害(如《孽海花》《文明小史》《苦社会》都从国内写到国外),有现实的依据,可也不无艺术的需要。其次,过去由说书人讲述的插曲,如今改为小说人物讲述;作家可以记录旅人听人讲拐几道弯听来的故事,可就是无权撇开旅人自己讲故事。《二十年目睹之怪现状》中大小 189 个故事,大部分是第一人称叙事者听来后讲出的;《邻女语》前 6 回中的主要故事则是金不磨听不同邻女讲述的。最后,主要人物(旅人)不是作家所要着力表现的历史事变和社会风貌的当事人,而是旁观者——置身于陌生的旅途,耳闻目睹各种奇人异事,或有意明察暗访,或无意邂逅相遇,旅人成了这大时代的见证人。曾朴、林纾之所以自认《孽海花》《剑腥录》技巧上胜《桃花扇》一筹,关键在于孔尚任以李香君为故事主角,难免多写男女情事;而曾朴、林纾以傅彩云、邴仲光为大事变的"旁观者",自可多着眼于历史事件。上列 6 部小说的主要人物也有偶尔露峥嵘、显出英雄本色的,但主要是"观察家"而不是"活动家"。这三点都不是中国古典小说的惯技,而是"新小说"家有意无意引游记入小说的结果。而这,不免使中国小说的写人、叙事、状物出现一些新气象。

在中国古代白话小说中,叙事者无所不知,可以同时展现甲乙丙丁数人的心理状态;而在这种游记式小说中,旅人既然是旁观者,自然只能把握自己的心理活动,而无权看透他人的五脏六腑,代其表达隐而不现的"心声"。当作家采用第一人称叙事时(如《二十年目睹之怪现状》),这个问题好解决。除了一些不自觉的

“越位”外,作家一般不会大刀阔斧解剖第三者的心理。可在第三人称叙事小说中,作家要做到这一点可就不容易了。《上海游骖录》选择辜望延为小说中录见闻的旅人,以他的眼睛观察世界,自然可以自由表现其心理活动,作家好几次提到他如何“默默寻思”。李若愚是作家除辜望延外最同情也是着墨最多的人物,可作家从不描写其心理活动。至于他如何从热心公益事业的青年转为信奉醇酒妇人主义的厌世者,其间感情的变化无疑是至关重要的,作家则让他向辜望延自我剖白。其他形形色色的假革命以牟私的小人,作家更是从其言谈举止中透视其卑劣心理,而不曾越位去直接解剖。像《上海游骖录》这样把心理活动的描写严格限制在视角人物一人的,在“新小说”中极为罕见;可“新小说”家中试图这样处理的却不只吴趼人一人。林纾《剑腥录》中以邴生为耳目,一般只描写他的内心活动。只是第三十四回邴与贼搏斗时,作家忍不住插入一段梅儿的心理描写。这在中国古代小说中屡见不鲜,可作家似乎有点于心不安,马上又自我解嘲:“凡此皆外史氏臆度之词,或梅儿本意初不如是,亦未可定。”刘鹗的《老残游记》有点特殊,老残中间两度避席(一编八至十一回,二编三至五回),申子平听屿姑、黄龙子讲“三教合一”的宏论,德夫人、环翠听逸云讲悟道过程,都在老残耳目之外。可我们仍可把申子平、德夫人看作老残耳目的延伸,作家用的仍是记见闻的游记体。除一编十五至二十回插入福尔摩斯式的破案故事外,老残在场时心理活动限于老残(十三回翠环一小段心理活动例外);老残不在场时,也限于写老残延伸的耳目申子平对音乐的感受、德夫人对逸云的思念,其他人则只录其言、记其行。

中国古代白话小说中的全知叙事者,完全有权利自由调遣人物、安排情节;可这种游记式小说则只能紧紧扣住旅人的脚步和耳目。《上海游骖录》只叙辜望延在场时的事;倘若涉及他不在场时发生的事件,那就由其他人向他转述[①]。不是听说就是撞见,把作家所要叙述的事件全拴在辜身上,未免有点过分奇巧,可却避免了说书人全知叙事的俗套。《邻女语》前六回侧面描写庚子事变中动荡的社会局面,可以借空相大师的高论、店婆的埋怨、卖唱女的哭诉来展现;《剑腥录》要正面表现庚子事变中京城惨况,命寄寓京师的邴仲光于刀光剑影中四处活动打探消息,未免不合人情。于是林老先生声明"以上诸事皆慧月告仲光者",或"是日仲光不出,但闻人言述二公死状"。主要场面不是由旅人耳闻目睹,而是由作家描写完才补充消息来源,这显然不太合记游原则,更接近于中国古代笔记小说的录见闻而注出处[②]。可作家毕竟始终不忘把所有线索都拉到视角人物——旅人仲光那里,又似乎并没忘记游记式小说的叙事特点。

不是只把以前由作家叙述的故事全盘转让给人物讲述就行了,还必须考虑到讲述故事者是否有可能了解他所讲述的故事,要

---

① 辜望延躲兵出走后房屋被烧、老仆被杀,这无疑是他到上海投奔革命党的重要原因。可这事发生时辜不在场,作家不是直接补述,而是让辜躲在神案下听乡亲谈论得知。

② 《四库全书总目》卷一百四十四评明人姚宣《闻见录》:"旧事则注出某书,新事则注闻之某人。"据说此例始于唐人苏鹗《杜阳杂编》,宋人孙光宪《北梦琐言》、司马光《涑水记闻》、洪迈《夷坚志》等用其例。

不仍免不了因全知叙事而减弱真实感。“新小说”家没有明确表达这一意向,可于小说中不难见出有此迹象。《老残游记》一编第五回老董讲述完那移赃的强盗后也后悔,叹息不该无意中连伤四条人命,老残赶忙追问:“这强盗所说的话又是谁听见的呢?”补充了可靠的消息来源,作者也就堵住了可能出现的漏洞,避免了全知叙事的嫌疑。可见“新小说”家把描写局限于旅人视野之内,也不无借此获得小说的真实感之意。

中国古代白话小说中的景物描写,有隶属于人物眼睛的,也有由叙事者用韵文或散文单独表现的,并不强求一律。而在游记式小说中,景物描写则几乎毫不例外是因旅人的足迹与眼睛而依次出现。最典型的是《老残游记》中的游大明湖与《剑腥录》中的观超山梅花。前者若对比作者游虎丘的日记(乙巳年五月初九),后者若对比作者《记超山梅花》的古文,不难见出作家是用文人写山水游记的手法来写小说中的自然景物的。林纾的《记超山梅花》从买小舟寻梅落笔,先写远观梅林,再写沿岸赏梅,且行且叹,游完山北游山南,赏过梅林赏古观。一为古文,一为日记,都按游人的脚步顺序描写所见景物。《剑腥录》第五章写邴仲光与太守同游超山观梅花,整个观赏颇类古文所记,不过途中添一妙龄女郎,为日后故事的开展埋下伏笔,故仲光赏梅未免粗心了些。刘鹗记游虎丘,从齐门,至山脚,到山腰,登禅林正殿,再转殿后一览苏州全景。《老残游记》第二回写老残游大明湖,先从鹊华桥下船,游过历下亭,才至铁公祠。到了祠前,先望见对面如数十里屏风的千佛山,又低头观赏澄净如同镜子的明湖[①],再平视南岸的街市,转身才见“四面荷花三面柳,一城山色半城湖”的对联。仍旧上船,才见两边荷花将船夹住,水鸟被人惊起,终于吃着莲蓬又回到鹊华桥畔。整段描写没有一个自然呈现的全景镜头,都是随着老残的脚步与眼睛,一步一景,既不提前也不落后,既不贪多也不减少,不单写出了明湖景致,更写出了老残游湖的情致。把《老残游记》《剑腥录》这两段记游的文字单独抽出来,都可作游记读。其实不只这两段,游记式小说中的景物描写,大都可作山水游记读,只不过水平高低不同而已。

用记游的办法,把心理描写局限于旅人一人,把故事讲述隶属于游人耳目,把景物呈现依从于旅人的脚步,中国长篇小说有意无意中突破了传统的全知叙事。说是“有意”,只因不时可见作家为固定视角所做的努力,尽管这些努力可能收效甚微(如林纾)。说是“无意”,只因作家常常半途而废,轻易放弃刚刚起步的艺术创新,如《邻女语》后六回抛开金不磨大写庚子事变中各种轶闻;《老残游记》第十五至二十回老残变成福尔摩斯,侦探齐东村十三人命案,只得又回到传统的全知叙事。没有明确的理论指导,也没有西方第三人称限制叙事小说的借鉴[②],单是引游记入小说,这一叙

① 胡适《〈老残游记〉序》引述蔡孑民(蔡元培)语,指出千佛山倒影不可能映在明湖里。是否夸张失实那是另一回事,不妨碍一般读者鉴赏这段景物描写。

② 在我统计的309篇“新小说”译、著中,使用第三人称限制叙事的西洋小说译作只有1篇,而使用或试图使用第三人称限制叙事的中国小说就有4篇。可见“新小说”家并非直接从西洋小说借鉴此一叙事角度(参阅本书第一章表1)。

事角度的转变未免过于艰难。这不只是指“新小说”大都没有把这一艺术尝试贯彻到底(除《上海游骖录》外),而且即使贯彻到底也很可能艺术价值不高。也许,这里有必要探究引游记入小说难以避免的先天性缺陷。

以旅人的游历为贯穿线索,固然有统一视角的优点,可容易少见而多闻——少描写而多叙述。旅人不可能一路到处目击事变的场面和全过程,况且这些事变并非发生于一时一地,作家只好命旅人拉长耳朵倾听“邻女语”或“友人云”。而这些邻女和友人当然只能讲述事件的梗概,而不可能详细描写场面与氛围。这样,旅人得到的见闻很可能是“本事”而不是“小说”。倘若作家让旅人听到的不是“本事”就是“政论”,而忽略了眼睛的作用,那很可能使游记式小说枯燥乏味——既没有“游记”的空灵活泼,也没有“小说”的曲折有趣。况且,把主要故事都转为人物对话,很容易使长篇小说变成短篇故事的集锦;撇开这引出一连串“说书人”的旅人的游历,还是传统的全知叙事。《二十年目睹之怪现状》框架故事较强,还有点启悟小说的味道;《冷眼观》则基本是由几个人物轮流讲故事,只不过加了一个“我”的游历作为贯穿线索。还有,作家本意是以旁观者所见写大事变,可事实上旁观者的所见远远不足以表现作家心目中的历史事变,于是只好中途换马,把作为贯穿线索的旁观者丢在一旁;即使用各种辅助手段勉强把两者(事变与旁观者)撮合在一起,也难免如《剑腥录》之处处捉襟见肘。

尽管“五四”作家也创作游记式小说,如“游子归乡”这一母题——一个远游多年的知识者,回到衰敝破败的故乡,耳闻目睹,感慨万分;但旅人的主要功能已由录见闻转为抒发情感,由旁观者改为当事人。再说,"五四"作家自觉接受西方小说叙事角度理论(参阅本书第三章),引游记入小说以转换视角,已不再是突破全知叙事的主要途径。如果说游记对"五四"作家有影响,那可能是"新小说"家所忽视的那一面——对山水自然的精细刻画以及渗透在其间的作家的感触与情趣。只是"五四"作家的景物描写大都靠自然呈现而不是旅人目睹,很难分辨是师法西方小说、中国小说还是传统诗文。"五四"作家无疑也从古代山水游记吸取灵感,但那是靠修养、靠趣味作中介,通过潜移默化起作用,而不是文体之间表现技巧的直接借鉴,故这里不做详细分析。

七

在接触西洋小说以前,中国作家不曾以日记体、书信体创作小说,这大概没有疑问。至于接触西洋小说后,日记、书信如何进入小说家的视野,并发展成一种独特的小说形式,在小说叙事模式的转变中起了至关重要的作用,则仍然是一个亟须解开的谜。

日记在晚清作家心目中的地位和作用,可引两个小说中的细节来说明。《孽海花》第二十回众名士各自将家藏珍物编成柏梁体诗一句,李纯客念的是"日记百年万口传"。《二十年目睹之怪现状》第九十六回叙完两广总督汪中堂家中丑闻,才声明此乃九死一生日记簿中的故事。以40年未断的日记作为镇家之宝,可见日记在文人心目中的地位；以说书人口吻叙述取代日记簿子的自然呈现，可见日记并未进入小说形式。

尽管中国文人记日记由来已久（据说可追溯到唐代李翱的《来南录》、宋代欧阳修的《于役志》）[①]，可日记从未成为一种独立的文章体裁，也不曾引起历代文论家的注意。这大概是日记虽可分"排日纂事"与"随手札记"两种，可毕竟"或繁或简，尚无一定体例"，[②]以至《四库全书》只能依其逐日记载的内容，把一部分读书札记归入经部或子部（如明代王樵的《尚书日记》、明代徐三重的《庸斋日记》），而把多记朝野事迹的另一部分归入子部小说类（如明代丁元荐的《西山日记》、明代叶盛的《水东日记》）；把一部分"事系庙堂，语关军国"的归入史部杂史类（如宋代邹伸之的《使北日录》、明代李光壂的《守汴日志》），而把多记山川风土古迹形胜的另一部分归入史部传记类（如宋代范成大的《吴船录》、陆游的《入蜀记》）。不曾成为独立的文体，固然不利于自身形式的完善；没有"一定体例"，却也便于自由抒写。历代文人颇多精于此道，长长短短，挥洒自如，俨然一篇篇清丽的散文[③]。中国古代日记虽不乏文采斐然清幽典雅者，但正宗却是文笔朴实，只"足以存掌故，资

① 据薛福成《出使英、法、义、比四国日记》凡例。另外，阮旡名（阿英）的《日记文学丛选》序记也依此说。

② 薛福成：《出使英、法、义、比四国日记》凡例。

③ 夏丏尊、刘薰宇《文章作法》（开明书店，1926年）第六章第三节称"我国古来，日记中很有可节取的文字"，可作小品文读，并举清人谭复堂《复堂日记》为例。其实，工于文者，其日记大都可作散文小品读，就连注重考据的纪昀也称陆游的《入蜀记》"叙述颇为雅洁"（《四库全书总目》卷五十八）。

考证,备读史者之参稽”者[①]。也就是说,中国古代日记更偏于“史”,而不是“文”。

“日记又是一种考证的资料”,这一点中国文人早就意识到了;至于说日记是“文学中特别有趣味的东西”,[②]“是文学里的一个核心,是正统文学以外的一个宝藏”[③],却是“五四”以后才真正为人所理解。“新小说”诸名家也记日记(如刘鹗),偶尔也发表日记(如梁启超在《国风报》发表《双涛阁日记》),但不像“五四”作家那样自觉地撰写、发表“日记文学”。1919 年周作人发表《访日本新村记》,1921 年郁达夫发表《芜城日记》,1925 年郭沫若发表《到宜兴去》,1926 年鲁迅发表《马上日记》《马上支日记》,陈衡哲发表《北戴河一周游记》,1927 年谢冰莹发表《从军日记》,郁达夫刊行《日记九种》。此后,作家写作、刊行日记更是蔚然成风[④]。

日记的文学地位逐步得到肯定,以及作家热心于撰写、刊行日记,并努力把日记艺术化,这只是证明日记作为一种独特的“文学形式”,已经进入作家的视野。至于作家借用日记形式创作小说,则并非这一进程的直接后果,尽管两者不无关系。

---

① 《四库全书总目·史部杂史类》。陆深的《南巡日录》《北还录》好就好在“深最留心史学,故随所见而录之”;范成大的《吴船录》也因“于古迹形胜言之最悉,亦自有所考证”而受到赞许。都穆的《使西日记》、王钺的《粤游日记》、李澄中的《滇行日记》则都因“多据见闻,罕所考证”而受指责。另,厉鹗翻刻元代郭畀的《客杭日记》,目的也是“使后之述风土者有所考”(见《客杭日记》附厉鹗跋)。

② 开明(周作人):《日记与尺牍》,《语丝》第 17 期,1925 年。

③ 郁达夫:《日记文学》,《洪水》3 卷 22 期,1927 年。

④ 参阅郁达夫《再谈日记》,《达夫日记集》,北新书局,1935 年;阮无名编《日记文学丛选(语体卷)》,南强书局,1933 年。

直接促成中国日记体小说诞生的,自然只能是西洋小说的译介。晚清出使日记、海外游记盛极一时[①],其中不乏文笔清丽者,可就不曾激发起作家用日记形式创作小说的灵感。1899 年林纾译《巴黎茶花女遗事》,才使中国作家第一次意识到小说中穿插日记的魅力。1901 年邱炜萲就指出《茶花女》"末附茶花女临殁扶病日记数页"[②]的特点,可此后十几年居然无人问津,直到 1912 年徐枕亚创作《玉梨魂》,日记才真正进入中国小说的布局。自此一发而不可收。《玉梨魂》第二十九章题曰"日记",摘录筠倩临终日记,虽也写得哀艳感人,毕竟太像《茶花女》了。过了两年,这位"东方仲马"[③]干脆把《玉梨魂》改成《雪鸿泪史》,托为"何梦霞日记"。情节增加了十之三四,诗词信札增加了十之五六,但这些都不是关键所在。唯恐读者不明作者苦心,徐枕亚特意在《例言》中点明《雪鸿泪史》之于《玉梨魂》,是"就其事而易其文","一为小说,一为日记,作法截然不同"。尽管《雪鸿泪史》因"满纸皆蜜意痴情、善病工愁之语"而被通俗教育研究会评为下等小说[④],"五四"以后更受到进步作家的猛烈攻击,但这毕竟是中国文学史上第一部用日记体写作的长篇小说。几乎与此同时,周瘦鹃创作短篇小说《花开花落》(《礼拜六》8 期),包天笑创作短篇小说《飞来

---

① 参阅湖南人民出版社、岳麓书社"走向世界丛书"。

② 《挥麈拾遗》,1901 年刊,转录自阿英编《晚清文学丛钞 · 小说戏曲研究卷》。

③ 《玉梨魂》第二十九章石痴校长寄作者信云:"素知君有东方仲马之名,善写难言之情愫,故将其人其事,录以寄君。"

④ 《通俗教育研究会小说股审核小说评语第一次补辑》,1918 年石印本。

之日记》(《中华小说界》2 卷 2 期),也都采用日记形式。此后介绍进来的外国日记体小说越来越多,很难再一一追溯作家艺术借鉴的源头,也正因为这样,我们才有必要停下来,从另一角度思考中国古代文人日记是否有助于日记体小说形式在中国的立足与迅速蔓延。

晚清四大小说杂志不刊日记①。可就在 1914 年《雪鸿泪史》等日记体小说刊出之后,《小说月报》《中华小说界》《小说海》等小说杂志竞相开始刊载日记,《小说大观》甚至设“日记”专栏,这能说是一种偶合吗?外国日记体小说“证实”了日记的文学价值,甚至使日记一下子变成小说的分支。可以把外国日记体小说《自杀日记》与中国道地的文人日记《两宫回銮记》《库伦旅行日记》合刊一栏,可见编者并不注重日记体小说与日记的区别。实际上直到 1927 年郁达夫写作《日记文学》时,仍把两者混为一谈;而 20 世纪 30 年代初阿英撰写《语体日记文作法》时,则把郭沫若的小说《行路难》中的“新生活日记”作为日记的典范。之所以出现这样的理论误差,跟中国古代文人日记的著述化倾向有关。而正是这一日记著述化倾向,帮助“新小说”家及其读者顺利接纳了外国日记体小说。

周作人说日记是写给自己看的②;郁达夫说日记作者“万不可存一缕除自己外更有一个读者存在的心”③。可绝大部分日记作

---

① 《绣像小说》刊载的《振贝子英轺日记》是“京话演说”;《月月小说》刊载的《猫日记》是描述猫“一日之经验”,都并非日记或日记体小说。

② 《日记与尺牍》。

③ 《再谈日记》。

者并没死后遗言,命子孙为他销毁;相反,生前刊行日记的比比皆是。抱定借给人家看、传抄以至出版的宗旨来记日记,实已失去日记的本意,早已如鲁迅讥李慈铭的“以日记为著述”[①]了。中国古代传下来的日记恰恰多为逐日记见闻的“著述”,这就难怪很少见家常生活的记载与个人情感的抒发。至于晚清清廷要求出使大臣记日记并按月汇成一册咨送总理衙门[②],出使大臣又要求翻译学生记日记以备查考及供大臣“择要选记”[③],在促成纪游日记剧增的同时,也使这种日记进一步“著述化”。既然目的是“助于洋务”,这就难怪作者要尽量撇开个人日常生活,而去“或采新闻,或稽旧牍,或抒胸臆之见,或备掌故之遗”。[④] 既然要送呈上司审阅,自然不能不有所删削,有所润饰[⑤],把日记当文章写。

中国古代日记的著述化倾向,不单体现在记日记给别人看,还体现在记事完整,俨然一部部游记、野史。中国古代文人很少像李慈铭那样数十年不断记日记,而大都是选择一个完整的事件(最

① 《马上日记》,《华盖集续编》,北新书局,1927 年。王闿运《湘绮楼日记》屡记读自家日记“亦似异书,颇足遣日”;李慈铭《越缦堂日记》则记他每装成一函,便有人借去传抄。

② 参阅《总理衙门光绪三年十一月初一日片奏》,《出使章程》3—4 页,石印本;总理衙门光绪二十五年《奏遵议出洋学生肄业实学章程》,《约章成案汇览》乙篇卷三十二上,石印本。另,薛福成《出使英、法、义、比四国日记》前有光绪十七年咨呈,称据“具奏出使各国大臣应随时咨送日记等件”一片,送此日记于总理衙门,并付印刊行。

③ 薛福成:《札翻译学生写呈日记》,《出使公牍》,1898 年石印本。

④ 薛福成光绪十七年咨呈,刊《出使英、法、义、比四国日记》。

⑤ 郭嵩焘出使英国,以从上海到伦敦途中 50 天日记(即《使西纪程》)寄呈总理衙门。因日记中对英国略有赞美之词,御史起而弹劾,总理衙门只好毁版。

常见的是游历或出使)，以事件的起始为日记的起始[1]。像叶盛的《水东日记》那样撮抄旧书、记录轶闻者，当然可以没完没了写下去；像黄庭坚的《宜州家乘》那样真正记录日常生活的也可以无始无终；可中国古代日记更多的是有明确写作目的与写作计划，有一个完整的“故事”框架，中间穿插各类见闻，“排日纂事”，事毕文结者(如陆游的《入蜀记》、王秀楚的《扬州十日记》)。大概也只有这样才像“著述”，才值得公开刊行——实际上“五四”作家刊行的日记也大都类此[2]。除了故事不是那么曲折有趣，人物不能随意虚构，从表面看，这岂不有点日记体小说的味道？这就难怪早期跟日记体小说合刊的往往是有明确起讫、有完整情节而又逐日记载的记游或记事之作(如上举的《库伦旅行日记》与《两宫回銮记》)，而不是读书日录或家常琐记。

把日记当文章作，允许夸张、想象、增删、取舍，这对于正宗日记来说自然是极大的损失；可未尝不是给日记体小说的输入准备了温床——读者很可能不想、也无法细究传统日记与西方日记体小说的本质区别，把两者囫囵吞枣般地接受下来。更何况记野史

① 《曾文正公手书日记》王闿运序云：“自宋以后，人有其编……名人日记存者率不过百数十叶。”王进而断言：“近岁李莼客始以巨册自夸。”实则巨册日记刊行困难(李日记书店也不愿出版，赖同乡友好筹款始得印行)；再加达官贵人日记多涉时政，即使刊行也多删节。记游或出使日记多录见闻，可读性强，于读者有益，于作者无碍，故传下来的多为此类。

② 鲁迅、周作人、胡适等人平日记载的日记跟为发表而作的日记(如《马上日记》《访日本新村记》《庐山日记》)大有区别；只有郁达夫刊行真正的日记，可也难保写作时不存日后发表之心，因大部分日记是他发表《芜城日记》后作的。相对而言，周、胡等人发表的日记更接近传统日记的记事完整。

轶闻的日记(如《水东日记》《西山日记》等)原本属于笔记小说。“笔记小说”不也是“小说”吗？推而论之,小说用日记形式叙述实在不算“新鲜”,可说是“古已有之”——尽管两者实际上风马牛不相及。晚清小说概念模糊,日记于是堂而皇之进入了小说形式。

八

跟日记长期得不到文论家的承认相反,书信很早就是文论家注目的重要文体。刘勰的《文心雕龙》列《书记》篇,专门论述书信的源流、性质、特征以及名家名作的风格。此后但凡辨文体者,无不论及书信。

书信在春秋战国时代似乎尚带奏疏、公牍性质,到汉代才真正发展成个人表情达意的工具。梁代萧统编中国历史上第一部诗文总集《文选》,收“书”三卷,其中多历代传诵的名篇,如司马迁的《报任少卿书》、杨恽的《报孙会宗书》、曹丕的《与吴质书》、嵇康的《与山巨源绝交书》、丘迟的《与陈伯之书》等。可见书信早已不只是传递信息的应用文,而是与诗文同样“事出于沉思,义归乎翰藻”[①],因而具有审美的价值。正因为这样,善写“书”如同善吟诗作文,同样是一种难得的本领,汉魏时已有不少人以此名家。《文心雕龙·书记》篇云:“魏之元瑜,号称翩翩;文举属章,半简必录;休琏好事,留意词翰:抑其次也。嵇康绝交,实志高而文伟矣;赵至

① 萧统:《文选》序。

叙离,乃少年之激切也。至如陈遵占辞,百封各意;祢衡代书,亲疏得宜:斯又尺牍之偏才也。”入唐以后,善为书的文人更是多不胜数。唐的韩、柳,宋的苏、黄,以至明清的李贽、袁中郎、金圣叹、郑板桥等,都是中国文学史上别具一格的书信名家。

既是书信,按理只是写给收信人读,并无传抄或公开刊行的必要。可历代传下来的文人书信,并非都是后人整理友人遗稿时偶然发现的[①]。如司马迁的愿友人“秘其书”[②]的实在不多,或者认为公开也无妨,或者干脆就是为刊行而作。“古人尺牍不入本集,李汉编《昌黎集》,刘禹锡编《河东集》,俱无之。自欧、苏、黄、吕,以及方秋崖、卢柳南、赵清旷,始有专本。”[③]明知可以入文集、刊专本,文人写信时不免存了给第三人乃至举国上下、子孙后代传阅的心思。苏东坡、黄庭坚书信写得洒脱随便,大概还不大存作文的心思;后来文人越写越好看,结果“成了一种新式古文”[④]。郑板桥的“家书”别出心裁,写得古怪利落,可也不脱作文章的心思——只不过故意作得不像文章罢了。鲁迅批评其题了“家书”二字,“为什么刻了出来给许多人看的呢?不免有些装腔”[⑤]。评论古代文人书信是否“装腔”不是本文任务,这里只想指出明清两代大量的

① 吴闿生编《吴挚甫尺牍》,称其父作诗文不留底稿,唯写信札录稿备忘。平步青《霞外捃屑》卷上云“今官场书牍往还,或非僚属而禀从谦抑者,辄以原信名版璧还”,并引宋宰相赵普以不还信者为慢己予以重遣事为例。

② 林纾《春觉斋论文》中《流别论》章十二节评司马迁《报任少卿书》云:“独此书悲慨淋漓,荡然不复防检,极力为李陵号冤,漫无讳忌。幸任安为秘其书,迁死乃稍出。”

③ 《颜氏家藏尺牍》桂未谷跋,转引自周作人《关于尺牍》。

④ 周作人:《〈五老小简〉》,《夜读抄》,北新书局,1934年。

⑤ 《怎么写——夜记之一》,《三闲集》,北新书局,1932年。

书信别集、总集的出版刊行①,大大强化了书信的著述化倾向。

既然是著述,自然可以捉刀,拟作书信也算骚人墨客的一种雅趣。“祢衡代书,亲疏得宜:斯又尺牍之偏才也。”何逊的《为衡山侯与妇书》、庾信的《为梁上黄侯世子与妇书》,都是历代传颂的拟作名篇。后世文人也偶有此类游戏笔墨,如袁枚《小仓山房尺牍》中即收有《尹六公子闻新娶姬人患病戏作骈体书为紫云之请作此覆之》。此类游戏,虽也无聊,但毕竟文章要清丽,亲疏要得宜,还得下一番苦心。至于托名钟惺纂辑、冯梦龙订释的《文学尺牍大全集》(碧梧山庄印、求古斋发行)之类,满纸陈言,粗俗不堪,说是“实人情之介绍”(《序》)可也,题为“文学”则未免僭越。而正是这“最雅”的与“最俗”的拟作书信在民国初年的盛行,促成了中国作家的引书信入小说。

在中国古代,书信之用广矣:可论文,可记游,可说理,可抒情。奇怪的是,从不曾有人以之写小说,甚至也很少代小说中人物拟几篇文辞优美的书信。前者可能由于中国古代小说大都以情节为结构中心,而书信体小说无疑更适合抒情;后者则可能因插入书信所起的装饰、抒情作用,在中国古代小说中有诗词代之——赠诗似乎比寄信更风雅更有情趣。至于交代日常琐事的信札,则又大可不录。因此,尽管中国古代书信著述化倾向明显,也只是为外国书信

① 别集从颇具性灵的《板桥家书》《小仓山房尺牍》到俗不可耐但影响甚大的《秋水轩尺牍》;总集如陈臣忠编《尺牍隽言》(十二卷)、王世贞编《尺牍清裁》(六十卷)、凌迪知编《名公翰藻》(五十卷)、李渔纂辑《古今尺牍大全》(八卷)、徐士俊与汪淇编《尺牍新语》(二十四卷)、王相编《尺牍嘤鸣集》(十二卷)等。

体小说的传入和引书信入小说做好了心理准备。直到吴趼人写《二十年目睹之怪现状》、王濬卿作《冷眼观》,还是宁愿交代当事人得信,然后用说书口吻把信的内容演化成情节,而不愿直录来信[①]。

中国作家的大量引书信入小说,无疑也是受外国小说影响,只不过不曾大张旗鼓而已。林纾赞赏《鱼雁抉微》(即孟德斯鸠的《波斯人信札》)的"幻为与书之体"[②];解弢则发愿作"从头至尾,为一长翰"的"书翰体小说"[③]。可在此之前,小说家早已不声不响干起来了。1914 年徐枕亚把《玉梨魂》改为《雪鸿泪史》,进一步突出录入大量"艳情尺牍"的特点;1915 年包天笑用未亡人给亡夫的 11 封信连缀成小说《冥鸿》,书信这才真正进入中国小说形式。

如果说日记的著述化有助于中国作家、读者接受外国日记体小说,还只是本书作者的推论;那么,书信的著述化有助于中国作家、读者接受外国书信体小说,却有颇多佐证。明清两代读书人多以历代尺牍作为写信范本,就算模仿"揣摩善本"的《秋水轩尺牍》,也还得下一点转换功夫;晚清以至民国初年盛行的《写信必读》(唐芸洲著)、《普通尺牍全璧》(西湖侠汉撰)之类,编著者则

① 《冷眼观》第十八回把晋公来信内容改成收信人的叙述。《二十年目睹之怪现状》第七十一回提到一封 3000 多字的骈四俪六信,第八十五回提到总理衙门大臣慷慨卖国的信,第一百零四回提到继之留下的讲述苟才死因的长信,均不录;只录下一封两三行字的短信(第八回)。

② 《鱼雁抉微》林纾序,《东方杂志》12 卷 9 期,1915 年。

③ 《小说话》第 86 页,中华书局,1919 年。

为写信人提供了不好不坏不痛不痒的万应灵方，只管照抄就行。从印行版数看，此类“书信大全”似乎颇受欢迎，如商务印书馆编译所编的《通俗新尺牍》(商务印书馆)，1913 年初版，到 1925 年已印行 20 版；而沈瓶庵编的《尺牍大全》(上海中华书局)，1914 年初版，到 1924 年已发行 35 版。舞文弄墨者不难从中悟出一点生财之道，再加其时文人竞谈风月，于是拟作的艳情尺牍满天飞。1915 年创刊的《小说新报》专辟“艳情尺牍”专栏，第一年就刊登艳情尺牍 53 篇(自然都是拟作)，如《代粤妓某致某公子书》《代比邻新嫁娘致征夫书》《为某女士致新嫁娘书(集曲牌名)》等等。言情小说名家李定夷更纂有《艳情书牍》二册，分求婚、寄外、表情、述事、诀别五卷。小说杂志热心刊登艳情尺牍，小说家也热心撰写艳情尺牍，这就难怪其时的小说要录入大量艳情尺牍——很可能并非出于艺术创新的愿望和热情。结果呢？据说刘铁冷的《求婚小史》“可作求婚尺牍看”①，而徐枕亚的《雪鸿泪史》更是“爱阅言情尺牍者不可不读”②。

中国作家最早大量引书信入小说的数徐枕亚，正像 18 世纪英国小说家理查逊由编写尺牍而悟出写作书信体长篇小说一样，徐枕亚在创作《玉梨魂》《雪鸿泪史》之前，曾为中华书局编写过《高

① 《小说丛报》19 期(1916 年)刊登《求婚小史》的广告。

② 《小说丛报》13 期(1915 年)刊登《雪鸿泪史》的广告。此广告还云：“书中主人梦霞与梨影自始至终见面不过数次，其中传情之处悉以函札达之，前后不下数十首，哀感顽艳，可歌可泣，《玉梨魂》未载之者尤多。”此时徐枕亚主编《小说丛报》，此广告可见徐趣味与创作意图。

等学生尺牍》和《普通学生尺牍》[1]。《玉梨魂》《雪鸿泪史》出版后大受欢迎，尤其是其中的艳情尺牍。于是，徐枕亚又编撰《风月尺牍》二册，利用小说家的专长，构思在不同情景下见面的青年男女如何连续通信，并由此编写出系列化、情节化的连环尺牍，以卷一目录为例：

> 初遇园中致书寄慕——女士复书答谢——直接求婚书——某女士拒婚书——再致女士求婚书——某女士慰病略表允意书——赠照片与说部致女士书——女士答谢书——向女士索照片书——女士拒索照片书——再索照片书——寄照片与某君书——约女士游园诉衷曲书——女士允约书——园会后寄女士书——女士答书——赠时针与他物致女士书——复某君书并赠物——致女士书——女士复书述园会后父兄闻信交责事——答女士书——女士因情书为父兄所得告某君书——复某君书述遣媒不允事——再致某君述求学事——某君复书并约东渡事——女士答书

书信内容自然无甚可观，值得注意的是如此小说化的书信集，倒过来不难成为书信体的长篇小说。这一步徐枕亚没来得及做，即使做了也不会引起多大轰动，其时已到“五四”一代作家崛起的前夜。不过，它确切无疑地告诉我们：“新小说”家的引书信入小说，不只受西洋小说影响，也跟中国古代书信的著述化以及辛亥革命

① 《小说丛报》6期（1914年）刊出《枕亚特别启事》，抗议中华书局于此二书中抹去他的名字。

后艳情尺牍的盛行大有关系。

面对着大批艳情尺牍的爱好者①,徐枕亚等“大胆”引尺牍入小说,不管其主观动机如何,毕竟是一种值得肯定的艺术技巧的革新。可是,徐枕亚等人的引尺牍入小说,不是尺牍靠小说而艺术化,而是小说靠尺牍而“哀感顽艳”,这种卖艳情尺牍的倾向严重亵渎了这一艺术技巧的革新。

九

中国古代日记、书信的著述化倾向,帮助“新小说”家初步接受了外国日记体、书信体小说;可也正是这种著述化倾向,使“新小说”家容易忽略日记体、书信体小说的心理化与个性化特点,而只是模仿其表面的文体特征。只有到了“五四”时代,伴随着个性解放思潮与外国文学的大量译介与积极借鉴,日记体、书信体小说才真正成为突破传统小说叙事时间、叙事角度、叙事结构的有力武器。

鲁迅曾批评《越缦堂日记》:“从中看不见李慈铭的心。”②这其实是绝大多数中国古代日记的通病。记宦游者着眼于山川风物,录野史者着眼于名人轶事,书画家注重翰墨花鸟(如李日华的《味水轩日记》),理学家注重“做工夫”感想(如黄淳耀的《甲申日记》)……大家不约而同“遗忘”了最最要紧的面对大千世界、经历

① 《小说丛报》3卷10期(1917年5月)刊广告云:“才子奇书、爱情宝筏”《风月尺牍》“初版万册转瞬售罄”,“此次再版改用洋装金字封面”。

② 《怎么写——夜记之一》,《三闲集》。

人世沧桑时自身微妙复杂的心理变化。即使偶尔录下,也很可能付梓时“或投之烈炬,或锢之深渊”[①],因那既无益于家国大业,又容易授人以柄。像木拂(叶绍原)的《甲行日注》那样注重表现明遗民黍离麦秀的感慨,落笔时无所顾忌,读来但觉字字血声声泪的[②],实属凤毛麟角。“近人的日记却不同,大部分纂事固极繁,心理的记述也日富。”[③]所谓“近人”,指的也是“五四”以后的作家。至于“新小说”家,则仍承古代文人日记余绪。梁启超的《双涛阁日记》多记时事,刘鹗的《壬寅日记》等多录金石。也有稍记个人的心情变化的,在梁启超则“昨夜竟夕不成寐,晨间卧听娴儿读书,久之睡去”(宣统二年正月十七日日记);在刘鹗则演成一篇收集书籍金石利弊得失的绝妙议论(《壬寅日记》七月二十八日)。“五四”作家必定大发感慨的地方,“新小说”家则悄悄地滑过去了。并非“新小说”家心理不如“五四”作家复杂,而是他们还不习惯于记录并发表个人真实但凌乱的思绪。“用着非常冷静的头脑,考察着自己的内心的每一颤动,思想的每一伸展,而把必要的用很纯熟的技巧描写下来”[④]——这正是“五四”作家日记的特点与优势,尽管并非每个作家的每篇日记都能做到这一点,但他们确实是试图这样做的。

---

① 参阅李慈铭《越缦堂日记》中《孟学斋甲集》序。

② 如别家人入寺剃度的感触、小童病死、流浪中过除夕、睹红叶伤怀等记述,都文情并茂,心理描写颇为细腻。

③ 阮旡名(阿英):《日记文学丛选(文言卷)》序记,南强书局,1933 年。

④ 钱谦吾(阿英):《语体日记文作法》181 页,南强书局,1931 年。

历代文人论书信体,多推崇刘勰"本在尽言"[1]之说;林纾的"所贵情挚而语驯"[2]也不脱此意。可书信的著述化本身也就意味着一定程度的"装腔",起码拿出来公开刊行的那部分书信是如此。既是给人看的文章,当然免不了再三的修饰,尽管表面还要装得好像不假思索一挥而就。上者可能不露痕迹,下者可就免不了扭捏作态了。周作人批评明清不少文人把书信当"新式古文"写,可谓一语中的。既是"古文",自然更多注意谋篇布局与遣词造句,难得像家常信札那样于挥洒自然中见作者真性情真面目。民初文坛盛行的"艳情尺牍"(如《小说新报》上刊登的),除轻薄无聊外,最要命的是千篇一律,装腔作势。"五四"作家推崇日记、书信为"文学中特别有趣味的东西",不是因其中可见作者"才学",而是因为它"比别的文章更鲜明的表出作者的个性"。[3] 这就决定了"五四"作家的书信文辞可能不甚华丽,但真实、随便且个性化。20世纪30年代初期出版的几部现代书信选集,如《模范书信文选》(光明书局,1933年)、《现代名家情书选》(上海亚细亚书局,1933年)、《现代书信选》(北新书局,1934年)、《当代尺牍选注》(光明书局,1935年)等,多选鲁迅、郁达夫、周作人、徐志摩、郭沫若、胡适等人书信;这些书信真的"是他自己的简洁的注释"[4],明显带有作家为人为文的风格特征。

---

① 刘勰:《文心雕龙·书记》。

② 林纾:《春觉斋论文·流别论》,都门印书局,1916年。

③ 周作人:《日记与尺牍》。

④ 鲁迅:《孔另境编〈当代文人尺牍钞〉序》,《且介亭杂文二集》,三闲书屋,1937年。

日记、书信当然不能等同于日记体、书信体小说,但作家的日记、书信跟其日记体、书信体小说的风格密切相关。“新小说”家之所以接触到了日记体、书信体小说形式而没能很好发挥其作用,跟他们不是从心理化、个性化角度来理解这种小说形式大有关系。于是,我们见到“新小说”家用日记体小说形式来记见闻(如《花开花落》)、讲故事(如《飞来之日记》),而不是像鲁迅的《狂人日记》、冰心的《疯人笔记》、庐隐的《丽石的日记》那样主要表现内心的骚动和情绪的起伏,用一种相当内在化的形式来表现一种相当外在化的行动。

以徐枕亚的文才以及《玉梨魂》的故事框架,作几篇哀怨凄切真挚动人的书信未尝不可(实际上《玉梨魂》中不少书信还挺感人,相信作者写作时是动了感情的);可到了堆砌骈文书信(如《雪鸿泪史》),无语不艳、无牍不香时,读者难免怀疑到底是梦霞与梨娘在互诉衷情,还是徐枕亚在卖弄文才。“五四”作家为小说人物拟写的书信,虽偶尔也有不曾考虑“文人所写之人不尽能文”而露出捉刀的痕迹的①,但总的来说作家还是力图扣住人物性格代人物立言。不是靠文词优美,更不是靠情节曲折,而是靠真实而深邃的内心世界与主观情绪感人。由于作家大都跟人物感觉基本合一,容易借书信体小说抒写自己感情,故更能体现作家个性。当然这种处理方式易于把握,虽局限了表现范围,仍受到“五四”作

---

① 夏丏尊:《论记叙文中作者的地位并评现今小说界的文字》(《立达季刊》创刊号,1925年)即批评《超人》中禄儿的信非12岁小孩所能写。

家的青睐。但正如冯沅君说的,"五四"作家选择书信体小说形式,更主要的原因是因其"较其他体裁的作品更多含点作者个性的色彩"[①]。

尽管"新小说"家只是初步接触日记、书信体小说,且多误解之处,但只要采用日记、书信形式来叙述故事,就不可避免地要抛弃传统的说书人腔调,突破全知叙事的局限。"五四"作家注重人物的主观情绪与作家的审美个性,故其选择日记体形式,可能忠实于凌乱而跳跃的思绪,前后倒拨时钟,不再采用传统的连贯叙述(如《狂人日记》);选择书信体形式,可能"无事实的可言",不外是借人物之口"以抒写情感与思想",[②]不再以情节而是以人物情绪为结构中心。如果说"新小说"家只是借日记、书信体小说实现中国小说叙事角度的转换,"五四"作家则是以之实现中国小说叙事时间、叙事角度、叙事结构的全面转变[③]。

---

① 淦女士(冯沅君):《淘沙》,《晨报副刊》1924年7月29日。

② 剑三(王统照):《论冰心的〈超人〉与〈疯人笔记〉》,《小说月报》13卷9号,1922年。

③ 日记、书信体小说在中国小说叙事模式转变中所起的作用,详见本书第二、三、四章。

第七章 “史传”传统与“诗骚”传统

凡小说家言,若无征实,则稗官不足以供史料;若一味征实,则自有正史可稽。①

——林 纾

小说不仅是叙事写景,还可以抒情;……这抒情诗的小说,虽然形式有些特别,却具有文学的特质,也就是写真的小说。②

——周作人

一

上举两段引文,无疑体现了两种不同的小说观;可这两种小说观同样根源于古老中国的文学传统。引“史传”“诗骚”入小说并非始于20世纪初;但只有到了20世纪初,这种广义的文体

① 《剑腥录》第三十二章,都门印书局,1913年。

② 《〈晚间的来客〉译后记》,《点滴》,北京大学出版部,1920年。

渗透才呈现如此特异的风采,促进或限制了中国小说叙事模式的转变。

笑话、轶闻、答问、游记、日记和书信作为一种文体的内涵都比较确定,"史传"和"诗骚"可就不那么好界说和把握了。说它们是一种文体,那是千年以前的古事了。至于"新小说"家和"五四"作家面对的,可能是编年史、纪传、纪事本末等多种历史编纂形式和古风、乐府、律诗、词、曲等多种诗歌体裁。不过我仍选择作为历史散文总称的"史传"(参阅刘勰《文心雕龙·史传》)与《诗经》《离骚》开创的抒情诗传统——"诗骚",原因是影响中国小说形式发展的绝不只是某一具体的史书文体或诗歌体裁,而是作为整体的历史编纂形式与抒情诗传统。小说初创阶段借鉴史书与诗歌,也许可以作为不同文体的互相渗透看待;可千年以下,"史传"与"诗骚"的影响于中国小说,已主要体现在审美趣味等内在的倾向上,而不一定是可直接对应的表面的形式特征。考虑到"史传""诗骚"对中国人审美趣味的塑造以及对中国叙事文学发展的制约①,似乎不应作文体看;但考虑到引"史传""诗骚"入小说的倾向古已有之,追根溯源又不能不从文体入手。因此本章的论述既基于文体,又不限于文体。

---

① 在《说"诗史"——兼论中国诗歌的叙事功能》一文中,我论及"史传"传统与"诗骚"传统的制约,使中国诗人倾向于把"叙事"转化为"纪事"与"感事",最能代表这一倾向的即是"诗史"之说。"纪事"追求历史感和真实性,"感事"追求形式感和抒情性。写得好可能诗中有史或史中有诗;写不好则可能有诗无史或有史无诗——这两者都同样限制叙事诗的进一步发展。

早就有学者注意到中国小说形式的发展受历史著作的深刻影响[1];至于引“诗骚”入小说的表面特征——“有诗为证”——更是小说研究者喜欢谈论的话题[2]。本节着重强调的是如下三点:第一,中国作家热衷于引“史传”“诗骚”入小说的原因;第二,影响中国小说发展的不是“史传”或“诗骚”,而是“史传”与“诗骚”;第三,“史传”“诗骚”影响中国小说的具体表现。

中国古代没有留下篇幅巨大叙事曲折的史诗,在很长时间内,叙事技巧几乎成了史书的专利[3]。唐人李肇评《枕中记》《毛颖传》:“二篇真良史才也。”[4]宋人赵彦卫评唐人小说:“可见史才、诗笔、议论。”[5]明人凌云翰则云:“昔陈鸿作《长恨传》并《东城老父传》,时人称其史才,咸推许之。”[6]这里的“史才”都并非指实录或史识,而是叙事能力。由此可见唐宋人心目中史书的叙事功能的发达。实际上自司马迁创立纪传体,进一步发展历史散文写人叙事的艺术手法,史书也的确为小说描写提供了可资直接借鉴的样

---

① 海外学者普实克、夏志清、韩南、浦安迪都有类似说法。参阅夏志清《中国古典小说导论》(载《中国古代小说研究——台湾香港论文选辑》,上海古籍出版社,1983 年)、浦安迪《谈中国长篇小说的结构问题》(载《中国古典文学比较研究》,台湾黎明文化事业公司,1977 年),以及伊维德《写实主义与中国小说》对普实克、韩南观点的介绍(载《中国古典小说研究专集》,台湾联经出版事业公司,1979 年)。

② 普实克对此颇为赞赏(参阅“The Realistic and Lyric Elements in the Chinese Mediaeval Story,” *Archiv Orientální*, 32:1, 1964);毕雪甫则指为中国小说的局限(参阅“Some Limitations of Chinese Fiction,” *Far Eastern Quarterly*, 1956)。

③ 西方叙事文学则可划出史诗、中古传奇与长篇小说三个互相衔接的阶段。

④ 《唐国史补》。

⑤ 《云麓漫钞》。

⑥ 《剪灯新话》序。

板。这就难怪千古文人谈小说，没有不宗《史记》的。金圣叹赞“《水浒》胜似《史记》”[①]；毛宗岗说“《三国》叙事之佳，直与《史记》仿佛”[②]；张竹坡则直呼“《金瓶梅》是一部《史记》”[③]；卧闲草堂本评《儒林外史》、冯镇峦评《聊斋志异》，也都大谈吴敬梓、蒲松龄如何取法《史》《汉》[④]。另外，史书在中国古代有崇高的位置，“经史子集”不单是分类顺序，也含有价值评判。不算已经入经的史（如春秋三传），也不提“六经皆史”的说法，史书在中国文人心目中的地位也远比只能入子集的文言小说与根本不入流的白话小说高得多。以小说比附史书，引“史传”入小说，都有助于提高小说的地位。再加上历代文人罕有不熟读经史的，作小说借鉴“史传”笔法，读小说借用“史传”眼光，似乎也是顺理成章。

中国是一个诗的国度，“从西周到宋，我们这大半部文学史，实质上只是一部诗史”[⑤]；即使唐传奇、宋话本、元杂剧以至明清小说兴起之后，也没有真正改变诗歌二千年的正宗地位。而在这诗的国度的诗的历史上，绝大部分名篇都是抒情诗，叙事诗的比例和成就相形之下实在太小[⑥]。这种异常强大的“诗骚”传统不能不影响其他文学形式的发展。任何一种文学形式，只要想挤入文学结构的中心，就不能不借鉴“诗骚”的抒情特征，否则难以得到读者

---

① 《读第五才子书法》。

② 《读三国志法》。

③ 《批评第一奇书金瓶梅读法》。

④ 参阅无名氏卧闲草堂本《儒林外史》批语和冯镇峦《读〈聊斋杂说〉》。

⑤ 闻一多:《文学的历史动向》,《闻一多全集》一卷,开明书店,1948 年。

⑥ 参阅本书附录二《说“诗史”——兼论中国诗歌的叙事功能》。

的承认和赞赏。文人创作不用说了,即使民间艺人的说书也不例外。我也承认初期话本小说中的韵文跟民间说唱有关,但不主张把说书中的“有诗为证”全部归因于此[①]。“论才词有欧、苏、黄、陈佳句;说古诗是李、杜、韩、柳篇章”,说书人夸耀其“吐谈万卷曲和诗”,[②]不单是显示博学,更重要的是借此赢得听众的赏识并提高说话的身价。另一方面,在一个以诗文取士的国度里,小说家没有不能诗善赋的。以此才情转而为小说时,有意无意之间总会显露其“诗才”。宋人洪迈云:“大率唐人多工诗,虽小说戏剧,鬼物假托,莫不宛转有思致,不必颛门名家而后可称也。”[③]其实何止唐人,后世文人著小说无不力求如此,只不过有的弄巧成拙,变成令人讨厌的卖弄诗才罢了。

这里需要强调的是,并非一部分作家借鉴“史传”,另一部分作家借鉴“诗骚”,因而形成一种对峙;而是作家们(甚至同一部作品)同时接受这两者的共同影响,只是在具体创作中各自有所侧重。正是这两者的合力在某种程度上规定了中国小说的发展方向:突出“史传”的影响但没有放弃小说想象虚构的权利;突出“诗骚”的影响也没有忘记小说叙事的基本职能。“史传”“诗骚”之影响于中国小说,不限于文言小说或白话小说,也不限于文人创作或民间创作。表现形态可能不同,成败利弊可能有别,可细细辨认,

---

① 参阅郑振铎《中国古典文学中的小说传统》,《郑振铎古典文学论文集》,上海古籍出版社,1984 年。

② 罗烨:《醉翁谈录·舌耕叙引》。

③ 《容斋随笔》卷十五。

都不难发现这两者打下的烙印。尽管非常赞赏普实克关于中国文学中“抒情诗”与“史诗”两大传统的辨析,在描述中国小说发展道路时,我仍注重“史传”“诗骚”的决定性影响[1]。原因是,在中国小说史上,很难理出泾渭分明而又齐头并进的文人文学与民间文学两大系统。中国古典小说分文言、白话两大部分,其中文言小说当然属文人文学,可采用从民间说书发展起来的章回体形式的白话小说,体现出来的仍然很可能是文人趣味;另一方面,经过书会才人编定、文人修改或拟写而流传下来的“话本小说”,实际上已离原始说书艺术很远,很难再称为真正的民间文学。

“史传”之影响于中国小说,大体上表现为“补正史之阙”的写作目的、实录的春秋笔法,以及纪传体的叙事技巧。“诗骚”之影响于中国小说,则主要体现在突出作家的主观情绪,于叙事中着重言志抒情;“摛词布景,有翻空造微之趣”[2];结构上引大量诗词入小说。不同时代不同修养的作家会有不同的审美抉择,所谓“史传”“诗骚”之影响于中国小说,当然也就可能呈现不同的侧面,这里只能大而言之。

像中国古代小说一样,“新小说”和“五四”小说也深受“史传”和“诗骚”的影响,只是自有其侧重点:“新小说”更偏于“史传”而“五四”小说更偏于“诗骚”。这种侧重点的转移,使小说的整体面

---

① 普实克的“抒情诗”传统实际上包括我所说的“史传”与“诗骚”,至于“史诗”传统则指注重故事情节的说书风格。但我认为,即使说书中的“有诗为证”和详细的时代背景介绍,都可看作“诗骚”与“史传”传统的影响。

② 桃源居士:《唐人小说序》。

貌发生很大变化,当然也不能不波及中国小说叙事模式的转换。

二

也许,正是基于对中国人以读史眼光读小说的癖习的认识,“新小说”理论家从一开始就力图区分小说与史书。1897 年严复、夏曾佑作《本馆附印说部缘起》,从虚实角度辨析:“书之纪人事者谓之史,书之纪人事而不必果有此事者谓之稗史。”[①]1903 年夏曾佑作《小说原理》,又进一步从详略角度论述:“小说者,以详尽之笔,写已知之理者也,故最逸;史者,以简略之笔,写已知之理者也,故次之。”并以《水浒》中武大郎一传为例:“若以武大入《唐书》《宋史》列传中叙之,只有‘妻潘通于西门庆,同谋杀大’二句耳。”[②]1907 年蛮在《小说小话》中则批评那些“但就书之本文,演为俗语,别无点缀斡旋处”的历史小说是“历史不成历史,小说不成小说”[③]。可是,尽管理论家大声疾呼区分史书与小说,仍有不少人把史书当小说读[④],或把小说当史书评[⑤]。

把小说完全混同于史书者甚少,但不想细辨稗史与正史之别,

---

① 刊于《国闻报》1897 年 10 月 16 日至 11 月 18 日,连载时未具名。

② 刊于《绣像小说》第 3 期,署名“别士”。

③ 《小说林》第 2 期。

④ 如《新民丛报》25 号(1903 年)刊“广智书局出版书目”,其中介绍《欧洲十九世纪史》为“趣味浓深,如读说部”。康有为辑《日本书目志》卷十四“小说门”即收录不少野史笔记与人物传记。

⑤ 佚名《读新小说法》云:“新小说宜作史读。《雪中梅》日史也,《俄宫怨》俄史也,《利俾瑟》《滑铁卢》法史也。”(《新世界小说社报》6—7 期)

有意无意中以读史评史眼光读小说评小说的则不乏其人。晚清颇有影响的小说理论家邱炜萲就说过："小说家言，必以纪实研理，足资考核为正宗；其余谈狐说鬼，言情道俗，不过取备消闲，犹贤博弈而已，固未可与纪实研理者絜长而较短也。"[1]因而，在他看来，王士祯的《居易录》就要高于蒲松龄的《聊斋志异》和曹雪芹的《红楼梦》。如此评小说，岂不近乎评史？"新小说"家之所以特别看重历史小说[2]，除了寓"旌善惩恶之意"与"使读者于消闲遣兴之中"仍可获历史知识外，更因为"吾国人具有一种崇拜古人之性质，崇拜古人则喜谈古事"。[3] 其实不只喜谈古事，而且也喜谈今事，关键在于要实有其人其事而又不囿于其事其人。"从前的文人对于历史和掌故的兴味超出于虚幻故事的嗜好"，说是基于中国人的核实性格可以[4]，说是因为史传文学的长期熏陶也许更恰当。晚清记载轶闻的笔记盛行以及作家的热衷于引轶闻入小说，跟中国读者这种特殊的欣赏趣味大有关系。喜欢索隐以至用考据学家眼光读小说者当然不会太多，但像蔡元培那样评作小说的却大有人在："因为有影事在后面，所以读起来有趣一点。"[5]《孽海花》在晚清的广泛流行，固然因其描写技巧比较成熟，可更因其投

---

① 《菽园赘谈·小说》，1897年刊本。

② 《中国唯一之文学报新小说》（《新民丛报》14号，1902年）把"历史小说"列于各种小说之首率先介绍；吴趼人在《历史小说总序》《两晋演义序》《月月小说序》中再三呼吁作家创作历史小说，并自称"吾发大誓愿，将遍撰译历史小说"。

③ 我佛山人（吴趼人）：《月月小说序》，《月月小说》创刊号，1906年；《两晋演义序》。

④ 浦江清：《论小说》，《当代评论》4卷8—9期，1944年。

⑤ 蔡元培：《追悼曾孟朴先生》，《宇宙风》2期，1935年。

合中国读者这一特殊胃口。“他不但影射的人物与轶事的多,为从前小说所没有,就是可疑的故事,可笑的迷信,也都根据当时一种传说,并非作者捏造的。”[①]晚清作家喜欢借小说评语告诉读者哪些故事或者哪些报告是“实而有征”。如《活地狱》第三十五回评语告诉读者:“此系实事,著者耳熟能详,故能言之有物,与凭虚结构者,正自不同。”《二十年目睹之怪现状》第三回评语则云:“吾闻诸人言,是皆实事,非凭空构造者。”第二十六回评语又云:“此事闻诸蒋无等云,确是当年实事,非虚构者。”《新中国未来记》第四回有三个“著者案”:一为“此乃最近事实,据本月十四日路透电报所报”;一为“以上所记各近事,皆从日本各报纸中搜来,无一字杜撰,读者鉴之”;一为“此段据明治三十六年一月十九日东京(日本)新闻所译原本,并无一字增减”。《文明小史》第五十四回评语则云:“察勘南京全省各矿报告,系采诸近日新闻纸者,与其虚而无据,不如实而有征。”作家何其重实事而轻虚构!似乎说明直录实事不但不会降低作家的艺术声誉,反而因其“言之有据”而提高小说的价值。莫非真的是“无征不信,不足以餍读者”[②]?至于出于虚构而诡称实事的,那就更多了。曾朴的《孽海花》第二十一回云:“在下这部《孽海花》,却不同别的小说,空中楼阁,可以随意起灭,逞笔翻腾,一句假不来,一语谎不得,只能将文机御事实,不能把事实起文情。”吴趼人的短篇小说《黑籍冤魂》则甚至发起咒来:“我

① 蔡元培:《追悼曾孟朴先生》,《宇宙风》2期,1935年。

② 吴趼人:《中国侦探案》弁言,广智书局,1906年。

如果撒了谎,我的舌头伸了出来缩不进去,缩了进去伸不出来。”“咒发过了,我把亲眼看见的这件事,叙了出来,作一回短篇小说。”“咒”尽管发,“谎”却照样撒。只是既然作家、读者心目中实录的比虚构的要高级,这就难怪“新小说”家要自觉不自觉地往史书靠。

“新小说”家的借鉴“史传”,既体现在其实录精神——“燃犀铸鼎”是谴责小说序言最常见的术语,《梼杌萃编》12本24章,每本面上题一字,合起来是“禹铸鼎温燃犀抉隐伏警贪痴”;也体现在其纪传体的叙事技巧——林纾以《史》《汉》笔法解读狄更斯、哈葛德小说,悟出不少穿插导引的技巧,黄小配《洪秀全演义》例言则自诩“读此书胜读《史记》”。可前者对中国小说叙事模式的转变影响不大,后者则突不破金、毛评小说藩篱,稍有新意的(如林纾)又实得益于西洋小说,故都存而不论。真正最能体现“新小说”家取法“史传”传统的,是其“补正史之阙”的写作目的,以及由此引申出来的以小人物写大时代的结构技巧。而正是这一点,既促进也限制了中国小说叙事角度的转变。

“新小说”家当然不会真的修史,不只没那个条件,似乎也没那个兴趣。即使喜谈“补正史之阙”的林纾,也敬谢任清史馆名誉纂修之邀:“畏庐野史耳,不能参正史之局。”[①]并非真的没能力“参正史之局”,而是对自由撰写野史有更大的兴趣。“新小说”家既以撰写“很有些与人心世道息息相通”的“稗官野史”自任[②],可又

① 林纾:《劫外昙花》序,《中华小说界》2卷1期,1915年。

② 李伯元:《中国现在记·楔子》。

念念不忘“补正史之阙”，不时提醒读者注意此节“将来可资正史采用”[①]，“或且异时修史，得资以为料”[②]。既不愿为正史，又希望有补于正史，选择“体例无须谨严，记载不厌琐细，既可避文网之制裁，亦足补官书阙漏”的野史[③]，自然是最合适不过的了。

按刘鹗的说法，“野史者，补正史之缺也。名可托诸子虚，事须征诸实在”[④]；依林纾的解释，则“盖小说一道，虽别于史传，然间有记实之作，转可备史家之采摭”[⑤]。既要有小说之“虚”，又要有史书之“实”，虚实之争在中国小说理论发展史上始终是争论的热点，当然每一代作家都会有自己的特殊答案。从他们的作品看来，“新小说”家考虑的不是历史演义（如《三国演义》）的“实”，也不是幻想小说（如《西游记》）的“虚”，而是如何于虚构故事的自然叙述中，带出时代的背影，留下历史的足迹。

这一代人有幸身逢历史巨变，甲午中日战争、戊戌维新变法、义和团运动、八国联军入侵、辛亥革命以至袁世凯复辟，一次次激烈的社会动荡，明白无误地提醒他们正处于历史的转折关头。于是，在抚千载于一瞬、感慨兴亡之余，作家们纷纷执笔为大时代留下一个很可能转瞬即逝的历史面影。如果说杜甫以下的历代诗人更多借“诗史”表达他们面临民族危机时的历史意识和兴亡感[⑥]，

---

① 刘鹗：《老残游记》第四回评语、第十三回评语。

② 林纾：《剑腥录》第三十九回。

③ 冯自由：《革命逸史》自序，中华书局，1981 年。

④ 刘鹗：《老残游记》第十三回评语。

⑤ 《践卓翁小说》序，都门印书局，1913 年。

⑥ 参阅本书附录二《说“诗史”——兼论中国诗歌的叙事功能》。

晚清作家则更借重小说形式,详细描绘这一场场惊心动魄的历史事变——尽管往往只能侧面着墨。

梁启勋曾经断言:"泰西之小说,所叙者多为一二人之历史;中国之小说,所叙者多为一种社会之历史。"[①]以重大历史事件为经,以广阔的社会画面为纬,如此构思长篇小说,"新小说"家颇为自觉。梁启超的《新中国未来记》虽是政治小说,可要演述的是分为预备、分治、统一、殖产、外竞、雄飞六个时代的"中国六十年维新史"。只是怕读者恹恹欲睡,才没"将这书做成龙门《史记》、涑水《通鉴》一般"(第二回)。既是演说政治理想的乌托邦,又想"叙述皆用史笔"[②],难怪时人要担心"不知其此后若何下笔也"[③]。如果说梁启超只是表达了撰写社会史式小说的愿望,因体例所限无法真正实施[④];曾朴那"纬以近三十年新旧社会之历史"[⑤]的《孽海花》才真正做到了这一点。不管是金松岑的创作初衷还是曾朴的实际成品,都是以一系列重大历史事件为小说的表现对象或背景。是否如后来描述的那样,清醒意识到这 30 年"是我中国由旧到新的一个大转关",可以不论,但展现一系列历史事变,让读者

---

① 《小说丛话》中曼殊(梁启勋)语,《新小说》11 号,1904 年。

② 《中国唯一之文学报新小说》。

③ 孙宝瑄《忘山庐日记·癸卯(光绪二十九年)五月二十八日》(上海古籍出版社,1983 年)认为《新中国未来记》的体例矛盾是梁启超搁笔的原因。

④ 在《新罗马传奇》中,梁启超这一愿望终于得到实现。扪虱谈虎客评其剧本:"十九世纪欧洲之大事,尽网罗其中矣。"

⑤ 1905 年小说林社刊《孽海花》广告。录自《孽海花资料》134 页,上海古籍出版社,1982 年。

“印象上不啻目击了大事的全景一般”，[1]无疑是此书的一大特色。林纾看到了《孽海花》借“彩云之逸事”以叙述社会变迁的写作特点，可叹服之余，竟因一句“《孽海花》非小说也，鼓荡国民英气之书也”[2]开罪了曾朴，引出“不曾晓得小说在世界文学里的价值和地位”[3]的责难。显然林纾没把他的想法表述清楚，并非真的如曾朴所指责的那样看不起小说[4]，而是特别感兴趣于此书的借男女情事写历史事变。如果改成“《孽海花》非小说也，乃三十年之历史也”，也许更合林纾本意[5]。林纾本人不也创作好几种此类社会史式的小说吗？《剑腥录》（《京华碧血录》）是根据精于史学的友人提供的《庚辛之际月表》而作[6]，于庚子事变中京城惨况描绘颇详；《金陵秋》以同乡林述庆都督镇江时日记铺叙而成[7]，颇多辛亥革命史料；《官场新现形记》（《巾帼阳秋》）则是听“多闻报章通知时事”的弟子讲述，而后“随笔书之”，[8]主要展现袁世凯的称帝丑剧。撇开小说的艺术水准和思想倾向，单从以史笔写小说看，林纾

---

① 曾朴：《修改后要说的几句话》，《孽海花》，真美善书店，1928年。

② 《红礁画桨录》林纾《译余剩语》，商务印书馆，1906年。

③ 曾朴：《修改后要说的几句话》。

④ 林纾固然有古文家轻视小说的偏见，但从《迦茵小传》序可见作家的矛盾心情：“魏子冲叔告余曰：‘小说固小道，而西人通称之曰文家，为品最贵，如福禄特尔、司各德、洛加德及仲马父子，均用此名世，未尝用外号自隐。’”更何况林纾毕竟是个译过、写过大量小说的名副其实的小说家。

⑤ 曾朴后来正是这样“误记”林纾的上述评语。见《孽海花资料》中的《东亚病夫访问记》。

⑥ 《剑腥录》附记。

⑦ 林纾：《金陵秋》序。

⑧ 林纾：《官场新现形记》序。

这三部长篇小说颇有代表性。

作家也许不想直接表现历史事变,而主要着眼于“怪现状”或“风流韵事”;但即使如此,小说中也不忘插入几段历史事变的描写,或甚至把事变作为小说情节发展的重要枢纽。吴趼人的《恨海》的“一往情深”,“皆于乱离中得之”;[①]符霖的《禽海石》则因义和团事发,才会有情人生离死别;连卿卿我我的《新茶花》(钟心青),也要“兼叙近十年海上新党各事”[②]。后两者对事变直接着墨不多,前者则颇多正面描写,以至阿英编《庚子事变文学集》也将此“言情小说”收录其中。至于写“怪现状”者多引述轶闻,甲午风云、百日维新、庚子事变等自然多所涉及,只是不曾正面展开而已。

一时间社会史式的小说似乎成了一种时髦,作家纷纷表示自己的创作是奔此而来的。读《孽海花》据说不能把彩云定为主人翁[③],读《剑腥录》据说也不能把邴仲光定为主人翁;因为两者都“非为言情而设”[④]。中原浪子的《京华艳史》据说不能作嫖经或怪现状读,而应“当中国现在北京秘史读”[⑤];苏同的《傀儡记》据说不是在讲有趣的故事,而是在“纵论时代的变迁”[⑥]。就连吴趼人“取法于泰西新史”的“稗官小说”《胡宝玉》(《三十年来上海北里怪历史》),据说也因其记载“社会中一切民情风土,与夫日行纤细之

① 新庵(周桂笙):《〈恨海〉》,《月月小说》3号,1906年。

② 《小说管窥录》,见阿英编《晚清文学丛钞·小说戏曲研究卷》。

③ 参阅《红礁画桨录》林纾《译余剩语》,曾朴《修改后要说的几句话》。

④ 参阅林纾《剑腥录》三十九章,曾朴《修改后要说的几句话》。

⑤ 《京华艳史》第一回,《新新小说》2卷5号,1905年。

⑥ 《傀儡记》第十五回,自印本,1907年。

事”,“虽谓之为上海之社会史可也”。[①] 实际上后世的读者也倾向于把这些小说当“社会史”读,只不过评价远不像当年作家自我估计的那么高。如胡适就认为“《官场现形记》是一部社会史料”[②];郑振铎则称:“《京华碧血录》尤足供给讲近代史者以参考资料。”[③]

光是注重“补正史之阙”,虽则史料翔实,毕竟难以吸引读者,也不成其为小说。既要合小说之体例,又要有史书的价值,“新小说”家于是纷纷以小人物写大时代。在《剑腥录》中,林纾一再表白他两难的窘境并展示其解决的办法:“凡小说家言,若无征实,则稗官不足以供史料;若一味征实,则自有正史可稽。如此离奇之世局,若不借一人为贯串而下,则有目无纲,非稗官体也。”(三十二章)“不得仲光夫妇,亦无以贯串而成文。”(三十九章)“其云邴刘夫妇者,特假之为贯串耳。”(附记)林纾的几部长篇小说,都“拾取当时战局,纬以美人壮士”[④]——前者属实,后者属虚;前者含史,后者归小说。不单林纾,不少“新小说”家都是如此这般解决引“史传”入小说引起的矛盾。研究者常讥笑这一情节模式的浅陋,而不曾体察到其中包含的艺术匠心——尽管不甚高明。如此以男女情事为贯串线索写历史事变,孔尚任的《桃花扇》已有例在先。“新小说”家正是从《桃花扇》吸取艺术灵感,而又力图摆脱这

---

① 新庵(周桂笙):《〈胡宝玉〉》,《月月小说》5 号,1907 年。

② 《官场现形记》序,亚东图书馆,1927 年。

③ 《林琴南先生》,《小说月报》15 卷 11 号,1924 年。

④ 林纾:《劫外昙花》序。

一前人的阴影。梁启超十分推崇《桃花扇》,于《小说丛话》中屡次提及,晚年更为其作注。尽管在《新中国未来记》中似乎看不到《桃花扇》的影响,《新罗马传奇》的布局则被扪虱谈虎客评为"全从《桃花扇》脱胎"(《楔子》评语)。林纾著《剑腥录》,其自序云:"桃花描扇,云亭自写风怀;桂林陨霜,藏园兼贻史料。"尽管曾朴对"能做成了李香君的《桃花扇》"[①]表示不感兴趣,可读者仍不免把它比之于《桃花扇》。

其实"新小说"家的此类著作,自有其不同于《桃花扇》处。曾朴称借用彩云"做全书的线索",目的是"尽量容纳近三十年来的历史";[②]林纾等人又何尝不是如此?彩云毕竟还算"主中之宾",间接卷入历史冲突中;林纾笔下作为贯串线索的男女则纯然是历史事变的旁观者。也许更能代表"新小说"家的"准历史小说"特色的,正是这目击者与旁观者。包天笑曾回忆当年在小说林社与曾朴、徐念慈相约编写近代历史小说:曾朴的《孽海花》以彩云为中心;包天笑的《碧血幕》(刊《小说林》,未完)以秋瑾为中心;徐念慈准备写东三省红胡子及义勇军的《辽天一劫记》并未刊出,是否以一人物为中心不得而知。最有意思的是包天笑的如下自述:

> 仅仅秋瑾一方面的事,也不足以包罗许多史实。但我对于这个志愿,当时总搁在心头,老想以一个与政治无关的人,为书中的主角,以贯通史实,这不但写革命以前的事,更可以

① 曾朴:《修改后要说的几句话》,《孽海花》,真美善书店,1928年。

② 同上。

写革命以后的事了，只是我却想不起我的书中主人。[1]（着重号为引者所加）

任何一个政治人物，其活动面都受到很大限制，借他或她为中心线索，固然便于结构情节，却难以表现整个事变的全过程。倒是一个旁观者，可遇、可游、可闻、可见，更利于“贯通史实”，表现更为广阔的社会画面。包天笑没有想出来的“书中主人”，林纾找到了，刘鹗、吴趼人、连梦青也找到了，这就是那提供大时代见闻的“旅人”。只不过刘鹗、吴趼人笔下的历史画面稍为零碎些，连梦青的“旅人”没有贯串到底，倒是林纾小说中作为贯串的男女一直认真负责提供足够的见闻。

“史传”传统使“新小说”家热衷于把小说写成“社会史”；而为了协调小说与史书的矛盾，作家理所当然地创造出以小人物写大时代的方法。倘若作家把历史画面的展现局限于作为贯串线索的小人物视野内，小说便自然而然地突破了传统的全知叙事——实际上《老残游记》《邻女语》《上海游骖录》《剑腥录》等小说正是这样部分成功地采用了第三人称限制叙事。“史传”传统间接促成了小说叙事角度的转变，可也严重阻碍了这种转变的完成。作家们往往为了“史”的兴趣而轻易放弃这种很有潜力的艺术创新的尝试。《邻女语》后 6 回完全撇开作为贯串线索——视角人物的金不磨，转而大写庚子事变的各种轶闻。从艺术角度考虑，这无

① 《在小说林》，《钏影楼回忆录》，香港大华出版社，1971 年。

疑是败笔;但若从"补正史之阙"考虑,连梦青的中途换马又很好理解。林纾的《剑腥录》《官场新现形记》为了更多引进社会史料,想了个取巧的办法,只是未免过分劳累了主人公的耳目——作家往往于大段社会场面的描写之后,生硬地补充一句"闻之友人"或"阅诸官报"。这么一来,即使勉强保持了视角的统一,也因难得花笔墨详细描述主人公的言谈举止与心理活动,而把其降为名副其实的没有艺术生命的"线索"。

"五四"作家主要采用短篇小说,难以表现广阔的社会画面与巨大的历史事变;再加上很少人抱传统的"补正史之阙"的目的来创作小说,即使间接表现了社会变革与历史事件,也是以小见大,且着重于人心而不是世事(如《药》中的人血馒头与《风波》中的辫子)。至于引轶闻入小说,"五四"作家因对黑幕小说的谤书性质深恶痛绝,故对此抱有戒心。即使偶一用之,也不大肆渲染;读者也没兴趣专门去做索隐。"史传"传统对"五四"作家的影响,主要体现在实录精神。从叶圣陶的"必要有其本事"才创作[①],到茅盾的写佘山至少得到过佘山[②],鲁迅的反对瞒与骗的文艺[③],理论出发点不一样,所能达到的深度当然也有很大差别,但追求艺术的"真实性"的精神却是一以贯之。现实主义理论之所以得以在中国长期独占鳌头,其中一个重要原因无疑是中国读者受"史传"传

① 顾颉刚《隔膜》序中引录叶圣陶 1914 年 9 月 20 日信。《隔膜》,商务印书馆,1922 年。

② 茅盾:《什么是文学》,松江暑假演讲会《学术演讲录》2 期,1924 年。

③ 鲁迅:《论睁了眼看》,《坟》,未名社,1927 年。

统影响而形成的根深蒂固的对真实性的执着追求——有时甚至是病态的。“史传”传统影响于“五四”作家的这一侧面因与小说叙事模式关系不大，故存而不论。

三

叙事中夹带大量诗词，这无疑是中国古典小说最引人注目的特点之一。唐人工诗，既着意著小说，不免顺手牵入几首小诗以添风韵神采。只因无意求之，反倒清丽自然。历代评小说的赞其所录“诗词亦大率可喜”[①]品诗的也称其小说中诗“大有绝妙今古，一字千金者”[②]。后世文人纷纷效颦，甚至有以诗词文藻堆砌成篇的。小小一个短篇，可录入与情节发展关系不大的七律 30 首（李昌祺《剪灯余话·月夜弹琴记》），除了卖弄诗才还有什么解释？自元稹《莺莺传》开以赠诗表爱情的先例，作家只要捏造出两个才子佳人，就能在小说中无穷无尽地吟诗作赋。难怪《红楼梦》第一回石头兄要讥笑世人：“不过作者要写出自己的那两首情诗艳赋来，故假拟出男女二人名姓，又必旁出一小人其间拨乱，亦如剧中之小丑然。”现成的例子是魏子安的《花月痕》。据说魏早年颇负文名，晚岁“唯时念及早岁所为诗词，不忍割弃，乃托名眠鹤主人，成《花月痕》说部十六卷。以前所作诗词，尽行填入，流传世间，即

① 胡应麟：《少室山房笔丛·二酉缀遗》。

② 杨慎《升庵诗话》卷八“唐人传奇小诗”条。另，叶梦得《石林诗话》卷上云：“‘开帘风动竹，疑是故人来’，与‘徘徊花上月，空度可怜宵’，此两联虽见唐人小说中，其实佳句也。”

今所传本也"[①]。此说不一定属实,但"诗词简启,充塞书中,文饰既繁,情致转晦"[②],却是此书的一大特色。辛亥革命后,徐枕亚创作《玉梨魂》《雪鸿泪史》,引录大量诗词,显然受《花月痕》影响。徐曾自叙"弱冠时,积诗已八百余首"[③];《枕亚浪墨》也收录其"枕霞阁吟草"53 题,"庚戌秋词"17 首和"荡魂词"30 阕。这些诗词风格之哀艳秾丽,一如小说中梦霞与梨娘的酬答。说他作小说为保存诗词旧作可能冤枉;可说他借才子佳人卖弄诗才却一点不过分,特别是那比《玉梨魂》"诗词书札增加十之五六"的《雪鸿泪史》。《雪鸿泪史》全书共引录诗词 200 余首,其中第四章只缀以数语记事,余皆为诗词酬答,难怪号为"爱阅哀艳诗词者,不可不读"[④]。

中国古典小说之引录大量诗词,自有其美学功能,不能一概抹杀。倘若吟诗者不得不吟,且吟得合乎人物性情禀赋,则不但不是赘疣,还有利于小说氛围的渲染与人物性格的刻画。讥笑世人卖弄情诗艳赋的曹雪芹,不也在《红楼梦》中穿插了 124 首诗、35 首曲和 8 首词吗[⑤]?"新小说"家旧学基础好,不免也偶尔逞逞才华,于小说中穿插诗词。只是第一,这些诗词都力图织进情节线中,构

① 《小奢摩馆脞录》,录自孔另境编《中国小说史料》,上海古籍出版社,1982 年。

② 鲁迅:《中国小说史略》第二十六篇。

③ 《断碎文章 · 吟剩自序》,《枕亚浪墨》。

④ 《小说丛报》13 期(1915 年)刊《雪鸿泪史》广告。

⑤ 张敬:《诗词在中国古典小说戏曲中的应用》,台湾《中外文学》3 卷 11 期,1974 年。另,据张文统计,《游仙窟》引诗 77 首;《水浒传》引诗 556 首,词 54 首;《三国演义》引诗 157 首,词 2 首;《花月痕》引诗 212 首,词 11 首。

成人物命运的有机组成部分。如《老残游记》第六、十二回老残的吟诗发感慨,诗虽说不上好,可毕竟不俗,颇合老残身份。第二,这些穿插的诗词数量极少(辛亥革命后言情小说除外)。如《二十年目睹之怪现状》第三十八至四十回,虽录几首题画诗,毕竟并不威胁叙事的顺利进行;《剑腥录》中仲光吹捧梅儿词“直逼小山”,梅儿赞叹仲光词“步武玉田”,但也只各录一首。第三,出现一些引外国诗歌入小说的,如梁启超《新中国未来记》中录拜伦的《哀希腊》、苏曼殊的《断鸿零雁记》中录拜伦的《大海》。第四,作家有意识地反对中国古典小说中矫揉造作的随处吟诗。刘鹗《老残游记》十三回借翠环之口讥笑文人作诗为“不过造些谣言罢了”;二编七回则干脆把作诗比为放屁。吴趼人《二十年目睹之怪现状》则对《花月痕》的动辄吟诗热讽冷嘲:“天下那里有这等人,这等事!就是掉文,也不过古人的成句,恰好凑到我这句说话上来,不觉冲口而出的,借来用用罢了;不拘在枕上,在席上,把些陈言老句,吟哦起来,偶一为之,倒也罢了,却处处如此,那有这个道理!这部书作得甚好,只这一点是他的疵瑕。”(第五十回)小说中才子佳人的满口诗赋,不见得就此给吴趼人骂跑,不过起码作家引诗时不免有些顾忌。王濬卿《冷眼观》第十八回录《沪江竹枝》感怀诗,后即添上两句自嘲:“但我甚怕后来有人讥刺我像那怪现状的小说上,论《品花宝鉴》这部书笔墨倒也还干净,就是开口喜欢念诗,未免是他的短处,因此我吓得不敢轻易多说。”当然,更重要的也许是作家主要关注社会的政治层面,冷落了才子佳人,故早期“新小说”很少引录诗词。而一旦才子佳人重新得势,骈四俪六、诗词曲赋可能马上卷土重来,辛亥革命后的言情小说就是明证。

可惜的是,“新小说”家在驱逐小说中泛滥成灾的诗词的同时,把唐传奇开创而后由《儒林外史》《红楼梦》《聊斋志异》等古典名作继承发展的小说的抒情气氛也给放逐了。除了《老残游记》《断鸿零雁记》等寥寥几部文笔轻松流畅、有浓郁的诗情画意外,其他绝大部分“新小说”都忙于讲故事或说道理,难得停下来理会一下人物纷纭的思绪或者大自然明媚的风光,因而也难得找到几段漂亮的描写与抒情。辛亥革命后的言情小说,颇多故作多情、无病呻吟者,可就是找不到《儒林外史》的伤今吊古、《红楼梦》的悲金悼玉那样的抒情文章。

“五四”作家对传统小说的引录大量诗词颇不以为然,茅盾就曾批评旧小说于人物出场处来一首《西江月》或一篇“古风”,“实在起不到什么美感”[①];罗家伦也讥笑喜欢“中间夹几句香艳诗”的“滥调四六派”,是“只会套来套去,做几句滥调的四六、香艳的诗词”。[②] 因此,“五四”作家虽也有于小说中穿插诗句的(如郁达夫、郭沫若、冰心、许地山等),但都很有节制,不至于撇开人物炫耀作者诗才。引诗词入小说构不成“五四”小说的特点,倒是“诗骚”入小说的另一层面——浓郁的抒情色彩,笼罩了几乎大部分“五四”时代的优秀小说。

“五四”作家不会像“新小说”家那样把史书当小说读;但“五

① 《自然主义与中国现代小说》,《小说月报》13卷7号,1922年。

② 志希(罗家伦):《今日中国之小说界》,《新潮》创刊号,1919年。

四”作家也有一种“误读”,那就是把散文当小说读。“五四”作家第一部重要的译作《域外小说集》(周作人、鲁迅译)中,除显克微支、安特莱夫、契诃夫、迦尔洵、莫泊桑的短篇小说外,还有王尔德、安徒生的童话《安乐王子》《皇帝之新衣》,梭罗古勃的《烛》等10篇寓言,须华勃的《婚夕》等5篇拟曲,蔼夫达利阿谛斯的《老泰诺思》等3篇散文。这些童话、寓言、拟曲和散文,也有一点情节和人物,但主要落墨在氛围与意境,与我们今天理解的小说有颇大的区别。不只是鲁迅和周作人,“五四”作家常常把散文、童话、速写、笔记当小说读。“五四”时代的小说杂志上常见标为小说的散文,“五四”作家的小说集更常常夹杂道道地地的散文。冰心的《笑》、俞平伯的《花匠》、鲁迅的《鸭的喜剧》、许钦文的《父亲的花园》等,严格说都是散文。埋怨“五四”作家文学分类不精细没有意义,值得注意的是“五四”作家何以不把史书而把散文混同于小说。

与这种“分类混乱”相呼应的是,“五四”作家对西方小说“诗趣”的寻求。沈雁冰尊屠格涅夫为“诗意的写实家”[①];夏丏尊称国木田独步“虽作小说,但根底上却是诗人”[②];周作人赞赏科罗连柯“诗与小说也几乎合而为一了”[③];郁达夫认为施托姆的小说“篇篇有内热的、沉郁的、清新的诗味在那里”[④];郭沫若则一口咬定歌德

① 冰(沈雁冰):《俄国近代文学杂谈》,《小说月报》11卷1号,1920年。

② 《关于国木田独步》,《文学周报》5卷2期,1927年。

③ 《玛加尔的梦》周作人《译后记》,《新青年》8卷2号,1920年。

④ 《〈茵梦湖〉的序引》,《文学周报》15期,1921年。

的《少年维特之烦恼》“与其说是小说，宁说是诗，宁说是一部散文诗集”①……几乎所有自己喜欢的外国作家，“五四”作家都要而且都能从其作品中找到“诗趣”。这固然可能是因为对象本身独具的禀赋，可也跟阅读者独特的“期待视野”有关——用一种读诗文的眼光来读小说，自然容易发现西方短篇小说中的“诗趣”。

最能代表这一倾向的是“五四”作家对童话的异乎寻常的热情。从1913年发表《童话略论》起，周作人写过大量论童话的论文，可算是这方面的专家；至于郭沫若作《儿童文学之管见》、胡适作《儿童文学的价值》、夏丏尊译《俄国的童话文学》、张闻天作《王尔德的童话》，则似乎只是“客串”。鲁迅译过《爱罗先珂童话集》等、夏丏尊译过爱罗先珂的《枯叶杂记》、穆木天译过《王尔德童话》、赵景深译过《安徒生童话》等、郑振铎译过《莱森寓言》、鲁彦译过《给海兰的童话》。创作方面尽管只有叶圣陶出过一本正式的童话集《稻草人》，但陈衡哲、冰心、凌叔华、鲁彦、王统照、周全平等作家的部分小说不同程度带童话色彩。“五四”作家跟童话的因缘何其深！按周作人的说法，“记录民间童话的人是民俗学者”，“创作文学的童话的是文人”；②赵景深则把童话分成民间、教育、文学三类③。“五四”作家有感兴趣于童话的民俗学、教育学价值的，但更多的是侧重其文学价值。尽管明白安徒生的童话更符

① 《〈少年维特之烦恼〉序引》，《创造季刊》创刊号，1922年。

② 周作人：《〈王尔德童话〉》，《自己的园地》，晨报社，1926年。

③ 《研究童话的途径》，《童话论集》，开明书店，1927年。

合儿童的心智和趣味[①],但似乎更欣赏王尔德那“诗人的童话”[②]。从文学角度把童话当小说读或把小说当童话写,“五四”作家实际上着眼的正是其于天真纯洁的幻想中自然流露出来的“诗趣”。郭沫若说童话除以儿童心理为主体外,“大抵与诗的性质相同”[③];周作人评安徒生“以小儿之目,观察庶类,而以诗人之笔写之,故美妙天成,殆臻神品”[④];穆木天、赵景深则希望读者把王尔德的童话当散文诗读[⑤]。译介童话本非自“五四”始,周桂笙、孙毓修以至“五四”以前的周作人,并不强调童话的“诗趣”,而是突出其故事情节或教育作用——这里不也显出“五四”作家独特的“期待视野”吗?

如果说同样接受传统文学的影响,“新小说”家着重“史传”,“五四”作家无疑是突出了“诗骚”。这一点,前辈学者有过精辟的论述,尽管使用的术语和论述的侧重点跟我不大一样。捷克学者普实克在《传统东方文学与现代西方文学在中国文学革命中的对抗》一文中曾指出:

> 旧中国的主要文学趋向是抒情诗代表的趋向,这种偏好也贯串在新文学作品中,因而主观情绪往往支配着甚至冲破了史诗形式。[⑥]

---

① 赵景深、周作人:《童话的讨论(四)》,《童话评论》,新文化书社,1924年。

② 周作人:《〈王尔德童话〉》。

③ 《儿童文学之管见》,《童话评论》。

④ 《著者事略》,《域外小说集》,群益书社,1921年。

⑤ 参阅赵景深《童话家之王尔德》,《童话评论》。

⑥ Prušek, “A Confrontation of Traditional Oriental Literature with Modern European Literature in the Context of the Chinese Literary Revolution,” *Archiv Orientální*, 32:3, 1964.

在《中国文学中的现实和艺术》中，普实克又指出：

> 一方面，是属于文人文学的那种主观的、抒情的、对现实所持的思想认识态度；另方面，是说书人史诗文学中那种灵活生动、兼收并蓄的、适应性强的形式。把以上两方面的传统熔铸结合，这是创造真正新文学的前提。①

王瑶先生在《中国现代文学与古典文学的历史联系》中更加明确地指出：

> 鲁迅小说对中国“抒情诗”传统的自觉继承，开辟了中国现代小说与古典文学取得联系、从而获得民族特色的一条重要途径。在鲁迅之后，出现了一大批抒情体小说的作者，如郁达夫、废名、艾芜、沈从文、萧红、孙犁等人，他们的作品虽然有着不同的思想倾向，艺术上也各具特点，但在对中国诗歌传统的继承这一方面，又显示了共同的特色。②

我想补充的只是如下几点：首先，引“诗骚”入小说在中国文学中由来已久（不完全等同于普实克称为开始于中世纪的“抒情诗”与“史诗”的交汇③）。这种倾向“五四”以前主要表现在说书人的穿插诗词、骚人墨客的题壁或才子佳人的赠答；而“五四”作家则把

---

① “Reality and Art in Chinese Literature,” *Archiv Orientální*, 32:4, 1964.此段引文借用尹慧珉的译文（刊《国外中国文学研究论丛》，中国文联出版公司，1985年）。

② 《北京大学学报》1986年第5期。

③ 参阅“The Realistic and Lyric Elements in the Chinese Mediaeval Story,” *Archiv Orientální*, 32:1, 1964。

诗词化在故事的自然叙述中,通过小说的整体氛围而不是孤立地引证诗词来体现其抒情特色。其次,“五四”作家并不是同时吸收文人文学的抒情诗传统与民间文学的史诗传统(借用普实克术语),真正自觉借鉴说书人技巧是20世纪40年代的赵树理才开始的。“五四”作家很少考虑借曲折的情节吸引读者;张资平注重情节,但也不是借鉴说书传统。恰恰是因为“五四”作家“片面”突出小说中的“诗骚”因素,才得以真正突破传统小说的藩篱。再次,“五四”作家的注重“诗骚”传统,跟他们的西方老师大有关系。用读诗文的办法读小说,“五四”作家选中了散文化的西洋小说①;而这种“抒情诗的小说”反过来又促进了他们引“诗骚”入小说的热情。最后,这种引“诗骚”入小说的艺术尝试,不单为20世纪中国文学贡献了一大批优秀的抒情小说,而且促成了中国小说叙事结构的转变。

中国古代多的是即席赋诗,可就没听说过谁即席作小说。这不单因为诗歌一般篇幅短小,小说不免长些;更因为抒情的诗歌可以脱口而出,叙事的小说却必须讲究谋篇布局(要不岂不成了“本事”?)。“五四”小说家恰恰在这一点上取法中国古代诗人——当然不是指即席“赋”小说,而是指作家普遍推崇“写小说”而贬低“做小说”。1922年茅盾曾指出当时文坛“一般的倾向”:“作家把做诗的方法去做小说,太执板了。差不多十人中有九人常说:小说

① “新小说”家和“五四”作家选择的西洋小说大不一样,这牵涉到这两代人不同的知识结构(包括外语水平)、艺术修养与思想倾向,这里不做详细论述。

要努力做,便不成好小说,须得靠一时的灵感。”[1]随后,《文学旬刊》就此问题展开讨论。先是汝卓给编者郑振铎写信,批评叶圣陶“写小说而不应是做小说”的主张,兼及“近来有许多人主张以做诗的态度做小说”。[2] 汝卓强调小说应该“做”而不应该“写”:“我所主张的做,是先要有感情的挑拨的做;是尽量应用心理学上的原则和艺术上的技巧使固有的情绪格外具体化的表现出来的做;是努力分析自己的情绪,使读者格外容易感受——格外容易动人的做。”[3]郑振铎的答复则是:他和叶圣陶都主张《战争与和平》需要“做”,“不过大多数的小说,却都是‘写’出来的”。理由有四:纯客观描写不是好小说;情绪如何应不加修饰;写作时不应老注意文学技巧;“艺术手段高涵养有素的人,洒洒的写了出来,不一定靠做,而且一写出来就是很好”。[4] 关于“写”与“做”的争论(当时还有好些)当然不会有什么结果,因为概念本身相当模糊。排除双方攻击性的“误解”(如“做”即“做作卖弄”;或“写”即“不负责任的胡涂乱抹”),不难见出当时作家的创作心态:主张“写”者不外是力图挣脱固定框框,即兴而作。事过十年,朱自清还在《叶圣陶的短篇小说》中慨叹:“我们的短篇小说,‘即兴’而成的最多,注意结构的实在没有几个人。”推崇“即兴”地“写小说”,不等于写作态度不认真,而是更注重作家内心感受的表达。“‘真’的

① 《创作坛杂评(一)一般的倾向》,《文学旬刊》33 期,1922 年。

② 《致郑振铎信》,《文学旬刊》38 期,1922 年。

③ 宓汝卓:《小说的“做”的问题》,《文学旬刊》42—43 期,1922 年。

④ 《复汝卓信》,《文学旬刊》38 期,1922 年。

文学,是心里有什么,笔下写什么。”[①]“我只想将我这真实的细弱的‘心声’写出。”[②]注重自我,注重情感,追求真实,追求自然,当然很可能相对忽略了情节的安排与人物的塑造。于是,由“五四”作家的“心声”垒成的小说便不能不是布局比较单调,人物比较单薄,但“在那里有天真的孩子气,纯洁的灵魂与热烈的情感。文笔是直率的,有时也有一点诗似的美句”[③]。

“五四”作家、批评家喜欢以“诗意”许人,似乎以此为小说的最高评价。陈西滢评冰心:“在她的小说里,倒常常有优美的散文诗。”[④]郑伯奇声称:“达夫的作品,差不多篇幅都是散文诗。”[⑤]王任叔评徐玉诺:“他许多小说,多有诗的结构,简练而雄浑,有山谷般奇伟的美。”[⑥]郁达夫指认成仿吾的《一个流浪人的新年》:“其实是一篇散文诗,是一篇美丽的 Essay。”[⑦]沈雁冰说王鲁彦的《秋夜》:“描写是‘诗意’的,诗的旋律在这短篇里支配着。”[⑧]蹇先艾评王统照的《春雨之夜》:“好像一篇很美丽的诗的散文,读后得到无限的凄清幽美之感。”[⑨]陈炜谟评朱自清的《别后》:描写精细,多

---

① 冰心:《文艺丛谈》,《小说月报》12 卷 4 号,1921 年。

② 王统照:《号声》自序,复旦书店,1928 年。

③ 鲁彦这段自述,颇能概括当时小说的一般特点。见《我怎样创作》,《鲁彦短篇小说集》,开明书店,1941 年。

④ 《新文学运动以来的十部著作》,《西滢闲话》,新月书店,1928 年。

⑤ 《〈寒灰集〉批评》,《洪水》3 卷 33 期,1927 年。

⑥ 《对于一个散文诗作者表一些敬意》,《文学旬刊》37 期,1922 年。

⑦ 《一个流浪人的新年》郁达夫跋,《创造季刊》创刊号,1922 年。

⑧ 方璧(沈雁冰):《王鲁彦论》,《小说月报》19 卷 1 号,1928 年。

⑨ 《〈春雨之夜〉所激动的》,《晨报 · 文学旬刊》36 期,1924 年 5 月 21 日。

有“散文诗一般的句子”①。成仿吾评冰心的《超人》:“比那些诗翁的大作,还要多有几分诗意。”②……只是这么多“诗意”到底落实在小说的具体描写中,还是只不过表达作家、批评家的“良好愿望”和审美趣味? 1927年,郑伯奇曾用“主观的抒情的态度”“流丽而纡徐的文字”“描写自然,描写情绪的才能”来概括郁达夫小说中“清新的诗趣”③。这段话可移来作为“五四”小说“诗趣”的初步描述。倘若进一步辨认“五四”小说的“诗趣”与西洋小说的“诗趣”之别,那可就不能不再从“情调”与“意境”两个角度解读“五四”小说,以求进一步把握“五四”小说与中国“诗骚”传统的历史联系。

“小说的情调”与“小说的意境”,这两个专门术语的创造得归功于两段“五四”作家的“创作谈”——尽管后一段20世纪40年代才刊出,可很能说明“五四”小说的特点,故一并录下:

> 历来我持以批评作品的好坏的标准,是“情调”两字。只教一篇作品,能够酿出一种“情调”来,使读者受了这“情调”的感染,能够很切实的感着这作品的“氛围气”的时候,那么不管它的文字美不美,前后的意思连续不连续,我就能承认这是一个好作品。④

> 构成意境和塑造人物,可以说是小说的必要手段。意境

① 《读〈小说汇刊〉》,《小说月报》13卷12号,1922年。

② 《评冰心女士的〈超人〉》,《创造季刊》4号,1923年。

③ 《〈寒灰集〉批评》,《洪水》3卷33期,1927年。

④ 郁达夫:《我承认是“失败了”》,《晨报副镌》1924年12月26日。此文是从小说《秋柳》谈开去的,所谓“作品”,特指“小说”。

> 不仅指一种深善的情旨，同时还要配合一个活生生的场面，使那情旨化为可以感觉的。①

把“情调”和“意境”作为判定小说优劣的重要标准，这本身已足见“诗骚”的潜在影响，更何况郁达夫、叶圣陶关于“情调”“意境”的解说尽可在中国古代诗评中找到先声。更重要的是，“五四”作家不单自觉不自觉地在小说创作中追求“情调”与“意境”，而且所追求的“情调”与“意境”跟中国古典诗歌血脉相连。

“五四”作家大多不大善于编故事，却善于捕捉一种属于自己并属于自己时代的特有“情调”。一个简单的叙事框架，经过作家再三的点拨渲染，居然调成一篇颇有韵味的“散文诗”。鲁迅的《故乡》、郁达夫的《茑萝行》、王统照的《春雨之夜》、叶圣陶的《悲哀的重载》、废名的《竹林的故事》、成仿吾的《一个流浪人的新年》、倪贻德的《下弦月》，以至许钦文的《父亲的花园》、蹇先艾的《到家的晚上》，“五四”时代这类抒情小说实在太多了。谈不上“典型环境中的典型人物”，有的只是一段感伤的旅行，一节童年的回忆，一个难以泯灭的印象，一缕无法排遣的乡愁。不只是情节单薄，调子幽美，抒情气氛很浓；更重要的是抒的不是一般的“情”，而是一种带有迷惘、感伤的“淡淡的哀愁”。其中最引人注目的，是那“五四”作家特有的虽则愤世嫉俗但仍不失赤子之心、虽则略带夸张但却不乏真诚、虽颇喜侈谈历尽沧桑的哲理实则更多童话式天真的“凄冷”的情调。

① 叶圣陶：《读〈虹〉》，《中学生》72期，1944年。

如郁达夫那样打出旗号地鉴赏“凄切的孤单”[1]的可能不多，但苦闷感、孤独感以及与此密切相关的感伤情调，却笼罩着整个“五四”一代作家[2]。我感兴趣的不是小说中体现出来的作家打破“壁障”的心理现实(其希望、其迷茫、其痛苦，以及产生这一切的历史动因)，而是作家流露出来的这种对于“凄冷”情调的鉴赏。这种审美趣味无疑带有明显的民族烙印。从李贺、李商隐的诗，李煜、李清照的词，到戏剧《桃花扇》《长生殿》，小说《儒林外史》《红楼梦》，中国文学中有一个善于表现“凄冷”情调的传统。

中国文人向往丽日中天的纵酒放歌，但也赞赏凄风苦雨中的浅唱低吟。李白式的豪放俊逸与李清照式的凄婉悲凉，两者同样是对生活的审美观照。“冷冷清清”时，不至于悲观绝望、萎靡颓唐，而是一阵长叹、一声苦笑——并且是一声不无自我鉴赏、自我解嘲性质的苦笑。化为艺术，即文人文学很少撼人心魄的“悲壮”，而更多沁人肺腑的“悲凉”。中国小说史上文人气越浓的小说，这种凄冷悲凉的情调就越明显(大概只有在真正的话本、唱本中才保留一点豪侠之气)。中国小说在从边缘向中心移动的过程中，主要吸收了以诗文为盟主的整个中国传统文学，这就决定了凄冷悲凉情调对“五四”小说的渗透。“五四”小说很少“五四”新诗

---

① 郁达夫《北国的微音》(《创造周报》46号，1924年)云：“‘凄切的孤单’，倒是我们人类从生到死味觉得到的唯一的一道实味。”“沫若！我说你那一篇《歧路》写得很可惜，你若不写出来，你至少可以在那一种浓厚的孤独感里浸润好几天。现在写出了之后，我怕你的那一种‘凄切的孤单’之感，要减少了吧？”

② 参阅赵园《艰难的选择》上篇第一章《“五四”时期小说中知识分子的心理现实》，上海文艺出版社，1986年。

中那种朝气蓬勃乐观向上的情绪，其凄冷情调透露了“五四”知识分子心境的另一侧面[1]，也进一步证实了本文关于“五四”小说更多借鉴“诗骚”传统的理论设想。

按照叶圣陶的说法，小说中的“意境”是一种“场面”化的“情旨”。把“情”景化，把“景”情化，“五四”作家在这方面颇下功夫，其成绩也相当可观。这里不准备描述“五四”作家如何寻求情景交融以获得特殊的美学效果，而是突出传统诗歌（抒情诗）在小说家构成意境活动中所起的作用。冰心的书信体小说《遗书》中有这么一段话：

> 我看了不少的旧诗词，可意的很多，随手便都录下，以后可以寄给你看——我承认旧诗词，自有它的美，万不容抹杀。

郁达夫的小品《骸骨迷恋者的独语》则云：

> 目下在流行着的新诗，果然很好，但是象我这样懒惰无聊，又常想发牢骚的无能力者，性情最适宜的，还是旧诗，你弄到了五个字，或者七个字，就可以把牢骚发尽，多么简便啊。

这两段话尽可视为作家的夫子自道。实际上，好多“五四”作家尽管提倡新诗，也积极试作新诗，但骨子里更喜欢旧诗。出于开风气的需要以及变革传统文学的热情，“五四”作家自觉压抑作旧诗的兴趣，或者私下偶作但不发表（如鲁迅、朱自清）。而在小说创作

---

① 以鲁迅的坚强，尚且说：“多伤感情调，乃知识分子之常，我亦大有此病，或此生终不能改……”（《致曹聚仁[1934年4月30日]》，《鲁迅书信集》，人民文学出版社，1976年）

中,这种"禁忌"给打破了。可以借人物创作旧体诗词(如郁达夫),但更多的是于故事叙述中自然而然带出几句唐诗宋词元曲,或者不直接引录,而是把旧诗的境界化在场面描写中。王以仁的《神游病者》不只以《燕子龛残稿》作为贯串道具,且以其奠定整篇小说的基调;而"他"投水前吟诵的黄仲则诗句"独立市桥人不识,一星如月看多时",更是小说中诗化的中心意象。庐隐的《海滨故人》表面上不像后来小说那样直接引录古人诗词,可整篇小说浸透旧诗词的感伤情调,以至给人印象似乎所有小说中人物都是随时可以七步吟诗的多愁善感的才女[①]。凌叔华小说中叙事角度的处理明显得益于曼殊斐儿,可整体氛围的渲染以至中心场景的布置——如《茶会以后》中作为转机的深夜冷雨落花的意象、《中秋晚》中首尾呼应的景物描写与《花之寺》中的人物心理——都有从古典诗词脱胎而来的痕迹。更有意思的是自称"写小说同唐人写绝句一样"[②]的冯文炳(废名)。不只是语言精练,篇幅短小,或者化用古人诗句(《桃园》中颇受赞赏的佳句"王老大一门闩把月光都闩出去了",明显是化用"闭门推出窗前月")。所谓"变化了中国古典文学的诗",主要是体现在对小说意境的寻求。每篇小说不是一个故事,而是一首诗一幅画,作家苦苦寻觅的是那激动人心的一瞬——一声笑语、一个眼神或一处画面。而这一切并非什么神秘的

---

① 刘大杰《黄庐隐》(《人间世》5 期,1939 年)云:"冰心在燕京的环境里,多少是受了些外国文学的影响;庐隐是女高师国文系出身的,她的作品,很浓厚的呈现着中国旧诗词旧小说的情调。"

② 废名:《废名小说选》序,人民文学出版社,1957 年。

象征,其本身就具有诗意与美感;对这种诗意与美感的发掘与鉴赏,有西洋文学的影响,但更多的是中国古典诗词的陶冶。倪贻德于诗骚词赋外,更添上祖传的“云林家法”(《岁暮还乡记》),融诗画入小说,有诗的意境也有画的韵致,更是别有一番滋味。至于中国现代抒情小说的开山祖鲁迅,其小说更是“像古典诗歌一样,这种‘抒情’常常是通过自然景物、通过心情感受而形成一种统一的情调和气氛的”①。当然,成功的转化应是如盐入水,有味可尝而无迹可寻,只可意会难以言传。过分详细的辨析,很可能反而流于穿凿附会。

引“诗骚”入小说,突出“情调”与“意境”,强调“即兴”与“抒情”,必然大大降低情节在小说布局中的作用和地位,从而突破持续上千年的以情节为结构中心的传统小说模式,为中国小说的多样化发展开辟了光辉的前景。

① 王瑶:《论鲁迅作品与中国古典文学的历史联系》,《文艺报》1956 年 19—20 期。

第八章　结　语

一

“在这里，中国小说拐了个弯，从此进入了新的河道——在本书的论述范围内，即指采用了新的叙事模式。不难想象，就在这转弯处，会有许多值得仔细辨认的先驱者的足迹、迷路者的身影与牺牲者的躯体。”——这是本书《导言》的最后一段话。

花费洋洋二十万言描述并研究这一叙事模式的转变，值得吗？不单读者，作者也时时扪心自问。对研究的价值的怀疑，说到底是对研究对象的价值的怀疑。采用倒装叙述或者限制叙事的作品是否命定地优越于采用连贯叙述或者全知叙事的作品？懂得倒装叙述或者限制叙事的现代作家是否比吴敬梓、曹雪芹等古代作家更幸福？注重叙事模式的多样化的现代小说是否比叙事模式相对单调的古代小说更有艺术价值？答“是”答“否”恐怕都难以避免简单化之嫌。正是这表面答案的不确定，使人们对叙事模式转变的研究价值表示怀疑。

作为一种文学现象,谁也不会否认这种转变有研究的必要;可心里到底总有点不大以为然。“倘若在论述中能涉及一些小说主题或风格的演变那就好了!”——这种假设的惋惜相当典型地反映了这么一种矛盾心态。也许,出于整体思维的习惯,人们总希望动物学家在绘制雄马的解剖图时,不要忘记补上它驰骋疆场时的英姿以及作为绘画表现对象的审美价值。这种“思维定势”逼得研究者时时八面受敌,只求面面俱到,难得长驱直入,迅速推进论题。更为重要的是,内容、形式两分法以及内容决定形式论的根深蒂固的影响,使研究者视主题、人物形象等所谓内容层面的研究为“本”,而视形式层面的研究为“末”,因而难得从“形式化了的内容”的角度充分肯定某一表现技巧革新的意义,更谈不上从小说把握世界方式的演变这一角度来思考小说史的发展。

当然,这里还有个如何从历史与美学统一的高度进行评判的问题。像帕西·拉伯克那样主张只有当小说家将他的故事当作一件事物来“展示”而不是“讲述”的时候,小说艺术才算开始;或者像韦恩·布斯那样漫画化地攻击坚持“展示”优于“讲述”的“谬论”[①],显然都过于偏颇。文学研究应该探讨“为什么一个特定的时期促进了一场特定技巧或形式的革命”[②],而不是指责某一特定

---

① 参阅拉伯克的《小说技巧》和布斯的《小说修辞学》。后者的论战性质太强,在批评前者的绝对化倾向时,容易造成否定现代小说技巧的错觉。这一点布斯在第二版的跋文中有所说明和纠正。

② 这是布斯在《小说修辞学》第二版跋文中表达的愿望。承认小说形式受文化、时间的约束,这使21年后写的长篇跋文立论更稳妥些。

时期的作家不采用某一特定技巧(如客观的“展示”)。每一个时代的作家都有权利选择他们认为最合适的表达方式,这里没有对错或高低之分。不过,讥笑16世纪作家不曾像20世纪作家那样采用交错叙述或者限制叙事,固然是幼稚的;可认为新、旧叙事模式各有利弊、不分高低,也未见得高明。关键在于新的叙事模式是否更准确更生动地表现了现代人的生活与感情。既然交错叙述比连贯叙述更能表现现代人意识的流动与思维的跳跃,适合现代读者渴望了解人物真实的内心世界的审美趣味,那就应该毫不犹豫地肯定小说家创造这一新的叙事时间是个了不起的进步。对叙事角度、叙事结构的变化也应作如是观。

高度评价作为整体的小说叙事模式的转变,不等于肯定每一部采用新的叙事模式的作品,或者排斥每一部采用传统叙事模式的作品。鲁迅的《阿Q正传》采用传统的全知叙事,可这丝毫不妨碍其成为一代杰作;相反,“五四”时代不少采用新的叙事时间、叙事角度、叙事结构的小说,艺术价值并不高。借用韦恩·布斯的比喻,掌握新的叙事模式,只不过“拥有一个更大的针线筐,有式样更多的线可用”[①];至于能不能织出锦绣之衣,还得看作家是否具有超人的艺术才华。对今天的作家来说,了解某一新的叙事方式,可能用不了半天的时间;可适当地运用某一新的叙事方式创作出有高度审美价值的作品,却可能必须花费一辈子的努力。就具体作品而言,没有理由认定采用新的叙事模式的,就一定高于采用传

① 《小说修辞学》425页,付礼军译,广西人民出版社,1987年。

统叙事模式的;但作为一个时代的文学,由单一的叙事时间、叙事角度、叙事结构,发展到多种叙事时间、叙事角度、叙事结构,却无疑大大增加了小说形式的弹性,为作家创作出更能适合现代人审美趣味的优秀作品提供了可能性。

韦恩·布斯说得对:"仅仅说一个故事是由第一或第三人称讲述的,并不能告诉我们什么重要的事情,除非我们能更精确地描述叙述者的特性与某些特殊效果有关。"[①]同理,仅仅说某篇小说是采用连贯叙述还是倒装叙述、是以情节为结构中心还是以背景为结构中心也不够,还必须描述作家这种选择的美学效果。因而在第二章中,我主要论述新的叙事时间如何利于更真切地表现人物情绪和突出作品的整体氛围;在第三章中,我主要论述新的叙事角度如何容易获得真实感和反讽的效果;在第四章中,我主要论述新的叙事结构如何伴随着小说的心理化与诗化。

正像《导言》中指出的,我关注的不只是叙事时间、叙事角度或叙事结构的转变,而是叙事时间、叙事角度和叙事结构的转变。尽管分章节分别论述,我仍相信这三者之间有其潜在的联系。如果进一步追寻20世纪初中国作家何以愿意而且热衷于采用新的叙事模式,我们不难发现叙事时间、叙事角度、叙事结构的转变实际上都共同指向(一)作家主体意识的强化,(二)小说形式感的加强,(三)小说人物的心理化这一总体倾向。这一倾向涉及小说文体的转变、小说类型的转变以及小说主题的转变等层面,但小说叙

① 《小说修辞学》157页。

事模式的转变无疑是其中的一个重要因素。详细论述这几种转变的联系，并进而描述中国小说现代化的历史进程，不是本书所能完成的任务；但指出这种联系的存在却是必要的。

也正是着眼于制约着叙事模式转变的深层的审美意识的转变，我才谨慎地把这30年小说叙事模式的转变称为“初步完成”。表面看来，现代小说所采用的各种叙事模式，“五四”时代都有人尝试，似乎“转变”已经彻底完成了。但实际上不少“五四”作家并没真正理解新的叙事模式的美学功能，而只是模仿其表面特征。因而随着作家的逐步成熟，采用新的叙事模式的热情反而下降。不用做十分详细的统计就可以发现，20世纪三四十年代小说对传统叙事模式偏离的幅度反倒没有“五四”小说大。并非三四十年代小说艺术上倒退，而是“五四”小说的“突破”潜伏着内在的危机。“五四”小说大都语调直率夸张，难得冷静深沉之作，而身边小说的流于宣泄情感，散文化小说的篇幅短小，都难于表现较为广阔的社会人生，也难于深入发掘并体现新的叙事模式的美学功能。尽管有个别作家意识到这一危机①，但这种偏向还是20世纪30年代以后才明显得到纠正的。就这一点而言，30年代以后的小说艺术上是比“五四”小说成熟。但另一方面，“五四”作家对小说形式的高度敏感以及尝试各种叙事方式的热情，却又是大部分30年代以后作家所缺乏的。我们在老舍、沈从文、张天翼、吴组缃、萧红、

① 如茅盾的《创作坛杂评(一)一般的倾向》、成仿吾的《〈一叶〉的评论》、黎锦明的《论体裁描写与中国新文艺》《论文艺上的夸大性》等都表达了这种忧虑。

孙犁、师陀等作家的作品中，仍然可以感受到“五四”作家开拓小说表现手法和表现空间的探索精神；而且就总体水平而言，这些作家对新的叙事模式的美学效果的追寻，比“五四”作家（鲁迅等个别人除外）更有成效。但是，政治斗争的激烈以及忧国忧民的历史传统，使大部分作家更倾向于在小说中体现政治良心、启蒙意识而不是审美价值；而广大劳苦大众文化水平的相对低下，又不能不限制了以他们为主要读者对象的小说进行叙事模式革新的可能性。新时期作家普遍对小说叙事模式表现出极大的兴趣，而一般读者的形式感也大有提高。也许，由 20 世纪最初一代作家开始的转变小说叙事模式的努力，在 20 世纪最后一代作家手中能结出真正丰硕的果实。

二

如果说叙事时间、叙事角度、叙事结构三分法的叙事学框架带有很大的假定性，只是整个研究的前提；那么“中国小说叙事模式的转变基于两种移位的合力”的理论构想，才是本书的真正核心，也是借以展开论述的基本理论角度。不是西方小说送来样板、中国小说亦步亦趋的“影响说”，也不是中国小说主要受社会环境和文学传统的驱逼而发生嬗变的“自力说”，甚至也不是绝对正确但过于朦胧以至于说了等于没说的“综合说”。而是强调由于西洋小说输入，中国小说受其影响而发生变化，与中国小说从文学结构的边缘向中心移动，在移动过程中汲取整个传统文学养分而发生变化这两种移位的合力的共同作用。承认西方小说的输入是第一动力,但中国小说的移位的影响照样十分深刻。

既然是"移位",把这场小说革新看作动态的结构,那就得充分考虑到移位过程中必不可少的"损耗"与"对话"。真正具有研究价值和理论意义的,很可能不是那人所共知的移位的结果,而是那鲜为人注意的移位的过程;不是那不折不扣立竿见影的"接受",而是那大都令人遗憾可也不乏精彩绝妙的"误解";不是那接受、排斥或误解自身的功过得失,而是透过接受、排斥或误解体现出来的民族心理与文学传统。

"移位"并非只是"接受"的代名词。就终极效果而言,中国小说接受西洋小说刺激而发生变化是一毋庸置疑的事实;可中国小说接受的是经过选择、改造、变形的西洋小说。不考虑这种移位过程中的"损耗",未免低估了这一文学运动的艰难曲折。就作家心理而言,在20世纪最初30年,对待西洋小说的态度大体上发生过如下变化:从"以中拒西"到"以中化西"到"以西化中"再到"融贯中西"。这不是四个截然分开井然有序的阶段,同一个作家可能徘徊于两种甚至三种态度之间;但总的来说,发展的趋向是明确的,线索也是清晰的。第一种态度很少付诸理论文字,大多体现在对西洋小说不屑一顾的神态以及带很大偏见的品评中;第四种态度只是呈现一种趋向,还很少作家能达到这种境界;最有代表性的是像林纾那样以"史迁笔法"解说西洋小说技巧的"以中化西",以及像郁达夫那样把现代中国小说定义为"中国小说的世界化"的"以西化中"。作家的这种心态,使他们在理解西洋小说时难免出现偏差,只不过有的“误解”高明些,有的“误解”则不甚高明而已。

就读者审美趣味而言,更不能保证西洋小说输入中国时不被“歪曲”。“新小说”家早就意识到“往往有甲国最著名之小说,译入乙国,殊不能觉其妙”①,只是把这种“误解”归之于社会生活的不同,并且对之持悲观态度。其实这种“误解”更多源于文学传统造成的审美眼光,而且不一定是坏事。西洋小说的优点最早被中国作家意识到的是布局奇妙,叙事时间运用灵巧;而不是心理描写精细,以性格为结构中心。这跟中国章回小说的长期熏陶有关。中国作家学西洋小说的第一人称叙事,一开笔就是录见闻记异事而不是自叙身世,这当然又是文言小说传统在作怪。如果说上述这两种“误解”都不利于叙事模式的转变的话,那么梁启超等人对西洋小说功能的误解,则是整个小说叙事模式转变的重要契机。“小说为文学之最上乘”这一口号,表面上跟传统思想背道而驰;可在强调小说必须有益于世道人心这一深层结构上,却跟传统思想十分吻合。而这种思想对于梁启超引以为例的西洋小说理论家来说很可能是不可理喻的②。

还必须考虑到翻译自身的困难。大部分作家是通过译本借鉴西洋小说技巧的,而情节的叙述自然要比场景的描绘和情感的抒

---

① 《小说丛话》中蜕庵(麦孟华)语,《新小说》7号,1903年。

② 对于文化传统相近的日本明治时代作家来说则是可以理解的。实际上,梁启超这一口号的提出,正是受日本明治时代政治小说家的影响,详见夏晓虹《梁启超与日本明治小说》一文。

写更易于译成另一种语言并基本保存原貌。即使不考虑翻译家的文学修养和语言能力的限制(实际上这种限制相当明显),翻译本身也是一种“损耗”。更何况翻译家无法超越时代,翻译时照样可能“误解”。翻译家的“误解”加上读者的“误解”,“损耗”自然更大了。

传统文学之影响于20世纪初的中国小说,照样有个变形和损耗的过程;只不过显得比较隐晦,且程度不像西洋小说之输入那样强烈,故本书存而不论。

之所以会有那么多“损耗”,除了难以避免的“误解”外,还因为在移位过程中,接受者本能地希望“收支平衡”,平等地与输出者交流。当然,这种愿望只能部分地实现,因为双方所处位置不同,这种交流实际上还是不平等的。我把这种并非简单的认同或对抗,而是存在着互相理解、互相协调、互相补充可能性的过程称为“对话”。

在20世纪初的中国文坛,西方小说与中国小说在对话,中国现代小说与中国古代文学在对话,前一种“对话”与后一种“对话”更是不断地在对话。

造成中国小说叙事模式转变的这两种移位,并非孤立地发生、平行地发展,而是不断地互相影响互相制约。西洋小说的输入改变了传统的文学观念,中国小说开始从文学结构的边缘向中心移动;小说的升值又引起更多的文人学士对西洋小说技巧的关注;西洋小说帮助中国作家重新发现传统文学的表现手法;中国作家对传统文学表现手法的阐述与运用,反过来加深了对西洋小说的鉴赏能力,提高了学习借鉴西洋小说技巧的自觉性……如此这般,移步换形,不断深化认识,以至切下其中任何一个片段,你都很难简单地把它判为西洋小说的影响或者传统文学的启迪。

以林纾对叙事时间的理解为例。在《块肉余生述》《迦茵小传》和《哀吹录·猎者斐里朴》等译作的批注中,林纾不断地提醒读者注意那些不同于传统小说连贯叙述的“预叙笔法”“补述笔法”和“插叙笔法”。到了1916年,林纾出版《春觉斋论文》,其中“用笔八则”有专论“插笔”者,论者颇为得意,以为发前人之所未言。尽管林纾谈的是《左传》《史记》,可我们不难发现其中有西洋小说的启示。而1921年出版的《左传撷华》卷下《齐使晏婴请继室于晋》一则的评语:

> 仆译外国文字,成书百三十三种。审其文法,往往于一事之下,带叙后来终局,或补叙前文遗漏,行所无事,带叙处无臃肿之病,补叙处无牵强之迹。窃谓吾国文章但间有之……

更明白无误地表明这种“对话”的过程。

正因为这两种移位并非截然分开,而是你中有我、我中有你,是同一进程的两个不同的侧面;本书虽列上、下篇分别论述,仍十分强调这两者的内在联系。在论述西方小说的启迪的上篇中,我注意到了传统文学意识如何制约着中国作家对西洋小说叙事模式的理解与借鉴;在论述传统的创造性转化的下篇中,我则指出西洋小说影响这一转化的三种不同形式。

讲“移位”着眼的是运动的过程与方式,倘从运动的结果而言,不妨把这两种移位理解为推动中国小说发展的“力”。正如第五章指出的,作用于中国小说叙事模式转变的“力”,实际上不只上述这两种,起码还可以列出西方诗文与中国古代小说两种。为什么本书对这后两种存而不论呢?

鲁迅、周作人译《域外小说集》时选择了不少散文、拟曲、寓言;不少“五四”作家把西方童话当小说读;至于“新小说”和“五四”小说中插入外国诗歌或模仿外国散文笔调的也并非绝无仅有。但我认为,首先,这种“误取”外国诗文入小说,主要是受“诗骚”传统影响,并非有意为之;其次,“五四”小说接受的是已渗入了诗文的20世纪西方小说,很难再把中国作家的创造与西方作家的成果区分开来。因此,我只在第七章捎带提及,而不想单独论述。

中国古代小说的影响相对明显得多,单凭常识人们就可以判定中国古代小说是促成中国小说叙事模式转变的重要的“力”。正因为如此,当我超越常识做进一步的研究时,发现这一“力”并不像人们所设想的那么重要。倘若我考虑的是现代小说的语言风格或反讽技巧,我当然会注重中国古代小说的影响。可对于叙事模式的转变来说,中国古典小说并没有起过举足轻重的积极作用。相反,这一转变所要打破的“以全知视角连贯叙述一个以情节为结构中心的故事”这么一种传统叙事模式,正是中国古典小说的主潮——章回小说——的基本形式特征。尽管我们可以在个别作品的个别章节(如《红楼梦》的开卷与《水浒传》的第九回)发现一些采用倒装叙述或限制叙事的萌芽;但就整体而言,由章回小说体制决定的说书人腔调与拟想中的“说—听”传播方式的限制,使中国古代章回小说家很难自觉从事这方面的探索。中国文言小说中不乏采用倒装叙述、限制叙事甚至以性格为结构中心的,但文言小说因受语言媒介与文学传统限制,无法发展成有较大表现功能和审美容量的中、长篇小说(《游仙窟》《燕山外史》等个别作品例外),好多甚至很难与散文分辨开来(如《浮生六记》《影梅庵忆语》等)。因而,尽管文言小说源远流长,历代文人评价也还不低①,到晚清仍然颇有市场,可实在很难有大的发展。况且,晚清作家主要从章回小说而不是文言小说汲取养分,因而说中国古代小说并非小说叙事模式转变的主要动力一点也不过分。

三

西方小说之影响于"新小说"和"五四"小说有目共睹,主要是个如何描述的问题;笼统地说中国小说叙事模式的变革部分得益于传统的创造性转化,大概也不会有什么反对意见。可一旦落实到到底是传统的哪一部分、在什么情况下、通过什么途径对小说叙事模式的转变起作用,也就是本书所要重点论述的部分时,分歧很可能就大起来了。因为强调取法高雅的诗文而不是通俗的章回小说,是这两代作家在突破旧的叙事模式时与传统取得联系的主要方式,这不只关系到本书对施克洛夫斯基"叔侄继承"说的修正与

① 明代陈继儒云:"荆公答曾子固书,谓小说无所不读,然后能知大体。"(《太平清话》)明代谢肇淛云:"宋钱思公坐则读经史,卧则读小说,上厕则阅小词,古人之笃嗜若此。故读书者,不博览稗官诸家,如啖粱肉而弃海错,坐堂皇而废台沼也,俗亦甚矣。"(《五杂俎》)

补充能否成立；而且涉及本书的另一个主要论点：关于“史传”传统与“诗骚”传统共同制约着中国叙事文学发展的理论构想。

不管是“新小说”家的主要借鉴“史传”传统，还是“五四”作家的侧重取法“诗骚”传统，都不是所谓文人文学与民间文学的合流，更不是所谓文学的通俗化过程。一个明显的事实是，完成叙事模式转变后的现代小说，不是比古典小说更大众化，而是更文人化。所谓依据作家审美要求重新剪辑小说时间，所谓借助叙事角度的转换获得反讽效果，所谓淡化情节而突出氛围，等等等等，所有这些叙事模式的转变，以及由此体现出来的深层审美意识的变革——作家主体意识的强化、小说形式感的加强和小说人物的心理化倾向，全都指向文人文学传统而不是民间文学传统；更容易为有较高文化修养的知识分子而不是粗通文墨的工农大众所接受。

“五四”文学革命确实举起过提倡平民文学、反对贵族文学的旗帜[①]，但不能依此推出“五四”文学革命的一切成果都是平民化。用“大众化”来涵盖白话文运动虽有很大偏颇[②]，但还有一定道理；说“五四”文学革命后的“新诗”比格律诗更通俗易懂，也还说得过去；但断言“五四”以后的现代小说比古典小说更大众化，则有违事实。“五四”小说的主要读者是青年学生；一般工农大众可能读

① 如陈独秀的《文学革命论》(《新青年》2卷6号，1917年)，仲密(周作人)的《平民文学》(《每周评论》5期，1919年)。

② 晚清的提倡白话文者一开始的确只着眼于方便大众；但“五四”提倡白话文者绝不局限于此，他们考虑的起码还包括文学语言的审美功能、传统文化的价值系统、民族思维的模糊性特征等。

不懂《狂人日记》,而更喜欢《三侠五义》《说岳全传》之类章回小说或者弹词、评书。不能忽略连贯叙述之易于记忆与理解、全知视角之便于叙述与接受,以及以情节为结构中心之易于引人入胜,所有这些,对文化水平不高的工农读者来说是十分必要的。鲁迅抱怨民初的读者不爱读“以为他才开头,却已完了”[①]的短篇小说;茅盾则批评“五四”时一般读者读小说还是只看“情节”,而不管什么“情调”和“风格”[②]。随着现代小说的大量出现,这种状况有所好转,但并非顿然改观。据说,“五四”时代“最新式的小说”读者最少[③],20世纪三四十年代则“《啼笑因缘》《江湖奇侠传》的广销远不是《呐喊》《子夜》所能比拟”[④]。其实,就是几十年后的今天,读者面最大的也还是那些改良的章回小说,而不是那些着力于叙事模式革新的探索性小说。

形式的先锋性必然以一定程度的脱离群众为代价。“五四”小说打破传统小说叙事模式,无疑有利于拓展中国小说的表现空间,从长远观点看,也有利于提高工农大众的鉴赏水平。但在一定时期内,这种新的叙事模式却不能不与一般民众的审美趣味相脱节。或者反过来说,正是由于“五四”作家部分脱离了一般民众的审美趣味,突出主要体现文人趣味的“诗骚”传统,才得以真正突破传统叙事模式的藩篱。

---

① 《域外小说集》序,群益书社,1921年。

② 《评〈小说汇刊〉》,《文学旬刊》43期,1922年。

③ 胡怀琛:《今日中国所需要的小说》,《小说通论》,梁溪图书馆,1925年。

④ 徐文滢:《民国以来的章回小说》,《万象》6期,1941年。

小说的文人化并非始于20世纪,即使以民间说书底本为基础发展起来的章回小说,经过明清诸多文人的改造,也已不同程度带有文人文学色彩。《儒林外史》《红楼梦》这样的杰作,尽管也还保留说书套语,但文人化倾向已非常明显。至于我在第六、七章所论及的引游记入小说以限制叙事角度和接受"诗骚"传统影响以突出主观抒情,在这两部小说中也时有可见(前者如马二先生游西湖的描写,后者如林黛玉葬花的描写)。我要研究的是为什么这种文人化倾向在20世纪初会如此迅速发展,并明显影响小说叙事模式的转变。

这里不能不涉及促成这一转变的文化背景。除了普实克所论述的"五四"小说主观化倾向外[①],更有"五四"小说的书面化倾向[②]。稿费制度的出现,使中国文学史上第一次有了真正意义的专业作家;新教育的迅速发展,培养了一大批现代小说的读者;再加上报刊连载小说以及出版周期的缩短,使作家的创作心态由拟想中的"说—听"转为现实中的"写—读"。小说的主观化与书面化加速了20世纪初中国小说的文人化趋向,并使之成为转变小说叙事模式的重要动力。

高尔基、鲁迅等人都曾强调文艺从古朴清新的民间文学汲取养分而获得新生,而我则再三论证"五四"小说是因其进一步文人化才得以突破旧的叙事模式。表面上这两种观点背道而驰,实际

---

① 参阅 J. Prušek, "Subjectivism and Individualism in Modern Chinese Literature," *Archiv Orientální*, 25, 1957。

② 参阅本书附录一《小说的书面化倾向与叙事模式的转变》。

上仍然是一种互相补充。不应该忘记,诗文在中国古代是处于文学结构中心的高雅形式,而白话小说则是正统的士大夫所不屑一顾的“通俗文学”。因此,诗文的发展必须借助于不同质的民间文学的撞击,而白话小说的发展则必须得益于文人文学的滋养。这里强调的是文人文学与民间文学——实际上现代社会中真正的民间文学已很难存在,这里主要指高雅的文学形式与通俗的文学形式——之间不断的“对话”,在撞击中互相借鉴、互相补充。

四

中国小说在 20 世纪最初 30 年发生嬗变,其影响之深远,非三言两语所能说清。对这一文学进程的历史透视与理论描述,可以从诸多角度进行。选择某一观察角度的同时也就意味着选择一定的理论模式,只是并非每个研究者都愿意承认这一点而已。笔者无意标榜“毫无偏见”,而是承认很难避免的局限:除了舍弃了许多同样很有意义、很有诱惑力的论述角度,因而实在无法全面外;即使在我论述的范围内,也可能因理论设计的偏差或操作过程的失误而推出不正确的结论。因此,在论述的过程中,我往往尽量用简要明了的语言介绍我所使用的理论模式,目的不是“度人金针”,而是便于检验复查,并减少不必要的误解。

对叙事学的理论发展略有了解的读者,不难发现我的理论框架相当简陋。热拉尔・热奈特用“次序、延续、频率”来分析叙事时间,显然比我只局限于“情节时间”(即热奈特所论述的“次序”)要精确得多。而帕西·拉伯克的《小说技巧》、韦恩·布斯的《小说修辞学》和热拉尔·热奈特的《叙事话语》等叙事学专著对视角的精彩分析,更不是我那三句话所能概括的。至于叙事结构的界定,无疑也需要进一步的科学论证。并非没有意识到这些,可我还是拒绝了做详细的理论阐述的诱惑。理由有三:

第一,现代中国小说是从古代中国小说演变发展而来的,在演变过程中西洋小说起了十分重要的促进和示范作用。这种“示范”,并非在一张白纸上绘图,笔笔自我作古;而是在一张图纸上删改,有的线条重新描绘,有的线条则保留原状或略做修订。既然我给自己定的研究课题是中国小说叙事模式的转变,那么自然主要关注古代中国小说叙事模式与现代中国小说叙事模式之间的差异,而不是这两种叙事模式自身。避开了那些基本保持原状的“线条”,而集中关注那些重新描绘的“线条”,在理论上可能显得不完整,但有利于小说发展进程的把握。拿叙事时间为例。中国古代说书艺人的“有话则长,无话则短”,两句话带过三个朝代或者一个动作讲上两天两夜[①],处理的都是热奈特所研究的“叙述速度”。至于说书套语“花开两朵,各表一枝”或者韩子云的“穿插躲闪之法”,考虑的则是兹韦坦·托多罗夫所谈论的“叙述时间”。现代作家对“叙述速度”“叙述时间”的处理自然比古代作家更高明更巧妙,但很难说两者有根本性的区别。倒是中国古代白话小说不曾改变事件的自然时序这一点,为叙事时间的转变提供了明

① 参阅郑振铎《西谛所藏弹词目录》,赵树理《〈三里湾〉写作前后》。

显的尺度。因而我的论述只限于发生突变的“情节时间”，而不涉及同样有所变化但无法准确把握的“叙述速度”与“叙述时间”。依照热奈特的理论模式来考察20世纪初中国作家对小说叙事时间的处理，讨论的问题自然可以更丰富多彩，理论上也可以更全面，但很可能因此而模糊了这一转变的发展主线的描述。

第二，还必须考虑这一文学变革的理论承受力。20世纪初中国小说叙事模式的转变，是在大部分作家缺乏自觉意识的状态下完成的。对这一没有宣言、没有旗帜的小说革命，过分的理论概括可能流于牵强附会。谈论20世纪初西方小说限制视角与纯客观视角的运用及其美学追求，我们有亨利·詹姆斯等作家的理论表述做后盾；可谈论20世纪初中国小说限制视角的运用，却没有这种便利。起码吴趼人、刘鹗、鲁迅、郁达夫都没有就此问题发表过权威性的意见；明确表达选择限制叙事愿望的夏丏尊[①]，其创作成就又不高，不足以代表这两代作家的一般倾向。这两代作家基本上是在借鉴西洋小说与转化传统的过程中，逐步悟出限制叙事技巧的。因此，在论述过程中我常用“自觉或不自觉”来描述这两代人的艺术创新。这主要还不是指有的人自觉、有的人不自觉，而是指大多数人都处于“自觉”与“不自觉”之间：有朦胧的追求而又缺乏明确的意识。这一点在“新小说”家的创作中表现得相当明显。经常可以发现作家似乎有意在追求一种新的叙事方式，可很快地一切又回到传统的轨道；仔细考辨，其间并非存在不可逾越的障

① 《论记叙文中作者的地位并评现今小说界的文字》，《立达季刊》创刊号，1925年。

碍,而只不过是作家的兴趣已经转移。

第三,鉴于上述两点,用拉伯克分析詹姆斯小说或者热奈特分析普鲁斯特小说的方法来探讨这两代作家的创作,显然不大合适。我较少分析某一叙事方式所能发挥的艺术功用,而主要考察这两代作家在什么情况下、通过什么途径接纳新的叙事模式。也就是说,我关注的不是各种叙事模式自身的价值,而是中国作家在歪曲、接受、改造西洋小说叙事技巧过程中体现出来的审美趣味、期待视野与应变能力。若做价值评判,鲁迅的小说和郁达夫的小说对叙事模式的运用,无疑大大高于吴趼人的《上海游骖录》和林纾的《剑腥录》;可在本书的研究框架内,两者却具有同等重要的意义。

可见,本书叙事学理论框架的简陋,可能限于笔者的理论修养,更可能限于本书的论述角度。说到底,叙事时间、叙事角度、叙事结构只不过是我借以丈量这一文学进程的特定的理论尺度(完全可以有另外的尺度),探究何以在这一特定的历史时期产生并完成这么一场小说形式的革命(而不是为叙事学理论提供例证),才是本书的真正目的。

五

但这并不等于说我对叙事学理论发展毫无兴趣,或者对叙事学理论之影响于当代小说创作缺乏信心。只不过为防止以僵硬的教条来约束、规范活生生的创作,本书不想像伍尔夫所嘲笑的哈米顿(Clayton Hamilton)教授那样,提供包医百病的灵丹妙药[1]。

哈米顿教授的《小说的材料与方法》(*Materials and Methods of Fiction*)1924年译成中文出版后(中译本题为《小说法程》),在中国影响很大,许多小说论文乃至专著都以此为蓝本。此书优点是条分缕析,细致入微,便于初学者了解小说的基本理论;缺点是作者似乎在不断的分解过程中把手段误为目的,沉醉在“强调手法”可以有11种之多诸如此类繁琐的辨析中。“五四”小说家、小说理论家满足于区分叙事时间、叙事角度、叙事结构,并模仿各种叙事方式的表面特征,而较少认真深入探讨这些叙事方式所能达到的美学效果以及具体应用时所应注意的“陷阱”,很可能跟此类充满学院气的大学教科书的影响不无关系。

本书并不奢望能为当代作家提供什么足以奉为圭臬的“艺术准则”,而只是热心于帮助读者领会历史的启示:“一种艺术具有无限可能性的观点。”[2]借用弗吉尼亚·伍尔夫的话来说,就是:

> 世界是广袤无垠的,而除了虚伪和做作之外,没有任何东西——没有一种“方式”,没有一种实验,甚至是最想入非非的实验——是禁忌的。[3]

---

① 弗吉尼亚·伍尔夫在《评〈小说解剖学〉》(《论小说与小说家》,上海译文出版社,1986年)中讥笑哈米顿为“十十足足的冒牌行家”,这未免过于刻薄。但如下这段话却是切中要害:“你可以解剖你的青蛙,但是你却没法使它跳跃;不幸得很,还存在着一种叫做生命的东西。”

② 弗吉尼亚·伍尔夫:《论现代小说》,《论小说与小说家》,上海译文出版社,1986年。

③ 同上。

附录一　小说的书面化倾向与叙事模式的转变

自报章兴，吾国之文体，为之一变……[①]

——佚　名

听故事的人是讲故事人的合作者，即使读故事的人也享受这种合作。而读小说者则比读其他读物更为孤立。……在这种孤独中，小说读者比他人更谨慎地抓住他的材料，准备把它完全占为己有，吞没它。实际上他摧毁它，像在火炉中燃烧木柴一样地吞没它。[②]

——瓦尔特·本杰明

一

文学艺术的生产跟其他形式的生产一样，得依赖于某些"生

① 《中国各报存佚表》，《清议报》第100册，1901年。

② 转录自 James Guetti, *Word-Music: The Aesthetic Aspect of Narrative Fiction*，扉页，Rutgers University Press，1980。

产技术”,一定的艺术生产工具往往代表着艺术生产发展的一定阶段。这一点在艺术领域(如绘画、电影)表现得十分突出,而在文学领域却隐晦得多,以至往往为研究者所忽视。表面上看,古今中外的小说、诗歌、散文都以语言为表现媒介,当然只能划出口头流传与书面记录两大类;可细细琢磨,记录工具和传播媒介的每一次大的突破,都不能不或隐或显地影响文学形式的发展。造纸术的出现,活字印刷术的发明,无疑都可能大大刺激或改变作家的创作意识。只是这千年以前的古事,由于材料缺乏,大概只能统而言之,很难准确描述。至于晚清和“五四”两代作家,在面临思想变革、文学变革的同时,也面临文学生产工具的变革,却是显而易见而且不乏实证材料的。而正是这后一个变革,直接参与了转变中国小说叙事模式的历史进程,值得深入探究。

阿英在《晚清小说史》第一章中指出,晚清小说的繁荣原因有三,“第一,当然是由于印刷事业的发达,没有前此那样刻书的困难;由于新闻事业的发达,在应用上需要多量产生”①。至于印刷事业与新闻事业如何发达,如何影响于晚清小说的发展,书中并未详细论及。并非缺乏材料,而是找不到合适的理论角度,因此没能很好解释晚清这一特殊的文学现象。单从小说数量增加这一角度来看待印刷、新闻事业对小说的影响,未免轻视了这一文学生产工具的变革,似乎三言两语就能说清。其实,问题并不如一般人想象的那么简单;当然,这得换一个观察角度。

① 《晚清小说史》1页,人民文学出版社,1980年。

1815年8月5日,马礼逊在马六甲出版了第一个中文的近代化期刊《察世俗每月统纪传》;而中国人自办的近代化报纸则当推伍廷芳1858年于香港创办的《中外新报》。到了19世纪下半叶,中国人自办的报刊才开始大量涌现。1815年至1861年,总共才出现8种中文报刊,而1902年梁启超统计全国存佚报刊时则列有124种。辛亥革命后,"'人民有言论著作刊行之自由',即载诸临时约法中;一时报纸,风起云涌,蔚为大观"①,全国报刊达500家之多。袁世凯上台后,封闭查禁,威逼利诱,一时新闻界萧条冷落。只不过报纸杂志的日益繁荣已成必然之势,可能因政治高压而挫折,却不会因此而停止前进的步伐。到1921年,全国已有报刊1104种;而到1927年,据估计全国共有报刊2000种之多。现把这一时期的报刊种类列表如下。只是此表数字录自不同文章,时人的估计可能偏于夸大,后人的统计则不免有所遗漏;再加上各时期统计有重叠的,有不重叠的,表5只提供大体趋向。

表5　中国早期报刊统计表

统计时间	报纸、杂志	资料来源	杂志(周刊、月刊、季刊)	资料来源
1815—1861	8	①	—	—
1886	78	②	44	②
1901	124	③	44	③
1911	500	④	203	⑤
1921	1104	⑥	548	⑥
1927	2000	⑦	638	⑧

① 戈公振:《中国报学史》178页,生活·读书·新知三联书店,1955年。

表5　资料来源

① 戈公振《中国报纸进化之概观》(《国闻周报》4卷5期,1927年)云:“据《时事新报》记载,由嘉庆廿年至咸丰十一年之四十六年中,计有报纸八种,均教会发行……”

② 李提摩太《中国各报馆始末》(《时事新论》卷一,1898年)云:“前有耶稣教会派人查考中国各报始末,去年已经布列,除《京报》外,自始至今共有七十六种。”而实际统计则为78种,其中含月报36种,周报8种。

③ 梁启超《中国各报存佚表》(《清议报》第100册,1901年)共收录日报80种(其中存60种)、丛报44种(其中存21种)。另外,《时务汇编续集》第26册中《新旧各报存目表》收录1872年至1902年存佚报刊共144种,其中日报65种(存45种)、册报79种(存37种),供参考。

④ 戈公振《中国报学史》第五章《民国成立以后》云:“当时统计全国达五百家,北京为政治中心,故独占五分之一,可谓盛矣。”(118页,生活·读书·新知三联书店,1955年)

⑤ 张静庐据各家资料编成《清季重要报刊目录》,共收录杂志203种,报纸252种,合计共455种(《中国近代出版史料初编》,中华书局,1953年)。

⑥《第二届世界报界大会纪事录》(转引自戈公振《中国报纸进化之概观》)云:“民国十年全国共有报纸1114种。”但据下文提供的日刊、二日刊、周刊、旬刊、半月刊、月刊数字统计,应为1104种。倘若把周刊、旬刊、半月刊、月刊作杂志计,共548种。

⑦ 据“中外报章类纂社”的调查报告,日报有628种,戈公振认为,“若合以华侨报纸、学校报纸、公私政治学术社会团体之报纸,及一切属于游艺之报纸,不论每日发行或二日以上,其数当在二千种左右”。参阅戈氏《中国报纸进化之概观》。

⑧ 张静庐《一九一九—一九二七年全国杂志简目》共收录周刊、旬刊、半月刊、月刊、双月刊、季刊638种(除去政府机关公报、学校普通校刊、宗教宣传刊物及少儿读物、日报附刊)。张表收入《中国现代出版史料甲编》(中华书局,1954年)。

跟这种报刊的日益繁荣相一致，专门的小说杂志也应运而生。晚清的各类报纸以及政治、教育、经济、农业等专门刊物，也都刊载一点小说以招徕读者；但真正影响小说发展的是报纸文艺副刊与专门文学杂志的出现。1897 年严复、夏曾佑为《国闻报》作《本馆附印说部缘起》，计划“广为采辑”小说并“附纸分送”，只是这计划并没有实现。1897 年上海《字林沪报》设副刊《消闲报》，日出一张，随报分送；1900 年《中国日报》辟副刊《鼓吹录》。以后，大部分报纸都腾出固定的版面设置文艺副刊（其中有定刊头的，也有不定刊头的）。文艺副刊篇幅不大，每期不过两三千字，但能量不小，除了报纸发行量一般比杂志大，读者面也比杂志广外，更有出版周期短、频率高等优点。“五四”时代四大文艺副刊（创刊于 1918 年 3 月 4 日的《时事新报 · 学灯》，创刊于 1918 年底的《民国日报 · 觉悟》，创刊于 1921 年 10 月 12 日的《晨报 · 晨报副镌》和创刊于 1924 年 12 月 5 日的《京报 · 京报副刊》），就曾在文学革命中发挥过不容忽视的积极作用。

我国最早的文学杂志《瀛寰琐记》创刊于 1872 年，其中除蠡勺居士翻译的英国小说《昕夕闲谈》外，余者都是诗文。1892 年韩子云独立创办小说杂志《海上奇书》，不过主要发表他自己的长、短篇小说，再配一些前人的笔记小说。据鲁深的统计，从 1872 年至 1897 年这 25 年中，总共才出现过 5 种文学期刊，其中 3 种实际上是《瀛寰琐记》的改版；而从 1902 年至 1916 年这 15 年期间创刊的文艺期刊则有 57 种，从 1917 年至 1927 年这 10 年期间创刊的文艺期刊共有143种[①]。也就是说,后一个25年的文艺期刊数是前一个25年的40倍!这些文艺杂志上刊载各类文学作品,而其中小说所占的比重无疑最大。至于以"小说"命名的杂志,更是理所当然地以刊载小说为主。单就目前掌握的资料,1902年至1917年这15年期间就创办过27种以"小说"命名的杂志(其中含1种报纸),参阅表6(括号中数字为已知期数)。

表6　1902—1917年创刊的以"小说"命名的杂志(报纸)

杂志名称	创刊时间	出版地	杂志形式	编　辑	期　数
新小说	1902	日本横滨[①]	月刊	梁启超	24
绣像小说	1903	上海	半月刊	李伯元	72
新新小说	1904	上海	月刊	陈景韩	(10)
小说世界日报	1905	上海	日刊	(不详)	(200)
小说世界	1905	上海	半月刊	(不详)	(1)
月月小说	1906	上海	月刊	汪惟父、吴趼人	24
新世界小说社报	1906	上海	月刊	警僧	(9)
小说七日报	1906	上海	周刊	谈小莲	(5)
小说林	1907	上海	月刊	徐念慈	12
小说世界	1907	香港	旬刊	(不详)	(4)
中外小说林	1907	广州	旬刊	黄伯耀、黄世仲	(28)
广东戒烟新小说	1907	广州	周刊	李哲	(9)
竞立社小说月报	1907	上海	月刊	彭俞	(2)
新小说丛	1908	香港	月刊	林紫虬	(3)
白话小说	1908	上海	月刊	白话小说社	(1)
扬子江小说报	1909	汉口	月刊	胡石庵	(5)
十日小说	1909	上海	旬刊	环球社	(11)
小说时报	1909	上海	月刊	陈冷血、包天笑	33

① 鲁深:《晚清以来文学期刊目录简编》,《中国现代出版史料丁编》下卷。

续 表

杂志名称	创刊时间	出版地	杂志形式	编　辑	期　数
小说月报	1910	上海	月刊	恽铁樵、王西神	126②
中华小说界	1914	上海	月刊	沈瓶庵	30
小说丛报	1914	上海	月刊	徐枕亚	44
小说旬报	1914	上海	旬刊	英蜚等	(3)
小说海	1915	上海	月刊	黄山民	36
小说大观	1915	上海	季刊	包天笑	15
小说新报	1915	上海	月刊	李定夷	94
小说画报	1917	上海	月刊	包天笑等	21
小说革命军	1917	上海	双月刊	胡寄尘	3

① 第二年移至上海。

② 录至1920年。

1901年梁启超作《清议报一百册祝辞并论报馆之责任及本馆之经历》,曾慨叹中国办报之难:第一经费缺乏;第二主笔难寻;第三风气不开,阅报人少;第四从业之人思想浅陋,学识迂腐。故"大抵以资本不足,阅一年数月而闭歇者十之七八","其余一二"则"展转抄袭,读之惟恐卧"。因此,梁启超抱怨报馆已兴数十年,报刊之数已以百计,"而于全国社会无纤毫之影响"。说"无纤毫之影响",自然是痛切之言,不足为凭;但表白办报之难,却是实话。综合性报刊难以维持,小说杂志日子自然也不好过,办一两期就难以为继者屡见不鲜。陶报癖的《〈扬子江小说报〉发刊辞》和徐念慈的《丁未年小说界发行书目调查表》引言都曾指出小说界的这一窘境①。但即使如此,风气还是渐开,报刊的读者面还是渐

① 陶文载《扬子江小说报》创刊号,1909年;徐文载《小说林》9期,1908年。

广,办得有特点、受读者欢迎的杂志的销数还是逐步增加——也许在今人看来,这一增长的速度实在太慢了。《时务报》从 4000 份增加到 17000 份,《新青年》从 1000 份增加到 15000—16000 份,这在当时已是十分振奋人心的消息了! 从晚清到"五四",办报纸办刊物者一般都不认真负责地谈杂志的销数,与亲友书信或事后回忆还算比较可靠的,至于为招徕读者而作的广告则难免有夸张之嫌①。我根据各种零星资料,列出了从晚清到"五四"产生过较大影响的 8 种主要报刊的发行量统计表(表 7),并注明资料来源,以备查考。

有几点必须事先说明:第一,在这 30 年中,并非就这么 8 种报刊最重要,而是其他重要报刊找不到有关发行量的资料;第二,这些统计数字虽经考查印证,剔除太离谱的(如伍庄《梁任公先生行状》云"《新民丛报》之销流,至十万份焉"),也只是大致可靠,谈不上准确,需根据资料来源略加斟酌;第三,所谓最低印数实际上只是我所能找到的最低印数,如梁启超称《新民丛报》"每月增加一千,现已近五千矣",可见最低印数应低于 4000 份,只是无以为凭,只好以 4000 份计;另外,《小说月报》的"最低印数"和"最高印数"实际上只是 1920 年与 1921 年发行量的对比。

① 如《新民丛报》第 9 册"本社告白"云已销万数千份;第 11 册"尺素五千纸"云销数自二千增至五千,可同册"本社告白"又云销数已及万数千份;第 22 册"告白"又云"总发行数递增至九千份",几种说法自相矛盾。

表 7　中国早期主要报刊发行量统计表

报刊名称	出版地点	主　编（主笔）	杂志形式	创刊时间	终刊时间	卷数、册数号数、期数	最低印数	最高印数	资料来源
万国公报（*Chinese Globe Magazine*）	上海	林乐知	周刊 月刊	1874 年 9 月	1907 年 12 月	周刊 450 月刊 227	1,800	54,396	①
时务报（*The Chinese Progress*）	上海	梁启超、麦孟华、章炳麟	旬刊	1896 年 8 月	1898 年 8 月	69	4,000	17,000	②
新民丛报（*Sein Min Choong Bou*）	日本横滨	梁启超	半月刊	1902 年 2 月	1907 年 11 月	96	4,000	14,000	③
民　报（*The Minpao Magazine*）	日本东京	张继、章炳麟、陶成章	月刊	1905 年 11 月	1910 年 2 月	26	6,000	17,000	④
礼拜六（*The Saturday*）	上海	王钝根	周刊	1914 年 6 月	1916 年 4 月	100	（不详）	20,000	⑤
新青年（青年杂志）（*La Jeuness*）	（上海）北京	陈独秀	月刊	1915 年 9 月	1921 年 7 月	54	1,000	16,000	⑥
小说月报（*The Short Story Magazine*）	上海	王西神等（前） 沈雁冰等（后）	月刊	1920 年 8 月	1931 年 12 月	（前期）126 （后期）264	2,000	10,000	⑦
创造周报	上海	郁达夫、郭沫若、成仿吾	周刊	1923 年 5 月	1924 年	52	3,000	6,000	⑧

表 7 资料来源

① 方汉奇《中国近代报刊史》(山西人民出版社,1981 年)29 页提到,《万国公报》刚创刊,“人鲜顾问,往往随处分赠”,后销数逐年增加,由 1876 年的 1800 份,发展到 1903 年的 54396 份,成为当时中国发行量最大的刊物。

② 据方汉奇《中国近代报刊史》上册 83 页。另外,1897 年 9 月 17 日出版的《时务报》第 39 册刊《时务报馆启事》云:“报馆创设,倏逾一载,肇始之时,惟惧底滞,赖大府奖许,同志扶掖,传播至万二千通,揆诸始愿,实非所期。”1901 年出版的《清议报》第 100 期刊梁启超《清议报一百册祝辞并论报馆之责任及本馆之经历》云:“甲午挫后,《时务报》起,一时风靡海内,数月之间,销行至万余份,为中国有报以来所未有,举国趋之,如饮狂泉。”

③ 1902 年 4 月梁启超致康有为信谈及《新民丛报》出版事宜:“现销场之旺,真不可思议,每月增加一千,现已近五千矣。”1906 年 3 月 1 日《申报》刊上海《新民丛报》支店广告云:“本报开办数载,久为士大夫所称许,故销售至一万四千余份。现第四年第一期报已到,定阅者争先恐后,此诚民智进步之征也。”

④ 方汉奇《中国近代报刊史》下册 386 页谈《民报》创刊号先后印刷 6 次,发行达 6000 份。1906 年 9 月 3 日《复报》刊《民报广告》云:“(《民报》)创于去冬,兹已发行至第七号,适遇余杭章炳麟枚叔先生出狱至东京,遂任为本报总编辑人,报事益展,销行至万七千余份。”

⑤《礼拜六》46 期(1915 年 4 月 17 日)刊天虚我生四绝句,题为《钝根剑秋编礼拜六周刊小说将满五十期矣风行海内每期达二万册以上……》。另外,周瘦鹃《礼拜六旧话》(1928 年 8 月 25 日《礼拜六》〔《工商新闻》副刊〕271 期)也说:“出版以后,居然轰动一时,第一期销数达二万以上。”张静庐《在出版界二十年》36 页(上海杂志公司,1938 年)则说:《礼拜六》60 期前畅销,“确有几期销过一二万本以上的”。

⑥ 张静庐辑注《中国近代出版史料二编》315—316 页(中华书局,1954 年)

引汪孟邹述《新青年》出版事宜:"出版后,销售甚少,连赠送交换在内,期印一千份;至民国六年销数渐增,最高额达一万五六千份。"

⑦ 茅盾《革新〈小说月报〉的前后》(《新文学史料》第3辑,1979年)说:1920年"《小说月报》的销数步步下降,到第十号时,只印二千册"。"改组的《小说月报》第一期印了五千册,马上销完,各处分馆纷纷来电要求下期多发,于是第二期印了七千,到第一卷末期,已印一万。"

⑧ 据于旳《郁达夫与创造社》,《新文学史料》第5辑,1979年。

如果说近代化的报刊创自晚清,书籍的出版却是古已有之,只不过由于新的印刷技术的输入以及读者求知欲望的日益增长,使书籍的出版日益繁荣。1898年广学会曾统计其译书的销售:1893年为洋银800余圆,1898年则为18000圆,"相距五年陡增二十倍不止,已足证中国求新之众"[①]。而戊戌维新后,中国的出版业才真正大踏步前进。李泽彰的《三十五年来中国之出版业》为我们提供了1902年至1930年商务印书馆逐年出书数字;而陆费逵的《六十年来中国之出版业与印刷业》则证明从晚清到20世纪20年代,商务印书馆的营业额一直占全国书业的三分之一左右[②],据此我们可以推知这30年全国出版书籍的大致情况。这么大一个国家,每年出版几百种上千种图书,按今天的眼光看来实在少得可怜[③];可在当年这已是了不起的进步。没有宋元明清刻书的统计

① 蔡尔康译《广学会第十一届(1898)年报纪略》,张静庐编《中国近代出版史料二编》,中华书局,1954年。

② 李文收入《中国现代出版史料丁编》,陆文收入《中国出版史料补编》。

③ 据《1981年中国出版年鉴》,1979年中国共出版书籍17212种;据《书讯报》1987年3月30日报道,1986年中国出版书籍51789种。

数字，很难说明这一进步；不过从晚清十四年（1898—1911）出版的小说比前此250年出版的小说还要多这一点[①]，不难窥见晚清出版业繁荣的一斑。至于小说的印数，由于时人很少涉及，如今只能从只鳞片爪中勾出某些轮廓。“新小说”中印数最多的大概当推曾朴的《孽海花》和徐枕亚的《玉梨魂》。1911年出版的《小说时报》第9期中《小说新语》一文说：“《孽海花》一书，重印至六七版，已在二万部左右，在中国新小说中，可谓销行最多者。”[②]1915年出版的《小说丛报》第16期“枕亚启事”声称：《玉梨魂》“出版两年以还，行销达两万以上”。张静庐在《在出版界二十年》中也证实，《玉梨魂》“出版不到一二个月，就二版三版都卖完了”，并认为“我们如果替民国以来的小说书销数做统计，谁都不会否认这部《玉梨魂》是近二十年来销行最多的一部”。[③]

“五四”小说中，鲁迅的《呐喊》《彷徨》是明确注明版数、印数的，余者则大都只能据作家本人的回忆或他人的转述。《呐喊》从1923年8月印行第1版，到1930年印行第13版，共发行43500册；《彷徨》从1926年8月初版，到1930年1月共印行8版30000册。郁达夫的《沉沦》是“五四”时代的畅销书，据郁达夫回忆：“过

---

① 孙楷第《中国通俗小说书目》共收录清初至1897年出版的小说275种，袁行霈、侯忠义编《中国文言小说书目》共收录清初至1897年出版的文言小说559种，两者合起来也才834种；而单是阿英《晚清戏曲小说目》中收录1898—1911年出版的小说就有1145种之多（包括未完之作）。

② 阿英《晚清小说史》第二章则说：“《孽海花》在当时影响极大，不到一二年，竟再版至十五次，销行至五万部之多。”

③ 《在出版界二十年》37页，上海杂志公司，1938年。另外，范烟桥《民国旧派小说史略》称《玉梨魂》销数几十万册，但没说明到何时为止。

后两三年,《沉沦》竟受了一班青年病者的热爱,销行到了贰万余册。”[①]郭沫若翻译的《少年维特之烦恼》1922 年 4 月初版,到 1930 年上海泰东书局共印行 15 版,按当时一般书籍每版 2000 册计,已有 30000 册;另外,1926 年上海创造社出版部出版增订版,到 1928 年 5 月已印行 6 版共 9000 册,也就是说,此书到 1930 年起码印行了 40000 册。至于郭沫若的《落叶》、张资平的《飞絮》,据说也都很快“行销巨万”[②]。张静庐曾回忆,北伐前上海的“新书事业”十分贫弱:“可以销行的,一版印上二三千本,普遍五百本一版一千本一版也很多。”[③]可见“行销巨万”已属难得。

比起欧美、日本等国家,中国晚清以至“五四”的报刊书籍出版无疑仍然十分落后。当戈公振庆幸 1927 年中国大约已有报刊 2000 种时,不忘添上一句:其时日本约有报刊 4500 种[④];当李泽彰自夸 1930 年商务印书馆出书 439 种,全国约出书 1000 余种时,也不忘点出同年德国出书 31000 余种,日本出书 18000 多种[⑤];而当我们赞叹晚清十四年出版小说 1100 多种时,也不能不记住梁启超 1904 年提供的不无夸张的统计数字:“查每年地球各国小说出版之数,约八千种乃至一万种。内美国约二千种,英国一千五百余种,俄国约一千种,法国约六百种,伊大利、西班牙各五百余种,日

① 郁达夫:《鸡肋集》题辞,上海创造社出版部,1927 年。

② 史蟫:《记创造社》,上海《文友》2 期,1943 年。

③ 《在出版界二十年》127—128 页。

④ 《中国报纸进化之概观》。

⑤ 《三十五年来中国之出版业》。

本四百五十余种，印度、叙利亚约四百种云。”[1]即使如此，相对于前此的中国出版业，晚清到“五四”的书籍与报刊的出版仍可称为“空前的繁荣”。而这一繁荣，对于“新思想之输入”[2]，对于“个人主义倾向的强化”[3]，对于西洋诗歌、小说、话剧的传入，无疑都起过很大的作用；但我更关心它在刺激作家创作大量小说的同时，如何影响作家的创作意识并进而改变中国小说的叙事模式。

二

大概谁也不会否认杂志、特别是小说杂志，在“新小说”和“五四”小说发展中所起的关键作用。第一，从《新小说》开始，每批作家、每个文学团体都是通过筹办自己的刊物来实践其艺术主张。晚清文学团体不多，其文学主张也比较朦胧，同一时期不同杂志之间的差别不大明显，更多地受制于读者趣味与书刊市场。“五四”可就大不一样了。从 1921 年到 1923 年，共出现 40 多个文学团体 52 种文学杂志[4]；而到 1925 年，“先后成立的文学团体及刊物，不下一百余”[5]，而且大多数文学团体都提出明确的文学主张，通过

---

① 《小说丛话》中饮冰（梁启超）语，《新小说》11 号，1904 年。

② 梁启超：《清代学术概论》第二十九节。

③ James Guetti, *Word-Music: The Aesthetic Aspect of Narrative Fiction*, Rutgers University Press, 1980，第二章引述 Marshall Mcluhan 语：“印刷强化了个人主义的倾向，就像所有历史学家所证明的。”

④ 《最近文艺出版物编目》，《星海》（上），商务印书馆，1924 年。

⑤ 《中国新文学大系·小说一集》茅盾导言，良友图书印刷公司，1935 年。

刊物来呼唤同道，造成风气。第二，不是出版商办杂志，而是作家亲自创办或编辑文学杂志。梁启超编《新小说》，陈景韩编《新新小说》，李伯元、欧阳巨源编《绣像小说》，吴趼人、周桂笙编《月月小说》，曾朴、徐念慈编《小说林》，包天笑编《小说时报》，徐枕亚编《小说丛报》，茅盾、郑振铎编《小说月报》，郭沫若、郁达夫、成仿吾编《创造季刊》《创造月刊》，鲁迅、周作人编《语丝》，林如稷、陈翔鹤、陈炜谟编《浅草》《沉钟》……大部分"新小说"家和"五四"作家都参与杂志的编辑工作。第三，这两代作家的绝大部分作品都是在报刊上发表后才结集出版的，短篇小说不用说，单以"新小说"家的中、长篇小说为例：连载于杂志的有《二十年目睹之怪现状》《东欧女豪杰》《黄绣球》（以上刊《新小说》）、《老残游记》《文明小史》《邻女语》（以上刊《绣像小说》）、《上海游骖录》（刊《月月小说》）、《孽海花》（刊《小说林》）、《碎琴楼》（刊《东方杂志》）、《雪鸿泪史》（刊《小说丛报》）等；连载于报纸的文艺副刊的有《官场现形记》《糊涂世界》（以上刊《世界繁华报》）、《洪秀全演义》（刊《香港少年报》）、《断鸿零雁记》（刊《太平洋日报》）、《广陵潮》（刊《公论新报》《大共和日报》《神州日报》）等。可以毫不夸张地说，这是一个以刊物为中心的文学时代。这就使得"新小说"家和"五四"作家在创作时不能不考虑报刊刊载或连载这一传播方式本身的特点。为适应这一特点，"新小说"和"五四"小说发生了一些并不细微的变化。

当 1901 年梁启超断言"自报章兴，吾国之文体，为之一变"时，他还没有开始创作小说，因此考虑的还只是散文的文体变化。

1907年黄摩西看到“新闻纸报告栏中,异军特起者,小说也”[①];1908年黄伯耀也指出“故小说一门,隐与报界相维系”[②]。可惜这两位小说批评家都没有来得及探索这异军突起于报刊中的小说,究竟在表现技巧上跟传统小说有何区别。其实,不妨套用梁启超的名言:“自报章兴,吾国之小说,为之一变。”

批评“新小说”家创作态度不认真,“朝脱稿而夕印行,一刹那间即已无人顾问”[③],这当然有理;可如果忽视了“新小说”家发表小说的独特方式,也就是说不曾考虑杂志报纸对作家创作构思的制约,而只批评其孜孜求名求利,则又未免有点冤枉。当年梁启超创办《新小说》,就估计到报刊连载小说的这一先天性缺陷:

> 一部小说数十回,其全体结构,首尾相应,煞费苦心,故前此作者,往往几经易稿,始得一称意之作。今依报章体例,月出一回,无从颠倒损益,艰于出色。[④]

当然,最好是“俟全书卒业,始公诸世”;只是这么一来,“恐更阅数年,杀青无日”,况且还有杂志等米下锅的问题,于是只好随写随刊。[⑤] 绝大部分“新小说”都是写一回刊一回,写到哪算哪,如果中途作家生活变故、兴趣转移或杂志停刊,那小说也就戛然而止——“新小说”中多的是此类半成品。就算按计划写完全书,也因并非

---

① 《小说林发刊词》,《小说林》创刊号,1907年。

② 耀公(黄伯耀):《小说与风俗之关系》,《中外小说林》2卷5期,1908年。

③ 寅半生(钟骏文):《小说闲评叙》,《游戏世界》创刊号,1906年。

④ 《新小说第一号》,《新民丛报》20号,“绍介新刊”栏,1902年。

⑤ 梁启超:《新中国未来记》绪言,《新小说》创刊号,1902年。

一气呵成,而是断断续续,旷日持久,难免前后矛盾或者文气不连贯。“此编月出一册,册仅数回,非亘数年不能卒业,则前后意见矛盾者,宁知多少。”[①]不单梁启超的《新中国未来记》,那些连载数年的长篇小说都难免此弊。为月刊写小说的,“计每月为此书属稿者,不过两三日”[②];为日报写小说的,则是“逐日笔述小说数语”[③]。平日可能不曾着意经营,临交稿时再突击完工,当然难免“每信笔一篇,无暇更计工拙”[④]。如此写作,每回可能是完整的,可合成一部长篇则常常上下脱节或前后重复[⑤]。

报刊连载长篇小说,固然因作家随写随刊,容易缺乏整体感,可也逼得作家在单独发表的每一回(章)上下功夫。

> 寻常小说一部中,最为精彩者,亦不过十数回,其余虽稍间以懈笔,读者亦无暇苛责。此编既按月续出,虽一回不能苟简,稍有弱点,即全书皆为减色。[⑥]

何谓“虽一回不能苟简”?并非指每回都必须认真构思,而是要求每回都能吸引读者。《红楼梦》何尝不是每回都不苟简,可拿来报

---

① 梁启超:《新中国未来记》绪言,《新小说》1号,1902年。

② 同上。

③ 《小额》德洵序,和记排印书局,1908年。

④ 《小额》杨曼青序。

⑤ 《老残游记》初编前14回与后6回、《邻女语》前6回与后6回均笔墨甚不相称,文思也不连贯。《文明小史》第二十九回和第三十回关于外国人犯中国法与中国人犯外国法的议论完全相同,大概写第三十回时,二十九回的稿子已送排,作家也忘了这么一段“精彩的议论”上回刚刚发过。

⑥ 《新小说第一号》。

刊连载效果未必很好，尽管作为一个整体可能很受读者欢迎。就因为《红楼梦》虽也用“后事如何，下回分解”之类套语，也分章回列回目，可并非严格按章回为单位构思，而是更注重小说的整体布局。报刊连载则要求每回自成段落，自含趣味，每次阅读都能得到一点享受（或艺术或娱乐），谁也不喜欢每次读那么三两千字即使十分精彩但没头没尾的文字。这一报刊连载小说的特点，从一开始就逼得作家调整自己的笔墨。

1892 年韩子云创办《海上奇书》，连载自撰的章回小说《海上花列传》和文言小说《太仙漫稿》，先是半月一期，后因“刻期太促，脱稿实难”，第 10 期起改为一月一期①。很可能有人抱怨杂志连载小说读起来不过瘾，刚觉得有点看头，又戛然而止，一搁就是半月一月，读完一部小说得连年累月，提起结尾又忘了开头，实在不合算。这才引出韩子云一番自我辩解，申明这种作家时写时停、读者时读时歇的妙处，不过表面上谈的是《段倩卿传》而不是《海上花列传》。

> 或谓阅《段倩卿传》，须待之两月之久，未免令阅者沉闷否？余曰不然。间尝阅说部书，每至穷奇绝险，即掩卷不阅，却细思此后当作何转接，作何收束？思之累日而竟不得，然后接阅下文，恍然大悟，岂不快哉！②

---

① 《海上奇书告白》，《海上奇书》10 期，1892 年。

② 《太仙漫稿》例言，《海上奇书》6 期，1892 年。《段倩卿传》是《太仙漫稿》中一篇 7000 字左右的文言小说，在 3—6 期分 4 次连载。

无独有偶,20年后徐枕亚也因读者连连函索尚未连载完毕的《玉梨魂》而声辩道:读小说者求结局,著小说者留余地,“故作报章小说者与阅报章小说者,其性之缓急,适成一反比例”;并指责急于求结局的读者不懂读“报章小说”:

> 尧夫诗曰:美酒饮当微醉后,好花看到未开时。窃谓阅小说者,亦当存如是想。常留余地,乃有后缘。日阅一页,恰到好处。此中玩索,自有趣味。山重水复,柳暗花明,惟因去路之不明,乃觉来境之可快。若得一书,而终日伏案,手不停披,目无旁瞬,不数时已终卷,图穷而匕首见,大嚼之后,觉其无味,置诸高阁,不复重拈,此煞风景之伧父耳,非能得小说中之三昧者也。①

话是这么说,可要读者“日阅一页”,然后掩卷沉思半月;“思之累日而竟不得”,再接读下文,雅则雅矣,只是如此读者实在难找。表面上是作家理直气壮地在教训读者如何读“报章小说”,实际上则还是作家努力使“报章小说”适应读者的阅读习惯和审美趣味。

既然报纸杂志篇幅有限,因而一部长篇小说须分一年半载甚或三年两载刊出这一“报章小说”的根本特点无法改变,那么使之适应读者趣味的办法只有两个:一是刊出部分章节,引起读者注意,然后中途刹车,另出单行本,《月月小说》关于停止连载《两晋

---

① 《答函索〈玉梨魂〉者》,《民权素》第2集,1914年。

演义》的"告白"很能说明作者、编者的这一良苦用心[①]；一是保证每次刊出的一两回情节相对完整，能自成起讫。《海上花列传》这一各章相对独立的倾向还不甚明显，到了《官场现形记》《二十年目睹之怪现状》等穿插大量轶事的谴责小说，这一倾向可就显得十分突出。第一种办法常常成了中断连载的借口，读者往往等不到"翘首以待"的续作；第二种办法不但切实可行，且明显影响作家的创作构思，更值得注意。

早期连载于杂志上的长篇小说（基本上是译作），颇有为便于排版装订，不以章回段落为起讫，只求填满版面，排到哪算哪，往往一话要一二个月才能读完的。鉴于此类连载小说阅读起来实在不便，梁启超办《新小说》，亮出四个革新条例，其中之一即改革这种割裂原作的连载方式：

> 本报所登各书，其属长篇者，每号或登一回二三回不等。惟必每号全回完结，非如前者《清议报》登《佳人奇遇》之例，将就钉装，语气未完，戛然中止也。[②]

此后各杂志连载长篇小说，绝大部分都以章回或章节为单位自成

---

① "本什志所载《两晋演义》一书，系随撰随刊，全书计在百回以外，每期只刊一二回，徒使阅者厌倦；若多载数回，又以限于篇幅，徒占他种小说地步。同人再三商订，于本期之后，不复刊载。当由撰者聚精会神，大加修饰，从速续撰，俟全书杀青后，再另出单行本，就正海内，惟阅者鉴之。"（《月月小说》10号，1907年）只是此后出版的《两晋演义》单行本，仍只有杂志连载的23回，并未见作者续撰。

② 《中国唯一之文学报新小说》，《新民丛报》14号，1902年。

起讫[1]。到了1909年,陈冷血、包天笑编《小说时报》,开创长篇小说一次或分两期刊完的先例[2],也都是为了适应读者的阅读习惯。

读者要求在每期杂志上都能读到相对完整的"故事",这就逼得作家在寻求每回小说自成起讫的同时,相对忽略了小说的整体构思,长篇小说很容易变成近乎短篇故事的连缀与集锦(《活地狱》是最典型的例子)。这对于长篇小说来说,可能是一个难以避免的灾难;而对于短篇小说来说,却是个不可多得的机会。晚清长篇小说中难得找到结构完整的;可从这些不完整的长篇小说中不难剪裁出颇为出色的短篇或中篇小说——倘若作家愿意的话。既然如此,何不更多采用轻便自由新鲜活泼、更适合于报刊登载的短篇小说呢?实际上1906年吴趼人、周桂笙编《月月小说》,就开始努力提倡短篇小说——在以题材分类的"历史小说""理想小说""侦探小说""写情小说"等等之中夹入一个以体裁分类的"短篇小说",尽管有点不伦不类,但也可见编者用心。此后小说杂志一般都兼刊长、短篇小说[3],而且颇有短篇小说所占比重越来越大的趋向。

"五四"作家主要创作短篇小说,有艺术修养的限制,有"横断面"理论的影响,也有创作时间的缺乏,这些,"五四"小说理论家

---

① 偶尔也有不分章回起讫的,如《小说林》刊翻译小说《黑蛇奇谈》等。

② 《小说时报》创刊号刊《本报通告》云:"本报每期小说每种首尾完全,即有过长不能完全之作,每期不得超过一种,每种连续不得过二次,以矫他报东鳞西爪之弊。"《小说大观》创刊号(1915年)刊《例言》大致同此。

③ "新小说"杂志英文刊名有标为"Novel"的(如《中华小说界》《小说画报》),也有标为"Short Story"的(如《小说月报》《小说海》),但实际上并没有什么明确的分工,都兼刊长、短篇。

都多少有所涉及[①],可惟独漏了报刊登载这一特定发表方式的无形牵制。1920年沈雁冰准备以短篇小说为突破口革新《小说月报》,故刊出广告:“惟以短篇为限。长篇不收。”[②]“惟小说只收短篇,过一万字之长篇,请勿见惠。”[③]可很快就因“屡接读者的信,希望我们能登长篇小说”[④]而开禁,且准备“长篇小说一种预定三期登完一篇”[⑤]。可见“五四”时代的报纸杂志编辑并非轻视长篇小说,而是作家自身的艺术追求与杂志报纸这一特定传播媒介促使作家更多倾向于使用短篇小说形式。只要考虑到“五四”小说绝大部分首先发表在报纸副刊或文学杂志(还不是像《小说月报》那样能两三期刊完一部长篇小说的大型文艺期刊)上而后才结集出版这一事实,就不难理解何以“五四”作家不只主观上而且客观上必然主要选择短篇小说形式[⑥]。

正如我在第二、三、四章中指出的,没有20世纪初短篇小说的崛起,中国小说很难在如此短暂的时间内,实现叙事时间、叙事角度、叙事结构的全面转变。报纸、杂志刊载小说这一文学现象,一方面促使长篇小说中各章、回自成起讫,一方面促进了短篇小说的

---

① 参阅胡适《五十年来中国之文学》(《最近之五十年:申报馆五十周年纪念》,申报馆,1923年)、汪敬熙《为什么中国今日没有好小说出现》和沈雁冰的答复(《小说月报》13卷3期,1922年)。

② 《小说月报征文广告》,《小说月报》11卷1号,1920年。

③ 《本社启事》,《小说月报》11卷10号,1920年。

④ 《小说月报》12卷6号(1921年)最后一页。

⑤ 《一年来的感想与明年的计划》,《小说月报》12卷12号,1921年。

⑥ 鲁迅写作刊于《晨报副镌》的中篇小说《阿Q正传》是充分考虑到报纸连载的特点,可大部分“五四”中、长篇小说不大适合于报刊连载。

迅速成长——而正是这些短篇小说、特别是横断面式的短篇小说，为中国小说叙事模式的转变创造了必要的条件。

三

也许，报刊登载小说与小说书籍的大量出版对小说形式发展的决定性影响，主要还不在这些有形的变异，而在于传播方式的转变促使作家认真思考并重新建立作者与读者之间的关系。小说创作不再是藏之名山、传之后世的事业，也很难再“披阅十载，增删五次”了，而是“朝甫脱稿，夕即排印，十日之内，遍天下矣”[①]。古代小说家好多生前不曾刊印自己的作品，而“新小说”家迟则十天半月、快则一天两天，就能见到自己的精神产品以书面形式与广大读者见面。这是一个很大的刺激，作家不再拟想着自己是在说书场中对着听众讲故事，而是明白意识到坐在自己书桌前给每一个孤立的读者写小说。说起来简单，似乎不过一念之差，可在中国却是走了几百年的历程才完成的小说观念的转变。应该说中国小说早就脱离口头文学阶段，今天我们能鉴定出来的宋人话本本就不多[②]，何况其中还有书会先生和后世文人的加工润饰；至于鲁迅指认的拟话本，更只是保留说书形式的小说创作，远离真正的口头文学。可就是这么一种说书人的外衣，脱了几百年没脱下。到了清代吴敬

① 解弢：《小说话》116页，中华书局，1919年。

② 参阅胡士莹《话本小说概论》第七章《现存的宋人话本》，中华书局，1980年。

梓、曹雪芹创作《儒林外史》《红楼梦》,应当说已是相当书面化的小说,可还是保留了说书人腔调及其相应的一批叙事技巧。

我不认为明清章回小说中“仍保留说书人的一批套语”,是“小说家有意选择的艺术手法,务使在处理那种题材时制造特殊的反语效果”。[①] 明清作家因袭说书人套语,很可能只是因为小说家没有成为被社会肯定的崇高职业,创作时向说书人认同,是没有选择的“选择”。小说家可能在主题、形象、文体等层面有所突破,却始终没有触动说书人腔调,这绝没有塞万提斯借“骑士”讽刺挖苦骑士小说之意,而是中国小说还没到向传统叙事模式全面挑战的时候——从文化背景、读者趣味到作家修养,都更趋向于旧瓶装新酒,而不是砸烂旧酒瓶。表面上不过是几句陈词滥调般的说书套语,实际上牵涉到作家的整个艺术构思方式——其中最重要的是如何处理作者与读者的关系。

吴敬梓、曹雪芹显然不会真的以为自己是在对着听众讲故事,可既然采用了说书人套语和腔调,就不能不遵守说书的某些表现规则。这些“规则”不仅指全知叙事的叙事角度(这一点谈的人比较多),而且包括连贯叙述的叙事时间和以情节为中心的叙事结构。尽管找不到关于这些“规则”的明确表述,可从说书人如何改造书面小说,我们不难推测逆知这些“规则”的存在。扬州说书艺人王少堂(1889—1968)把《水浒》中关于武松的 8 万字,铺演成

① 浦安迪:《中西长篇小说文类之重探》,中译文见《比较文学论文选集》,中国社会科学院文学研究所编,1982 年。

110 万字、可以连续讲述 75 天的长篇说书(经过整理删改后由江苏人民出版社出版的《武松》仍有 85 万字),人物、情节和穿插性的细节增加了很多,可有一点没变,那就是连贯叙述的叙事时间,一切都从头道来,决不"颠三倒四"。第二十六回"杀嫂祭兄"最为典型,已经讲到武松抓住潘金莲头发,举起钢刀,可讲了大半天钢刀还没砍下,而是插进了萧城隍和李土地的躲窜、邻居的劝告、王婆的溜走、伙计们的捉拿王婆、胡老爹的录口供、潘金莲的拖延时间、潘金莲与王婆的互相推诿、三老头的求情等,最后才是真正的杀嫂祭兄。说书艺人能把吃紧的半页书或一个动作说上一天两天,不是像现代小说那样借助于回忆倒叙,而是穿插大量细节以增加波澜,或者引申开来临场发挥[1]。从这里不难推知古代白话小说家之所以基本上都采用连贯叙述,很大原因是把自己拟想为说书人,把作家与读者的关系拟想为"说—听"——为了让听众能听得懂,自然只能一环扣一环,严格遵守自然时序。天津评书艺人陈士和(1887—1955)讲述"聊斋"故事,除了像王少堂那样增加大量情节而保持原作的叙事时间外,更主要的工作是改变了原作的叙事角度。蒲松龄的《云翠仙》《考弊司》都采用第三人称限制叙事,

① 郑振铎《西谛所藏弹词目录》(《中国文学论集》,开明书店,1934 年)述听人讲笑话:有唱弹词者讲一妇人俯身扣鞋带,讲了一夜二夜鞋带还没扣上;阿英《杂考四题 · 说书篇》(《小说闲谈》,中华书局,1957 年)云:"听了一天的书,回得家来,打开演义看,也许说书的人只讲了半页,绝大部分是铺衍,或说书人加进去的。"赵树理《〈三里湾〉写作前后》说,相传有艺人说莺莺进一重门的时候,说了一周还没进去,而听众并不烦。以上这些"笑话""传说"都无法验证,不过天津评书艺人陈士和的《评书聊斋志异》(第一、二集共收 13 段,百花文艺出版社,1980 年),却的确是把几百字、1000 字的聊斋故事发展成 5 万到 10 万字的评书,而且保持自然时序。

分别选择梁有才、闻人先生为视角人物,故事的展开自然以这两人的耳目为限。陈士和显然嫌这种限制碍手碍脚,不够灵便,以说书的惯例,增加了云翠仙、云母、债主(前篇)、虚肚鬼、阎王爷(后篇)等非视角人物的心理描写,以及说书人的评述和视角人物视野以外事件的交代。由此我们也不难推知,古代白话小说家之所以基本上都采用全知叙事,很大原因是他们自觉向说书人认同(在说书场中,限制视角的努力无疑显得十分笨拙而且吃力不讨好)。至于说书人注重情节的讲述而相对忽略场景的描绘,更是显而易见的。陈士和选择情节性强的《画皮》《梦狼》《席方平》而不选择笔墨简洁、情景交融的《口技》《山市》为说话底本,就因为描景状物非说书形式所长。说书既然以"说—听"为传播方式,自然不能不利用与听众直接交流共同创造这一有利条件,借助语言以外的辅助手段(如说书人表情、手势、口技、声响等)来增强剧场效果,而尽量避开听觉艺术特有的某些短处。历代著名说书艺人无不以身、口、手、步、神的表演代替(或部分代替)情景的描写①。只是这些表演并不属于说话的底本,而是说书人的临场发挥。这就难怪拟话本保留了话本的全知视角、连贯叙述和以情节为中心,而无法继承那些更有生活情趣、更有艺术风采的"身、口、手、步、神"的表演②。尽管此后拟话本和章回小说艺术上有很大发展,但只要摆

① 参阅陈汝衡《说书史话》,《陈汝衡曲艺文选》,中国曲艺出版社,1985 年;胡士莹《话本小说概论》,中华书局,1980 年。

② 即使根据录音整理的扬州评话《武松》和天津评书《聊斋志异》,也无法真正传达王少堂、陈士和说书的神韵,更何况作为讲述提纲的"话本"。

不脱说书人腔调,就无法像《狂人日记》那样采用交错叙述,像《再见》那样采用纯客观叙事,像《茑萝行》那样以人物心理为结构中心。

指出中国小说一直到19世纪末仍基本上采用全知视角连贯讲述一个以情节为中心的故事并不难,难的是如何解释这一文学现象。20世纪二三十年代,不少学者在论证小说背景描写的发展时,喜欢引述美国小说理论家哈米顿(Clayton Hamilton)的说法:小说背景的进化与绘画背景的进化同步,只有到了18世纪下半叶,绘画和小说中的背景才真正为画家和作家所重视,并在作品中发挥重要作用[①]。此说证之于西方小说史、绘画史也许有理,可证之于中国小说史和绘画史则绝难成立。中国画家早在晋宋时就把山水自然作为表现的中心对象[②],而中国小说家迟至19世纪末还很少把山水自然作为小说中的重要角色来着力描写[③]。近年又有研究者对中国小说叙事角度的单一以及小说批评家对叙事模式的漠视做如下猜测:“也许这是因为第一人称与第三人称的区别,中文不像西文那么明显。中文动词不表明人称,而且有省略句子主

---

① 如厨川白村《近代文学十讲》(中译本1921年由学术研究会出版)、郁达夫《小说论》(光华书局,1926年)、木村毅《小说研究十六讲》(中译本1930年由北新书局出版)、李何林《小说概论》(北平文化学社,1932年)、赵景深《小说原理》(商务印书馆,1933年)等。

② 顾恺之的《庐山图》、戴逵的《剡山图卷》、宗炳的《秋山图》等今均不存,但从宗炳的《山水画序》以及唐人张彦远的《历代名画记》可见六朝时山水画已相当发达。关于山水诗、山水画的兴起及其原因,可参阅王瑶《玄言·山水·田园》(《中古文学风貌》,棠棣出版社,1951年)。

③ 虽不至于如胡适所说的,“描写风景的能力在旧小说里简直没有”(《〈老残游记〉序》),但中国古代小说与中国古代诗文中的风景描写实在过于悬殊。

语和代词这么一种明显的趋向。”①可正如我在第三章中一再指出的，中国古代文言小说中并不缺乏采用限制叙事的（第一人称、第三人称），故很难用汉语不注重语态来解释中国白话小说叙事角度的单调，就像我们很难用汉语缺乏明确的时态来解释中国古代白话小说叙事时间的单调一样（因为叙事诗、文言小说中照样不乏采用倒装叙述的）。中国古代白话小说、文言小说共存并进这一独特的文学现象，为我们考察小说叙事模式的形成、发展提供了一个很好的角度，便于验证许多似是而非的推论。可以这样说，中国古代小说叙事方式的单调，不应归结于对山水自然的审美意识的落后，也不应归结于汉语语法结构的缺陷，而应主要归因于说书艺人考虑“说—听”这一传播方式和听众欣赏趣味而建立起来的特殊表现技巧，在书面形式小说中的长期滞留。

比起同时期的西洋小说，唐传奇的叙事技巧可以说遥遥领先；之所以千年以下，中国小说必须借助西洋小说的冲击来完成叙事模式的转变，很大原因是中国古代（宋元以降）同时并存的文言小说与白话小说各自有其难以克服的弱点。文言小说题材新颖、想象力丰富、文字简洁，有的还趣味隽永，但以简古的文言述俗事，叙述还可以，描写可就勉为其难了。再加上文言小说受儒家正统文学观念影响更深，始终只被认为不登大雅之堂的“小道”，很难有大的发展。故尽管文言小说家代有传人，清代甚至繁荣了一阵，推

① Milena Doleželová-Velingerová, “Narrative Modes in Late Qing Novels,” *The Chinese Novel at the Turn of the Century*, University of Toronto Press, 1980.

出《聊斋志异》这样的杰作,但始终成不了大气候,中国小说的主流还是不能不推白话小说。白话小说语言清新通俗,善于描摹人情世态,再加明清两代文人的改造,渗入不少文人文学的色彩,产生过《儒林外史》《红楼梦》等一批杰作,可白话小说也有不容忽视的弱点——那就是那件脱不掉的说书人外衣。文言小说书面化程度高,可以采用限制叙事、倒装叙述,可文言小说自身没有大的发展前途;白话小说艺术表现力强,在中国小说史上有举足轻重的地位,可又甩不开说书人腔调——两者都无力承担转变中国小说叙事模式的重任,除非在小说观念和小说传播方式上来一个大的变革。

说文言小说由于语言媒介的限制,无法成为中国小说的主潮这好理解;说白话小说由于甩不开说书人腔调而只能采用连贯叙述、全知叙事,则还须略加论证。最能说明这一点的是这么一种文学现象:同一个故事,在文言小说家笔下,可能是倒装叙述、限制叙事;而在白话小说家笔下,则只能是连贯叙述、全知叙事。这里从"三言"中选择 8 篇小说,考察拟话本作家如何为适应体裁需要而改变文言小说家的叙事方式①。

① 明人宋懋澄《九籥集》中《珠衫》一则,结尾一段补述新安人死,其妇为楚人后室。这一情节在《古今小说》卷一《蒋兴哥重会珍珠衫》中,则是根据事件发生时间顺序,插在小说中间。

---

① 谭正璧编的《三言两拍资料》(上海古籍出版社,1980 年)为我的研究提供了很大方便。

② 唐人牛肃《纪闻》中《吴保安》一则,写到仲翔感激吴保安弃家赎救之恩,"让朱绂及官于保安之子以报",然后才追述当初仲翔被俘如何受尽苦楚,幸得吴保安搭救。在《古今小说》卷八《吴保安弃家赎友》中,这仲翔被俘受苦一节按时间顺序放在前面叙述。

③ 唐人李复言《续玄怪录》中《薛伟》一则,写薛伟病愈,自述其梦中化鱼,求县吏释放无人答理事。而在《醒世恒言》卷二十六《薛录事鱼服证仙》中,则从薛录事变鱼写起,一直到历尽艰险,醒来重述一遍游历。

④《原化记》中《义侠》一则写侠客听仕人述贼负心,方知上当,补说贼如何求他取仕人头。而在《醒世恒言》卷三十《李汧公穷邸遇侠客》中,则先写贼求侠客杀仕人,再写侠客无意中听仕人抱怨方知上当。

⑤ 唐人小说《补江总白猿传》以欧阳纥为视角人物,从其携妻军中,到失妻,到入山寻妻,到杀猿救妻,最后才因得妻而知妻被掳后生儿诸事。《古今小说》卷二十《陈从善梅岭失浑家》则是全知叙事,一会儿写陈从善,一会儿写紫阳真人,一会儿写如春,一会儿写申阳公,按照事件先后分头叙述。

⑥ 唐人薛渔思《河东记》中的《独孤遐叔》、唐人李玫《纂异记》中的《张生》和唐人白行简《三梦记》之一,皆以"生"为视角人物,写其如何于归家途中见妻子与少年嬉戏,回家追问,方知是闯入妻子梦境。《醒世恒言》卷二十五《独孤生归途闹梦》,则先述生上路归家;次述白氏思夫入梦,上路寻访,遇不良少年缠扰;再述生

归途见妻与少年古寺夜饮;最后才是生进家门时,"那白氏心中正自烦恼"。

⑦《续玄怪录》中《杜子春》一则,述杜子春如何败家,如何三遇老者赠钱,如何入山会老者,如何因爱念未消炼丹失败……这一切叙述都限于杜子春的耳目和行踪。《醒世恒言》卷三十七《杜子春三入长安》,除结尾外基本保留原作情节,只是叙述时不再坚持以杜子春耳目为限,而是穿插了势利亲戚的内心活动、酒保的私下议论,以及杜子春出走后妻子韦氏的生活状况等。

⑧ 唐人薛用弱《集异记》中《李清传》一则,写李清七十高龄辞亲友入云门山,此后的叙述限于李清洞中见闻以及被遣归家乡后的所作所为。《醒世恒言》卷三十八《李道人独步云门》则于李入山洞后,补写众人如何为李祭奠,此后又三处介绍众市民如何猜测李之由来,甚至李道人尸解后还补写朝廷官员的心理、感想等。

在前 4 组小说中,我们可以清楚地看到,文言小说中有意无意的倒装叙述,在拟话本小说中都被改为连贯叙述;而在后 4 组小说中,我们又可以看到,文言小说中有意无意的限制叙事,在拟话本小说中又都改为全知叙事。从说书的角度考虑,这种改动是十分必要的,不这样改,听众将觉得茫无头绪,或者嫌其过于单调不够生动;可从小说发展史的角度考虑,这种改动却是小说叙事模式的倒退,从多种叙事时间、叙事角度退为单一的连贯叙述、全知叙事。此后,只要作家还拟想着对着听众说书,就不可能真正突破"以全知视角连贯地讲述一个以情节为结构中心的故事"这一传统小说叙事模式。

晚清报刊书籍的繁荣，以及出版周期的缩短，使作家很难再维持对着听众讲故事的“拟想”。一旦明确意识到小说传播方式已从“说—听”转为“写—读”，那么说书人腔调就不再是必不可少的了。在逐步取消“且听下回分解”之类的说书套语和楔子、回目等传统章回小说的“规矩”的同时，许多原来属于禁区的文学革新的尝试——包括叙事方式的多样化，也都自然解冻了。读小说当然不同于听说书（或者拟想中的“听说书”），不再是靠听觉来追踪一瞬即逝的声音，而是独自阅读，甚至掩卷沉思。读一遍不懂可以读两遍，顺着读不行可以倒过来读或者跳着读；不单诉诸情感认同，而且诉诸理智思考；不单要求娱乐，而且要求感悟启示。是的，读小说比听说书甚至读故事都要显得孤独，可正是这种“孤独”逼得读者直接与书中人物对话并寻求答案。“我们倾向于把我们的阅读想象成一个提问和解答的过程，一个逼向意义的过程。”“对于书面文学，我们可使用我们最平常的想象力——我们的追踪与发现，积累与解释，通过我们自己独立的努力取得故事意义的能力。”①

自觉意识到小说是写给读者读的，而不是说给听众听的，这一点很重要。就因此“一念之差”，许多过去不可想象的表现手法，一下子变得很好理解了。梁启超等人推崇“一起之突兀”的开局，这在说书场中无法运用的手法，印在纸上一点也不神秘，谁也不会

① James Guetti, *Word-Music: The Aesthetic Aspect of Narrative Fiction*, Rutgers University Press, 1980, pp. 17, 19.

觉得《九命奇冤》难懂。至于吴趼人、林纾等人固定小说视角的努力,《新中国未来记》中的长篇论辩与《老残游记》中的风景描写,也都只有放在书桌上才能品出味道来,放在说书场中则只会显得迂腐古板。

“新小说”的书面化倾向还不十分明显,好多小说还没真正摆脱说书人腔调,更谈不上充分利用书面文学给予小说叙事方式的便利。“五四”作家之所以能把“新小说”家的文学革新尝试大大推进一步,初步完成中国小说叙事模式的转变,其中一个重要原因是他们自觉地与传统说书人决裂,强化了小说的书面化倾向。中国小说叙事时间转变的关键在于:(一)作家着力于表现人物在特定情境下的特殊心态,而不是讲述一个曲折有趣的故事,越是进入人物意识深处,自然时序越不适应;(二)扭曲小说时间,不在于遵循故事自身的因果联系,而在于突出作家的主观感受,借不同时空场面的叠印或对比来获得一种特殊的美感效果。中国小说叙事角度转变的关键在于:(一)限制叙事者的视野,免得因叙事者越位叙述他不可能知道的情况而破坏小说的真实感;(二)有意间离作者与叙述者,以造成反讽效果,或者提供另一个审视角度,留给读者更多回味的机会。中国小说叙事结构转变的关键在于:(一)“五四”作家的注重小说“意旨”,强调艺术个性与表现普通人的日常生活,决定了小说“非情节化”的趋向;(二)“五四”小说“心理化”与“诗化”的倾向,使作家注重人物感受、联想、梦境、幻觉乃至潜意识,追求小说的“情调”“诗趣”和“意境”。而上列所有这些,都是说书人或者听书人所绝对无法理解和接受的。“五四”作家明显不是面向拟想中的“听众”，而是面向每一个孤独的、有一定文化修养的、愿意认真阅读甚至掩卷沉思的“读者”。

四

指出晚清到“五四”报刊书籍的兴旺与小说的繁荣息息相关，几乎用不着太多的论证，只要列出几组统计数字就行了，因为这属于常识的范围。至于小说具体表现手法的演进，笼而统之归之为小说创作热潮中作家的探索成果，似乎也说得过去。但倘若不满足于这些，而是要指认小说叙事模式的转变与新闻业出版业崛起的具体联系——也就是说，把纯形式的小说叙事模式研究与注重文化背景的小说社会学研究结合起来，沟通文学的“内部研究”与“外部研究”——而又不流于牵强附会，则必须下一番功夫。伊恩·瓦特（Ian Watt）在《小说的兴起》（*The Rise of the Novel*）一书中也论及教育、出版的发展与长篇小说兴起的联系[①]，肯定社会史与文学史之间存在某种对应关系。以此比拟16—18世纪的中国社会以及明代章回小说的兴起也还可以[②]，若以此比拟晚清到“五四”的小说叙事模式的转变则不大妥当。最根本的一点是，这一转变不是使小说变得更通俗、更口语化、更带民间色彩，而是更文雅、更书面化、更带文人趣味。

---

① 参阅该书第二章“The Reading Public and the Rise of the Novel”。

② 参阅浦安迪的《中西长篇小说文类之重探》，《比较文学论文选集》，中国社会科学院文学研究所编，1982年。

这里牵涉到本书一个基本观点:中国小说叙事模式的转变是在西方小说的启迪与中国小说的移位两者的合力作用下完成的,而中国小说的移位必然引起传统文学内部“民间文学”与“文人文学”的对话。“旧文学衰颓时,因为摄取民间文学或外国文学而起一个新的转变,这例子是常见于文学史上的。”[①]就强调文人文学与民间文学之间的对话有利于文学的革新这一点而言,鲁迅这段话无懈可击,但倘若胶柱鼓瑟,一定要在每一场文学革新中寻找民间文学的催化作用,则未必行得通。晚清诗界革命有借鉴“杂歌谣”的主张和实践(如黄遵宪、梁启超),“五四”白话诗人也不乏从山歌民谣汲取养分的(如刘大白、朱湘),可以说这两场诗歌运动都起于“摄取民间文学或外国文学”。至于小说叙事模式的革新则是另一条路子。倘若当年选择文言小说为主要小说形式,那当然必须努力摄取民间文学养分,使其更通俗、更口语化、更带民间色彩;可由于种种原因,文言小说不堪担此重任,“新小说”家,特别是“五四”小说家选择了白话小说这一本就通俗的文学体裁。这就决定了中国小说在受西洋小说刺激因而从文学结构的边缘向中心移动的过程中,主要不是吸取民间文学而是文人文学养分,不是更口语化而是更书面化。

在第五章中,我强调小说一跃而为“文学之最上乘”,其中一个重要原因是,小说不再是娱乐大众的工具,而是启发民众、改良群治的“利器”;在第七章中,我指出“五四”作家主要接受“诗骚”

---

① 鲁迅:《门外文谈》,《且介亭杂文》,三闲书屋,1937年。

传统而不是“史传”传统的影响，因而突出作家的主观倾向；在第一章中，我论及“五四”小说主要不是以不识字或粗通文墨的市井平民，而是以受过“新教育”的青年学生为读者对象，因而，“五四”作家更注重于“写心”——表现个人的主观感受，而不是“说书”——讲述有趣的故事。这一切，跟我在这里所论证的由于报刊、书籍的繁荣引起的作家创作意识的转变——从注重“说—听”到注重“写—读”，以及突出小说的书面化倾向，无疑是一脉相通的。

应该承认，这种“诗化”“文人化”“书面化”的倾向，在促成中国小说叙事模式的转变的同时，也在一定程度上脱离了一般民众的审美趣味，因而“旧派小说”在很长时间内仍有很大市场（不要说20世纪三四十年代张恨水小说风靡一时，今天的武侠小说等通俗文学又何尝不是比“严肃文学”拥有更多的读者）。从文化水准、艺术趣味、出版能力、个性要求等方面综合考察，中国与发达国家还有好长一段距离，这就决定了中国作家与世界文学潮流取同一步调的尝试显得分外艰难（作家的生活体验与读者的审美需求无论如何不容忽视）。再加上变革现实的社会责任感，促使中国作家老在启蒙意识与艺术趣味之间徘徊——要实现启蒙愿望，就不能不迁就一般民众的欣赏口味；而要创造高超的艺术，又不能不脱离文化水平过于低下的一般民众。就传播方式而言，追求小说独特的艺术价值，必然要求发挥小说作为一种诉诸“孤独的阅读者”的语言艺术的特长，避免在不利条件下与主要诉诸听觉的说书或者诉诸视听觉的戏剧影视等综合艺术一较短长，因而必然日益突出书面化倾向；而追求启蒙效果，则必须正视中国民众文化水平不高这一现状，采用近乎说书的语言以及与此相关的叙事模式，以扩大读者（听者）面——这就是“赵树理道路”在 20 世纪小说史上仍有其历史地位的原因。

附录二　说"诗史"

——兼论中国诗歌的叙事功能

一

"诗史",这是一个相当有趣的"模糊概念"。它既不属于主题学,又不属于类型学,也不属于风格学;可三方面又都有所涉及。没有一个公认的准确定义,可也不是一顶可以随意转赠的桂冠——起码没人指李白或王维诗为"诗史"。概念模糊有个好处,谁都能接受,反正还有个解释权,弹性很大;但也给后世的研究带来一大堆麻烦。虽说不上一百个诗评家就有一百种"诗史"的定义,可确实有不少令人啼笑皆非的"妙论"。说"诗史"是诗写的"历史"或可以补史的"诗",已经不算离谱的了,更有指"诗史"为能记"年月地里本末之类"[1],或者"备于众体"[2],或者"上薄《风》

① 姚宽:《西溪丛语》卷上。

② 释普文:《诗论》。

《雅》","有三百篇之旨"。[1] 本来就是一个比喻的说法,只可意会难以言传,提倡者未加严格界定,附和者又随意发挥,这概念也就越来越模糊了。

最早被称为"诗史"诗人的是杜甫。晚唐孟棨《本事诗 · 高逸第三》中说:"杜逢禄山之难,流离陇蜀,毕陈于诗,推见至隐,殆无遗事,故当时号为诗史。"后世谈杜甫,多承此说,但很少做理论上的阐述发挥,只是把它作为一个似乎不解自明的特定概念接受下来。宋元明清诗人吟咏杜甫,也多从此入手,"诗史"几乎成了杜工部的代名词。"如史数十篇,才气一何壮"[2];"诗史孤忠在,文星万古沉"[3];"一代悲歌成国史,二南风化在骚人"[4];"诗史春秋笔,大名垂草堂"[5]……誉杜诗为"诗史",固然因其用诗歌形式记录了某些历史大事,更因其形象地表现了不见于正史的战乱年代普通百姓的艰难生活及其情感反应。这概念说不上准确,却形象生动,故千百年来为大多数诗评家所接受。

"诗史"诗人这么一个称号,不单属于杜甫,而且属于一批生活在民族存亡的紧要关头,用诗笔记下民族的苦难与屈辱、表达民族的悲愤与希望的爱国诗人。他们崇拜杜甫,自觉继承杜甫"穷年忧黎元""济时肯杀身"的人格精神与"以韵语纪时事"的表现手

---

① 杨维桢:《东维子文集》卷七《诗史宗要序》。

② 戴复古:《杜甫祠》。

③ 宋无:《杜工部祠》。

④ 屈大均:《杜曲谒子美先生祠》。

⑤ 徐增:《读杜少陵诗》。

法,形成了中国文学史上独特的“诗史”传统。

非《指南》《集杜》,何由知闽广之兴废……可不谓之诗史乎?

——黄宗羲《万履安先生诗序》

唐之事纪于草堂,后人以诗史目之。水云之诗,亦宋亡之诗史也。

——李珏《书汪水云诗后》

(顾炎武)抚时感事诸作,实为一代诗史,踵美少陵。

——徐嘉《顾亭林诗笺注》凡例

梅村亦可称诗史矣。

——赵翼《瓯北诗话》卷九

公度之诗,诗史也。

——梁启超《饮冰室诗话》

离乱日已久,忧思日已多,我欲托诗史,郁结弥山河。

——康有为《避地槟榔屿不出,日诵杜诗消遣》

从漫长的中国文学史上挑选杜甫、文天祥、汪元量、顾炎武、吴伟业、黄遵宪、康有为七位自号或被号为“诗史”[1]诗人者做抽样分析,目的不单在于为“诗史”正名,而且在于从一个特殊的角度把握中国文学传统。

讲中国文学不能不讲“诗骚”传统。在代表北方文化的《诗

---

① 被号为“诗史”诗人的文天祥,也曾以“诗史”自况(《集杜诗》自序);自号为“诗史”诗人的康有为,其诗“作中国维新史观可也”(康同璧《康南海先生诗集》跋)。

经》中,也有一些抒情带叙事、略具叙事诗胚胎的诗篇,如《东山》《氓》;但总的来说,《诗经》无疑是一部抒情诗集。中国诗歌的另一个渊源——南方的楚辞,词采华丽,设想奇特,甚至产生《离骚》这样搭有叙事构架的长篇抒情诗,但总倾向仍是"惜诵以致愍兮,发愤以抒情"[1]。如果说注重主观情感的抒发,是"诗骚"写在纸面的传统,那么相对忽视复杂的故事叙述与生动的人物描写,则是"诗骚"留在纸背的遗产。"《诗》以道志,《书》以道事。"[2]"《诗》言是其志也,《书》言是其事也。"[3]把叙事与抒情截然分开,固然突出了诗歌的抒情特性,却抹杀了诗歌可能存在的叙事功能[4]。引史入诗,自觉"以韵语纪时事",势必形成对中国诗歌抒情传统的冲击。

但是,这一冲击由于诗人叙事才能和读者审美趣味的限制而力度大减,无法改变中国诗歌的内部结构。直到晚清,中国诗歌仍以篇幅短小的抒情诗为主,数量有限的叙事诗不乏颇具神韵的佳作,但总的来说故事情节平淡,人物性格单纯,叙事方法简朴。民间虽颇多用韵文写的长篇故事——如唐代的长篇叙事曲《大汉三年季布骂阵词文》、宋代的《刘知远诸宫调》、明代的《二十一史弹词》,篇幅均相当可观;清代的《安邦志》《定国志》《凤凰山》三部

---

① 屈原:《九章·惜诵》。

② 《庄子·天下篇》。

③ 《荀子·儒效篇》。

④ 直到明代,还有人断言:"叙事议论,绝非诗家所需,以叙事则伤体,议论则费词也。"(陆时雍《诗镜总论》)

曲共674回，更被郑振铎称为“中国文学里篇幅最浩瀚的一部书”①——不过没有多少诗的味道，难登大雅之堂，对中国文学传统的形成和发展，影响甚微。诗歌处于整个中国文学结构的中心，而中国诗歌又以抒情诗为精髓，这一方面造就了中国文学的抒情特性（任何后起的文学形式要想得到社会的承认，挤进文学结构的中心，都得向诗歌靠拢），一方面也抑制了叙事文学的发展（唐人“始有意为小说”②，而“合言语、动作、歌唱，以演一故事”③的中国戏剧，到元代才真正成熟）。尽管宋以后叙事文学迅速发展，但直到20世纪初，小说、戏剧才被中国人承认为“最上乘”的文学形式。小说、戏剧的晚熟与地位卑下，又反过来在创作心理与叙事技巧两方面限制了叙事诗的发展。

这一史诗因素对抒情诗传统的冲击，尽管没能改变中国诗歌的内部结构，但却在其“挑战—应战”的过程中暴露了某些制约着中国人审美趣味的深层文化心理。借助于“史传”传统与“诗骚”传统，中国人不断地误读、不断地限制、不断地改造中国的叙事诗。在两大文学传统的夹缝中，中国叙事诗艰难地发展，形成倾向于以纪事、感事方法来发挥诗歌叙事功能的特性。

① 《中国俗文学史》357页，作家出版社，1954年。

② 鲁迅：《中国小说史略》第八篇。

③ 王国维：《宋元戏曲史》第四章。

二

同样面对着“真正有史诗性质”[1]的抗击异族入侵、振兴民族精神的历史运动,西方诗人写下了不少叙事性很强的规模宏伟的史诗[2],中国诗人却创造出抒情色彩很浓的篇幅短小的“诗史”。题材的类似在文学研究中没有绝对价值,不过可以作为一种媒介,帮助我们迅速过渡到诗人处理类似题材时体现出来的独特的审美眼光和形式感。杜甫等人不单有“以韵语纪时事”的自觉意识,而且不乏创作史诗所必不可少的“人生自古谁无死,留取丹心照汗青”(文天祥)这样的崇高情怀,也不乏“拔剑拨年衰”“艰危气益增”(杜甫)这样的英雄气概和“十七史从何说起?三千劫几历轮回?”(康有为)这样的历史意识,可就没有创作出史诗(或长篇叙事诗)。你可以说中国人“止戈为武”的和平主义思想使他们不可能歌颂战争;你可以说宋末、明末、清末中国都处于被动挨打地位,唱不出英雄主义颂歌;你还可以说史诗时代已经过去了,诗人不该再写史诗……这些都不无道理,但又都忽略了中国诗歌在其特殊发展道路中形成的形式特征。也许,真正限制中国叙事诗发展的是如下“三座大山”:第一,中国没有史诗传统;第二,表意文字的

---

① 黑格尔认为,只有战争、只有民族战争、只有正义的民族战争才“真正有史诗性质”。参阅《美学》第三卷下册“史诗”部分。

② 文明社会适不适合写史诗是个可以争议的理论问题,而进入文明社会的西方诗人仍醉心于创作史诗却是既成事实。参阅黑格尔《美学》第三卷下册。

文、言分离;第三,中国诗歌的高度形式化。

汉民族为什么没有留下史诗?这也许是个永恒的司芬克斯之谜。这个“谜”曾经吸引了20世纪一批有作为的诗人、学者,但研究成果并不理想[1]。也许最明智的办法是把汉民族没有“留下”史诗作为一个暂时的事实接受下来,并研究这一事实对中国文学的深远影响。毫不怀疑将来有一天会突然发现中国史诗的原始记录,也不怀疑民间可能流传着不少汉民族的史诗(如湖北神农架的《黑暗传》),但这种没有进入文学交流系统的史诗,对两千年的中国文学发展不曾产生直接的影响。倒是它的“不存在”(准确地说,应是不存在于文学交流系统中),给我们研究中国文学特性与中华民族特殊的文化心理提供了思考线索。

没有一部像“诗三百篇”那样可以尊为“经”的史诗,使中国叙事诗发展分外艰难。有“诗言志”“诗缘情”之分,而没有“诗叙事”之说,似乎叙事诗再好也非“本色”。懂得“言不尽意”,追求

① 苏曼殊把《孔雀东南飞》指为中国的史诗(《文学因缘自序》),显然是把史诗与叙事诗混为一谈。胡适认为中华民族生在温带、寒带之间,缺乏想象力,写不出史诗(《白话文学史》)。只是何以处于大致相同的地理环境,傣族有流传1000多年的《召树屯》,维吾尔族有写定于13世纪的《乌古斯传》,藏族有长达100多万行的《格萨尔王传》,而哈萨克族竟流传有英雄史诗60多部,唯独汉族那么缺乏想象力?章太炎谨慎些,“意者苍、沮以前,亦直有史诗而已”(《文学说例》);闻一多则指出古史中关于尧、舜、禹的记载,“无不带有史诗的意味”(《闻一多论古典文学》)。论证中国具备产生史诗的各种条件并不困难,难的是如何解释汉民族何以没有留下史诗。茅盾认为史诗像神话那样被历史化因而逸亡(《世界文学名著讲话》《中国神话研究初探》)。只是何以同是被历史化,中国神话尚有不少流传而史诗则荡然无存?林庚则认为上古时候数量有限的象形字没法把用丰富的口语吟诵的史诗记录下来(《中国文学史上一个谜》)。只是何以同是使用象形文字,巴比伦人记下了《吉尔加美什史诗》,中国境内的纳西族留下了《创世纪》,而汉族则独付阙如?

"得鱼忘筌",推崇"但见情性,不睹文字"[①]"不着一字,尽得风流"[②]的诗歌风格,对抒情诗是福音,对叙事诗却是厄运。批评《长恨歌》"在乐天诗中为最下"[③],倒不一定是意气用事。有杜牧、王夫之那样出于"道德感"的义愤[④],但更多的是指责"其词伤于太烦,其意伤于太尽,遂成冗长卑陋尔"[⑤]。最常见的是拿杜甫感时抚事的抒情诗的简练来反衬批评白居易叙事诗的烦冗拖沓。王士祯评杜甫《哀江头》"乱离事只叙得两句","即两句亦是唱叹,不是实叙","乐天《长恨歌》便觉相去万里"。[⑥] 杜、白高低,学术界早有公论;只是这种不顾文类特点的胡比乱较,足见诗评家们对诗歌叙事功能的漠视。不单白居易遭此厄运,杜甫"刻画处犹以逼写见真"的《石壕吏》,也难避"于史有余,于诗不足"[⑦]的讥讽。更令人难堪的是那些不着边际的赞赏。诗评家们对叙事诗的特点毫无了解,在一种隔靴搔痒的评判中,不自觉地流露出漫不经心的冷淡。似乎杜甫、白居易等人的贡献只是"以易传之事,为绝妙之词"[⑧],使这些叙事的长韵大篇"句句如一,无争张牵强之态"[⑨],而

---

① 皎然:《诗式》。

② 司空图:《二十四诗品》。

③ 张戒:《岁寒堂诗话》卷上。

④ 杜牧:《唐故平卢军节度巡官陇西李府君墓志铭》;王夫之:《姜斋诗话》卷下。

⑤ 张戒:《岁寒堂诗话》卷上。

⑥ 《带经堂诗话》卷三十。另外,苏辙《栾城集》卷八《诗病五事》、魏庆之《诗人玉屑》、施补华《岘佣说诗》也有类似说法。

⑦ 王夫之:《古诗评选》卷四《上山采蘼芜》评语。

⑧ 赵翼:《瓯北诗话》卷四。

⑨ 王若虚:《滹南诗话》卷一。

且“尚有汉人遗意”[1]。用一种读“史传”读“诗骚”而不是读史诗的眼光来读叙事诗,不管是赞扬其善长篇、有古意、秉汉魏风骨,还是批评其浅白、烦冗、赋多而比兴少,全都不得要领。即使有人(如杜甫等)换一种眼光来读诗作诗,借鉴汉乐府的表现手法,尝试创作叙事诗,也因没有一部叙事技巧高度发达的中国史诗为榜样而步履蹒跚。

每一种语言都有自己的长处,也有自己的短处。汉语既成全又限制了中国作家,在某种程度上规定了中国文学的发展方向。中国表意文字创造的艰难,再加上远古文人书写条件的限制[2],自然形成汉语简洁的表达习惯;汉语没有严格的数、格,少复句,逻辑性不强,故中国人相对长于“醉”的诗而短于“醒”的文[3];文言文言简意赅,语义含糊,故重意会,重领悟,这促使中国诗人避开“易于穷尽”的“正言直述”[4],而言比兴,求含蓄。也许,对中国叙事诗影响最大的,还是使用表意文字造成的语言、文字严重脱节。

远隔千年,中国人仍然可以凭借书本跟先秦诸子直接对话,这自然是十分惬意的。也正因为这种语言文字的便利,中国人容易养成深厚的历史感与崇古的价值取向。对于文学传统的形成,中国表意文字的延续性和相对凝固的特点起了不容忽视的作用。秦

---

① 胡应麟:《诗薮》内编卷二。

② 阮元《揅经室三集》卷二《文言说》云:“古人无笔砚纸墨之便,往往铸金刻石,始传久远;其著之简策者,亦有漆书刀削之劳,非如今人下笔千言,言事甚易也。”

③ 刘熙载《艺概・诗概》云:“大抵文善醒,诗善醉。”

④ 李东阳:《麓堂诗话》。

始皇统一文字,但没有也不可能统一读音,这就给后世文、言的严重分离留下了祸根。生活在方言区的诗人不一定用超方言性质的通用语言(如先秦时代的雅言、明代的官话、鸦片战争以后的普通话)讲话,却必须用它作诗——借助于韵书,各方言区的诗人获得了同一种音调,但这必须以舍弃充满生活实感的口头语而归附书卷气十足的书面语为代价。诗人要想使自己的诗篇进入文学交流系统,为各方言区的读者所接受,就必须在前人书本中学通用语言。尽管也有诗人别出心裁,以方言土语入诗[①],但那只能偶一为之、出奇制胜。

语言变化迅速,文字相对滞后,本是一般规律;只是使用表意文字的国家,文、言之间的距离更为明显。一方面是古辞不达今意,一方面是新意没有新辞,新音没有新字(造字在中国可是一件惊天地泣鬼神的神圣工作,非仓颉莫为)。一个新字新词要挤进文学表现系统,得到诗人的承认,可不是一件简单的事。尽管中国诗人讲究炼字,但更多的是旧铜翻新而不是开山采矿。最典型的莫过于黄庭坚"无一字无来处"的"夺胎换骨""点铁成金"[②]。宋人以文为诗,语言限制稍为放宽,似乎时言俚语皆可入诗,可实际上大有讲究。"街谈市语皆可入诗,但要人镕化耳。"[③]熔化的关键

① 引方言土语入诗,可据平仄判断,如淮楚之间以"十"为"忱"音,白居易"绿浪东西南北水,红栏三百九十桥"不违律(《苕溪渔隐丛话》前集卷二十一引蔡宽夫《诗话》);或作者自加小注,如陆游"女郎花树新移种,官长梅园亦探租"诗附小注:越中"谓杨梅止曰梅,官长其高品也"。

② 黄庭坚:《答洪驹父书》。

③ 苏轼语。转引自周紫芝《竹坡诗话》卷三。

是“以俗为雅”；具体途径则是“须经前辈熔化，乃可因承”。[①] 谁都靠前辈熔化，这口语入诗也就成了一句空话——最多也只能是宋人用唐人口语，而整整落后一个朝代的口语本身也许已不再是口语了。也有采时下口语入诗的，但那多半为猎奇，为点缀野逸，为故作瘦硬，小心翼翼地“选择”，而不是为叙述表达方便“出口成章”。如此口语入诗，“譬诸富家厨中，或得野蔬，以五味调和，而味自别，大异贫家矣”[②]。这“前辈语录”与“富家野蔬”的口语，纵然入诗，也已经失却改变诗歌语言结构的意义，这就难怪鲁迅讥之为“看起来总觉得和运用‘僻典’有同等之精神也”[③]。

人们常常惊叹晚清诗人所使用的词汇句法与汉唐诗人没有多大差别，这“奇迹”不能不“归功”于中国诗歌所使用的书面语（文言文）的自生产能力。一代代诗人在前人诗集文集——也即在自我封闭的文学系统——中，而不是在开放的日常生活中学语言中，这就必然强化诗歌语言的抒情功能，而削弱其叙事功能。书面语经过文人学士的长期锤炼，表达力强，情感负荷大，很多传统意象本身就积淀着浓厚的诗味，如酒、剑、雪、月、梅、菊，以致有人离开这些就无法作诗[④]。但也正因为外延大，语意模糊，精确度小，再加语言老化、套语化倾向严重，用来渲染闲云野鹤般的逸兴或某些

---

① 杨万里语。转引自罗大经《鹤林玉露》丙编卷三。

② 谢榛：《四溟诗话》卷三。

③ 《致胡适》，《鲁迅书信集》。

④ 欧阳修《六一诗话》记许洞会九诗僧，约作诗不得犯“山、水、风、云、竹、石、花、草、雪、霜、星、月、禽、鸟之类，于是诸僧皆阁笔”。

千古相通的人类共同情感还可以,要用以描述日新月异的当代生活和复杂的人物故事可就勉为其难了。口头语如未经雕琢的良璞,感情层次浅(特别是新术语、新意象),但弹性大,富有生气,再加跟当代生活的直接联系,比较适合于叙事。这就把中国古代诗人置于两难的境地:要叙事就得倚重口语,引口语入诗必然带来的浅白、烦冗,却又跟传统审美趣味背道而驰。

中国诗歌是一种高度形式化的艺术,讲对仗,讲平仄,讲用韵,格律谨严,逼着诗人戴着镣铐跳舞。诗人的天才不体现在破除格律,自创新制,而体现在“出新意于法度之中”[1]。“岁寒知松柏,难处见作者。”[2]优秀的诗人善于在最大的限制中觅得最大的自由,役法而不役于法,得心应手,挥洒自如,脱口而出,无不中律合法,而又自出心裁。学老杜“晚节渐于诗律细”(杜甫《遣闷戏呈路十九曹长》),又谨防成为“高天厚地一诗囚”(元好问《论诗三十首》)。“小僧缚律”与“外道野狐”[3]均诗家大忌,最难得的不是“有法”,也不是“无法”,而是“无法之法”。

对诗歌表现技巧的高度重视,使诗人更多地从形式角度追求艺术的完善。似乎拓展一个新的表现领域,还没有吟安一个字或摆妥“四十位贤人”[4]来得带劲。人们宁愿选择一首小巧玲珑无懈可击的绝句,而不赞赏一首气魄宏伟但略有疵漏的长篇歌行。对

① 苏东坡:《书吴道子画后》。

② 姜夔:《白石道人诗说》。

③ 胡应麟《诗薮》内编卷五云:“法而不悟,如小僧缚律;悟不由法,外道野狐耳。”

④ 李沂《秋星阁诗话》引昔人言云:“一首五言律,如四十位贤人,不可着一屠沽儿。”

艺术完美的执着追求,出现许多近乎病态的炼字“佳话”。有一字判人天之说,也就有“二句三年得,一吟双泪流”的“苦吟诗人”;有“夺胎换骨”之说,也就有专打古人主意的“补丁能手”。可只要吟出两句绝妙的好诗,得到社会的承认,广为传颂,便足以终生荣耀。贺铸因一句“一川烟草,满城风絮,梅子黄时雨”而被呼为“贺梅子”[①];张先因“云破月来花弄影”“帘幕卷花影”“堕轻絮无影”而被世人誉为“张三影”[②];可怜的刘希夷则因不肯出让“年年岁岁花相似,岁岁年年人不同”这两句好诗而死于非命[③]。过分热衷于创造佳句,不免冷淡了题材的开掘与主题的深化。秦时明月汉时关,明时长河清时山,千古不变的诗歌形式,千古不变的诗歌题材,就看你能否发现自己独特的艺术感受,并借助高度形式化的诗歌语言把它表现出来。泛题材倾向,使中国诗歌注重主观感觉,时能旧意翻新;但老在一个小天地中翻筋斗,不免常有“不是师兄偷古句,古人诗句犯师兄”的尴尬局面,毕竟自古至今,“只是如此风花雪月,只是如此人情物态”[④]。

格律谨严的中国诗歌(特别是近体诗)之所以能在极其有限的篇幅中不断出奇制胜,部分应归因于中国古代诗歌语序的“自由”转换。汉语没有明确的时态、语态,主要靠较为固定的词序和虚词来表达;但诗歌自有一套独特的语码,诗人用倒语不但不受指

① 周紫芝:《竹坡诗话》卷一。

② 胡仔:《苕溪渔隐丛话》前集卷三十七引《后山词话》。

③ 魏泰:《临汉隐居诗话》引《刘宾客嘉话录》。

④ 罗大经:《鹤林玉露》乙编卷三。

责，还颇多赞叹之辞。从格律需要角度解释诗中倒语[①]，固然可读通不少古诗，但也易误解老杜等人的良苦用心。“雪乳已翻煎处脚，松风仍作泻时声”（苏轼）改为正常语序违律；可“香稻啄余鹦鹉粒，碧梧栖老凤凰枝”（杜甫）改为正常语序则平仄、对仗、用韵均不变。前人讲诗中用倒语，可达到“语峻而体健”[②]“乃觉劲健”[③]的艺术效果，大概是指读起来不顺畅，有点拗口，打断现成思路，使本来熟悉的东西由于词序的变换而突然变得陌生起来，因而产生一种新奇的感觉。努力恢复、创造人对世界的新鲜感觉，是诗歌的重要使命。利用打破正常词序或者提前中心词，突出中心意象（如韩愈的“入镜鸾窥沼，行天马渡桥”）；或者把空间画面的直观还原为认识的心理过程（如王维的“竹喧归浣女，莲动下渔舟”）；或者舍弃明确的逻辑关系，故意造成语意模糊，以便读者主观想象的介入（如杜甫的“野流行地日，江入度山云”）。我们说“倒语”，实际上等于认定它可以转为“正语”，表面上的非逻辑并没有真正冲决诗句中词与词之间的内在逻辑联系。当诗人完全斩断这种联系，把一个个独立的意象重叠在一起的时候（如常为人道的“鸡声茅店月，人迹板桥霜”），无所谓“正语”，也无所谓“倒语”，有的只是带强烈视觉性的整体效果。这一切汉语在抒情诗中的妙用，叙事诗几乎都无权享受。叙事诗起码要求叙事清楚，人

---

① 俞樾认为：“诗人之词必用韵，故倒句尤多。”（《古书疑义举例》卷一）钱锺书指出“盖韵文之制，局囿于字数，拘牵于声律”，故属词造句，可破“文字之本”（《管锥编》）。

② 蔡梦弼集录《杜工部草堂诗话》卷二引王彦辅《麈史》。

③ 李东阳：《麓堂诗话》。

物关系确定，当然得尽量避免颠倒词序造成的语意含糊。

面对着“三座大山”的挑战，自觉“以韵语纪时事”的诗人们该如何应战？没有史诗传统，则借鉴乐府和史传文学的叙事方法；文言难以叙事，则尝试引口语入诗（如杜甫的《新安吏》“肥男有母送，瘦男独伶俜”；吴伟业的《捉船行》“官差捉船为载兵，大船买脱中船行”；黄遵宪的《拜曾祖母李太夫人墓》“因裙便惜带，将缣难比素”。黄遵宪更有“我手写我口，古岂能拘牵”的艺术主张）；近体诗格律谨严，篇幅短小，不适合于叙事，则采用长篇歌行或联章合咏。表面上兵来将挡，水来土掩，可谓进退自如。但引口语入诗只是部分作家的部分作品；史传文学更注重纪事而不是叙事；联章合咏必然长于感事而短于叙事——中国叙事诗仍然举步维艰。只有放在“三座大山”的背景下，才能理解“诗史”的艺术创新精神和勇气，也才能真正理解其成就和局限。

三

只求实录，不准虚构，“史”则“史”矣，焉有“诗”哉！可单纯抒发个人情感，而丝毫不涉及国家民族命运，那又何“史”之有？“夫诗之道甚大：一人之性情，天下之治乱，皆所藏纳。”[①]最理想的自然是既能表达“一人之性情”，又能体现“天下之治乱”；可在实际创作中往往有所偏废。历代诗评家也多从这两个不同侧面来理

① 黄宗羲：《诗历题辞》，《南雷集·南雷诗历》。

解“诗史”。最有代表性的是如下两种说法：

> 甫又善陈时事，律切精深，至千言不少衰，世号诗史。
>
> ——《新唐书·杜甫传赞》

> 先生以诗鸣于唐。凡出处去就，动息劳佚，悲欢忧乐，忠愤感激，好贤恶恶，一见于诗，读之可以知其世，学士大夫，谓之诗史。
>
> ——胡宗愈《成都新刻草堂先生诗碑序》

前者重纪事，较切于“史”；后者重感事，更近乎“诗”。两种说法都出自宋人，对后世都有一定的影响。前者似乎理更直气更粗，更容易为一般人所接受，但也容易被腐儒学究引申发挥到荒谬的地步。后者显然更符合诗歌的艺术表现规律，但如何跟一般抒情诗划清界限是个难题，再加上中国人对“史”的崇拜，提倡者总有点心虚。诗评家们笼统地指某人诗为“诗史”，更注重总体的艺术感受时，多基于后者；可要准确无误地指出某诗某句切合历史上的某人某事时，又都立足于前者。到底什么是“诗史”，诗评家们心里想的和嘴上说的，并不都是一回事。这种理论的困惑，常常使诗评家下一个相当准确的判断，然后做相当愚蠢的论证①。

“诗史”固然“直陈时事”，但并非所有“直陈时事”的都可称“诗史”。赵翼指吴伟业诗为“诗史”，只因他“身阅鼎革，其所咏多

① 如赵翼评吴伟业，显然着眼其整体风格，处处围绕“诗史”来展开论述；可直接点出“诗史”二字，却是因《明史·李濬传》引梅村《遇刘雪舫》诗为证。参阅《瓯北诗话》卷九。

有关于时事之大者”①。在民族存亡的历史转折关头,更容易产生太平年间所缺乏的悲壮情怀,一下子思接千古,自觉地把自己放到民族发展的链条中来考察,很自然地产生一种深沉的历史意识。不只用一种历史的眼光来看待眼前的变革,发一通兴亡的感慨;而且秉笔直书,录下具有历史意义的重大事件,使“后之良史,尚庶几有考焉”②。《临江参军行》叙卢象升,《永和宫词》咏田贵妃,《松山哀》讥洪承畴,《苇城行》讽马进宝……吴伟业用诗笔记下了不少明末重要的人物事件。只是因时事多所忌讳,题中不指明某人某事(如《苇城行》只在结句“侧身回视忽长笑,此亦当今马伏波”点出降将的姓),当时人还能心领神会,千载之下则只有依靠笺注才能读通。黄遵宪没有这种忌讳,《悲平壤》《东沟行》《哀旅顺》《哭威海》《台湾行》等诗记事详尽,明白晓畅,难怪时人以史证诗,谓其不在老杜之下③,“可谓诗史,不仅以诗鸣也”④。

不过,把“善陈时事”局限在陈“时事之大者”,未免狭隘了些。诗歌要求高度概括,在极其有限的语言中,勾勒一个时代的典型现象,当然不能满足简单的实录。也许无法直接证之某人某事,背景相对虚了些,但却有更大的概括性,符合更高意义上的“历史真实”。顾炎武的“一朝长平败,伏尸遍冈峦。胡装三百舸,舸舸好红颜”,录下了正史不载的清兵入关后的暴行。但硬要辨清到底

① 《瓯北诗话》卷九。

② 文天祥:《集杜诗》自序。

③ 王蘧常:《国耻诗话》。

④ 袁祖光:《绿天香雪簃诗话》。

是指苏州之役，还是昆山之陷，抑或是嘉定被屠，则又过于穿凿。杜甫的“彤庭所分帛，本自寒女出；鞭挞其夫家，聚敛贡城阙”与“朱门酒肉臭，路有冻死骨”，历来被引为“诗史”的典范[①]；但似乎没人追问到底是哪一个寒女、哪一扇朱门。由此看来，所谓“史笔森严”，所谓“诗史春秋笔”，所谓“他日真堪付董狐”[②]，并非真的事事实录，“皆有据依”[③]，而是敢于奋笔直书，真实地描绘动荡年代的社会现实，真切地表达同时代人的喜怒哀乐。

倘是和平岁月，自有史官修史，诗人的担子似乎轻些。一旦外族入主中原，一代精英奋起抗击侵略的英雄事迹，自然难得见于元人、清人修的宋史、明史。于是“史亡而后诗作”，虽“无关受命之笔”，[④]诗人也自觉担负起写离乱颂豪杰、拾遗事表逸民的重担。故“诗史”在历代知识分子心目中占有崇高的地位，尽管其艺术价值不一定很高。但“诗史”毕竟是“诗”而不是“史”，过分强调其“史”的价值，那可真有把它变成“有韵古文”[⑤]的危险。真的以杜诗为唐史，爬罗梳理了大半天，弄出那么几条杜诗之为“诗史”的铁证，只叫人惊叹宋人的迂腐。有引“急须相就饮一斗，恰有青铜三百钱”说明唐之酒价的[⑥]；有引“元年建巳月，郎有焦校书”说明

---

① 参阅仇兆鳌《杜诗评注》中《自京赴奉先县咏怀五百字》注释。

② 萧埙：《题汪水云诗卷》。

③ 陈岩肖：《庚溪诗话》卷上。

④ 黄宗羲：《南雷文定・万履安先生诗序》。

⑤ 施补华《岘佣说诗》讥杜甫《自京赴奉先县咏怀五百字》《北征》为有韵古文。

⑥ 陈岩肖：《庚溪诗话》卷上。

杜诗“史笔森严”的[①];有引杜诗辨王珪母姓,说明“史缺失而缪误,独少陵载之,号诗史,信矣”[②];有引史证杜甫笔下的柏树不会不合比例,说明老杜号为“诗史”,不会信口开河的[③]……本意是褒扬杜诗涵海负天的博大,可实际上是抹杀诗歌提炼、剪裁、虚构、想象、夸张变形的艺术特性,把杜诗贬为有韵的史书。这就难怪主张“诗以道性情”的杨慎与王夫之[④]要大为光火,出来明诗、史之分。杨慎攻击宋人拾杜甫“直陈时事,类于讪讦”的下乘之作为宝,并撰出“诗史”二字以误后人。“如诗可兼史,则《尚书》《春秋》可以并省。”[⑤]王夫之讥众人誉老杜为“诗史”,是“见驼则恨马背之不肿”[⑥]。“夫诗之不可以史为,若口与目之不相为代也,久矣。”[⑦]强调诗求虚,史求实,不可互代,固然比宋人那些琐碎的考证要高明得多,但杨慎、王夫之攻倒的只是拿杜诗当唐史读的学究书呆,而不是“诗史”本身。

迂腐的学究把“诗史”当唐史、宋史、明史、清史读;可诗人并没真的把诗歌当唐史、宋史、明史、清史写。实在谈不上“春秋笔法”,诗人们大都“不甘寂寞”,总在节骨眼上插进自己的声音,或则抒情,或则议论(如吴伟业《永和宫词》“莫奏霓裳天宝曲,景阳

---

① 黄彻:《䂬溪诗话》卷一。

② 胡仔:《苕溪渔隐丛话》前集卷十三引《西清诗话》。

③ 胡仔:《苕溪渔隐丛话》前集卷八引《缃素杂记》。

④ 见杨慎《升庵诗话》卷四;王夫之《明诗评选》卷五徐渭《严先生祠》评语。

⑤ 杨慎:《升庵诗话》卷四。

⑥ 《古诗评选》卷四《上山采蘼芜》评语。

⑦ 王夫之:《姜斋诗话》卷一。

宫井落秋槐”;《临淮老妓行》“已见秋槐陨故宫,又看春草生南陌”;黄遵宪《东沟行》“人言船坚不如疾,有器无人终委敌”;《台湾行》“平时战守无豫备,曰忠曰义何所恃”)。这些抒情可能程式化,议论也可能不怎么高明,可有如水分和血液,毕竟使过于干枯的躯体显得富有弹性和活力。善于感事抒情,不仅使中国文学史上出现一大批出色的咏史诗和怀古诗,而且使着力于纪时事的“诗史”保持诗歌特有的艺术魅力,不曾变成有韵的史书。

当诗人把具体的历史事件拉到“后景”,而把个人的主观感受推到“前景”时,“诗史”便由注重“纪事”转为注重“感事”了。康有为说杜甫“上念君国危,下忧黎民疴,中间痛身世,慷慨伤蹉跎”①;浦起龙称杜诗“一人之性情,而三朝之事会寄焉者也”②。这与胡宗愈讲“诗史”注重诗人的喜怒哀乐,以为“读之可以知其世”,是一脉相承的。强调“感事”,在研究者是破除简单的以诗附史或以史证诗,借助诗人的眼睛来捕捉民族危亡之际的社会心理,以及积淀在诗人主观感觉中的时代氛围,从一个更高的层次上把握历史精神③;在诗人则主要是扬长避短,靠突出抒情因素而保留叙事意识来尽量避开中国诗歌语言、诗歌形式叙事功能不发达这一先天性缺陷。

---

① 《避地槟榔屿不出,日诵杜诗消遣》。

② 《读杜心解·少陵编年诗目谱》附记。

③ 陆游没作过叙事诗,倒是“梦从大驾亲征,尽复汉唐故地”的记梦诗有点纪事的笔调,可又大悖史家精神。号陆游诗为“诗史”(如褚人获《坚瓠补集》),大概是因为《关山月》《书愤》等感事抒情诗典型地表达了同时代人的苦闷和忧愤。

诗歌语言不曾口语化，诗歌形式也没有什么大的变革（还是歌行，甚至律诗绝句），可诗人们居然想叙事。于是只好想出种种妙着，创造出一种不大像叙事诗的“叙事”诗。

中国古代诗歌的用典，不无炫耀博学或者掩盖才情枯竭的成分，但也有引事入诗，扩大表现领域，借“史诗因素”冲击或者补充“抒情诗系统”的作用。“诗史”诗人用典，不少是直接服务于纪事叙事。有的是为避文字祸，只好用曲笔，借史事来影射时事（如顾炎武《咏史》中的“名胡石勒诛，触眇苻生戮”，侧记庄廷鑨史祸）；有的则是为了加强诗歌的表现力和感染力，防止因过露过直而寡然无味（如康有为《自星坡移居槟榔屿，京师大乱，乘舆出狩，起师勤王，北望感怀十三首》中的“肠断淋铃雨，凄凉夜走秦”，借唐玄宗事写庚子年珍妃被害、光绪帝出逃）。借用典纪事，只注重史事与时事的“同”，而忽略更重要的“异”，所纪之事自然只能是个朦朦胧胧的影子。

中国古代诗歌题目，有点明主题的，有划定描写范围的，有介绍对话对象的，有说明写作原因的，也有干脆标明“无题”的。康有为别出心裁，居然可用 180 字的诗题纪事，再用 56 字的七律感事抒情（《割台行成后……》）。《东事战败，联十八省举人……》一诗也用 61 字作诗题，简略介绍公车上书这一历史事件的全过程，然后一句叙一事，把题目“诗化”。康有为纪事的诗题，与文天祥诗前的小序（如《脱京口》等组诗，每首前面都有一段纪事的散文），顾炎武诗后的补注（如《感事》其七“焚旗火乍红”的自注），都是力图在不冲破原诗歌形式的前提下，靠增加附加成分引进

"史诗因素"。唯其是"附加"的,所以并没有真正融入诗中,只是构成写作背景。

联章合咏,是诗人们引史入诗、协调纪事与感事的又一种方法。不再是同一题材的反复吟咏,层层渲染;而是有明确的叙事意识,把组诗作一结构整体来安排,借首与首之间的连接,来表现事件的发展过程,把"史"真正落实到"诗"中。文天祥从镇江脱险到过真州,离扬州,赴高邮,一直到发高沙,入浙东,共写下《脱京口》15首,《真州杂赋》7首,《出真州》13首,《至扬州》20首等一批七言绝句(每首前面大都有一段简单的纪事),一景一情,一事一咏。合起来看,不单突出表现诗人"臣心一片磁针石,不指南方不肯休"(《扬子江》)的坚强信念,而且详细地记录了他南归的全过程。由于他所处的历史地位及其可能占据的特殊的历史视角,使他记叙个人遭遇的诗篇获得了某种"史"的意义,故后人指《指南录》为"诗史"。同样以组诗叙事,汪元量的《湖州歌》98首免去小序,跳出个人遭际,描述三宫俘虏北上这一惊心动魄的历史事件,令宋遗民"抚席恸哭","为之骨立"。[①] 北上途中,汪元量还写了不少抒情的律诗。同一场景,在律诗中以自我感受为中心,在《湖州歌》中则以三宫为表现对象。全诗非作于一时,但似有自觉的叙事结构意识,可作一叙事长诗读。

不管是借用典、诗题、小序,还是联章合咏,都有利于诗人腾出

---

① 马廷鸾、周文:《书汪水云诗后》。汪元量的组诗还有写宋室投降、元兵入城的《醉歌》10首;叙元兵入城后情况与忆南宋朝廷事的《越州歌》20首。

手来抒情,而不利于精细地叙事。在诗人看来,叙事似乎只是提供一个规定场景,以便“缀文者情动而辞发,观文者披文以入情”[①]。倘若这个用以“导情”的规定场景是众所周知的,则题目点明就行了;倘若不是,那就加小序、补注;再不行,开篇草草叙事,而后转入抒情。既然诗人的兴奋点在抒情而不在叙事,那么,生动的故事情节与复杂的人物性格自然不可能引起诗人多大的兴趣。

四

“纪事”注重重大的历史事件以及社会生活的整体画面,“感事”注重诗人的生活经历与生活感受,在这两者中间,却漏走了不少像《孔雀东南飞》那样对具体的个人命运的精细描述。因而,这“诗史”也就显得“逸笔草草”,有准确的大轮廓勾勒,有传神的笔墨情趣,可缺少生动细致的局部描绘。但这并非诗人的过失,而是诗评家有意的“疏忽”——在“直陈时事”与“感事抒情”之间,实际上存在着一批以个人命运为中心、有完整的故事情节、艺术虚构成分较多的真正的叙事诗。

受乐府民歌影响,故事情节的叙述在中国叙事诗中不占主要地位,倒是场面的描写与情感的抒发成了中心。关键是抓住那最能体现故事内涵的闪光的一瞬大加渲染,发挥个淋漓尽致。至于故事的具体进程那倒无关紧要,尽可匆匆掠过。因此,“场面”成

① 刘勰:《文心雕龙·知音》。

了中国叙事诗的基本单位,长篇叙事诗不过是众多场面的“剪辑”。这种重场面轻过程、重细节轻故事、重抒情轻写实的叙事特点,在杜甫、吴伟业、黄遵宪的叙事诗中得到充分的表现。同是以戏剧性场面描写为中心,又可分出三种不同的表现形式。

(一)以记言为主,如杜甫的《兵车行》、吴伟业的《琵琶行》[①]。前者虚搭一多少程式化的叙事构架,只不过把它作为“起兴”的媒介,目的在于引发“行人”对世态人情的描述。似乎只是借鉴赋的主客问答体,把自我分成两部分,一借“行人”口吻述世情,一以诗人身份发感慨。后者琵琶声声,也只是为了催得“先朝旧值乾清殿”的座中客“泪如霰”,引出一大堆故国山河的追忆和哀悼,至于诗人何以闻琵琶会嘉客等故事性较强的情节全都一笔带过。

(二)单一的场面描写,如杜甫的《新安吏》《石壕吏》《潼关吏》、吴伟业的《芦洲行》《捉船行》《马草行》[②]。选择一个戏剧性的场面,把写人、记言、叙事结合起来,把诗人的情感、理想渗透在故事的客观叙述中,突出诗歌的叙事功能。不是着力于复杂的故事情节的铺排穿插,而是寻找特定场景中最富有诗意、最扣人心弦的细节与语言,靠这耀眼的一瞬来照亮整个故事。以意胜,以情胜,而不以事见长。

(三)众多场面的叠印,如杜甫的《羌村三首》、吴伟业的《圆圆

① 类似的有白居易的《新丰折臂翁》、元稹的《连昌宫词》、李商隐的《行次西郊作一百韵》等。

② 类似的有汉乐府《上山采蘼芜》与《陌上桑》、辛延年的《羽林郎》、陈师道的《别三子》、范成大的《催租行》、蒋士铨的《远游》等。

曲》、黄遵宪的《度辽将军歌》《拜曾祖母李太夫人墓》①。有完整的情节，且注重场景，“叙事如画”②，写人述言则“各各肖其声情”③。这一类诗跟西方叙事诗较为接近，不同之处在于这一完整的情节线可切割成若干各自相对独立的场面。诗人抓住这个场面驰骋想象，笔墨酣畅；至于联结这些场面的叙述文字则相当简约，点到即止，或干脆省略。可能有统一的故事框架（如《度辽将军歌》），也可能只是一连串的场面描写（如《羌村三首》）；可能用顺叙笔法（如《拜曾祖母李太夫人墓》），也可能兼用倒叙、插叙（如《圆圆曲》）。但都是围绕一个中心人物，把在不同时空下发生的一连串事件联结在一起。表面上有个时间先后的排列顺序，但诗人关心的不只是这众多事件之间的内在发展逻辑，更重要的是这众多场景“叠印”造成的整体印象。对这种整体印象的关注，使诗人相对忽略了情节的具体进程，这也许是中国叙事诗叙事功能不发达而抒情色彩浓厚的重要原因。

奇怪的是，这些通过个人命运的具体描写来展现时代图卷的叙事诗，尽管艺术成就高，仍不大入诗评家的眼，似乎只是“诗史”的私生子，尊某人诗为“诗史”从不举此类叙事诗为例④。令诗评

---

① 类似的有汉乐府《孔雀东南飞》、北朝民歌《木兰诗》、白居易的《琵琶行》与《长恨歌》、韦庄的《秦妇吟》、郑板桥的《姑恶》、金和的《兰陵女儿行》等。

② 王世贞：《艺苑卮言》卷二。

③ 陈祚明《采菽堂古诗选》中《古诗为焦仲卿妻作》评语。

④ 尊杜甫诗为“诗史”，举《北征》《自京赴奉先县咏怀五百字》为例（《新唐书·杜甫传赞》；叶梦得《石林诗话》卷上）；尊吴伟业诗为“诗史”，举《遇刘雪舫》为例（赵翼《瓯北诗话》卷九）；尊黄遵宪为“诗史”，则举《朝鲜叹》为例（梁启超《饮冰室诗话》）。

家们踌躇的,并非这些叙事诗的“诗”的价值,而是其“史”的价值。也就是说,对这些人物、故事的“真实性”表示怀疑。可以嘲笑唐明皇何以凄凉得“孤灯挑尽未成眠”(《长恨歌》)[①],可以怀疑白乐天何以老是夜遇孤身女子(《琵琶行》《夜闻歌者》)[②],当然完全有资格指责老杜们的叙事诗不符合“历史的真实”。这种病态的“超级真实”观,把文学混同于历史,用考据学家的眼光来读诗,断然折断诗人想象的翅膀。抒情诗抓不住把柄,叙事诗却处处是陷阱。诗评家要讲“诗史”,自然只好避开“虚而不实”的叙事诗。

亚里士多德力辨“诗”与“史”的区别[③],中国诗评家则企图把“诗”与“史”撮合到一起。对叙事文学真实性的高度重视,明显得益于“史传”传统。叶梦得赞杜甫《北征》《自京赴奉先县咏怀五百字》等诗“穷极笔力,如太史公纪、传”[④];刘熙载则指出其“节次波澜,离合断续,从《史记》得来”[⑤]。这自然是相当高的评价,可细想起来又未免有点不大自在。没有史诗传统,只能以《史记》为叙事文学的样板:元稹学《史记》作传奇,金圣叹法《史记》评小说,林琴南借《史记》发掘狄更斯小说的结构技巧,杜甫等人则从《史记》学写叙事诗——《史记》对中国叙事文学的影响何其大也!中国叙

---

① 张戒《岁寒堂诗话》卷上:“南内虽凄凉,何至挑孤灯耶?”赵翼《瓯北诗话》卷四指出《长恨歌》述方士带金钗钿盒入宫不合理,因宫廷关防森严;但肯定这种艺术虚构。

② 洪迈:《容斋随笔》三笔卷六。赵翼《瓯北诗话》卷四用“借以为题,发抒其才思耳”为白居易辩解。

③ 参阅《诗学》第九章。

④ 《石林诗话》卷上。

⑤ 《艺概·诗概》。

事文学注重真实性，崇尚简洁、明快，相对重线索而不重空间结构，重外在行动而不重内心冲突，这些似乎都跟《史记》的影响有直接关系。《史记》主要是历史著作而非文学作品，讲求实录，尽量避免虚构。故学《史记》叙事很容易放不开手脚，显得过分拘谨，“于史有余，于诗不足”。

中国诗歌的语言、形式，均利于抒情而不利于叙事，再加上“诗骚”传统的牵制，即使“以韵语纪时事”的“诗史”也不自觉地倾向于抒情。“上感国变，中伤种族，下哀生民”①，诗人的着眼点已从客观的“国变”，转为主观的“感”“伤”“哀”。选择史诗题材，而后创造“诗史”，保留其历史兴亡感、忧患意识与深沉博大的主导风格，但大大削弱其叙事功能，突出情感因素——“诗骚”传统对叙事诗改造的结果，不仅使“诗史”从“纪事”转为“感事”，而且使继承乐府传统的叙事诗以场面的描写与情感的抒发为中心（如《羌村三首》《圆圆曲》）。这就难怪亚里士多德着力探讨史诗的叙述结构②，而中国诗人则追求述情陈事“恳恻如见”③，“如泣如诉”④。

“史传”传统与“诗骚”传统对“诗史”的限制、改造，为我们研究中国叙事文学独特的发展道路提供了一个很好的视角。

1985年12月于北大

---

① 《人境庐诗草》康有为序。

② 参阅《诗学》第二十三章。

③ 胡应麟评《兵车行》《新婚别》语，见《诗薮》内编卷二。

④ 贺贻孙评《长恨歌》《琵琶行》语，见《诗筏》卷上。

附录三　在范式转移与常规研究之间

世上好书的出现,有两种不同的途径:一是长期积累,水到渠成;一是机缘凑合,别开生面。若是后者,往往与特定时代氛围有关。我的《中国小说叙事模式的转变》属于后者,故谈论此书的得失,必须把20世纪80年代的文化氛围与博士培养制度的建立,作为必要的参照系。

自1978年改革开放大潮涌起,大量西方新旧学说被译介进来,一时颇有"乱花渐欲迷人眼"的感觉,这需要一个辨析、沉淀、转化、接纳的过程。到了80年代中后期,随着"文革"后培养的本科生研究生逐渐登上舞台,一个生机勃勃、激情洋溢的文化热及学术变革时代开始了。我不是弄潮儿,只是这个大潮的追随者与获益者。谈论中国小说而从"叙事模式"入手,若非这个大潮,我不会这么提问题,也没有相关的理论准备。

在中国,将小说作为一个学术课题来从事研究,是上世纪初才开始的。鲁迅、胡适、郑振铎等"五四"先驱借助于19世纪西方文学观念以及清儒家法,一举奠定了中国小说史学的根基。20世纪30年代以后,随着马克思主义文学理论在中国的传播,小说史家越来越注重小说的社会内涵。20 世纪 50 年代起,所谓“典型环境中的典型人物”,更成了小说研究的中心课题乃至“指导思想”。80 年代学术范式的转移,落实在小说研究中便是将重心从“写什么”转为“怎么写”。不再借小说研究构建社会史,而是努力围绕小说形式各个层面(如文体、结构、风格、视角等)来展开论述。正是在这种学术背景下,我选择“叙事模式的转变”作为古代小说向现代小说过渡的关键来辨析,且在具体论述中,努力把纯形式的叙事学研究与注意文化背景的小说社会学研究结合起来,借以沟通文学的内部研究与外部研究。

在此书的初版自序中,我谈及“我关心的始终是活生生的文学历史”,“拒绝为任何一种即使是最新最科学的研究方法做即使是最精彩的例证”。这一学术立场,使得我在具体操作层面,更接近于常规研究。赶上了文化及学术变革的大潮,但因另一种力量的牵制,导致我比较谨慎,没有过多地随风起舞。打个比喻,起风了,没有翅膀的小猪,找一个合适的角度,观察、思考、选择,而不是凑到风口上硬起飞;这样,也就不至于一旦风停下来,摔死在百里之外。

这个牵制我不至于四处漂流的锚,就是那时刚建立不久的博士培养制度。我是北大中文系最早的两个博士生之一,当初入学是被寄予厚望的,自己也感觉责任重大。1985 年,钱理群、黄子平和我联名发表关于“二十世纪中国文学”的论文及“三人谈”,一时风生水起,影响很大,直到现在还不时被提及。可风头正健时,我没有趁热打铁,而是赶紧抽身,沉下心来经营我的博士论文。我始终记得,博士招生考试前,钱理群将我的一篇论文交给王瑶先生,据说王先生看后说了两句话,第一句是表扬:“才气横溢”;第二句则是警戒:“有才气是好的,横溢就可惜了。”即便在最得意的时候,我也牢记这个警戒:就这么点小才气,千万不要“横溢”了。

与同时代众多很有才情的同道相比,我的好处是及早受到学院体制的规训,强调沉潜与积累,不争一时之短长,因此能走得比较远。作为中国现代文学专业的开山祖,王瑶先生早年治古典文学,有名著《中古文学史论》传世。平日聊天,王先生要求我借鉴古典文学的研究思路、立场及方法。理由是,现代文学根基浅,研究者大都倾向于现实关怀,在当下思想解放大潮中可以发挥很好作用,但长远看,是个缺憾。当初,《中国小说叙事模式的转变》出版,好几位日本学者对我自序中这段话感兴趣:“对于研究者来说,结论可能倒在其次,重要的是论证。强调这一点,不仅是因为不满意于现在市面上流行的大批‘思想火花’式的轻率结论;而且因为精彩的结论往往是被大量的材料以及严肃认真的推论逼出来的,而不是研究者事先设计好的。”因为他们觉得,那个时代年轻气盛的中国现代文学研究者,大都思辨性强而实证性弱,接近文学创作而非学术研究,而我的书有点特别。了解师承后,当即释然。

《中国小说叙事模式的转变》出版后,读者一般关注上编的“输入新知”,我则更看重下编的“转化传统”。这里牵涉一个小八卦,若你到北大图书馆查我的博士论文,会发现题目不是《中国小说叙事模式的转变》,而是《论传统文学在小说叙事模式转变中的作用——从“新小说”到“现代小说”》。这是怎么回事呢?说来好笑，当年北大很穷，规定博士论文只能打印十万字左右。我和王先生商量，上编见功夫，但下编更具创见，因而裁剪成这个样子。答辩时，樊骏先生说我忽略一个问题，我说有的，在上编，接着哇啦哇啦说了一通；再提一个问题，还是在上编，又哇啦哇啦一通。大家都笑了，说你们北大不能这么抠门，既然都写出来了，不要藏着掖着，让答辩委员猜谜。记得第二年起，这个制度就改了，提交答辩的博士论文全文打印，不限字数。不过，这一不得已的裁剪，也可见我们师生的趣味。日后证明，这一判断是对的，下编的好多论述直到今天仍有生命力。

得益于思想解放与理论突破的时代潮流，但又因学院体制的保守性，对此大潮保持一定的距离与警惕，防止走向另一种"以论带史"——在一个学术革命的时代，带入常规研究的思路与方法，这或许是我的《中国小说叙事模式的转变》好处所在。

这就说到托马斯·库恩（Thomas S. Kuhn）的《科学革命的结构》，那是20世纪80年代我喜欢读的书。他谈的是科学史及科学哲学问题，可我以为对于人文学者同样有启示。库恩描述的科学发展模式是：前范式科学—常规科学—革命科学—新常规科学。一旦旧范式解决不了新问题，科学家们必定锐意创新，经由多年努力，若在理论、观念及方法上有大调整，且成果明显，那就标志着科学革命已经发生，新范式取代了旧范式。在我看来，人文学的变革没像自然科学那么激烈，往往是新的已来，而旧的不去，是一种重叠与更生的关系，而非绝然的对立与断裂。回到80年代的语境，我们自信文学研究领域的"革命"已经或即将发生，自己的工作目标,应该是努力促成这一范式转移,而不是修修补补。

可也正是这一观念,导致我的小说史研究没能长期坚持下去。十年间写了五本书,除了《中国小说叙事模式的转变》,影响较大的还有《千古文人侠客梦——武侠小说类型研究》,此书流播甚广,去年剑桥大学出版社还刊行了英译本。20 世纪 90 年代中期以后,我之所以不再从事小说研究,源于一个基本判断,文学研究已经进入常规建设,好长时间内只是学术积累,不会有革命性的变化。而我需要更具挑战性的领域及话题。

因此,最近二十年,我左冲右突,力图在学科边缘或交叉处耕耘。像《中国现代学术之建立》《触摸历史与进入五四》《左图右史与西学东渐》《作为学科的文学史》等,都因其在学术立场、理论设计及研究方法上略有创新,而在中外学界获得好评。可我很清醒,已经不是 20 世纪 80 年代的语境了,做得再好也不可能有广泛的影响力。一方面好手如林,学问的领域、技术与境界日新月异;另一方面,课题优先,数字为王,个人特立独行的空间越来越小。在学术革命的时代保持对于传统的极大敬意,而在常规建设时期又老是突发奇想,不满足于一般性的学术积累。这种学术上的冒险性格,可以说是 80 年代的精神遗存。

进入常规建设,还有一点我必须调整,那就是如何处理书斋与社会的关系。随着社会转型,中国学界开始分化,有人埋头学问,不问窗外的风声雨声;有人进入大众传媒,逐渐远离传统意义上的书斋。20 世纪 90 年代初,我有一篇流传很广的随笔,题目是《学者的人间情怀》,谈的便是这种艰难的抉择。如何在从事学术研究的同时,保持一种人间情怀?经由一番摸索,我找到了一个观察社会、介入现实而又不失学术水准的特殊窗口,那就是大学史与大学研究。二十年间,先后出版七八种相关书籍,若《大学何为》《大学有精神》《老北大的故事》《抗战烽火中的中国大学》,都是兼及学问与文章、历史与现实、批判与建设,在教育界及大众中有很好的口碑。某种意义上,这又是在回应意气风发的80年代。

《中国小说叙事模式的转变》的获奖,促使我反省走过来的道路,包括得失利弊。谈不上特立独行,同样受时代潮流的影响,我只是略有规避与调整,不至于太随波逐流而已。接下来的日子,还有若干著作在认真经营,希望对得起这个奖项以及广大读者的期许。

（2017年12月28日在第四届思勉原创奖颁奖典礼上的演说）

（2017年12月28日《上海书评》及《探索与争鸣》2018年第5期）

附录四　这个奖不需要自吹自擂

——第四届思勉原创奖获奖感言

得悉自己获第四届思勉原创奖,我的第一感觉是:天上掉下个大馅饼。不是对自己的学问没有信心,而是了解思勉原创奖的评价标准及操作程序,获奖的几率实在太低了。从改革开放以来无数文史哲书籍中,每两年评选四五种优秀著作,这比教育部人文社科著作奖每届颁发八九百项,要稀缺珍贵多了。在这个意义上,评上当然高兴,没评上也很正常,因为“遗珠”实在太多了。

其实,两年前我就关闭了著作获奖的小门。那时正申报第七届教育部人文社科著作奖,中文系学术委员会推荐我的《作为学科的文学史》,我自己要求撤下来。系领导表扬我“高风亮节”,其实不对,我是仔细盘算过的。前六届,除了第四届因同在中文系任教的妻子申请,我必须避让;其余五次都获奖,其中两次还是一等奖。这已经证明我的学术实力了,再添加已无多大意义。年轻一辈不一样,若因名额限制,出不了校门,无法参加全国性的公平竞争,实在太可惜。我已到了耳顺之年,不能老挡年轻人的路,因此这么表态:以后凡有推送名额限制的著作奖,我都回避。

本以为退出激烈竞争,不再有是否申报以及如何自吹的焦虑,可以平心静气地读书写作了，没想到运气来了，挡都挡不住。先是去年《作为学科的文学史》获中国现代文学研究会颁发的第四届王瑶学术奖著作奖，今年更上一层楼，《中国小说叙事模式的转变》竟获得目前中国人文学界规格最高、声誉最隆的思勉原创奖。这两个奖影响有大小，但有一点相同，那就是不用自己申报，而是学界公推，评选委员会最终裁定。如此突出学术共同体的立场，正是我所特别期待的。以往申报教育部奖或北京市奖，填表时最为艰难的是如何自吹自播而不脸红。作为变通，我只好不断引用书评中的好话。思勉原创奖的最大特点是，整个操作过程与被提名者无关，只是在最后阶段征询参选意愿。决定你是否获奖的是全国众多专家以及决审现场的二十一名评委。作为被提名者，你既不必打听，也无从拜托，一切顺其自然。这对净化学界空气，保持士人气节，是极大的利好。

正是有感于此，我对创立思勉原创奖的华东师范大学深表敬意。因为，创办这么一个利在当下、影响深远的学术大奖，远不只是钱的问题，更重要的是如何运作透明，规则缜密，出于公心，独立裁断，真正体现学术共同体的责任与担当。这些都是说起来轻松，真正落实则很难的。纯粹的民间机构或学会，理念或许很好，但实力有限，很难持之以恒且不断改进。当下中国，以评奖提振学术，兼及民间与政府的立场，大概只能寄希望于立意高远且粮草充足的国立大学。

在我看来，十年思勉原创奖，不仅有功于中国学界，也大大提升了华东师范大学在中国人文学界的地位与影响力，这远比部定

“一流学科”更有价值。

在这个意义上，作为获奖者，除了表示感谢，我更愿意祝福——祝思勉原创奖及华东师大越办越好。

（2017年12月29日《北京青年报》）

主要参考书目

鲁迅:《中国小说史略》,北新书局,1931年修订本。

胡适:《中国章回小说考证》,实业印书馆,1942年。

阿英:《晚清小说史》,人民文学出版社,1980年。

阿英:《晚清文艺报刊述略》,古典文学出版社,1958年。

阿英:《小说四谈》,上海古籍出版社,1985年。

陈子展:《中国近代文学之变迁》,中华书局,1929年。

胡怀琛:《中国小说的起源及其演变》,正中书局,1934年。

杨世骥:《文苑谈往》第一集,中华书局,1945年。

王瑶:《中国新文学史稿》上册,开明书店,1951年。

夏志清:《现代中国小说史》,香港友联出版社,1979年。

杨义:《中国现代小说史》第一卷,人民文学出版社,1986年。

北京大学中文系:《中国小说史稿》,人民文学出版社,1978年。

钱锺书:《七缀集》(修订本),上海古籍出版社,1985年。

钱锺书:《谈艺录》(补订本),中华书局,1984年。

孙楷第:《俗讲、说话与白话小说》,作家出版社,1956年。

胡士莹:《话本小说概论》,中华书局,1980年。

陈汝衡:《陈汝衡曲艺文选》,中国曲艺出版社,1985年。

郑振铎:《郑振铎古典文学论文集》,上海古籍出版社,1984 年。

赵景深:《中国小说丛考》,齐鲁书社,1983 年。

叶朗:《中国小说美学》,北京大学出版社,1982 年。

韩南:《韩南中国古典小说论集》,台湾联经出版事业公司,1979 年。

刘叶秋:《历代笔记概述》,中华书局,1980 年。

刘世德编《中国古代小说研究——台湾香港论文选辑》,上海古籍出版社,1983 年。

宁宗一、鲁德才编《论中国古典小说的艺术——台湾香港论著选辑》,南开大学出版社,1984 年。

中国社会科学院文学研究所近代文学研究组编《中国近代文学论文集·小说卷》,中国社会科学出版社,1983 年。

静宜文理学院中国古典小说研究中心编《中国古典小说研究专集》,台湾联经出版事业公司,1979 年。

E. M. 福斯特:《小说面面观》,苏炳文译,花城出版社,1984 年。

雷·韦勒克、奥·沃伦:《文学理论》,刘象愚、刑培明、陈圣生等译,生活·读书·新知三联书店,1984 年。

韦恩·布斯:《小说修辞学》,付礼军译,广西人民出版社,1987 年。

弗吉尼亚·伍尔夫:《论小说与小说家》,瞿世镜译,上海译文出版社,1986 年。

周作人:《知堂书话》,岳麓书社,1986 年。

褚斌杰:《中国古代文体概论》,北京大学出版社,1984 年。

北京大学西语系:《中国翻译文学简史》,油印本,1960 年。

马祖毅:《中国翻译简史——五四以前部分》,中国对外翻译出版公司,1984 年。

戈公振:《中国报学史》,生活·读书·新知三联书店,1955 年。

方汉奇:《中国近代报刊史》,山西人民出版社,1981 年。

舒新城:《近代中国留学史》,中华书局,1927 年。

实藤惠秀:《中国人留学日本史》,谭汝谦、林启彦译,生活·读书·新知三联书店,1983 年。

陈学恂主编《中国近代教育大事记》,上海教育出版社,1981 年。

包天笑:《钏影楼回忆录》,香港大华出版社,1971 年。

张静庐:《在出版界二十年》,上海杂志公司,1938 年。

蒋瑞藻编《小说考证》,上海古籍出版社,1984 年。

孔另境辑《中国小说史料》,上海古籍出版社,1982 年。

黄霖、韩同文选注《中国历代小说论著选》上,江西人民出版社,1982 年。

侯忠义编《中国文言小说参考资料》,北京大学出版社,1985 年。

谭正璧编《三言两拍资料》,上海古籍出版社,1980 年。

王晓传辑《元明清三代禁毁小说戏曲史料》,作家出版社,1958 年。

张静庐辑注《中国近代出版史料》初编、二编;《中国现代出版史料》甲编、乙编、丙编、丁编;《中国出版史料补编》,中华书局,1957 年。

舒新城编《中国近代教育史资料》,人民教育出版社,1961 年。

蔡元培等:《中国新文学大系导论集》,上海良友复兴图书印刷公司,1940 年。

Percy Lubbock, *The Craft of Fiction*, London, 1928.

Ian Watt, *The Rise of the Novel*, University of California Press, 1957.

Seymour Chatman, *Story and Discourse: Narrature Structure in Fiction and Film*, Cornell University Press, 1978.

James Guetti, *Word-Music: The Aesthetic Aspect of Narrative Fiction*, New Jersey, 1980.

Milena Doleželová-Velingerová(editor), *The Chinese Novel at the Turn of the Century*, University of Toronto Press, 1980.

Andrew H. Plaks(editor), *Chinese Narrative Critical and Theorelical Essays*, Princeton University Press, 1977.

附记

① 本参考书目的编制,一方面为向对我的研究工作有直接启发的海内外前辈学者表示谢意,一方面为对这课题感兴趣的读者提供进一步阅读的资料,故不包括作为研究对象的“新小说”家和“五四”作家的小说创作和理论文章。

② 为节省篇幅,只录专著和论文集,不录单篇论文。

③ 阿英、魏绍昌等学者对“新小说”史料的收集整理,以及中国社会科学院文学研究所现代文学研究室组织编辑的《中国现代文学史资料汇编》丛书,为我的研究提供了很大的方便,具体书目从略。

索　引

B

C

D

E

F

G

H

J

K

L

M

N

O

P

Q

R

S

T

W

X

Y

Z

第二版后记

十五年前的著作，现在仍常被学界的朋友提及，而且被列为相关课程的教材或重要参考书，对于作者来说，是很值得骄傲的事。年少时意气干云天，以为自家著述真的能一本比一本好，羞于表示对旧作的眷恋。年龄渐长，方才明白一个简单的道理：即便才气纵横的大学者，也都不该有这种"痴想"。著述一事，同样受制于天时地利人和，事过境迁，很可能再也没有那份激情与敏感，也再不会采用那样的表述方式。这也是我不悔少作，也不想修改少作的原因。明知不无纰漏，但当北大出版社希望重刊此书时，我还是非常兴奋地答应了。

全书不做大的改动，百余处修正，均属语词或标点符号，涉及论述的只有两处：一是第一章《导言》中的表3，改动的四个数字，乃原先计算百分比时出的错，不影响大局；二是附录一《小说的书面化倾向与叙事模式的转变》《小说的书面化倾向与叙事模式的转变》篇首所引录的"自报章兴，吾国之文体，为之一变"，原先考定作者为梁启超，现在看来证据不足，还是照初刊的样子，称"佚名"更合适些。

新版增加的部分，一是书评摘录[①]，二是索引。学术著作应该有索引，此乃国际惯例。十五年前就有这想法，那时出版社怕麻烦，读者似乎也没这个需要，只好作罢；现在大不一样，在一片“与国际接轨”声中，出版社毫不犹豫地同意了我的请求。如此细节，也可见中国的学术环境已今非昔比。摘录我所见到的十一则书评，主要目的不是为此书“广而告之”，而是“立此存照”：见证一个早已飘逝的时代。书评作者大都与我年龄相仿，当时属于“崛起的一代”；此前很可能毫无联系，此后则多成为朋友。私心以为，诸君之所以如此认真地撰写书评，是因为在此书中发现了属于“我们这一代”的共同趣味。当然，评价者用的是十几年前中国学界的标准与眼光，其褒扬与发挥，今人很可能并不认同，甚至有恍若隔世的感觉。但作为一种学术史资料，这些书评依然值得阅读，起码让后人明白，当初此书为何能引起国内外学界的普遍关注。

书评的作者，日后大都成为研究中国小说的专家学者，只是不见得使用叙事学眼光。在我有限的视野里，书评作者中一以贯之、坚持用叙事学理论研究中国小说的，只有中里见敬先生。去年11月，我应邀在日本东方学会第51届年会上做关于《鲁迅的述学文体》的专题讲演；会上有一插曲，邵迎建博士的《二十世纪与鲁迅——小记日本“东方学会”第51届年会》（《鲁迅研究月刊》2002年1期）是这样描述的：

① 编者按，本版已删去。

> 自由发言时，九州大学的中里见敬副教授向陈平原先生请教，为什么他在1988年以后中断了对叙事学的研究？陈先生回答，仅靠单一的叙事学框架，继续做小说方面的研究，其成果只会有量的增加，很难再有质的突破。这里有个人趣味的转移，也有叙事学理论设计自身的局限。因此，希望在叙事学之外，加上文体学、类型学等方面的思考，以求更好地把握文学发展的全貌。

当然，这只是解释自家的学术选择，并不意味着我对叙事学研究的前景失去信心。仔细比勘国内外学者的书评，你会发现一个有趣的现象，国外学者认为我对叙事学理论的理解不无偏颇，国内学者则欣赏我对叙事学理论“删繁就简”，以求适应中国小说的历史状态。这实际上隐含着两种不同的研究思路，即借鉴西方理论时，到底是追求理论自身的完整性，还是侧重于“活生生的文学历史”？

日本学者对此书颇为偏爱，除诸多学者撰写推介书评，藤井省三等教授还多方谋求出版日译本；此举虽功败垂成，还是很让我感动。韩文译本却出乎意料地顺利（译者李琮敏日后到北大跟我做博士后研究，翻译此书时乃汉城大学的博士研究生），事先没有什么预兆，忽然有人托话，说是书已译好，马上付印，希望同意。这与金融危机后的状态形成鲜明对照：不断有人急匆匆赶来征求版权，可都光打雷不下雨。

我所认识的海外汉学家，不少是通过此书建立起学术联系与长久友谊的。平日里对拉大旗做虎皮，尤其是将私人通信中的客气话当真、拿来炫耀于世的举措十分反感，不想重蹈覆辙。这里不谈具体评价，只是对已经去世的德国的马汉茂（Helmut Martin）教授、日本的中岛碧教授的“知遇之恩”，表示感激之情。

此书在国内曾获得过若干奖励（包括全国高校首届人文社会科学研究优秀著作二等奖，1995），但说实话，最让我激动的，还是一次规模很小的文学奖。查1990年日记，4月7日则有这么一段话：“下午领郭枫文学奖，获二等，一千五百元（三百美金，一百人民币）。”在那个特定年代，台湾作家郭枫先生出资建立一个小小的基金会，支持大陆的文学事业，至今仍令人难以忘怀。更让我感动的是，虽然评委中有好几位是我的师长，但直到评选结果正式公布前，对于整个评奖过程，我一无所知——本人既没提出申请，评委中也无人向我通风报信。事情已经过去十几年，我从来没有查证，但我相信自己的直觉：师长们想用此举表达他们对当时正“很不得志”的我的关怀与期待。

此奖之让我永远铭记，还在于其来得十分及时，让父亲终于看到儿子有可能“时来运转”。当得知儿子与他素所景仰的吴组缃先生、林庚先生等一并获奖时，父亲得意之情溢于言表，一次次询问与此事相关的任何细节。其时少不更事，老表示“没什么”，对于父亲的啰唆还颇有怨言。一年后，父亲不幸病逝，我才猛然间想起此奖对于我和我父亲的意义。

此书乃作者的博士学位论文，1987年6月通过答辩，略为修改后，第二年3月由上海人民出版社刊行。1990年5月，台湾久大文化公司推出该书的繁体字版;1997 年 8 月,河北人民出版社刊行包括六种专著或论文集的《陈平原小说史论集》,此书也在其中。除初版万册外,后两者印数很少,市面上现已难觅踪迹。此次重刊,希望能获得更多的读者,也诚心接受年轻一辈的审视与批评。

2002 年 6 月 13 日于京北西三旗